深水城◎著 Wumei Zetian

重慶出版集团
重慶出版社

图书在版编目（CIP）数据

妩媚则天/深水城著. 一重庆：重庆出版社，2009.5
ISBN 978-7-229-00456-9

Ⅰ．妩… Ⅱ．深… Ⅲ．长篇小说—中国—当代 Ⅳ．I247.5

中国版本图书馆CIP数据核字（2009）第025995号

妩媚则天
WUMEI ZETIAN

深水城 著

出 版 人：罗小卫
责任编辑：李　子　宋艳歌
责任校对：胡　琳
装帧设计：余一梅

重庆出版集团
重庆出版社　出版

重庆长江二路205号　邮政编码：400016　http://www.cqph.com
重庆现代彩色书报印务有限公司印刷
重庆出版集团图书发行有限公司发行
E-MAIL:fxchu@cqph.com　邮购电话：023-68809452
全国新华书店经销

开本：720 mm×1 000mm　1/16　印张：18.75　字数：313千
2009年5月第1版　2009年5月第1版第1次印刷
ISBN 978-7-229-00456-9
定价：26.80元

如有印装质量问题，请向本集团图书发行有限公司调换：023-68706683

版权所有　侵权必究

目 录
CONTENTS

媚娘篇

第一章	初阳	001
第二章	母亲	004
第三章	眼睛	008
第四章	距离	012
第五章	屠杀	017
第六章	反击	022
第七章	夫妻	026
第八章	突变	030
第九章	库摩(番外)	035
第十章	决定	042
第十一章	分离	045
第十二章	主意	049
第十三章	入宫	052
第十四章	宫中	057
第十五章	被贬	061
第十六章	迷惑	065
第十七章	合鸣	070
第十八章	知音	075
第十九章	花妖	079
第二十章	牡丹	083
第二十一章	纳谏	089
第二十二章	李泰	093
第二十三章	警告	097

| 第二十四章 | 兄弟 | 102 |

第二十五章	心乱	107
第二十六章	发现	112
第二十七章	犹豫	116
第二十八章	父子	121
第二十九章	遇袭	125
第三十章	真相	130
第三十一章	李世民(番外上)	134
第三十二章	李世民(番外下)	140
第三十三章	对舞	150
第三十四章	相知	155
第三十五章	惊变	160

风明篇

第三十六章	重逢	166
第三十七章	交锋	170
第三十八章	心悸	175
第三十九章	母女	181
第四十章	抉择	187
第四十一章	同归	192

媚娘篇

第四十二章	心伤	201
第四十三章	等待	208
第四十四章	决定	213
第四十五章	命运	219
第四十六章	谋划	223
第四十七章	缠绵	228
第四十八章	一夜	233
第四十九章	回宫	237
第五十章	生恨	241
第五十一章	前行	246
第五十二章	挣扎	251
第五十三章	昭仪	256
第五十四章	错乱	263
第五十五章	情迷	269
第五十六章	谋反	274
第五十七章	设计	281
第五十八章	生变	285
第五十九章	破灭	290

目 录
CONTENTS

媚娘篇

第一章 初阳

初阳照着斑驳的阴影,院子里飘着某种奇怪的香味。或许春的奢侈就在于此,似乎万物皆有香味。

躲藏在嫩嫩绿叶下的不知名的细小花朵,很难令人兴起采摘的念头,却香得使人屏息静气、神思惶恐。

春,已来了,鲜活得几乎可以掐得出水来。

远远地传来一阵脚步声,接着便是福嫂有些苍凉的声音:"小主人,小主人,你在哪儿啊?"

福嫂已经四十多岁,自我懂事起,她便一直陪伴在我与母亲身边,照顾我们的饮食起居,无微不至。

福嫂的声音愈发近了,不消片刻,她已站在树下,抬起头数落我:"小主人,你为何又爬到树上去?若是让老爷知道,老奴恐怕又要受责罚了。"

我解开绑在树枝上的纸鸢线,轻轻跳下树来:"福嫂,莫怕!此处如此偏僻,无人经过,谁会看见我爬树?"

福嫂边拍着我衣裙上的尘土,边说道:"老爷回府了。"

"哦,父亲回来了?"我有些意外,父亲公事繁忙,时常在外,一年中,我们难得相聚几次。

福嫂低头整好我的裙摆:"嗯,老爷说明日便是小主人的生辰了,所以他无论如何都会赶回来。"

父亲是本城都督,他性情温和,木讷嘴拙,不解风情,却对我疼爱有加,总是喜欢将我抱在怀中,用粗硬的胡子扎我。

而母亲却是貌美多病,她的脾性似乎已被药罐子熬得浓厚深沉,没有人能降得住她。

心情忽然有些黯淡,在我记忆中,父亲似乎不喜欢回家,每次都是来去匆匆,极少踏进这座小院来见母亲。

父亲不喜欢母亲么?

不,我想他是喜欢的。许多次,我都看见他远远地偷望着母亲,眼中温柔似水。

可当他面对母亲时,却总是显得手足无措、坐立难安、畏首畏尾,似乎连碰她一根发丝都会亵渎了她。这究竟是为何呢?天下间的夫妻都是这般相处的么?还是只有他们是如此?

倏地飞过来几片锋利的石片,将我手上的细线削断,断了线的纸鸢立刻欢快地往远处飘去了。

"野种就是野种,一个女儿家居然爬到树上,真是不成体统!"尖锐刻薄的话随后传进我的耳中。

我回头一看,是我那两个同父异母的哥哥。

他们望着我,眼中饱含嘲讽与不屑,那是深入骨髓的鄙夷。

"媚娘见过两位兄长。"我将心中的不悦挤缩成小小的一团,深藏在心底。

"不必假惺惺,我们不需要有你这样的妹子!"他们依然毫不留情地说道,"你和那个女人最好此生都待在后院里,永远不要出门,永远见不得光!"

他们两人兀自说着,毫不掩饰眼中的鄙夷。从前我不明白为什么他们会如此厌恶我,他们都是我的手足,我的哥哥啊!

而后慢慢地我便明白了,父亲虽害怕与母亲相处,却对她宠爱异常,已将她如天上的神女一般崇敬着,所以我也得到父亲更多的宠爱,自然也就招惹了这两个同父异母的哥哥的忌恨。或许在他们眼中,我的存在连一只蝼蚁也比不上吧?

"两位兄长如何责罚训斥我,我都接受,但,你们绝不可说我母亲的一句不是。"

我踏前几步,微眯双目,一字一顿地说着。

"你……"他们似被我镇住,先是呆愣了下,而后恼羞成怒地上前推了我一把。

我正站在院中的浮桥上,猝不及防,身子被推得有些踉跄,下意识地伸手去抓一旁的石栏,却在眼角的余光中瞥见父亲的身影。

父亲来了!我心念一转,手上一松劲,扑通一声,我便掉进池中。

冰凉的池水呛进了我的口鼻中,我剧烈地咳了几声,几乎要透不过气来,身子慢慢地往池底沉去。

恍惚中,一双有力的臂膀紧紧地搂住我,带着我浮出了水面。

是父亲……

"媚娘,媚娘……"父亲轻拍着我的脸颊,着急地呼唤着。

我缓缓睁眼:"我没事……"

我自然没事,因为母亲早已教会我如何游水。

"没事便好,没事便好……"父亲脸色苍白,仍是惊魂未定。他忽然沉下脸对我的两个哥哥厉声喝道:"你们这两个畜生,居然将自己的妹子推下湖去!"

两个哥哥见父亲大发雷霆,早已吓得瑟瑟发抖,讷讷不言。

"父亲,父亲……"我拉了拉父亲的衣袖,"不关两位兄长的事,是我没有留意脚下,才会跌入湖中。"

父亲怔住了:"可是,我方才分明……"

"真的不关他们的事,是我自己不小心。父亲,你也不要再恼了。"我柔声说着,将身子往父亲的怀中深处偎去。

"福嫂,快去准备干净的衣裳与热水。"父亲的眉头聚了又展,他高声吩咐福嫂,而后再不去看我的两个哥哥,打横将我抱起,大步朝后院去了。

我在父亲怀中伸头望去,两个哥哥仍灰头土脸地立在原地。

我忍不住侧头轻笑,望向院墙上伸出的几枝笔直的树桠。

母亲说那是桐树,如今已结出一枚一枚的桐子花来。桐树韵致清苦,高大硕壮。而桐花虽美,落地时却有极大的声响,"砰"的一声砸在石砖上,令人一惊。

夜已沉,更深露重,半梦之中,略微慵懒恍惚,心神最是舒展。

"夫人,你可回来了,小主人她……"

隐隐听见福嫂在说着什么,但我只知道,母亲回来了。

侧头望去,窗子大开,可以看见母亲正穿过长廊往这里来。

曳地的黑色纱衣、如绸缎般光滑的长发……母亲的身影深深地溶进黑夜中,几乎分辨不出。

她的脚步虽然缓慢,却异常轻盈,踏在光滑的青砖上,每一步都是弹琴鼓瑟,像欢乐的锦瑟,像清丽的瑶琴,有着美妙的音乐节拍,像仙乐般悦耳动听。

"媚娘……"有缕暗香在我身边流淌,那是母亲身上特有的味道。细闻之下,似乎是梅花的寒香,虽然极淡,但一沾身却令人陶醉,散不去也化不开,只盈了满怀满袖的幽香。

"媚娘,睁眼,我知道你已经醒了。"

我睁开眼,母亲坐在床边,她伸手轻搭在我的额上。

皓腕胜雪,乌发如云,她的眼眸清澈明亮、水光潋滟。光阴流转,岁月却没有在母亲的脸上留下一丝痕迹,她的面容依然如双十少女般,娇嫩清雅,犹如杯中之莲。

我想,世间恐怕再也寻不到比母亲更美的女子了。

"母亲,你回来了。"我伸出双手,搂住母亲的脖颈,偎进她的怀中。

第二章 母亲

"你又胡闹什么?"母亲隐隐叹息,她微低头,乌发如水般倾泻下来,与我肩上的发丝纠结在一起。

"母亲,是哥哥们将我推下湖,父亲和福嫂都看见了……"我抬眼偷瞥了下母亲的脸。

母亲的眉梢微微上扬,眼眸却异常晶亮。

我倏地住了嘴,我的谎话与伪装在她面前总是无所遁形。我不由有些泄气,便撇着嘴、皱着眉,在母亲怀里撒娇似的蹭着:"我才没有胡闹呢,是他们先惹我的……"

良久,母亲都没有开口说话,只凝神看着我,而后她缓缓伸出手来,将我紧拢

的眉头抚平:"你只是个十二岁的孩子啊,何必想得如此多？"

我生得与母亲虽极为相似,但真正相同之处,却是那微微上扬的眉与眼,所以我也最爱自己的眉眼。

"十三。"我扬起下颚,有些得意地说道,"明日我便十三了。"

"十三了……时间过得真快……"母亲轻抚着我的眉,怅然若失,"时间过得真快……"

母亲的体温一向都比常人低,所以她抚着我眉眼的指尖也异常冰凉:"十三岁了,媚娘,你想要我送你什么呢？"

母亲的双手虽然冰凉,却总是能温柔地将最寒冷的冬日驱走。她总是喜欢轻抚我的额头,而后低声呢喃:"媚娘,媚娘,我的好孩子,最好永远也不要长大,永远也不要长大……"

这是为何？我曾疑惑地问她。

母亲云烟般喃喃说道:"如此你才能永远留在我身边,莫非你不想？"

我似懂非懂地颔首。

但孩童总盼望自己能快快成长,我亦是如此。我渴望成为母亲那样的女子,温婉宁静却又桀骜不驯。

浮华云烟过眼,我终于长大成人。

未来是如此斑斓,那犹如七彩长虹的日子,我甜蜜而好奇地期待着。

"嗯？我想要什么你都会给我么？"我偏头微眯眼,朝母亲微笑。

自小,我想要什么,想做什么,母亲都会依着我,从不拒绝我的任何要求。

"笑得像只小狐狸……"母亲轻笑,抬手轻撩鬓旁的细发,发丝中隐约透出一点红光,一闪即灭。那是她耳上的血石,在我的记忆中,这颗血石从不曾离开母亲的左耳。

我谨慎地斟酌,仍是开口说道:"我想要母亲藏在袖中的那柄匕首。"

"那柄匕首？"母亲的手微颤了下,眼中闪过一丝忧伤之色,她的声音居然有些惶恐,"你为何会想要此物？"

"我,我只是觉得那匕首很精致。我,不,我不要了！"我从未见母亲如此失态,心中没来由地一阵惊骇,随即伸手去握住她的手。

母亲的手沁凉如冰,微微颤抖着,似已触不到脉搏的跳动。

我急叫:"母亲,我只是随口说说,真的,真的,我,我不要了,不要了！"

而母亲居然平静下来，露出一抹浅笑，似乎她方才的失态只是我的错觉，并不曾有过。她伸手在袖中慢慢摸索，掏出那柄匕首，将它轻轻地放在我的手中："今日起，它是你的了。"

我仍是有些惊恐，迟疑地接了过来，怯怯地看了母亲一眼，她微笑着颔首。

我这才放下悬着的心，低头细细端详，指尖沿着鞘上精致的花纹游走。

因年月久远，那外鞘的颜色已褪了大半，只是柄上的纹路瞧着有些怪异。仔细一看，柄的一面居然刻着个"明"字，翻到另一面再看，刻着的却是个"民"字。

我疑惑地抬头望着母亲："这两个字是？"

母亲不答反问："为何你会想要这匕首？"

"因为，"我握紧手中的匕首，顿了下才又说道，"因为我想要一样防身的武器。"

这个家令我不安，看似平稳，事实上却是如履薄冰。

父亲与前妻所生的两个哥哥对我始终是不怀好意，而另两个由母亲收养、与我没有半点血缘关系的姐姐，虽疼爱我，却已出嫁，再也无法护我半分。父亲长年在外，母亲淡泊世事，哥哥们却不放过我，事事刁难，处处与我为敌。而匕首，虽只是一样死物，却能令我安心。

"防身的武器？"母亲的脸上浮起一抹玩味的笑容，"在都督府中，我想你用不上任何武器。"

"母亲，我还要第二件生日礼物。"我避而不答，又往前探了探，整个身子便都偎进了母亲的怀里，"母亲，明日让我出府好么？"

"我早知你不怀好意，"母亲声调徐慢，温笑依然，"我答应你。"

我早知母亲不会拒绝我的要求，心中却仍旧有些得意，便伸手紧紧抱住她："母亲，明日你与我一起出门好么？"

"不，不行。"母亲斩钉截铁地摇头。

在我的记忆里，母亲从不踏出武家，仿佛她一走出院门，生命便会消逝一般。

或许正因为如此，她自然而然的沉静气质才不掺杂一丝人世的烟火之气，任何美艳的人或物在她面前也只会显得矫情和猥琐。

我没有再追问，只是愈发地抱紧母亲。

"母亲，那今晚就留下陪我，我们一起睡好么？"

"我……"母亲才想开口，一只白猫"喵"的一声，敏捷地蹿上榻来，钻入她的怀中。

"云儿……"母亲放开我,转而低头抚着怀中的小猫。

"哼!"我恶狠狠地盯着那只叫云儿的小猫。

因为它一身长毛如云般洁白,远看就如同一朵浮空的白云,所以母亲便为它取名云儿。云儿有双湛蓝的眸子,十分伶俐乖巧,它是父亲托人专门从波斯带回来,陪伴母亲玩耍解闷的。而它也只认母亲为主人,只会乖顺地伏在她的怀里。若有旁人想要搂抱抚摸它,它必定龇牙竖毛,不让人靠近。

"母亲……"我不甘受到冷落,便抓着母亲的手轻摇了摇,同时悄悄地用指甲使劲地掐住猫尾巴。

"喵呜!"云儿却挑衅似的弓起身来,全身白毛倒立,猛地向我扑过来。

"啊……"我惊叫一声,却已躲避不及,锋利的猫爪子随即在我的手背上划开一道血口子。

"乖,乖……"母亲立刻探身过来抱住云儿,柔声安抚着它,"云儿别怕,别怕……"

"母亲……"我捂着伤口,委屈地叫着母亲,她却不回头来看我,只顾着安抚怀中的云儿。

心像是被人猛捶了一下,怒火凶猛地向我扑过来,耳边似响起无数的哀鸣。这该死的猫!终有一日我定要剃光它的毛,将它抽筋剥皮,五马分尸!

"媚娘,看着我……"母亲抱着云儿缓缓起身,微低头望着我,乌黑的长发遮住了她的脸,所以她的五官阴暗一片,分辨不清,"打消你此刻心里的念头,一丝都不许留下;否则,我定不饶你。"

我猛地一惊,心虚地低下头,而后再缓缓抬起。

夜风轻轻吹起母亲的长发,我清清楚楚地看见她唇边那抹安静而沉稳的笑容。那笑虽美,却很冷,就如同冰冷冬夜里悄无声息绽放的梅花。

"我知道了。"我没有迟疑,轻声回答。

"媚娘,唉……"母亲轻叹,她欲言又止,终是没有说出口。她徐徐转身,缓步而去,"我还有事,今晚你一人睡吧。"

"母亲……"我怔怔地望着母亲离去的背影,仍有一缕暗香盈袖,只是那渐淡渐远的空旷,使我内心渐起的冰雪寒意也渐行渐冷。

第三章　眼睛

我已记不清这是自己第几次来看这匹马了,但是它依然对我充满敌意,一见我便仰头长啸。我知道,若我再靠近,它强健的蹄子便要落下来了。

它的毛色洁白如雪,绸缎般顺滑光亮,背部的鬃毛被风吹得犹如一团燃烧的白色火焰。它的四肢和身躯彪悍、强壮,双目炯炯,神俊非常,一旦奔跑起来,必是风驰电掣。

我仍是不死心,放胆往前迈了几大步。那马长嘶一声,举起蹄子用力蹬踏着。虽然它被缰绳绑在了柱上,但那根柱子却受不住力道强悍地摇倾着,一时间马房里草屑飞扬、尘土四起。

我有些惊慌,却倔犟地不肯退后,一人一马正对峙着,身后忽然传来一个低沉的声音:"小主人,请退下。"说话间,那人走上前来,绕过我径直地去拉住那拴马的绳子,他垂下头,用脸蹭着马脖子,温柔地安抚道:"好了,好了,乖,乖……"

暴躁的马儿渐渐地在他的柔声软语中平静了下来,这让我大感意外,看着它轻嘶着舔舐那人的手,在他手中开心地厮磨撒娇,我不禁嫉妒起来。

这时那人才回过头来对我笑道:"小主人,马儿十分通人性,它也是聪明的。只要你对它好,它便什么都愿意了。"

"阿真,不知道要过多久我才能骑上它……"我无奈轻叹。

阿真定定地看着我,低声问道:"小主人,这么多次了,你仍不放弃么?"

阿真的年纪比我稍长些,他是个孤儿,是福嫂与福伯从街边将他捡了回来,他们膝下无子,便待他如亲生儿子一般。因阿真身体强健,自幼喜爱与马为伍,所以父亲便让他看管府中所有的马匹。

他生得并不英俊,但那双清泉般的眼睛却可以吸引所有人的目光。

第一次见他,他和四个小男孩打架,他伤得很重,奄奄一息地躺在地上,脸被淤青和血痕遮盖了大半。他的五官几乎看不清楚了,但他望着我的眼神却使我震撼得无法动弹。

那双眼睛充满敌意,倔犟锐利,却又如此透明纯净。

他横躺在那里,气若游丝,却仍然一眨不眨地看着我:"你是小主人吧?我常听府里的人说小主人有着全天下最美丽的容颜……我原本不信,今日一见,却是深信不疑。"

全天下最美丽的容颜?那是因为他从未见过母亲,若见了母亲,恐怕他再也不敢说出这样的话来。

母亲极少踏出小院,见过她容貌的人除了我与父亲、两个姐姐,就只有福嫂。非要见客的时候,母亲便以黑巾遮面,所以外人根本不知道她的长相。

"呼嘶……"那马忽然又嘶叫一声,我吃了一惊,猛地从记忆中醒了过来。

"小主人,别怕,它并没有恶意。"阿真赶忙拉紧缰绳,同时旋身挡在我身前,安抚着那马儿。

我看着阿真,忍不住轻笑出声。

母亲曾说过,人是十分复杂的,总能伪装出各种各样虚假的表情与情绪,唯独眼神无法掩饰,所以眼睛里没有谎言。

几年过去了,阿真的外貌已改变许多,只有这眼神,仍与当年一样天真清澈。

"这匹马真的从来都没有让人驾驭过么?"我小心翼翼地踏前两步,"它叫什么名字?"

"是的,它的脾气非常暴躁,从不肯让人碰它,甚至不愿意让人靠近。它没有名字,因为飞驰的速度可追风赶月,所以我们便称它为追风神兽。"阿真徐徐答道,"我经常驱赶府中的马去外头,马儿们成群结队地追赶嬉戏,我却总是能一眼便分辨得出这匹神兽。不只是因为它那雪白的毛色,还因为跑在最前面的那一匹,必定是它。有时它心情大悦,撒开蹄子又跑又跃,竟能一跃离地几丈,使人啧啧称奇。所以见过它的人都说,它不是一匹马,而是一条龙啊!"

"追风神兽?这名字确实十分适合它。"我若有所思,"它是条龙么?只是不知道,这降龙之人,究竟会是谁……"

"因为它知道我对它没有敌意,但它也只是将我视做朋友,而不是它的主人,只允许我靠近抚摸,却从不肯让我跨上它。"阿真的语气有些无奈,"它是武大人花重金买来的珍品良驹,传说它的祖先曾是随霍去病远征匈奴的战马,所以生性桀骜不驯,从不屈服于人。"

"真是匹狂傲的畜生……"我握紧了拳头,喃喃自语,"终有一日我要你乖乖听话……"

"其实我曾看见有人骑上它。"阿真似忽然想起什么,"一日深夜,我听见外头有响动,便出来查看。有一个白衣少年正跨着这马,往府外飞驰而去。"

"白衣少年?"我一怔,"你可曾看清他的样貌?"

"天色太暗,这马速度极快,我只看见那人的背影。"阿真摇摇头,"奇怪的是,第二日清晨,这马居然又安静地回到了马厩里。"

"没想到世间竟还有这样的人……"我皱眉,是谁呢?能不动声色牵走这马,又毫发无伤地送回,肯定不是外人,必是府中的人。但绝不是我那两个不成器的哥哥,也不可能是父亲……那,还会有谁呢?

"不知道要过多久我才能骑上它……"我轻叹,而后转身问道,"阿真,我今日要出府,你随我一起好么?"

入夜以后,市集上热闹非凡,灯火明亮,恍如白昼。熙熙攘攘的人流,人声鼎沸,众人笑语欢歌,拊掌为乐,入眼一片繁华似锦。

我左顾右盼,摸摸脂粉摊上的玉簪、手镯、项链,又捏捏水果摊上的苹果、橘子,忙得不亦乐乎。

"小主人……"阿真紧跟在我身后,欲言又止。

"怎么?"我停下脚步看着阿真,他正盯着我身上的男子长袍发呆,我忍俊不禁,"我穿这样不好看么?"

"好看……"阿真吞吐着说道,"小主人无论穿什么都好看,只是,你一个女孩子家穿着男人的衣服,总是……"

"好看就行。"我大笑着转过身,继续朝前走去。

听福嫂说,母亲当初怀我之时,胎动得格外厉害,几乎人人都断定她怀的必然是个男孩。于是,父亲差人缝制的小衣小帽,全都做成了男装。

岂料母亲临盆一产,竟是个女孩。而我幼时好动成性,除了母亲,谁也不理,谁的话都不听。但父亲却非常疼爱我,时常抱着我,爱不释手。而后索性便让我穿了那些原为男孩缝下的衣帽,将我当做男孩子似的教养。直到十岁后,我才渐渐穿起女装。

前方也不知有何妙趣的东西吸引着众人,往来的人潮拥塞得使人只能侧身穿过。

"阿真！"我奋力推开阻塞的人群，好不容易挤了出来，却看不见阿真，"阿真！阿真，你在哪里？！"

我有些着急，四目搜寻，依然看不见他的人影。

罢了，没他在身边叮着，我独自一人也自在些。

我慢腾腾地晃悠了半条街，忽见着一家书画古玩店，便抬脚走了进去。

店主见有客人来了，连忙热情地迎了上来，招呼着我。

我先是在柜台前摆弄着那些金器古玩，而后便悠搭着双手看着那些挂在墙上的字画。

蓦地，一幅墨牡丹闯入我的眼帘。

那画墨色深浅有致，清简素极。牡丹的花瓣层层叠叠，瓣瓣透明，旷远脱俗。那流泻而下的墨迹与飞舞腾空的笔意，无一不精妙，皆是画者的爱怜与垂顾。

初学画时，母亲便对我说，不要太去苛求所谓的名家圣手，只要能打动人心、触及情感，那便是好画了。

我呆呆地望着这画，只觉得那牡丹似乎腾空而起，在空中舒展怒放，云烟袅袅，而中却又莹然而雨。定睛望去，那花叶上泫泫然有露，不知是否是泪……

我喃喃开口："店家，这幅画我要了……"

"店家，这幅画我要了。"

与此同时，身后却忽然响起一个男人低沉的声音。

我立刻回头。

这是个非常高大的男人，他强健的身躯裹在黑色的棉布长衫里，衣上点点斑驳，隐约泛着褐红色的印迹，不似污渍，倒更像是血迹。他的头发不似常人那般在头顶高挽成髻，而是打散开的。纷乱的发被风一吹，放肆地舞动飞扬。浓黑的眉下一双浅褐色的眼里含着傲视一切的狂妄，浅抿的薄唇，似带着一丝笑意。

他是谁？

那双近似琥珀的眼睛，是属于人类的么？我有些疑惑。因为他的眼睛使我想起幼年时母亲和我说过的有关草原野狼的故事。

"两位客官……"店主人在旁试探地叫了声。

我一怔，这才回过神来，发现自己竟然一眨不眨地盯着那人看。而他也似笑非笑地上下打量着我，灼亮的眼眸紧盯着我，像是要将我完全望穿。

我大感窘迫，脸上一阵发烧，甚至连身子烫得都似要烧起来，这股奇怪的燥热让我心里没来由地火起:"你看什么?!"

第四章 距离

"这画我要了。"他说到一半忽然讥笑起来,"呵,漂亮的公子哥,你有双好眼睛。"

"小爷我看上的东西,谁也不能夺走!"我强压下那异样的感觉,冷笑一声,迅疾地伸手去抢挂在墙上的那幅画。

他眼眸中异芒忽现,右手一捞,也抓住了那幅画。

"放手。"我面无表情地看着他,"你若再不放手,这幅画恐怕就要毁了。"

"哈哈哈……"他仰头放肆地大笑起来,"我若得不到它,那毁了也好!"

"呵……正巧,我也这样想的!"我把心一横,一咬牙,用力往回夺。

只听"嗦啦"一声脆响,飞屑溅墨,惊心动魄,那幅画已变成两半。

"你……"我难以置信地看着手中残破的半幅画,"你居然真的不放手!"

"哈哈,你不是也没放么?"他摆出一副趣味奕奕的模样看看我,"如今你我一人一半,可就公平了?"

"你!"不假思索地,我抬手便要给他一记耳光。

他从容一闪,手臂一抬,轻轻松松便抓住我的手腕。

"放开我!"除了父亲,从没有男人敢碰我,我猛地一用力,挣脱开去。我只觉得手上一阵酸麻,低头看去,手腕上清楚地浮现出一圈他留下的抓痕。

"你……"他的眼中闪过一丝迷惑,踏前一步,半俯下身来打量着我。

"走开!"我见他逼近,忽然一阵寒冷窜到心底,下意识地朝后退去。

店主估计是个怕事的人,早不知道跑到何处躲起来了。

而店中的其他客人,看着要出大事了,也躲的躲,闪的闪,都跑得没影了。

他肆无忌惮地大笑着,猛地捏住我的下颚,想更加仔细地打量我的容颜。

"呃……痛……"他的手劲太大了,似乎要将我的骨头捏碎,那有着厚茧的粗糙手指居然将我的下颚划出了细微的伤口。

"如水的肌肤……"他的眼神看着要将我活活吞噬,大手徐徐往上,抚过我的脸颊。

我愈加慌了,身子一闪,便想逃开去。

那人却一个箭步拦住我,目光放肆地流连在我的脸上、身上,眼中火热得像要喷出火来。

在府中,虽然也有一些男子曾看着我痴痴发呆,但他们都只敢远远望着,从没有人像他这般放肆。

我惊骇地去摸腰间的匕首,这才发现头上戴的儒生帽不知何时被他扯掉了,长发直泻下来遮住我的脸。我抬手顺势一拨,长发随风飞散着抚上那人的脸。

被他看穿了……

他将我驱至柜台边,两手一张,将我困在他的怀中,神色张狂,对我的禁锢仿佛天罗地网难以挣脱。

"世间竟有如此美貌的女子……"他倏地抓住我的手,轻轻揉搓,语调异常地轻柔,"你叫什么名字?告诉我……"

他噬人、玩味的目光使我再也无法按捺怒火,暗暗地握紧腰间的匕首,准备迎接一场彻骨的搏击。

我脚步轻移,手腕一扭,腰间的匕首已然脱鞘。

剑刃银光撩动,十分刺眼。

"啊……"他是躲过了,但剑尖还是在他的脸上留下一条深深的血痕,从额角直到脸颊,张狂而丑陋,那是我深深的恨意。

母亲给我的这把匕首竟是如此锋利……本以为它只是样子精致好看,却不知原是一柄可吹毛断发的宝刃。

"这么烈的性子……"他伸出手,牢牢扣住我的手腕,紧紧锁住我的腰,而后眉一挑,似全然不在意脸上那仍在淌血的伤口,"女人,我要你,跟我走吧!"

一声暴喝凭空响起:"放开她!"

我侧头看去,是阿真。

他大步踏进店来,负手而立。高大的身影遮住了我面前的光亮,宽肩健臂,给了我无形的力量。

在那瞬间,我有些恍神。

一个马夫,竟有如此的霸气与威严。

"小主人！"店外随后传来雨点般急骤的马蹄声，一个男人高声呼叫着，"小主人！"

我挣扎着扭头去看，原来是父亲手下的王将军。

"小主人！"王将军与身后众兵士飞身下马，躬身朝我行礼，"大人命我等前来迎接小主人回府！"

那人见我们人多势众，竟毫无惧意，只是一脸更加莫测的神情，目光犀利地紧盯着我。

我见他仍死死地搂着我，忍不住大声地怒吼出来："我是本城都督武士彠的女儿，你敢动我？！"

"你是武士彠的女儿？"那人却也没有惊慌失措，只是稍怔了一下。

我竭力保持镇定，使自己不露出一丝恐惧："不错！你若敢动我，我父亲定不会饶你！"

"呵……你以为我会怕么？"那人眼中暗光浮动，忽地精芒毕露。而后他双手托住我的腰，将我往前轻轻一推。

"啊！"我低呼一声，便落入阿真的怀中。

"丫头，后会有期了！"他意味深长地看了我一眼，而后撞破后面的窗户，纵身跃了出去。

傍晚时分，我被王将军半挟持、半保护地带回了府邸。

我快步跑着，在宽阔无人的院落里，绕过一个又一个回廊，听见劲风吹过耳旁的呼呼声响。

我的第一次离府游记，竟是如此地不愉快。

但即使如此，我仍是迫不及待地想将今日的所见所闻说与母亲听。

夕阳暖暖的光泽照着书房长廊外那一丛桃花树，无数淡白、粉红的花朵飘飘悠悠地，缤纷朦胧，似幻似梦。

母亲就躺在这样的桃花林中，她眼睫低垂，半倚在长椅上，手中还抓着一本书，长发如瀑般散在身后，更衬得她的肌肤晶莹剔透，如玉般皎洁无瑕。

一个人影缓缓靠近，是父亲。

他俯下身，轻轻地为母亲盖上白色的毛毯。他的动作很轻、很轻，似乎怕惊醒了母亲。仿佛母亲是如此地不真实，她便如同幻影中的虚假，随时会破灭一般。

母亲的头轻轻扭动了下，她并未醒来，仍是浅浅地睡着。

父亲徐徐地半跪在母亲面前，迟疑地伸出手，似乎是想抚摸她的长发，但最终还是没有。

在我心中，最爱的自然是母亲。

而我并不喜欢父亲，甚至有点轻视他。

琴棋书画甚至兵法战术、天下局势，多少个寒暑，全由母亲执手一点一滴传授于我。我的一切都是母亲教会的，这相似的容貌也是她给我的。

在我心中，父亲只是凡夫俗子，而这世间，很难找到配得起母亲的男子。

父亲痴痴地看了母亲一会儿，才徐徐起身，不想却撞到一旁的桌案。

"呃……"母亲被那声响惊醒，缓缓睁开双眼，"士彠？你回来了？"

"嗯，我……"父亲呆站着，他的一双手和他站立的姿势都显得那样的笨拙与无措。

"是因为媚娘的生日吧？"母亲微撑起身子，"你一向是最宠她的。"

"我……是啊。她生日，所以我……"父亲仍是支支吾吾，面色发红，局促不安，显得有些可笑。

母亲微蹙眉，轻梳着长发，转了话题："我听说附近州郡来了一股流寇，声势极为浩大，一路冲州撞府，劫掠百姓，搅得这一带很不太平。"

"啊，是，是啊！"父亲这才如梦初醒，"他们肆无忌惮，居然连官衙都敢攻击。"

"林将军曾与那群盗匪交过手，据他的回报，便可判断，那群人并非中原人士。"母亲脸色凝重，"依我推测，他们恐怕是突厥人。"

"突厥人？！"父亲一惊，"突厥已向大唐称臣，尊我大唐陛下为天可汗，怎么还敢……"

"突厥人生性不羁，要降伏他们只能降一时。"母亲神色微微一变，下一刻便已恢复如常，"虽说他们如今也是大唐的臣子，但仍有一部分人不服，不时来进犯我们，使我们的百姓经受苦难。"

父亲听后先是愕然，而后低头不语。

"草原气候恶劣，所以培养了突厥人坚忍的毅力。他们为了生存，不择手段，凶残无比。"母亲低头抚了抚盖在身上的白色毛毯，语调平淡，"这群流寇乍看之下行动杂乱，但其实却是极有秩序的。他们是亡命之徒，却并不愚蠢。他们视人命如草芥，却极度珍惜自己的性命。由此看来，他们定是有一个武功计谋都不错的首领,而非一般的乌合之众。所以,想剿灭他们并非易事。"

"唉……"父亲仍是不发一语,只是深深长叹。

"但是,流寇毕竟是流寇。他们远离家乡,来到中原,这就是大错了。"母亲的声音渐渐转沉,"确实,掠夺完一个地方就走,是可以始终集中兵力,有强大的破坏力量,可以勇往直前,但弊端也是不可估量的。一旦有重大失败,就会毫无退路,会一溃千里,死无葬身之地。"

我屏住呼吸,躲在树后,听得是心惊肉跳。

母亲……那个在我心中温婉如玉、沉静灵秀、不食人间烟火的母亲……看似无助柔弱,实则典雅蕴藉、暗藏计谋、深厚恣意。原来,美丽不是她的伤,淡漠与无情才是她的兵法。

"夫人,该泡药了。"福嫂端着铜盆,走到母亲面前,恭敬地说道。

母亲的脚早年曾受过伤,一直不曾痊愈。平日里双脚虽偶感酸麻,行走却是不成问题。但一到阴雨潮湿天,便开始发作,有时疼得厉害,竟连站起来也很困难。

父亲遍寻名医,却始终无法治愈母亲的旧疾,只能用些草药给她泡脚,稍微减轻她的痛苦。

"放下吧。"母亲颔首,拉开身上的毛毯,准备脱鞋去袜。

父亲似犹豫了下,忽然单膝跪下,伸出手去捧母亲的脚:"今日,便让我为你敷药吧。"

"不,士蘐……"母亲脸色一变,双脚猛地往回缩。

"你……"父亲先是怔住了,而后自嘲地说道,"原来,我连触碰你双脚的资格都没有……"

"不,不是这样的……"母亲竟有些慌乱,她定了定神才说道,"你一个大丈夫,跪在地上为我这小女子搓脚敷药,太委屈你了……"

"呵呵……"父亲干涩地笑着,他慢慢站起身来,吩咐福嫂,"福嫂,好好服侍夫人。"说罢,他如逃亡一般,转身快速地离去了。

春风乍起,却依然吹不皱叶茂花繁下的那一池春水。

母亲望着父亲离去的背影,眼中现出怅惘、空白、黯然与愧疚。

寒梅自有心,何求名士折?那样的香气,嗅之再三,就会伤了嗅觉。因为它透着遥远的寂和艳,冷冽凄清,绝玷污不得。

其实,只要母亲点头,我相信这世间不知会有多少男子将心甘情愿地跪倒在她脚下,向她俯首称臣。

可惜,父亲,可能真的连这样的资格都没有。

而今,我确是有些同情父亲。

因为从此间到彼间,或者只有一寸的距离。然,从此心到彼心,却隔着迢迢银河,永远无法逾越,也不能逾越。

第五章 屠杀

夜已沉,一灯如豆,昏暗的光线朦胧地照出了墙角的梨花木架床,红烛浊泪,裹着夜的阴霾与冰冷。

"媚娘,为何这般安静?不似你的性子啊。"母亲坐在榻上,扯开发带,青丝如瀑般倾泻下来。

"我……"我心中无数疑惑,到了嘴边,却是一句也说不出来。我只缓缓走到母亲身旁,取过她手中的乌木发梳,动作轻柔地梳着她的缕缕长发,任由那丝缎般的触感在手中滑过。

"怎么了?"母亲敏锐地察觉到我的异常,她拉下我的手,细细地打量着我的脸,"发生什么事了?"

我甩掉鞋子,爬上榻去,硬是将原本伏在母亲膝上假寐的云儿赶下榻。

云儿落地后轻轻打了个喷嚏,它凶狠地盯着我,冲我"喵喵"直叫。

我理也不理它,只伏下身子,搂住母亲的腰,将头枕在她的膝上,而后紧紧地闭上了双眼。

母亲无奈叹息,轻抚着我的长发:"傻丫头,你又闹什么?"

我摇摇头,在母亲怀中轻轻蹭着。她的白色丝袍刮刷着我的脸颊,我却只觉得酥软,一点不觉得疼痛。因为这丝缎是父亲找来最好的裁缝为母亲缝制的,无论质料还是做工,都是上乘。抚摸起来,顺滑无比,穿在身上更是通体舒畅。

父亲极宠母亲,吃、穿、用,样样都是最好的。

至于珠宝金银,那更是不计其数。翡翠、黄金、玛瑙……各式各样的首饰华服,在母亲屋中早已堆积如山。

然,母亲却总是一身素净,除了左耳上的血石,我从未看见她戴过任何的饰品。

父亲曾问过母亲,她只笑笑解释:"小时候有人给我算过命,说我命薄,不能戴,戴了会折福。"

父亲似懂非懂,却真的从此以后不再为母亲买这些俗物。

父亲是爱母亲,但却不懂她。因为只有一具腐朽之躯,才非得要这些珠宝来掩饰自己的空洞与暮气。而母亲绝世风华,是不必用这些多余的东西装饰的。

她的衣裙也只有黑白两色,高贵、飘逸、神秘,高高在上,那是遥不可及的完美。

而我喜穿粉、紫、红,黑白的厚蕴属于母亲,那是我降伏不了的。

我正胡思乱想着,屋外忽然传来一阵喧闹,尖叫声、脚步声不绝于耳,隐隐有火光闪动。

"发生什么事了?!"我一愣,急忙起身向屋外跑去。

眼前是一片火海,整座宅院都笼罩在一片火海之中。

"这是⋯⋯"我大吃一惊,再往外跑去。只见腾腾的火焰映红了半边天,连院中的那些花草也被烧得噼啪乱响。火势足有三四丈之高,我只觉得炽热灼人,似乎再往前一步就会被火舌舔到,烧焦了头发。

暗夜如锦帛般被生生地撕裂。

满府嘈杂,群拥的侍卫,尖叫逃窜的侍女,一群散发穿黑短衫的大汉,手拿弯刀,龇牙咧嘴地对着府中的人一阵乱砍。府中是有不少侍卫,却完全不是对手。因为那群人发了疯似的,像找到食物的秃鹰,口中呼啸尖叫,生生地扒开血肉,异常凶残。

疯狂的屠杀,疼痛的叫喊,无助的呻吟,刀光剑影,鲜血四溅。残破的躯体,冰凉的气息,绝望的眼神⋯⋯一切残忍得不像是真的。

流寇!他们一定就是那日母亲说的那些流寇!父亲今夜调遣兵马去附近的州郡查探,准备一举歼灭他们。而他们居然在这样的时刻,冒险前来攻击都督府!是什么如此吸引他们?!拼了性命也要来劫掠都督府?

我怔怔地站着,耳边听见的全是兵器的碰撞声和割骨的嘎吱声,还有府中侍卫倒下那一声声极其痛苦的惨叫。

当中有一个黑色长发的男人最是凶狠。他被一圈侍卫围住,却没有丝毫的退闪,反倒主动迎了上去,一阵狂斩怒杀!红光闪烁,银色的刀锋毫不留情地割裂面

前分不出是何人的血肉,断肢残臂散落四周。他的脸上反复地溅上腥红的热血,已分辨不出五官来。

我想,在这个时候,即使是神鬼站在他面前,也一定会被他毫不犹豫地一刀斩杀!

他转头瞥见呆若木鸡的我,开怀一笑,挥刀将最后一个侍卫砍翻,而后纵身一跃,落在我面前:"丫头!我们又见面了!"

"你!"他正是那天与我抢画的那个男人!即使他的五官已模糊不清,我仍认得那双灿烂如火焰般的眼睛!

"丫头,看见我欢喜得说不出话来了?"他得意至极地大笑,"我就是来带你走的!"他左手一伸,便将我扛在他的肩上,回头就走。

"放开我家小主人!"福伯从内院冲出来,举着一根烧火棍劈头朝他砸来!

他的唇角勾起冰冷的笑,手腕一翻,快如闪电,且没有一丝犹豫!

"不要!"我声嘶力竭地大叫起来!

福伯的脖颈上冒出鲜血,而后便一声不吭地倒在了地上!他瞪大了眼,手里还紧紧地抓着那根烧火棍!

"福伯!"我拳打脚踢,却撼动不了他半分,他仍是大步向院外走去,"放开我!你这个疯子!"

"我不叫疯子,我的名字叫怒战。"他哈哈大笑。

我刷地拔出腰间的匕首,迅疾地朝他的颈部刺去!

他头也不回,右手一抬,我的匕首碰到他的弯刀,发出"叮"的一声闷响。不止手腕被震得麻痛不已,我整个身子都被顺势弹飞出去。

"嘶⋯⋯"我狠狠地摔在冷硬的庭院中,还来不及叫痛,突然而至的阴影将我牢牢笼罩住。

"天真啊!"怒战弯下身子,指着额头上那道伤口,"丫头,你以为你还有机会伤我第二次么?!"他的手搭着我的肩,眼眸里依然带着杀戮后的兴奋血光。

"疯子!你这个疯子!"我不顾疼痛奋力挣扎着,甚至在地上滚爬着,也不想再被这个疯子触碰一下!

"谁都不准动她!"阿真一身是血地从院外跑了进来,他怒斥一声,一拳击出,正打在一个飞身上来大汉的腹部上,将他震飞出数丈,重重地摔落在树丛中。

"那是你的男人?"怒战低头问我,我咬唇没有回答。他轻笑,眼皮没动一下,只冷冷地吐出三个字："杀了他！"

阿真抽出腰刀，已和那数名大汉绞缠在一起。他虽然只身一人，却骁勇善战，动作迅猛，并未落在下风。厮杀声、哀号声、兵刃之声交杂在一起，浑浊的血腥味四散而去，随着初春的微风，撩过我的耳际，吹起我鬓间散落的碎发。

"首领，这两个便是武士覆的儿子！"两个大汉拖拽着我那两个不成器的哥哥走了过来。

"饶命，大王饶命……"他们面色发白，哆嗦着跪在地上，磕头如捣蒜。

"你们两个，还不如你们的妹子有用！"怒战脸上毫无表情，他只是缓缓地举起弯刀。

两个哥哥杀猪似的叫了起来："不，不要杀我们！你要媚娘，你带走就是！千万不要杀我们！"

"媚娘？你的名字叫媚娘？"他微低头，收起先前的戏谑，"这个名字还真是适合你！"

"住口！你不配叫我的名字！"我抓起地上的沙子，猛地朝他撒了过去！趁他恍神之际，我转身就跑！

"小丫头！还想逃到哪里去，乖乖地做我们首领的女人！"一旁一个大汉扑了上来，死死抓住我的手臂！

我脑中一片空白，下意识地举起那把封喉见血的匕首，直直地刺了出去。

"扑"的一声闷响，那是利刃刺入血肉的声音！

那个大汉突然瞪大了双眼，动也不动地静止在我面前，直到热烫的鲜血沾满我的手指，我才惊骇地松开手。

那个大汉还未死去，他摇摇晃晃地向前走了一步，伸手还想抓住我，却"扑通"一声，倒在了我的脚下，染满鲜血的手指紧紧地抓住了我的鞋子！

我的匕首刺得太准、太快、太深，已完全穿透了他的胸膛。

我杀人了，我杀人了……这个事实不断地撞击我的脑子，沾满鲜血的双手传来令人作呕的味道。我全身一震，弯腰开始呕吐。

"首领……"几个大汉围了上来，"她……"

"谁都不许碰她！把这府中的男人全杀了！看得上的女人就绑走，看不上的一样也杀掉！"怒战一皱眉，手臂一伸，将我打横抱了起来，"记住，动作要快！"

母亲，母亲！我倏地一震，母亲还在屋里！她若落在这群盗匪手里，后果不堪

设想！

"放开我！"我不顾一切地在他怀中挣扎起来！我要去救母亲！我要去救她！

"不,不要杀我们！"两个哥哥伏趴在地上哀声求饶,那群人哪里肯听,寒光一闪,弯刀就要挥下！

"啊……"一声惨叫,却不是我那两个哥哥发出来的,而是挥刀的那个大汉。

一道银色的亮光划破长空直接钻入那人的身体里,将他挑飞起来,而后再撞向地面,牢牢地钉在了地上。

我停止了挣扎,转头望去。

在这个刹那,时间似乎忽然停顿了,世间一切的活动好像都失去了意义。

那都是因为她。

倘若以沉鱼落雁、天香国色等词语来形容她,只怕还是远远不够。

怒战与其他人固然是呆怔得无法动弹,即使是我这个曾经与她朝夕相对的人,也不觉怔住。

所有人都以惊艳的目光看着她,眼中放射着炽热的光芒,痴痴地看着她,不能自拔。

从前我不知道为什么母亲从不踏出这个小院,但经过今日之事,我完全明白了。不是父亲阻止,而是母亲自己不愿。

母亲面似桃花,眼角生媚,身段风流,冷艳无双,倾国的美貌足以让天下的男人为她做任何事,甚至死而无憾。

美丽,是她的幸,却也是她的灾难,因为她的美是可以酝酿一切罪恶的诱惑。

母亲缓步上前,带着颠倒众生的优雅与淡定。她的手中握着一柄长长的弓——那柄一直挂在大堂墙上、在祭祀典礼上用的弓,它的强韧,需要两三个青壮男子才能拉得开。

而今,那弦在母亲的手指间饱满地张开,富有弹性的弓身也甘愿在她手中弯曲成一个优美的弧度。

她淡淡开口:"放开我的女儿。"

"你,你,是你！"怒战这才如梦初醒,他惊骇地瞪大了眼,"原来你才是……"

第六章　反击

"你……你的眼睛……呵,我知道了。你们长得真像……"母亲挑了挑眉,卸弦垂弓,若有所思:"你叫什么名字?"

"怒战。"怒战将我放下地来,却仍紧紧抓着我的胳膊,他已渐渐恢复冷静,嘴上却仍说着不着边际的话,"果然是你,这次我绝对没有认错人。"

"呵呵,怒战。我劝你还是把今晚的事情忘记,最好永远也不要记得曾有过我这么一个人。"母亲轻拨开脸颊旁的乱发,姿态优雅,"否则,你今晚必定走不出这个院子。"

"你说笑了。"怒战忽然又露出笑意,"即使你有非凡的武艺,但以你一人之力,又能做得了什么呢?"

"是么?"母亲从容一笑,抬手轻轻一挥,院外忽然涌入无数人马。

数十个弓箭手探身挽弓攒射,将我们围得水泄不通,所有拉满劲弦搭着硬箭的强弓都对着我们。

跑在最前面的林将军躬身施礼:"夫人!末将已遵照您的吩咐,派五十人前去救火,另拨五十人将府中的老弱妇孺全带到后山安全的宅院里,同时已遣人去城外通知武大人,援兵即刻便可赶到!"

"你都看到、听到了吧?"母亲垂下眼,漫不经心地轻抚着手中的强弓,"你们如今已是瓮中之鳖,早些放下兵器,束手就擒吧。"

怒战也不恼火,只是抓着我的手越发用力,痛得我皱起了眉:"媚娘还有这两个臭东西都在我手中,你们敢轻举妄动么?"

"你,你,你的声音……你真的就是那个女人?!"两个哥哥仍趴在地上,其中一个哆嗦着抬起头看向母亲,"原,原来你生得这般美丽,我们还一直以为……"

"你们如今只有归降一条路可走。只有这样,或许我会考虑网开一面,留下你们的性命。"母亲没有答理他,她神色一凛,沉声说道,"若再冥顽不灵,就休怪我不留情面了!你们劫掠百姓,无恶不作,我今日绝不会放过你们,无论是谁都无法阻

止我！弓箭手，准备！"

听到母亲的指令，阵前先锋的兵士迅速地拉弓上箭。

我心中一阵恐慌，母亲，竟真的全然不顾我的性命安危，准备放箭么？！不，不可能！

我强自冷静下来，再看向母亲。她微眯着眼，神情淡漠。在这个瞬间，我却忽然明白了。

母亲正在殚精竭虑地极力想救我。但聪明人都懂得一个简单的原则，越想得到的东西，表面上就必须越装出漫不经心、毫不在乎，这样才可以谈得拢甚至杀低对方的锐气。

只见她高抬右手，猛地向下一挥，身后的兵士便"刷"地乱箭齐发，多数都准确无比地射中了那群盗匪。

"啊……"十几个盗匪都中箭痛苦地倒在地上挣扎呻吟。

"如何？还不醒悟么？"母亲将强弓交给一旁的林将军，而后轻提长剑，缓移脚步，一人站在两军中间，与我的距离已不到一丈，"这样吧，我也不想日后让人耻笑我以众欺寡。你们挑选一人出来与我比试，若胜了，我便不为难你们。若败了，那就任凭我处置。"

那柄长剑……我有些呆怔。那是挂在母亲房里一柄早已封尘的剑。我曾问过母亲这剑的来历。母亲笑答，这只是装饰之物，伤不了人的。

怒战死死地盯着母亲，他紧抿着唇，不发一语，左手紧握成拳，指节泛白。

旁边有个大汉着魔般地看着母亲，因为他只要一伸手就可以掳到这令所有人垂涎已久的美人。

"啊！"他忽然大吼一声，发疯似的向母亲扑了过来。

母亲掠身躲过，她侧头咬断剑柄上的封绳，宝剑瞬间就从鞘中破身而出，一时寒光四起，杀机暗伏。

"哗啦"一声，红血白浆四溅，那个大汉已被劈成两半。

一个完完整整的人，恰好变成各自完整的两片。

鲜血喷溅一尺多高，把周围的泥土染成鲜红一片。

但母亲的剑依旧闪亮，竟没有沾染到半点血渍，她雪白的长衫也洁白如新，一点没被溅污。

她静静地看着地上的尸体和血渍秽物，气息平稳，仿佛刚才那饮血的一剑不是她劈的，那人也好像不是她杀的。

"我一向以为容貌与脑子总是配不起来，越美丽的女人就越像木头、石头，所以我一点都不提防你。"怒战的面色比泥土还要难看，他的声音也很干涩，"你确实很美，是我见过最美的女人。但是，美人果然心也很毒，你眼不眨一下，便杀死我十几个兄弟！"

"投降吧。"母亲长叹一声，"倘若情势允许，我也不想要你的命。"

"哈哈哈……"怒战忽地仰天长笑起来，"我们突厥人只有战死的，没有投降的！"他猛地一脚踢出，将伏在地上的两个哥哥像麻袋一样踢向母亲，而后将我扛起，甩到肩上。

趁母亲闪避之时，怒战冷哼一声，足尖一点，箭一般飞身跃起，翻过院墙，跳了出去。

院墙外居然停着一匹黑马，他抱着我正正地落在那马的背脊上，飞快地策马远去了。

事情发生得太快，我这时才反应过来，在他怀中拼命挣扎："混蛋，快放开我！你抓我做什么？！"

"哼，丫头，你娘真是个可怕的女人！"怒战专心地驾马，完全不理会我的捶打，"不过输给她我也不丢脸，这笔账，终有一日我是要向她讨回来的！"

怒战大喝一声，扬鞭策马，初春倒寒，深夜长风猎猎，刮过脸颊犹如刀割，掠得我的衣袂翻卷，长发乱舞。

怎么办？怎么办？莫非今日就真的要被这蛮子带走么？不！我不要！母亲！救我！救我！

身后忽然马蹄声疾如雨点，愈发密集，听之惊心动魄！

"媚娘……"杂乱的声响中我捕捉到那熟悉的音线。

母亲？！我难以置信，费力地转头去看。

恍惚中，一匹神骏非常的白马，来势迅如惊电，疾若御风，竟是那匹追风神兽！

而驭马之人，正是母亲！

至此，我恍然大悟。

原来，那降龙之人，是母亲！

追风果然不负追风之名，转眼间已赶了上来，两骑逐渐并驾齐驱。

"怒战，放了媚娘。"母亲的手上仍提着长剑，语调平淡，长发迎风飞舞。她逆着月光,美丽的脸仿佛氤氲一般,晶莹粉白得似是吹弹可破。

怒战的刀还来不及拔出,母亲的剑已破空而出,锵然一声似龙吟虎啸,剑势急劲,光影耀目,令人睁不开眼睛。随着一声裂帛的锐响,怒战的外衣被利剑撕开一道长长的裂口。

怒战这时才拔出刀,母亲的长剑却已回绕过来,"当"的一声磕歪他的弯刀。

怒战的身子受震侧旋,母亲的剑原本可刺穿他的胸膛,锋刃却忽然一旋而回,变为横势,"砰"一声结结实实扫中他胸口。

怒战吐出一口鲜血,整个身子被震飞出去。

"啊!"我原本是被怒战抱在怀里,而今便随着他也一起滚落下来。

母亲策马赶了上来,仅凭双脚驾驭住马匹,她双臂迅疾地张开,将我搂上马背。

"母亲!"我扑入母亲怀里,蹭着她的脖颈,嗅着她身上熟悉的幽香。

"你为什么不杀我?"怒战侧躺在地上,冷冷地看着我们。

"因为方才媚娘在你怀中,你顾及到她,而没有全力出手,所以我才能胜得了你。仅此一点,我便不会杀你。"母亲却没有急着安抚我,她的声调依然不高,却带着潜在的威胁,"怒战,我不杀你,但是后面的那些追兵却一定可以置你于死地。"

怒战轻笑:"呵,你以为我会害怕么?我只是没想到,今晚会败给你。我与那么多兄弟一起戎马天涯,而今他们都死在你的手里,但其实我并没有那么恨你。盗匪,说穿了,都是一群离人,刀口舔血,生来就该明白死亡随时可能降临。但只要在死亡来临的前一天,仍能活得随心所欲、痛快淋漓,那么就算真的死去,也必定是无怨无悔。"

"我明白了。"母亲缓缓点头,"但我仍有一点不明白,依你的出身,为何会沦落到去做盗匪?"

"这个你就不用明白了!后会有期!"怒战忽然暴怒起来,他吐出口中鲜血,而后翻身上马,身影很快就消失在凉月长街之间。

"母亲……"我转头抬眼看向母亲,眼泪忽然滴落。

"好端端地,怎么莫名地哭了?"母亲轻笑着拨开沾在我脸颊的乱发,擦拭着我不断落下的泪水。她炙热的掌温,在我的肌肤上留下了深深浅浅的痕迹,那是一种令我酸楚的疼惜,令我再一次泪如雨下。

如今我才发现,母亲的手,其实很粗糙。手虽然纤长,但并不柔嫩,她的手心里结满了厚茧,想来是多年劳作与习武的结果。

"好了,傻丫头,别哭了,我们回家。"母亲一拉缰绳,正要驱马,却忽然轻咳一声,嘴中呛出一口血,而后身子便软软地向后倒去。

"母亲!"我惊骇地大叫,伸手扶住她瘫软的身子。

第七章　夫妻

"大夫!如何?!"父亲站在榻边,面色憔悴,着急地看着还在忙活的大夫,"她方才又呕血了!"

又?我闻言全身一震。如此说来,今日的情形已不是初次了,母亲的身子竟已虚弱到这般地步么?

母亲双目紧闭,静静地躺在榻上,面上无一丝血色,苍白的薄唇轻抿,似已不带半点鲜活之气,却美艳依然。

大夫诊察了许久,才皱着眉头向父亲躬身回道:"武大人,夫人早年曾受过重伤,那时虽已治愈,但她的身子再不能如从前那般健康,而今日她身体虚弱……"

"你,你是什么意思?"我的双手紧握成拳,指尖深深掐入掌心。

"这……我先前便说过,夫人的身子曾受过重创,"大夫顿了下,才慢慢说道,"血虚之症,恐怕会终生相伴,再也无法痊愈。而今日夫人定是运了真气,导致气血逆流,所以才会呕血昏厥……"

母亲……我双腿一软,便直直地跪在了母亲榻前。

是我,都是我。母亲若不是为了救我,又怎会冒险出手?!是我,都是我害了她!

我伸手,颤抖地拢了拢母亲的乱发,见她一身虚汗,甚至连眼睫上都有汗水,想来必是十分痛苦。

我掏出锦帕,细细地擦拭母亲脸上的汗水,而后双臂张开搂住她,将头靠在她的颈肩处,倾听着她微弱的心跳,感受着她鼻息处浅浅的呼吸。

"媚娘,媚娘,"父亲先是一愣,而后搭着我的肩膀劝道,"不要这样,你今日也

受了惊吓,先回去休息吧。"

大夫也出言劝道:"是啊。夫人如今需要静养,小主人还是不要久留在此。"

"你们走开!"我很轻却很尖锐地喊道,"滚开!谁都不要来打扰我们!"

"媚娘……"父亲被我吼得怔了怔,他轻叹一声,冲大夫摆了摆手,"大夫,麻烦你先去开方子,我会找人轮流来照顾她;还有,你以后每日都要来定时进行诊视,知道么?"

大夫点头施礼后便退下了,父亲又是一声长叹,转头看了母亲一眼,这才大步走了出去。

房里只剩我与母亲,寂静无声。

墙角边,香炉里的檀香已经成灰,只余一缕悠悠的烟还在徐徐飘舞,悄无声息。

"嗯……"母亲似无意识地呻吟了一声,她轻轻抬眸,眼角眉尖漾出华光烁烁,而眼底却是无边无涯的幽黑。她的唇角微微扬起,露出动人却又淡漠的笑容,"媚娘……"

"母亲……你终于醒来了,我好担心……"我紧搂着母亲,有些哽咽,"对不起,母亲,都是因为我……若不是我,你也不会……"

"傻丫头……只要你没事就好……你没事就好了。"母亲轻抚着我的眉眼,悠悠说道,"看你,哭成这样,眼睛肿得像桃子,守着我一夜未眠吧?上榻来,睡一会儿吧。"

我胡乱地抹掉眼泪,飞快地脱了鞋袜,爬上榻去,轻轻掀开锦被,钻入母亲怀中。

母亲为我掖好被角,紧紧搂住我冰冷的身躯。

好暖和……母亲……

我安心地闭上双眼,沉入梦乡。

这是温暖的一天、满足的一天、沉静的一天、安逸的一天。没有刺目的刀光剑影,只有温柔朦胧地从窗口洒入的阳光。

这是幸福的一天。

母亲的身子从此虚弱,一直不见好。

而父亲却莫名其妙地病了,且病得很重,四肢麻木,言语不清,日益憔悴,形如枯木。

母亲拖着病弱的身子，守候在父亲的榻边，寝食俱废、目不交睫、衣不解带地照顾他。日日夜夜喂他饮水进食，父亲所服的汤药，她亲口尝过后才放心让父亲服用。

父亲入睡时，母亲便在榻边静候，倚坐假寐，一闻父亲的声息，她便趋至榻前。

父亲心疼母亲，多次让她回屋休息，但母亲却执意不肯稍离，依旧夙夜照料、陪伴在侧。

这日夜里，我端着一碗药汤走进屋去，正要绕过屏风进入内室，便听见父亲气若游丝地说道："你，你别费心了，我，我怕是不行了……"

"士蒦，不可轻言放弃。"母亲的声音平淡却坚定。

我轻轻地将托盘放在桌上，而后躲在屏风后探头去看。

父亲倚着床头，蹙眉看着母亲，他的身上盖了厚厚的棉被，面色苍白："我知道自己命不久矣，所以有些话我是非说不可……"

"士蒦！"母亲坐在榻前的长凳上，急急地打断了他的话，"不可说如此不吉利的话。"

"呵……我自己的身子，我自己最清楚。"父亲轻笑，只是声音里已有疲倦，"夫人，你听我说，不，明，你听我说……"

"明？"母亲闻言全身一颤，苦涩一笑，"我已经十多年没听见有人如此唤着我的名了……"

"我从来都叫你夫人，不曾唤过你的名。"父亲轻轻叹了口气，"就像你一直都只叫我的名，而不肯叫我一声夫君。"

"不，不是你想的那样。"母亲似是有些着急，她开口想解释，却被父亲制止了。

"明，我没有怪你的意思，你愿意留在我身边，陪伴我十几年，我已心满意足了。有些话，我今日一定要对你说。若今日不说，恐怕日后便再也没有机会了。"父亲语气里已经有着感伤，"我仍记得当年初次见你时的情形……清风刮走了你的纱巾，你翩然而至，一身光芒，是如此地璀璨夺目，宛如不食人间烟火的仙子。而我，既不是美男子，也无扭转乾坤的权力，甚至连如何与女子交谈都不知道……但……"他顿了下，眸中惆怅之色不可掩饰地蔓延，"但，我是爱着你的……虽然我总是将你丢在一边，不敢接近你，但，但我是只爱着你的！倘，倘若我能再英俊一些，再出色一些……或许，或许我还有资格开口向你说，我是爱你的……"

"士蒦……"母亲怔怔地望着父亲，静默无言。

"我知道,只有那个男人才有资格拥有你;而我,只是你溺水时抓住的一块浮木。我贪心地藏起你,占据着你十多年,我也该心满意足了……"父亲急促地喘息着,却仍坚持着往下说,"明,你不用担心,我已将那些突厥人全数解决了,我知道你隐姓埋名,就是不想让人找到你,让过去的阴霾跟随你;而我,唯一能为你做的,也只有这些了。"父亲定定地望着母亲,神情空洞而淡漠,"或许就是因为我犯下这杀孽,所以上天才折了我的阳寿,要在此时便取走我的性命。"

"士蒦……我,我对不起你……我,我不是个好妻子。谢谢你,谢谢你一直如此对我。还有媚娘,你如此宠爱她,甚至胜过我这个亲生母亲。"母亲先是睁大了双目,而后便缓缓垂下眼,浓密眼睫在她脸上投射下一小片阴影,"你,你实在不该对我这样好,我不配,我不配……"

"不,你配的,这世间也只有你配。明,你知道么,你在我心中,就犹如天上的神女,绝碰不得,连想一想也是罪过的……"父亲定定地望着她,眼眸忽然大亮,眼里半是眷恋半是期盼,"明,而今,我想求你一件事。我,我只是想,只是想摸摸你的长发,只摸摸你的长发,可以么?"

"士蒦……"母亲轻叹一声,扯开束发的缎带,静静地牵起父亲的手,放在自己的长发上。

"明……"父亲低声唤着母亲的名,他的指尖在微微颤抖,他轻拢她散乱的如瀑青丝,并没有进一步的举动,只是抚着她的乌发,一遍又一遍,仿佛她是稀世珠宝般弥足珍贵。

母亲盈盈蒻瞳依旧沉静如水,不沾纤尘,淡笑倾城。

夜尽三更,一轮凉月,水色清浅,星泯灭,影正明。

第二日清晨,父亲便走了。

他走得非常安详,似乎没有痛苦。

前来悼念的人络绎不绝,灵堂里始终围绕着悲凉的气氛。

母亲依然没有出面,她只是一身白衣,无言地站于阁楼上,出尘的容颜凝着哀思,那眸中似梦似幻的迷离神采,浮着哀伤。

"我好想摸摸你的长发。我多么想摸摸你的长发!"父亲一定曾在心里如此狂喊,母亲其实是知道的。

父亲未曾得到,他未必没有得到。

我无论何时都记得,父亲临终前抚着母亲长发时的那眼神,是那样的深情入骨,是那样的痴迷眷恋。他已知自己将撒手人寰,但依然深爱母亲,难舍难离。

我也能如母亲那般幸运么?谁是我的良人呢?会有一个男子,如此深爱着我,与我生死与共,不离不弃么?

我能么?

又是一年严冬,天像漏了一般,白雪霏霏,无休无止。

雪光耀眼,月色清寒,天地一片寂静,窗外的梅花在飞雪中悄悄凌寒独放了,阵阵幽香透过窗纱送到了我的枕边。

我躺在软榻上,辗转反侧,难以入眠。

今夜我是怎么了?为何如此心烦意乱?

房门就在此时忽然"咿呀"一声开了。

"谁?"我侧头眯眼看去,从门外走进来两个男子。

领头的身材高大,窄袍蓝衣,他,他是怒战!

我大吃一惊,立刻掀开被子,翻身坐起。

"丫头,我们又见面了。"怒战神清气爽地笑着,而随在他身后的黑衣人,却有一种慑人的气势。

他逆光而来,一行一动兀自笼罩在明月的余晖中,亦真亦幻。

近了,更近了。

我清楚地看清他的脸,傲慢飞扬的剑眉,刀凿般的五官,眼眸间的情绪掩藏得不露一丝痕迹。

他紧紧地盯着我,宛若失神般,像是给我勾了魂去:"你,你就是媚娘?"

第八章 突变

他粗糙的大手缓缓抚摸着我的脸颊,我猛地一震,挥开他的手:"你,你是谁?!"

"呵呵,媚娘,带我去见你的母亲。"他俯低身子看着我,月光下,他的瞳孔似乎隐隐反射出墨绿的光芒。

他的眼睛,我一愣……怎么会?

"不可能!"我断然拒绝,母亲今晚去了后山的庵堂,不在府内,所以他们才找不到她。

"丫头,你不说没关系,我们依然能找到她,只不过要多费点工夫罢了。"怒战说着,弯身将我扛在肩上,大步向屋外走去。

"放开我!"我又怒又急地高叫,究竟是都督府的侍卫太无用了,还是这两个人武艺太高了,他们简直是如入无人之境,随意来去!

"丫头,安静些。"怒战将我的双手反剪在身后,而后拿了块锦帕塞住我的嘴,"你先委屈下,等找到你娘,我自然会放你下来。"

他们抓住一个守更的侍女,很容易便问出了母亲的去处。

母亲的房里并未点灯,那黑衣男子也不出声叩门,径自地推门进去,怒战则抱着我紧随其后。

重重叠幔,幽幽香气,却似是空落无人。

但进得门来我便觉有些不对,似有猛虎在侧,莫名的威胁感瞬时涌上心头!

凛冽的剑气,在黑暗中使人发寒。

一柄出鞘的长剑,犹如在天飞龙,划破长空,剑光一寒,映亮了母亲那双沉静如水、微澜不惊的黑眸,屋中凝着一股肃杀之气。

"呵呵,明,我平生只有两次被人拿剑架着脖子,很不巧,两次都是你。"黑衣男子不惊不怒,浅笑依然。

母亲扬睫,抬眸,缓缓收剑。

母亲显然是沐浴方出,只着单衣,微敞低领,发下纤细的颈项,雪色肌肤染着玫色光泽,乌发微湿,她急促得甚至连鞋袜都未穿,赤裸的双脚踩在白色的毛毯上。

"怒战,你与媚娘先离开一会儿,我有话单独与明说。"黑衣男子也不回头,只深深地望着母亲。

"是。"怒战毫无异议,转身抱着我大步去了。

"呜唔!嗯嗯!"我的嘴被堵着,根本无法说话,只能使劲挣扎着。

怒战走到院外,忽然抱着我又折了回来,他悄无声息地跃到窗外的一棵大树上。

"你……"口中的帕子才刚被取下,我立刻想开口,怒战修长有力的大手便掩住了我的嘴。

"嘘……"怒战紧紧地搂着我的腰,一手严实地掩住我的嘴,在我耳边低声地说道,"丫头,安静,难道你不想听听他们说些什么吗?"

我眨了眨眼睛,抬头看去,在树影的遮盖下,光线十分昏暗,怒战的眼眸却异常晶亮,他捂住我唇瓣的手热烫非常。

"嗯……"我无言地望着他,而后徐徐点头。

怒战便放松了手上的力量,但并未放开对我的钳制,仍是紧搂着我。

我只好被迫靠在他的身上,探头往屋内看去,竖起耳朵专心地听着他们的谈话。

青灯下,烛影摇曳。

母亲的膝上横放着长剑,面色无波地端坐在长椅上。如今已是初冬,她的脚是受不了严寒的,所以无法长期站立。

"明,十多年过去了,你的容貌,居然没有一丝变化……"

"库摩,你眷恋着的不就是我这副臭皮囊么?"母亲唇边似是含着一丝笑意,嘲讽而苦涩,"你果然找来了,那日我放怒战离去,就早已料到会有今日。"

"你,还恨我么?"库摩身躯微微一震。

"恨。"母亲深沉如夜的双眸灼灼地凝视着他,"若不是你,我绝不会是今日这副模样。就是你,生生地斩断了我驰骋大漠的梦想。"

"你依然这么恨我,这么恨……"库摩轻轻抬眸,喃喃道,"你还要恨我到何年何月?我以为你生下了媚娘,你……"

"媚娘是我的女儿!"母亲打断他的话,"而我,是武夫人!"

"武夫人?那个懦夫不配得到你!"库摩声调压抑,眼神更是令人战栗,他缓缓地露出微笑,"你该庆幸他死得早,否则我一定会让他知道什么叫生不如死。"

"住口!"母亲含怒低斥一声,"你如何对我,我都不在乎,但是,我绝不允许你侮辱士彟!"

"好,那你来告诉我,媚娘是谁的女儿?"库摩低笑,眉宇间透出的凶狠却完全隐藏不了。

听到这里,我忽然心跳如擂鼓,内心深处升起一股莫名的颤抖,似乎有什么事情在心里横梗着,使我心神难安。

怒战似乎觉察到我的不安,他的手搭在我的手上,安抚似的轻轻拍了拍我的手背。

可我此时哪有心情去理会他，仍是聚精会神地注视着屋内的情形。

"媚娘是我的女儿。"母亲眼瞳闪过骇人精光。

"是么？"库摩走到桌前，轻抚插在瓶中的一枝白梅，"记得那年我在草原上带走你时，你无论如何也不愿看我，连正眼都不肯瞧我一下，更不愿接近我。你拼命地抗拒、挣扎，最后我抓住你，扯下你每一件衣裳，你如雪的肌肤，弱柳似的细腰……"

寂静中忽然"啪"的一声，不是很响，但是令听到的人觉得心里莫名地抽搐了，一种令人生痛的听觉。

库摩左颊上随即浮起鲜红的指印，母亲虽然身子虚弱，出手却是很重。

"住口！"母亲一改以往的沉敛，"你以为你说这些能代表什么？！"

"能代表什么？！"库摩猛地一挥手，将花瓶狠狠地扫落于地，瞳中的怒焰高燃，"你是我的女人！你注定是属于我的了，无论是谁阻止，我都不会放手！哪怕你避我如蛇蝎，今日我也一定要带走你！"他失控了，不顾一切地冲上前去。

"我知道我不是你的对手，但是，你不要过来。"母亲已恢复冷静，她抽出长剑架到自己的颈子上，阻止了库摩进一步的靠近，"否则，你得到的只能是一具尸体。"

库摩在昏黄的光线中，双瞳更显阴森骇人："明，你不会，你绝不会自己寻死……"

"是么？"母亲淡然一笑，扬起手中的剑划过纤细的颈子，锋利的剑所到之处鲜血丝丝渗出，"在十几年前我就该死了，若不是为了媚娘，我何必生不如死地苟活于人世……"

"不，不要！明！"库摩惊恐大叫，却再也不敢上前。

母亲不惜以命相搏的举动令我心急如焚，刚想跳下树去，怒战却死死地搂着我，掩住我的嘴，让我不能动弹半分。

"唔……"我拼尽全力挣扎着，却依然挣脱不了他的钳制。

库摩长声一叹，神情痛苦，显然是心疼母亲划破脖颈，生怕她伤了，他蓦然闭上眼，而后猛地睁开："明，你若敢死在我面前，我立刻就杀了武媚娘！"

"你，你居然拿这个威胁我？"母亲一脸难以置信，"她也是你的……"

"终于要承认了么？！"库摩轻扯嘴角，那笑容却令人毛骨悚然，"若得不到你，我要女儿有什么用？！"

"呵呵……"母亲一愣，缓缓收剑，又坐回椅上，而后她幽恻恻地扬起笑容，"你以为我真心想要这个女儿么？若不是她生得像我，我早就掐死她了！"

母亲！不、不，假的、骗人的，不可能的，母亲不会这样对我的！我掩着唇，心中的震撼，让我无法相信此刻所看到、听到的一切会是事实的！

不，母亲是爱我的！我不懂！我真的不懂！谁告诉我？谁能告诉我！

"明，从以前开始，我就很喜欢我们之间的对峙，因为我从来没遇见过能与我旗鼓相当的女人。与你做对手是愉快的，但，若再斗下去，终究，我与你，将会是阱中困兽，都一无所有。"库摩深深叹息，他忽然单膝跪在母亲面前，"明，如今我不想再争了，我只想要你……"他迅疾地伸出手，轻轻握住母亲的赤足。

母亲的身躯一颤，挣了两下，却始终无法挣脱。她轻声叹息，似笑非笑，神情充满凝重的忧伤。

"明，随我回草原吧。我发誓，我再也不会勉强你，你可以做任何你想做的事情。"库摩仍跪在地上，他竟俯首低吻握在掌中的母亲的那一双赤足，"我这双腿，从未跪过任何人。即使在可汗和大唐的皇帝面前，我都没有屈过膝。如今，我已经向你俯首称臣，只求你能随我去草原……我什么都可以答应你……"

母亲的神色更显冷硬，抬首扬睫，一双漆黑的眼眸中迷茫难解，只是唇角多了一丝悲凉，语调透着深深的哀愁："为何你们都只会自以为是地逼迫我……"

我怔怔地看着，眼前刚发生的一切险些令我当场崩溃，世间的变化都是如此无常与滑稽么？！

从小我就知道自己是武家的女儿，有爱护我的母亲与父亲。而今证明我居然是这个突厥人的孩子，而母亲……她恐怕还是恨我的！这也解释了为何母亲有时会以深冷之眸望着我，眼中总带着一抹积郁难解的光芒。

天啊！事实的真相竟是如此残酷！

我的幸福只是瞬间，如此短暂，而痛苦的覆盖却是如此冰凉透骨。

那如同深渊般寂静的夜空，让我突然有刻骨的寒冷和无助。也许，很多想法只是我的一相情愿罢了。

我无法挣脱怒战的双臂，索性伏在他怀中低声哽咽。

此刻只愿眼前的一切只是梦，只愿这十多年来，母亲对我的感情都是真实的！

第九章　库摩(番外)

　　数位歌姬端坐在穹庐中央,她们十指浅浅拨动着琴弦,和着鼓声瑟瑟,低吟浅唱,悠扬动听。

　　其余的女子皆衣衫暴露地依偎在我身边,如蛇的腰肢、艳丽的红唇,她们有的为我倒酒,有的喂我吃着桌上的食物,或在我耳边吐气如兰地窃窃私语。

　　其中一个挨在我身边的女人十分大胆,甚至伸出手轻柔地抚着我结实的胸膛,充满了暧昧的挑逗。

　　"呵……"我只是一如往常地慵懒轻笑。

　　突厥男儿最重武力,武艺高强者便可在草原上扬名立威。在突厥,论武功,无人是我的对手。我继承父亲之位,年轻富有,手握大权,即使是颉利与突利也要让我三分。

　　仅凭这些,草原上的女人,都对我趋之若鹜。

　　杀人,我从不失手。对女人,也一样。

　　敏锐的目光,使我在女人中游刃有余。所以我熟悉每一种媚笑、轻嗅每一抹香味、品尝每一寸如花瓣般的肌肤,不动声色,微眯双眼,与她们嬉戏、玩耍、争斗、觅食。

　　一个女人的手指,在我的锁骨上轻轻地抚弄,而后沿着脖颈缓缓向上,摸着我的脸颊,滑过我的眉、眼、鼻,流连在我的唇边。

　　"大人,你生得真俊……黑色的眼眸隐隐泛出墨绿的光芒,是你们家族的遗传么?"她痴迷地看着我,口中梦呓般地说道,"如此精致的五官,与突厥男子的粗犷,完全不同……"

　　"别用你那脏手碰我!"心中某处像是被她扼住一般,我怒喝一声,猛地用力,咔嚓一声,轻而易举便折断了她的手。

　　那女子痛号地抱着被我折断的手,亭内的其他女人也全惊吓得花容失色、惊声尖叫。

她们连头也不敢抬,个个哆嗦地跪在地上。看来,这群吓呆的女人,今日才总算见识到了我的怒火。

　　"大人,何必为这样的小事发火……"一个女子跪爬着上来,试图缓和这危险的气氛。

　　"滚,全给我滚。"我心中烦躁,猛地一掌劈出,劈裂了面前的桌案。

　　那些女子深怕我下一掌劈到她们身上,所以全吓得仓皇逃出穹庐,连那受伤的女子也抱着手狼狈地跟随同伴逃命去了。

　　碎裂的桌案扬起灰飞的烟尘,我在这飘散的尘雾中慢慢地闭上眼。

　　我平生最厌恶别人说我长得俊俏,不像突厥人。

　　我的祖父,原本是突厥贵族,有着大好前程,却迷恋上一个中原女子,生下了我父亲,从此家族没落。

　　我的父亲,雄心勃勃,立誓为家族重振声威,不料也爱上了中原女子,厌恶世事,再无争斗之心。

　　而我,继承父亲之殊位,必要光大荣耀我的家族。

　　中原的女子果真有如此魅力,能令祖父与父亲这两个雄心万丈的枭雄抛弃一切、甘心退隐么?

　　我侧头望去,那悬在墙上的宝刀已快要生锈了,它久未饮血,我似乎已经可以听见它在鞘里嗡嗡作响,隐忍不住地低鸣。

　　我猛地起身,抽出弯刀,只见刀身乌黑发亮、凛凛寒气、杀气逼人,仍是一把好刀。

　　我应该满足于眼前这一切了,但为何我仍觉得心中有些空荡,仿佛缺失了什么。

　　究竟是什么呢?

　　那个跟在突利身边的风姓中原少年,我对他非常没有好感。

　　英姿飒爽中却又带着若隐若现的纤弱,如男似女的飘忽,我居然分辨不出他真实的性别。自古男女有别,男子威武、女子娇柔,但眼前之人却完全否定了这个定律。

　　身子瘦弱得如同蒲柳,而容貌居然比所有的女子都美丽。如此妖孽,不该留于世间。

　　所以当颉利让我去杀他的时候,我一口便答应了下来。

我的祖先，全是墨绿色的眼睛，在黑暗中仍可清晰地视物。但由于祖父与父亲这两代娶的都是中原女子，所以血统淡了不少。而我，却奇异地继承了家族的夜眼，黑夜对我来说，甚至比白天更适于我施展。

黑暗中，他居然险险地躲过了我的刀。

"在下风明。"他持剑站立、不卑不亢，坦然接受了我的挑战，"你是刺客库摩？"

他的剑法十分奇特，是我生平仅见，柔和中带着凌厉，刚柔并进，确是厉害，而他不要命的打法更是令我心中一颤。

我以为必胜的一刀，却只划破他的衣裳。

优美净白的颈项，发丝轻柔地搭在他微露的香肩上，更为他增添了一份动人的妩媚，被白布紧缚住的胸脯随着急促的呼吸上下起伏，不盈一握的纤纤腰身……

"他"……竟然是个女人！

瞅准空当，原本我可以一刀要了他的命，但不知为何，在最后关头，我仍是硬生生地收了回来。

"幸会。"丢下这么一句，我逃难似的匆匆离去。

我在慌乱什么？我在忌惮什么？我在犹豫什么？

可惜情势容不得我理清这些纷乱的思绪，她摆脱了突利，打算回中原。

我依然无法理清自己杂乱的悸动，却着魔似的追了上去。

见她深陷狼群，我再也按捺不住，出手救下她。

她注视着我，脸上的血迹未干，眼眸中流转着剔透无比的清光，犹如一只美丽却浑身戒备的灵兽。

而我，就是那逐鹿场上冷酷无情的猎手。

我凝神望着她那绝色的容颜，从她的唇中吐出令人轻飘舒服的声音，娓娓地，那么近，那么近，如在耳畔，轻易便拨动了在我心中轻舞飞扬的那根细弦。

心中忽然一颤，一股暖意顺腹入怀，刹那间沸腾焦灼，轻轻地永远地烙在我的胸口……此刻，我已明白自己缺失的究竟是什么，我寻了千百回，终于在这暗夜下找到了。

我在心中暗下决心，此生若不动情爱也就罢了，至多一世孤独。

若真动了心，便非她不可。

我俯身，轻吻上她带血的面颊。

后会有期了，丫头。

太快到手的猎物，我没有兴趣。我有耐性，可以慢慢地等她成长。

莺飞草长，去日如水。

乍暖还寒，狂风肆虐，黄沙满天，女人们鲜润如水的脸已有些憔悴。

我摊开手掌，一捧细沙由指缝中缓缓滑落。

她死了。

我等了数年，却只等来这样一个消息。

听说她不肯入宫为妃，在大唐皇帝登基那天自杀了。

呵，确实很像她的性子。

我有些想笑，眼中却一片潮热。

这个该死的女人……

天空更阔，大漠更远，白云更静，如传说般的一见倾心，朝朝暮暮，却不能被时间冲散，反而变成了挥之不去的枷锁。它让天下无数欠下情债的人，必须穷尽一生去偿还。

"义父，义父！"五岁的怒战远远地向我跑来，他高声大叫，"义父！"

怒战是突利的儿子，可惜突利不喜欢他，他也不喜欢突利。

而这一切，也是因为那个女人。

突利忘不了她，但身为可汗，他却不得不娶亲，而后有了怒战。

突利不喜欢自己的妻子，当然也不喜欢自己的儿子，也许在他心中，唯一有资格为他诞下子嗣的女人，只有她吧。

怒战对忽视自己母亲的突利非常不满，反倒是与我这个义父非常亲近。他不与突利住在一起，却是随我来到这苦寒的偏僻之地。

"义父，外面有个好美的女人！"怒战跑到我跟前，气喘吁吁地说道。

我摇头失笑。

好美的女人？这世间再美的女人恐怕都比不上她吧！

"快来，不然她就要消失了！"怒战又拖又拽，飞快地将我拉到穹庐外。

一道深蓝色的湖水呈现在眼前，如梦如幻，好似湖泊就在不远处，那是一片美丽的世外桃源。

乌发如云，白衣飞舞，虚步凌波，一缕飘带顽皮绕过她的纤腰，而后从她白如凝脂的皓腕轻轻飘坠。那奔腾不止的马群，那随她纷飞的花瓣，她盈盈转身，如一只旋转的白鸟，放飞了绝美的羽翼，翱翔于人间美景中。

是她！

她，没有死？！

这是海市蜃楼？！

她揽过放在一旁的酒坛，略一用力，酒坛上的泥封便脱落了下来。她仰头，酒液便流入口中。她的面上沁着妩媚入骨的娇艳，诱惑着好酒的人深深一叹。

一旁的白马似感染了她的欢喜，亲热地依偎上她，伸着舌头舔着她的脸。

她抱着马脖子咯咯地笑了起来，笑靥如花，吐露芳华，灼灼其华。

心醉神迷间，眼前的一切倏地消失不见。

"义父，那，那是谁？"怒战更是惊骇地半天合不上嘴，"那是山上的神女么？"

我闭口不答，由方才看到的景色可以判断，她所在的地方离此处并不远。

我很快便找到她，得知她一人在此过着牧马驰骋的日子。那匹白马，曾被草原儿女誉为无人能驾驭的追风神兽，而今居然心甘情愿地成为她的坐骑。

我悄悄地、不动声色地，在她身后拉开一张大网，费尽心力，终于抓住了这只世上最美丽的白鸟。

她再也无力挣扎，只能静静地憩息在我怀里，被折断的羽翼已不能飞翔，却美丽依然。

终于得到了梦寐以求的女子，我却发现自己得到的仅仅是一具没有灵魂的身子。

透过那双空茫的美眸，我见到的是一个漂泊的灵魂，一颗我无限渴望却又始终抓不到的心。

痛苦、挫败、愤怒、无奈……无数情感像毒蛇般日夜不停地啃噬着我。

我用盘龙丝绑住她的手脚，这是冰山雪蛛所吐的丝，无论何种利刃都难以斩断。被绑住的人若妄想挣扎，恐怕四肢都会被那韧丝斩断。

我差侍女为她换上突厥的红色纱裙，明日便要娶她为妻。

晚时，我掀帘入帐，杀气溢射，剑气袭人。

可惜我已来不及做出任何反应，寒光乍亮便自倏然消隐，一柄长剑轻松顺滑地刺入我的胸膛。

温热的液体似流不完地从我的胸口淌下，此刻我已如风中残烛般虚弱欲倾。

明一身鲜红纱衣，轻叠数重，如浴火重生的斑斓彩凤，极致妩媚，美得惊为天人、窒人呼吸。

"你是如何挣脱那盘龙丝的？"我轻喘低问。

"我耳上的赤幽石是天上落下的陨石，这是比金刚石还要坚硬的，便是盘龙丝也抵不过它。"她微一抬起手，玉藕般的手臂上丝丝血痕，显然就算用赤幽石割开了盘龙丝也仍是伤到了她。

"你真狠，冒着双臂被斩断的危险，也要割断盘龙丝……"我惨然一笑，"你便如此厌恶我么？"

"我从不坐以待毙。"她卷俏的眼睫颤了下，眼眸中流漾着如清似媚的神采。

"是，以牙还牙才是你的作风。"我释然地轻叹，胸口一阵巨痛，昏眩感一波波涌上。

"大人！"一名侍卫掀帘进来，高声惊叫，"来人啊，快来人！"

她没有丝毫犹豫，猛然拔出剑，震撼的剧痛令我不由自主地往后一倾，触目的鲜红立时由胸口迸流而下。

她曲起手指，仰天吹了声长哨，那匹白马立刻挣脱了束缚，朝她飞奔而来。

她飞身上马，疾驰而去。

"大人！"一旁的侍卫接住我下滑瘫软的身子。

我逐渐陷入了恍惚的昏迷，却固执地不愿闭上眼睛，紧盯着那即将要消失的火红身影。

如今我才知道为何她的马儿会叫追风，能一直长伴她左右。因为她就像风一般令人难以捉摸、无法抓住。若有人不小心深陷进她眼眸中，就只能永远是追随着风的人。

我静静地躺在床上养伤，一动不动地，陷入伸手不见五指的黑暗之中。

"大，大人，有消息来报！"侍卫站在帐外，支吾地说道，"那，那个姑娘，似乎是死了……"

"看到尸首了么？"我依然躺着没有动弹。

"没，去搜寻的人都没见到……但是，那姑娘什么都没准备，一个人穿越草原、沙漠，恐怕是凶多吉少，甚至连尸首都可能找不到……"侍卫继续惊恐地回道，"那，那我们会尽力……把尸首找回来的……"

我倏地坐起身来，胸口的伤经这忽然的拉扯，又裂开了，鲜血丝丝渗出："我要尸首做什么！给我找到她！"

"但，倘若她死……死了还怎么找？"侍卫呆呆地问道。

我大笑起来:"她命硬得过我,绝不会那么容易死去,给我找到她!"

到最终我也没找到她,她就如水滴般从草原上蒸发了,仿佛世上从来就没有她这么一个人。

繁华似水,变幻无常。

怒战与突利的关系越来越恶化,最后他索性跑出去当盗匪,也不愿再回来。

但有天他回来了,带给我难以置信的消息。

明,仍活着。

"但是她嫁给了武士彟,还生了个女儿。"怒战吞吐着说道。

"女儿?多大了?"我心念一动。

"我二十日前见她的时候,她刚满十三。"

"刚满十三?"我放声狂笑起来,"哈哈哈哈……"

我立刻动身前去中原。

怒战曾说明是神女,如今看来,确是如此。

人世间的烟火并未在她脸上留下任何痕迹,那令百花无色的绝世容颜,比起当初,未曾减去半分。

我跪在她面前,朝她伸出手,求她随我回去。

此刻,我连尊严都不惜付出,只求能爱她,只求能让她留在我的身边。

她不惜以命相搏,也不愿随我回去。

至此,我已恍然大悟,在我以强硬的手段占有她时,就完全地……失去了。

想要再次挽回,没有机会、没有资格。

想要时光倒回,没有可能、没有办法。

没有、没有……什么都没有了。

什么都……没有了……

第十章　决定

如今已是严冬,百花凋零。

窗外雪花片片,纷纷扬扬,夹着忧,和着愁,飘落在窗棂上,缓缓化开、融去。

我仰起头,缓缓伸出手,接住了一片落下的雪花,雪花在我温热的手心里很快开始融化,化成水珠,从指缝间溜走,留下一丝丝凉意……

身后传来一阵缓重的脚步声,我没有回头,依然望着漆黑的夜空幽叹。

"小时候,我有许多愿望要实现,便整日在母亲耳边念叨。母亲终是不堪其扰,便对我说,只要折下初冬的第一枝梅花,暗暗许愿,来年春天,我的愿望便会达成,而我也果真傻傻地冒着严寒,折下第一枝梅花。"

福嫂将一件狐裘袍轻轻地披在我的身上,轻声问道:"那小主人许下什么样的愿望?"

"希望母亲能永远与我在一起……但是,"我轻吁一口气,苦笑着说道,"但是……福嫂,我还未出生,你便跟着母亲,想必我的身世,你也是知道一些吧?"

"小主人,莫非你已知道……"福嫂端详着我的脸,倏地住了口。

"是,我知道了,所以福嫂也不用瞒我了。"我低垂着头问道,"但是,我仍想确认一次,我,我当真不是武家的女儿么?"

"这……我只知道,当年大人迎接夫人入府的时候,夫人已有了身孕。"福嫂顿了顿,才复又说道,"且那时候,夫人找来大夫,打算要……"

"呵……打算要堕胎是么?"虽然我早已知晓真相,但再听一次,心中仍是阵阵抽痛,我惨然一笑,"原来,母亲果真不愿有我这个女儿……"

"不,小主人,夫人确实有想过不要孩子,但是她很快便打消了这个念头,只是因为你在她肚子里轻轻地踢了她一脚。"福嫂的声音有丝抖颤,"那应该是第一次胎动吧,感觉似乎是你在她肚子里大声地说,你要出生!当时大人吩咐我去照料夫人,她身子十分虚弱,哀伤无助的模样叫人心疼。但是在那个瞬间,夫人的神情十分满足,她对我说,这真是很奇妙的感觉呢,似乎是怀抱着一个希望,充满着幸福,或许世间所有的母亲有了孩子,都是这样的感觉吧。"

我心中一暖,但随即想起母亲那双清冷之眸望着我时,眼底那抹爱恨难解的暗影,我的心情依然沉重:"是,母亲是生下了我,但是,或许她后悔生下了我吧。其实她已经后悔生下我了,她并不爱我,或许她根本就是恨我的!"

"那时夫人的身子极其虚弱,稍有不慎,孩子就会不保,就算顺利怀到足月,也可能因为生产造成血崩。小主人,夫人是用自己的性命去博你的出生啊!"福嫂没有理睬我的话,仍是继续缓缓说着,她的声调有些哽咽,"因为胎儿着床太低,夫人安胎的过程格外辛苦,她几乎寸步不离床榻,每天都呕吐得厉害,却不得不勉强进食。怀胎七个月,别人都是养得白白胖胖,夫人却愈发消瘦,单薄如纸的身子却挺着一个那么大的肚子……"

我拧眉,心跟着狠狠地一抽,我暗暗深呼吸,努力平静自己的心绪,凝神听福嫂说下去。

"到了临盆生产的时候,夫人疼了十几个时辰,却无论如何都生不下你来,而后便开始大出血……"福嫂抬手抹去眼角的泪,"当时的情形太可怕了,夫人流了好多血,数次陷入昏迷,稳婆问是要留大人还是要孩子,因为两个只能留一个。夫人毅然要留下孩子,她说,她死不足惜,但是一定要让自己的孩子看看这个世间……"

母亲!我感觉到一股热意涌上眼眶,便猛地将头偎进福嫂的肩颈里,泪潸然而下:"我,我不知道……我什么都不知道……母,母亲……她没有对我说过……从来都没有对我说过……"

"所以千万不要再说什么夫人不爱你、不要你的傻话了。这些年夫人如何对你,我这个老婆子是看在眼里的。夫人在你五岁时夜晚便不陪你睡了,你很害怕,夜夜啼哭难眠,那时我也曾怪过夫人狠心。"福嫂轻抚着我的发辫,"但有一晚,我看见夫人待你入睡后走进你的房间,为你掖好被角,坐在榻边看着你许久。后来我才知道,她每个晚上都是如此做的,她总是选择深夜时分静静地在一旁守着你啊……"

"我,我以为她并不在乎我……"我痛苦地闭上眼,崩溃地在福嫂怀中放声大哭,"从小,我便以母亲为天、以她为地,但她总是对我若即若离……我发奋苦读,日夜拼命地学琴棋书画,我怕她不喜欢我,怕她讨厌我,原来,原来……"

福嫂紧紧搂着我:"小主人,你是夫人的一切啊!若这世间没有了你,任何东西对她而言就都毫无意义了啊!"

我是母亲的一切?!若这世间没有了我,任何东西对她而言就都毫无意义了?!

我耳边猛地回荡起库摩那时说过的话:"明,你若敢死在我面前,我立刻就杀了武媚娘!"

寒意迅速蹿上我的背脊,我立时全身一颤!

我是母亲的一切,但我也是母亲的弱点,是能令她致命的死穴!

母亲乍看去比谁都柔弱,实际却站得比谁都直。

我至今仍不知母亲有怎样的过去,但定是发生了令她痛苦到不得不放弃一切,而隐遁于此的可怕事情。

母亲渴望平静,却依然逃不开从前的纠缠。

而我,在此时无疑只能成为她的羁绊。

我起身走到窗前,寒风阵阵,冷入骨髓,却吹不散一室的哀愁。

但见院中的梅花凌寒傲立,凛冽寒风,漫天飞雪,它却依然寒香袭人,姿容不减半分,愈发显得冰雕玉琢、清冷脱俗,既惹人敬佩,也惹人怜惜。

小雪初晴,经霜更艳。

只愿岁月静好,现世安稳,就此不要放开我与母亲紧握的手。

望月许愿,真能如愿以偿么?

漫天的飞雪此时忽如狂欢,一大团一大团猛掷过来,砸在我的脸上、身上,阵阵生疼。

我微闭双目,有片刻的眩晕。

看片片梅花如粉蛾一般打着旋飞落,我慢慢张开手掌,手心里躺着适才掉落的花瓣。

如今,我已明白该何去何从。

第十一章　分离

漫天飞雪，寒风刺骨。冬夜，总是清寒而洁净。

很冷……我不停地朝掌心呵气，缩在长廊下，静静地看着坐在院中的母亲。

廊柱上似结了一层薄如蝉翼的冰霜，月般剔透晶莹。

"明，你答应我了么？"库摩缓缓走近母亲，"我给了你一日的时间，你想好了么？"

母亲淡敛着双眸，头也不回地答道："我答应随你去，但你绝不能伤媚娘一根头发。"

"我答应你。若非逼不得已，我并不想用任何伤害相胁的手段来逼你就范。但若连见上一面都难的话，我便不得不强硬些了。"库摩的神情虽然凶狠，却也放软了声调。

"为何你们都认为，掳人、监禁或是以伤害我身边的人来威逼我，就能得到我全心的顺从？"母亲嗤笑一声，"究竟是你们太自负，还是我太无用了？"

"明，我知道强硬的手段只能使你更厌恶我，但是，至少能得到你的人。我可以不再碰你，但是你一定要留在我的身边。"对母亲暗中带讽的话，库摩只是露出阴郁的冷笑，"我说过，身与心，你总要留下一样。"

"呵……身与心总要留下一样？"母亲轻笑，半真半假中带着揶揄，"库摩，这世间没有人能困得住我，他不能，她不能，你也不能……"

"我不会再给你第二次逃离我的机会，"库摩非但没有发怒反而缓缓微笑，那笑容却直挑起人背脊的寒毛，"明，最好不要逼我。再高傲的苍鹰，一旦被折断了羽翼，就再也不能翱翔天地了。"

母亲只是轻轻一挑眉，却不答话。

库摩也不再咄咄逼人，他单膝跪在母亲面前，轻吻着她的裙摆："明日清晨我来接你。"语毕，他也不等母亲回答，径自起身大步走出院去。

母亲长叹一声，从袖中取出一支黑色的木笛。

她举笛齐唇,横笛而歌。

儿时我一啼哭,母亲便吹笛哄我,笛声带来的美好,年幼的我以为这就是一生一世。

我贪玩好动,一日趁母亲不在,便偷偷地拿了这支笛子把玩,不料却失手摔在地上,断成了两截。

母亲没有责怪我,只是静静地将这断笛揣在怀里,那时我们才赫然发现,笛子中竟藏着一张画。

画上是一个年轻的女子,却身着一袭儒生袍,乌黑发亮的长发高挽成髻。她浅浅地笑着,清秀如画的眉目顾盼之间,透露出绝代的风情。

那是母亲。

画上的一笔一画,所有的细节都画得清清楚楚,看得出,画这幅图的人在上面倾注了全部的情感。

"伯当大哥……"母亲含笑轻唤一声,眼中却忽然落下泪来。

我至今仍不知母亲那时为何流泪,只知她找来最好的木匠,颇费周折才将那支笛子修好,从此那笛子就再也没离开她身边。

母亲的手指,轻按慢放孔上,笛韵声声,裂帛似的在笛孔中奔涌,举重若轻的高贵,墨般浓郁的音色,幽兰铿锵,豪迈悲愤,铁骨绕指。

笛声三弄,倾情而奏,旖旎醇厚,惊破梅心。

忽起一阵寒风,仿佛为了与这寒意彻骨的夜晚对抗,花开满枝、傲然挺立的梅树,随着寒风与大雪,落下了满天美丽的花雨,梅之芳菲灼华,白雪轻舞撩人醉,在半空中交缠、飘舞……

"啊……"母亲惊唤一声,来到亭外,轻盈地踏上了洁白的雪地,漫天的花瓣撒落在她因惊喜而仰起的脸上。

她"刷"地抽出长剑,轻盈舞动。

寒风与剑风,吹着满树的梅花,花间月下,只有幽远的清香与母亲飘逸的身子。

漫天花雨,曼妙婆娑,令人如痴如醉。

纤影浮动,剑走轻灵,似怀揣久远的心事与哀愁,轻叹着、喘息着、舞动着,时缓时疾,时起时伏,飞扬跳脱,灵动之极。

一滴残红飘飞,冰清之泪携剑光滑落。

随着寒风慢慢停歇,渐渐只剩雪花片片时,母亲也收住剑势,停止了舞剑。

她缓缓站定，仰起头看着那丛梅花林，精光流盼的眼眸中却现出一层迷蒙的水雾，仿佛她知道自己正从梦幻的云端落回现实的人间。

暗夜，无边无际，仍是丝绸一样凉滑闪烁的黑。

我见母亲收剑往我这个方向走来，立时拎起裙摆，飞快地跑回屋去。

我匆忙地蹬掉鞋子，连衣裳都来不及脱，直接滚入被褥中。

轻盈的脚步缓缓移近，鼻间已嗅到母亲身上那抹独特的寒香，我心跳如擂鼓，紧闭双眼，动也不敢动。

母亲轻轻为我掖好被角，而后她微凉的手柔抚我的脸颊，口中似喃喃自语地唤道："媚娘……"

我的双手在被下紧握成拳，全身僵硬犹如石块。

茫然中也不知过了多久，母亲深叹一声，她伸手拂开我额前的几缕散发，在我额上轻轻印下温润的一吻。

指甲早已嵌入掌心的皮肉中，鲜血丝丝地流了下来，但我丝毫感觉不到痛楚，我只能靠这个动作，抑住那即将崩溃的哀伤。

脚步声渐渐远去，连那抹幽香也一起消失不见，若不是前额仍有温湿的余触，方才的一切似乎只是我的一场梦。

不是肉体的痛，不是能感受的痛，却是如此真实，如此地撕心裂肺！

我紧紧咬着唇，泪，终于恍如决堤般喷涌而出！

翌日清晨，我偷偷躲在院中的大树后，看母亲从马厩里牵了追风。

母亲站在一棵梅花树下，手轻轻地拈住一枝白梅。她回眸，再望一眼，而后缓缓转身，像个优雅的女伶，似乎没有依恋，也没有悲痛，更不带走一丝喜悦和遗憾，轻盈如风地走出院去。

母亲！

母亲，求你，求求你带我一起走！我不愿和你分开！

我在心中无数次狂喊！

但是，我知道不行，因为我只是母亲的羁绊。

如此的分离若能换得母亲的海阔天空，她将从此不在武家画地为牢，那这一切都是值得的！

母亲！母亲！

我拔足狂奔,来到母亲方才站立过的地方,呆呆地望着她曾拈过的那枝花。

院中雪白的梅花丛依旧盛开,仍记得母亲与我曾在树下嬉戏……

"媚娘,媚娘……"母亲轻拍我发凉的脸颊。

"嗯?"我迷蒙地睁开眼睛。

"你怎么又在梅花树下睡着了?若着凉了该如何是好?"母亲解开身上的裘皮斗篷披在我身上,又是关切又是责备地问道,"你不是不喜欢梅花么?为何却又要睡在梅花树下?"

我又羞又恼地说道:"因,因为母亲你喜欢嘛……所以我才想在这里等今年第一枝梅花开,而后折下来送给你……没想到等着,等着,居然睡着了……"

"傻丫头……"母亲浅笑摇头,将我紧紧搂在怀中。

我撒娇地在母亲怀中蹭着:"母亲,以后我每年都折下第一枝梅花给你好不好?"

"呵呵……傻丫头……"

……

如今依然在梅花树下,寒风吹动,飞瓣如雪,一点一滴,唤回了我曾经许下的誓言……

"小主人。"不知什么时候,阿真走到我身后,他安慰似的拍了拍我的肩膀。

我没有理会他,伸手折下母亲方才拈住的那枝花,花蕊中红光闪耀,那是母亲一直戴在左耳上的血石。

阿真惊诧不已:"小主人,你,你怎么会知道夫人将耳饰放在花里?"

"因为她是我母亲,我是她女儿!"我呆呆看着手中的血石,忽然泪流满面。

我哭得愈加凄伤,阿真看着我,似乎有些懂,却又好像不太懂。

耳旁似乎又传来母亲熟悉的笛声,那声音浸透了无数清冷的寒夜月光,吹到肠断处,眼中凝泪、心内成灰,是刻在心深处永远的疤,最终成为绝唱。

第十二章　主意

夕阳西下，投下最后一缕光线，暮色平静地铺开，归巢的倦鸟，悄无声息。

母亲已经离开好几日了，我却仍坐在梅花树下等着，似乎她明日便会回来。

阿真缓缓走到我身边："小主人，听说你要离开武府，前去长安？"

我没有答话，只是微微颔首。

父亲已死，母亲离去，两个哥哥便再也无所忌惮，他们将家财瓜分殆尽，而我这个已到婚配年纪却尚未出阁的女儿自然是分不到半点家产。此处已不再是我的家，华丽、舒适、安逸……这只是粗浅的表象，日子虽仍是丰衣足食，但我不想再忍气吞声地寄居在他人门下了，我分明地感觉到，自己在这个府邸的桎梏中差不多要窒息得疲倦了。

"野种就是野种，一辈子都见不了光，一辈子都见不了光！"

耳中反复回荡着这句话，我再也无法忍受两个哥哥那鄙视的目光，因为那会令我有种要挖出他们双目的可怕欲望。

"我随你去。"阿真将双臂环在胸前，目中闪着精光。

我轻笑，就等着他这句话了。

"小主人，我也随你们一起走。"福嫂走进院来，"十几年来我照看你与夫人，如今夫人走了，我更不能与你分开。"

"呵……"我闭眸微笑，而后却不禁长叹，"虽然我带不走武家的任何金银，却有你们两个陪着我，这也是不幸中的大幸吧！"

我与母亲曾在这个家度过最平静的一段日子，世上所有的良辰美景都比不上那时的一点一滴。倘若母亲仍在我身边，她也一定会鼓励我离开现有的安稳平淡却异常难熬的生活。

去长安，我或许会陷入生活的困境，将面对未来茫然无措的一切。

犹记得母亲对我说过，任何一个人，都有追求梦想的权利，无关性别，无关年纪，无关身份。绝不能因为自己是女子，便放弃寻访天下的机会。

三日后,我便带着简单的行李,身后跟着阿真与福嫂,转身离去,绝不回头,一步一步,踏上了完全不可知的路途。

　　昌隆盛世,大唐声威远播,四邻朝贡,远无外敌,近无内患,国泰民安。而帝都长安的街巷更是喧闹,市景繁华,豪门聚居,歌舞升平。

　　但我来到长安后,却一直绵绵细雨,阴霾着不肯停息。

　　我的小院,以檀木为窗,楠木为阁,静静地矗立于繁华闹市,虽简陋,却也别致,我的日子也平静安稳得近乎可耻。

　　我撑着一把粉色的油纸伞,缓缓走过因雨天而有些萧条的街市。我走得很慢,很轻,似乎这脚步略重就会惊醒无声无息的生活。

　　我停在一棵大树下,轻轻地叹了一口气,低头看着积满水洼的地方,透过被雨水涤清的倒影看见自己的脸。

　　在我五六岁的时候,福嫂就说我将来一定会是个美人。等我长到十二三岁的时候,确实与母亲如同一个模子里刻出来的,只是我更娇艳稚气一些。

　　但,这还是不够,我想要长大,大到能脱离那些困缚,从而改变我这虚弱的人生。

　　马蹄飞踏,一辆马车飞驰而来,水花溅起,我白色纱裙上立时污泥点点。

　　我不由在心里哀叹一声,却也只能自认倒霉。

　　不料那马车却停了下来,帘子一掀,从车上下来一位身着玄色长袍的男子。他的眉毛似修剪过,微微有些弯曲,皮肤白皙,下颚光滑,带着一丝脂粉气,看着有丝异样的感觉。

　　"你,你不是杨……"他紧盯着我,眼发直,嘴也合不拢了,惊若呆鹅,"不,你比她年轻许多……"

　　我正恼怒弄污了衣裙,如今这个不三不四的男子又如痴如醉地盯住我,不由地双颊生热、面露愠色:"你看什么?!"说罢,我转身要走。

　　那男子却旋身拦住我的去路:"姑娘,你叫什么名字?何方人氏?"

　　"关你什么事!"我嗔怒地白了他一眼,想绕过他。

　　他慌忙解释:"姑娘,我是宫中的内侍监,如今宫中正在广纳天下美女,依姑娘的姿容,定能一枝独秀……"

　　入宫?那里会有更多的机遇与挑战么?在那里有可能一朝闻名天下知么?

父亲去世,朝中已无可托庇的靠山。我那两位窝囊的哥哥,只知道吃喝玩乐,花天酒地,不出几年,武家所有家财便会被他们挥霍一空。而我只是个女子,不能通过科考获取功名,或许只有通过入宫这一步,才有可能获得荣耀与名声。

不知何时,胜负已成了一场赌气,权力是为了一种证明。

或许这就是抗争的代价,无从躲避。

思即,我立时欠身施礼,柔声说道:"小女子是荆州都督武士彟之女,武照。"

"噢,原来是武都督之女,无怪生得如此标致。"那人一副恍然大悟的表情,"你若有意,我今日便回宫禀报,不日便可有好消息了。你住在何处?"

"那就有劳大人了,我住在梅林巷,大人到那儿一问便知。"我仍是垂眼细声说道。

"如此便可。"他一摆手,回身上了马车,"那今日我先告辞了。"

"躬送大人。"我抬头道别。

"什么?!你要入宫?!"福嫂大惊,手上一哆嗦,险些拿不住碗。

"嗯。我想过了,这是我唯一的出路。"我平静地看着一桌的菜。

"为什么?小主人,你人还小,不懂世事,那皇宫可是个吃人的地方啊。后宫三千,怨魂何止二千。以夫人的容貌,那后宫的女子,恐怕无一人及得上她。倘若宫里真的好,那为何夫人当初不入宫,却要留在武大人身边?"福嫂为我盛了一碗汤,而后幽幽说道,"好人家的女儿,谁愿去当那个活寡妇,受那份罪啊!入宫这事,别人躲还来不及,小主人怎还盼望进去呢?老奴求你,快别再有这样的想法了……"

"这些我当然知道。"我端起碗,抿了一口汤才继续说道,"我只是个女子,不能通过科考获取功名,只有通过入宫这一步,才有可能获得荣耀与名声。"

"你是个女孩,获得荣耀与名声又有何用?"福嫂有些着急,"还是早早寻得一个好婆家,日后也就不用发愁了。"

"好婆家?我寻得的好婆家便是入宫。"我面色一沉,"福嫂,我意已决,你就不用再劝我了。"

"小主人,你可知,一旦你入了宫,我们想再见一面就难了。"福嫂眼睛一红,眼角泪光闪烁,"我都如此伤心了,若夫人有一日回来了,恐怕她会肝肠寸断啊!"

母亲……

我的心情忽然一黯,是啊,若我入了宫,想见母亲一面,就是难如登天了。

"娘,你不用劝她了,她是铁了心要入宫了。"一直在旁默不做声的阿真忽然冷冷地开口说道,"她以为入宫后人人都能得到宠幸。哼,却不知有人入了宫,到老到死也见不上陛下一面。"

我仰首,充满期望:"这个你们放心,我自有办法处理这些事。我已有了计划,只需照着一步一步来,便可以了。"

"我没料到你也是这样贪慕虚荣的女子,算我看错你了!"阿真语调深沉,教人有些不寒而栗,他猛地起身甩手大步出了房门。

"你,你给我站住!"我有些恼了,快步追了上去。

在屋外的长廊我追上了他,我伸手去拉他,可我的手才碰到他的指尖,一股强劲的力道便擒住我的手腕,将我整个人扯了起来。我低呼一声,下一瞬,便落进了他宽阔有力的怀抱里。

阿真扣着我的手腕,将我抵在墙上,刚硬的身躯随即紧紧地贴了上来!

我又羞又惊,想挣扎却又被他压迫得动弹不得,慌乱中只能高声尖叫:"你,你干什么?!放,放肆!快放开我!"

第十三章 入宫

"我只想知道,你到底要做什么?"阿真的手劲很大,但他的语调却出人意料地平静,"坦白告诉我,不许隐瞒。"

"我,我没要做什么……"这是我第一次如此接近阿真,他的胸膛十分结实健壮,身上散发着属于男人的某种奇异的气息。心中有些发虚,我忽然没有勇气看他的脸,"入宫便是飞上枝头做了凤凰,很多女子渴求一生,不就是为了这个么?"

"媚娘,我想听你的真心话。"阿真伸手扳过我的脸,他没再叫我"小主人",而是低唤我的名。他垂头凝视着我,眸色逐渐变得幽深。

奇异地,他灼热的手温、低沉的嗓音,仿佛传来某种安定的力量,使我原本翻腾不已的情绪趋于平淡:"我要报仇。"

"报仇？"阿真一愣，他放松钳制我的手，稍稍后退，"你能说得再详细些么？"

"我的身世，你多少也是知道一些的，是么？我的父亲，虽然在朝中算是贵族，但祖先并不显要。父亲在隋炀帝时期因为做木材生意，顺应了大兴土木的形势，发家致富，才与权贵们有了交往，从而得到了一个下级军职。"我深吸一口气，与阿真炯黑的眼眸四目相对，"因先皇起兵，父亲以军需官的身份跟随效劳，最后攻克长安，他便论功拜为光禄大夫，封太原郡公，列入十四名开国功臣行列，从此成为大唐的新权贵。但那些名门贵族出身的人，对父亲这样的人还是歧视的，因为从魏晋以来注重门第等级的风气还没有完全改变过来。"

"大唐的律法便有规定，禁止良民与奴隶身份的人通婚。至于上层，虽然同样是贵族，但由于各自的家世不同，身份地位也有区别。"我的情绪已完全平稳下来，不疾不缓地往下说道，"有次一个京官来到我们府中，他当面取笑父亲当年曾挑担子去各村卖过豆腐，又经营过木材生意。他大笑起来的声音是如此的刺耳，尤其是语气里那种深入骨髓的蔑视，我至今都忘不了。"

阿真望着我，似犹豫了下才开口："那你方才说的报仇指的是？"

"我是女子，不能通过科考获取功名，只有通过入宫这一步，才能重振我武氏家族。"我顿了顿，忽然狂笑起来，"哈哈哈……我武氏家族？我都不知道自己是谁的野种……我那两个哥哥，不，是武元庆与武元爽，他们说的对，我根本就不是武家人，凭什么管他们家的事情！我是那个突厥人所生的野种，这身份一辈子都见不得光！这种耻辱加在我身上，永远都不会消失，不会消失……"

阿真轻拢我的发，安抚着我："媚娘，你别这样……"

"不是我贬低父亲，论才华，他不及母亲万分之一。父亲上任荆州都督后，打击豪强、赈其匮乏、抚循老弱、宽力役之事、急农桑之业，在最短的时间内，使郡境安乐，连陛下都手敕称誉他的'善政'。"我闭了闭眸，咬牙继续说道，"父亲死后，我曾翻阅整理过他的遗物，发现众多公文的草稿都出自母亲的手笔。可以说若没有母亲，父亲绝不会有今日的成就。"

"母亲做错了什么？！她最终又得到了什么？！她只是想过平静自由的生活，为何最终却只能困守于小院之内，还要忍受被强暴后生下……"我顿了顿，淡漠地说道，"是谁使得我们母女分离？我会永远记得，所有的一切一切，我会全数慢慢讨回来。而我第一步要收拾的人，就是武元庆与武元爽！"

阿真劝解道："但他们毕竟是武大人的儿子，若你真想向他们报复，恐怕武大人泉下有知，也不会欢喜的……"

"他们毕竟是父亲的儿子？！他们根本就是畜生！"我失声高叫起来，"你知道父亲为何会死么？他的身子一向强健，怎会无缘无故地染上重病？！"

"你，你的意思是？"阿真一脸惊诧。

"在父亲病倒的第二日，母亲便查出来了，是有人下了毒。而下毒之人不是别人，正是武元庆与武元爽！"我吃吃地冷笑起来，全身发抖，"他们自那日见识到母亲的厉害，便想早早铲除她，不料那有毒的食物却被父亲服下了。父亲临终前数次恳求母亲不要对付武元庆与武元爽，母亲最终答应了，但是我没有答应！父亲早已知道我不是他的亲生女儿，但除了母亲，他便是这世上最疼爱我的人！"

阿真重新将我拥入怀中："你若想报仇，我替你杀了他们两个便是，你也不需如此委屈自己啊。"

"一刀杀死太便宜他们了。我要让他们知道，什么叫生不如死，我这个野种终有一日要骑在他们头上，掌控他们的生死！"我在他怀中恶狠狠地说道，"母亲临走时，曾暗中吩咐对父亲忠心耿耿的旧部下林将军好生照看我，她为的就是防止武元庆与武元爽再对付我。她的无奈、她的希冀，我是知道的。她宽容仁厚，我不行！那些加在我与母亲身上的耻辱，我要一点一滴地讨回来！若洗刷不了这一身的耻辱，我活着还有什么意义？！"

那宫中固然是如牢笼一般，但我若入了宫，那突厥人自然也奈何不了我，母亲便可以无所顾忌，转身离去了。

"我明白了……"阿真的手掌轻按着我的背，轻喃地低语，他厮磨着我的发，"你的心愿，我愿意帮你完成。"

我的心口紧贴着他的心口，我们的心跳慢慢融成一致的跳动。

我信任他。

从以前便如此信任他。

这份信任来得奇妙，却十分自然。

这是一种与生俱来的直觉，来自他一如既往清澈的眼眸。

我闭眸，无声的泪滑落，一时千头万绪，却知道自己最终做了什么样的决定。

尖利仇恨却成了梦想，而这样黑色的梦想要我用一生去实践。

此刻我非常坚定，哪怕从一开始就是错，我也要坚持，强硬到不许旁人插嘴或反对。

谁也无法阻止我……

这日清晨,为避麻烦,我一身男装,沿着湖岸缓步而行。

空气清冷,微风徐来,细波荡漾,水烟袅袅。

青石板蜿蜒曲折,忽而水面,忽而山坡,忽而花木,右拐左转,令人无法预知下一路会有怎样的景致。

日子一天天过去,宫中并未传来任何消息,我心中愈发地忐忑不安。

许多个深夜,我都从梦中惊醒。那是一个关于逃离的噩梦,永无停止地奔波,我张皇失措,不停地逃离,似乎有一股可怕的力量在追赶着我,促使我不断地前行。

落魄与狼狈在此时已成为一把标尺,理直气壮地丈量人生,高傲与卑微霍然分野,失望与希望纷至沓来。

苦难愈发使人坚定,欣慰的是信念始终不倒。

我呆立在湖边许久,待到正午时分才回到梅林巷。

方才入巷,便听见鼓乐震天,巷口早已被人群拥挤得水泄不通。

"这,这是怎么了?"我奋力拨开人群挤了进去。

左邻右舍转头望见我,便一拥而上,团团将我围住,有扑通跪下磕头的,有不住作揖行礼的。

"这,这是……"我心中已知发生了何事,但仍是面无表情,极力不将自己的情绪显露出来。

"小主人,宫中的内侍监来了……"福嫂看着我,似在微笑,却又抬袖抹了抹眼角。

我只冲她点点头,便被人群簇拥着走入巷内。

宅院前一群官家的鼓乐手正在卖力地吹拉弹唱,十几名身形壮硕、身着侍卫服的男子守卫在门前,将看热闹的人群隔开。

"武姑娘,我们又见面了。大喜,陛下亲笔点中了你。"那日一身脂粉气的男人再度出现在我面前,他对我微微颔首,眼中闪过一丝讶异,"没想到姑娘穿起男装来,是如此的英姿飒爽,更显美丽。"

我只是浅笑,欠身施礼。

圣旨宣读完之后,我跪地双手接过,放在锦盒中,交给阿真,而后让福嫂备下酒菜,招待宫中来人到后堂用膳,并拿了些银两打赏他们。

我的小院此时已挤满了人，这些平日连门都不入的邻里，如今变得十分亲切，不断地嘘寒问暖，大声道贺。

世态炎凉，这便是人间冷暖。

我回到后院换上新装，收拾行李。

我轻梳长发，静静地望着昏黄镜影里自己的容颜。长发间似闪烁着流光溢彩的流苏，与母亲那头如瀑的青丝，已无半点差别。

铜镜映无邪，容貌，最终还是可悲地成为我生存下去的有力武器。

我开启檀木妆匣，轻轻挑起一点胭脂，花般娇艳妖娆的嫣红在我苍白的脸颊上浅浅晕染绽开，人面桃花，晶润妍然，姿容皎皎。

身后细微的脚步声趋近，我不回首，亦没有抬眸，不发一语地看着镜中那个俊朗的男子。

"媚娘……"阿真的面上有一抹无法掩饰的伤痛。

"阿真，我要走了，这柄匕首我留给你。"我回身将匕首轻轻放在他的手中，"带到宫中的东西，每一针每一线都要仔细检查。匕首乃凶器，是无论如何也带不进去的。虽舍不得，但我只能将它留下。这是母亲赠与我的，希望你能为我好好保存。"

阿真清澈的眸光里，有三分喟叹、七分怜悯，他缓慢却坚定地答道："我会的。"

我不忍见他被不安阴霾所困的神情，转身想离去。

"媚娘……"他低唤一声，突然由身后抱住我，将脸埋进我的肩颈中。

我一愕，轻轻一颤，却不想做挣扎，只是呆立着，没有回头。

他的胸膛紧贴着我的背，无言地震颤。

我们谁也没有开口，只是默默地站着。

两心相知，也就明了，已是足够。

府外早已是填街塞巷，人们张望着、讨论着。

在身边人的数次催促下，福嫂泪眼蒙眬，却不得不松开紧握着我的双手。

我坐上了马车，尘沙在车轮下扬起，遮没了来时的路，似永不消散地跟随着我。入眼纷扬飞舞的，总是尘沙。

余下的，只有梦了。

第十四章 宫中

悄然静立的巍峨宫殿笼罩在黑夜里,那些斑驳的阴影里却尽是青春的颜色,鲜活得几乎可以掐得出水来。

我与一群年纪相仿的女子,徐徐地踩上光滑的青砖,步步走入深宫,如春寒里纤尘不染缓缓绽放的花儿,桃之夭夭,灼灼其华,沁着妩媚入骨的娇艳,吐露芳华。

我被封为才人,住的地方虽不华丽,却也雅致干净。

每日早膳后到书院里学习礼乐,千篇一律,枯燥乏味。

一切沉静如死寂,落英几缤纷,我守候着清寂的鸳鸯瓦冷,翡翠衾寒,却始终没听到半点消息。

而后我慢慢明白了,后宫女子三千,多少人争宠,陛下不知要等多久才能想起我。我的入宫不过是一块小石子投入水潭,只微泛起涟漪罢了,并无任何惹人注目的地方。

依旧是上好的胭脂水粉、上好的绫罗绸缎,我每日细细妆扮着自己,眉拂青黛,唇点嫣红。

我立在湖边,靠在院中的树干上,望着天空遐思。

天边无声地滑来一只苍鹰,它轻轻扇动羽翼,一次次厉声长鸣,犹如壮士出征。它犀利的眼瞳似乎是在与我对峙,恶狠狠地盯着我。

在空中飞翔的感觉应该是十分美好的吧?否则它也不会如此沉溺其中。我不知它是如何跨过汪洋、穿过幽谷,而后才翱翔在这皇宫之上,但此时我心中却充满了强烈的渴望,恨不能立刻生出双翼,跃过这宫墙,飞到广阔的天空中去。

"媚娘,你呆站在那里做什么?"院外走进一个穿鹅黄衫裙的女孩。她眉目如画,肤若冰雪,纤妍清婉的身姿,有几分纤弱出尘之态,自然流露出一脉娟妍清丽之气。

在这人人争宠的后宫中,她就如一股寒凉的清泉。清幽如梦,空灵如镜,说的便是她这样的可人儿吧?

她是与我邻院的徐惠,是大臣徐孝德的女儿,右散骑常侍徐坚的小姑,名门之女。她因才华出众被召入宫,据说她四岁即诵《论语》《毛诗》,八岁就写得一手好文章。深夜,众人都已入睡,她却依然手不释卷,研读经史。

深宫寂寞,远不如外在那般华美绮丽,除了陛下偶尔兴起的恩宠,便只剩下"暗"与"阴",空余寂寞而已。

我与徐惠年纪相仿,住得也近,时常在一起研读诗画、对弈抚琴。两人相伴相依,日子过得便也没那么乏味了。

"我在看那只苍鹰呢。"我说着便走到徐惠身边,亲热地挽着她的手。

徐惠莞尔一笑:"你看鹰做什么?"

"深远的宫墙无穷无尽,永巷一望无际。"我深叹一声,挽着她慢慢向前走去,"抬头望见的,除了清风明月,便什么都没有了。我只希望自己的心,能随着那鹰,飞过重重宫墙,飞入无边的云霄……"

"唉……"徐惠闻言也长声一叹。

我们正缓步走着,却见几个面生的内常侍与宫女一路小跑着进院来,他们满头是汗,还未到我们跟前,边高声问道:"前面可是徐惠徐才人?"

徐惠停住了脚步,轻声答道:"正是。"

"陛下召见你!快,请徐才人快去沐浴更衣,做好准备。"领头的内常侍抬袖抹了抹汗,流利地说道。

"是。"徐惠微一欠身,她侧头望了我一眼,静默幽深的眼眸闪过一丝奇异的光彩,她未搽胭脂的苍白脸颊忽然红润了不少。

"媚……"她轻轻启唇,似有话对我说,终还是无言。而后她轻盈转身,缓缓离去,鹅黄色的纱纺长裙随风微摆,她那娉娉窈窕的背影,说不出的风流与娇弱。

风轻曳,枯叶沙沙,仿若低声的哀戚,树影婆娑,在壁上映下斑驳的阴影,还有一院的寂寥与惆怅。

终于,只剩我一人了……

四五日过去了,徐惠再也不曾回来这个院子,也没有托人为我捎来只字片语。

宫中却是传言纷纷,说陛下召见徐惠后,想试试她的文采,便命她挥毫作文。徐惠自然是一挥而就,文采不凡。陛下龙颜大悦,当即册封她为婕妤。

婕妤,属正三品。后宫佳丽三千,婕妤的编制,一共才设九人,是宫中许多女

子都梦寐以求的位置。

徐惠只是一个淡漠若水的女子,却在尔虞我诈、人心叵测的后宫中,以令人难以置信的迅捷速度立稳脚跟,势如破竹的翩然姿态令所有人措手不及,让那些一心争宠的女人们还未来得及迎战便已功亏一篑。

微黄一盏灯,长夜,喟叹。

指尖轻抚过铜镜,面似芙蓉,发如青丝,镜中的容颜依旧。

眼睫轻扬,眸光流转,旋即黯淡,我轻轻闭眼眸。

我只觉得心中隐隐有丝疼痛,却说不出究竟是伤心或是失望,奇怪的情绪如虫般迅速地啃食着我的心。

日子仍是平淡如水地往前滑着,我依旧坚持每日都去书院,听内廷教习教书。

我带来的那些书籍,早已被我翻烂了,书院的书我也看了许多次,百无聊赖之际,听说陛下藏书许多,便动起了去看陛下藏书的念头。

我们这些才人宫女,每月由内侍省发给月规的银子。我拿了那些银子,住在院里,毫无用处,便将银子攒了起来,凑到一定数量,便拿出来赏给那些个内侍宫女。他们时常受我的赏,心中自然是十分感激,在他们心里估计就琢磨着我赏了银钱,总该有事情托他们办。但他们问起,我通通都说无事,因此他们反而个个与我好。但凡是宫中众人的一举一动,都来说与我听。

这日,我便拉过一个宫女问道:"冬儿,你是陛下的御前侍女,可否带我去看一看陛下的藏书?"

冬儿犹豫着说道:"这恐怕不妥吧?"

我循循善诱道:"我就趁陛下不在,进去看一会儿,绝不会给你添麻烦。若有人问起,我只说是自己偷去的,与你无关。"

"这……"估计是平日里收了我许多银子,冬儿不好推辞,她咬牙一跺脚,"好,我带你去!"

傍晚时分,我换了身轻便的衣裳,跟着冬儿去了。

冬儿在外守着,我一人悄悄进去。

屋中两面都是书架,架上摆满了书,我粗略地扫了几眼,无论经史子集、医卜星相乃至武功招数,竟是什么都有,真要细数,怕有上万册。架上一尘不染,显然有人经常拂拭,淡淡墨香让人不由得有些陶醉。

屋中另一面墙上挂满了字画,显然都是出自名家之手。其中有两幅梅花图令我驻足一看再看，画纸与墨迹虽有些泛黄，但却保持完好，无一破损。这两幅画的笔锋、手法，与母亲的竟如出一辙。母亲擅书画，她能双手同时挥毫作画，而这两幅梅花图显然也是由一人两手同时画出。但母亲的画是不可能出现在皇宫之内，莫非这世间还有人与她有着相同的技法？

"陛下，奴婢恭迎陛下！"屋外忽然传来冬儿惊慌失措的叫声。

糟了！为何今日陛下如此早便回来了？

我慌乱地张望了下，赶忙闪身躲到屏风后面去。

"不用侍候了，你退下。"传来一个男人威严低沉的声音。

"是。陛下，奴婢告退。"冬儿颤抖着回答，而后便退下了。

屋子随即一片寂静，我侧耳倾听着外面的动静，连大气都不敢喘一声。

我只听见书页翻动的沙沙声，而后便是袍袖轻扫的细微响声，紧接着又传来一阵规律的脚步声，似乎那人已走出屋去。

我耐心地等了许久，外面已无半点声响，这才壮着胆子探头去看。

"咳……"不料外面忽然传来一声咳嗽，我吓得立刻又缩了回来，慌乱中便将双手撑在屏风上。

而单薄的屏风当然经不起我这一撑，"咯吱"一声，便轰然倒下。

我也刹不住去势，整个身子顺势一起向前倒去。

我重重地摔在地上，摔得头晕眼花。我摸着摔疼的腰，还没来得及抬头，一个男人浑厚低沉的声音便在我头顶响起："你是何人？"

我这才意识到是陛下在问我话。我如梦初醒，立时跪伏在地上，头趴得极低，全身冷汗直流，含糊地回道："回陛下，我，我，我是武媚娘……"

"武媚娘？你就是王内侍监推荐入宫的武媚娘？"陛下仍是语调平淡地说道，"徐婕妤也时常在朕面前称赞你，说你不仅生得美丽，且文采非凡。你，抬起头来。"

手心早已渗出细汗，我双手紧握成拳，把心一横，缓缓抬起了头。

第十五章　被贬

眼前这个男人,挺拔修长的身形,冷俊的眉宇,灰鬓下的肃颜,丝毫不因岁月而失去风采。

他眼瞳深处隐隐透着蓝光,犀利非常,却又带着一种奇诡,令人迷眩,犹如蛊惑。

冰晶般的幽蓝,仿佛是天地孕育的一双眼瞳。

这个男人,我,我在哪里曾见过呢?到底在哪里呢?

刹那间,似乎有画面如锐光般划过我的脑海,撼动那混沌未明的记忆。

似乎……是与母亲有关……但此时此地,我却无论如何都想不起来。

而他紧盯着我,那神情十分诡异,不是震惊,也不是愤怒,又不是不满,更不是厌恶。在这一瞬间,他竟然不说一句话,只定定地望着我。

一阵凉风迎面拂来,我倏地清醒,随即低头垂眼,再次伏趴在地上。我竟如此放肆大胆地直望着陛下!

"你,再抬起头来。"陛下深沉的语调,静得令人有些不寒而栗。

"臣、臣妾不敢……"我咬紧唇,全身开始不由自主地颤抖。

"朕让你抬头。"陛下的语调依然平稳,危险气息却开始透出。

我极力压下心中那股难以抑制的恐惧,缓缓抬头,迎上那道蓝色深潭般的锐利。纵然早有准备,但再次直视他时,战栗仍迅疾地由背脊蹿上,微悸在心中漾开!

陛下又望着我一会儿,忽然如释重负般,轻吁一声,而后他转身坐回案前的长椅上。

陛下的神态异常平静,瞳中透出的精芒却是睿智的深算:"武媚娘,你可知擅入御书房是死罪?"

"臣妾知罪。"横竖都是一死,我反而镇静下来,"任凭陛下发落。"

"朕也不要你的命。"陛下的双瞳犀利如刃,仿如一条无形之鞭,徐徐划扫过我的身,"从今日起,你不再是才人,贬为朕的御前侍女。"

"是。臣妾,不,奴婢谢陛下不杀之恩。"我在心中暗松一口气,立即叩头谢恩。

陛下抬眼意味深长地再看了我一眼,而后他揉了揉额头,似已疲累,他轻轻一摆手:"你们都退下吧。"

你们?

我施礼后起身向门外退去,这才发现屋外不知何时已围满了数十位身强力壮的侍卫。

他们定是被屏风倒地时所发出的巨大响声引来,而方才陛下只要轻轻一挥手,恐怕这些侍卫便会立即冲进屋来,轻而易举地便可将我乱刀分尸!

我只觉得后背阵阵发凉,汗水已渗透了衣裳!

我再也不敢回头,踉跄着快步往前走去,死死咬住嘴唇,血腥的浓浊在口中散开,我却不觉得疼痛。

空茫瞬间占据脑海,我什么都无法去想,几乎要控制不住因震愕而不停发抖的僵硬四肢。

偏殿的宫女与内侍们听闻我被贬,再也不敢来院里找我,一个个早闪得无影无踪。

我不发一语,甚至连眉头也没皱一下,沉静如水,游魂似的收拾着行李,而后跟在内侍监的身后,一步步地走了出去。

"可惜了,如此的品貌……"内侍监看着我,似惋惜,又似讥讽地说道。

我依然低垂着头,我知道,恐怕这一次,我是真的走进了一个再也回不了头的地方。

慢慢地走过中庭,四周散发出草木新鲜的腥味,似乎有一股阴气深深地印在我的心上。

宫人的院前围了一堆人,堵得水泄不通。

我听到有人在哭着叫冬儿、冬儿、冬儿。

冬儿?我一怔,一抹凉意"嗖"地从心底直蹿上来。

脚下步子立即加快,我不顾一切跑上前,拨开人群挤了进去。

冬儿静静地躺在地上,被人用一方白布遮住了身子,只余一双赤脚僵硬地伸出布来,似有万千悲苦要诉说。

心,突然停止了跳动似的,甚至连呼吸都静止了。

霎时,我看到天空中直泻而下的灿烂阳光,它越过拥挤嘈杂的人群,似烧红的利刃,恶狠狠地扎进我的肌肤中、眼眸中、耳朵中、嘴唇中,我看到自己的全身仿佛已流满了鲜血。

而眼睛,盲了似的突然灰暗一片,不,是鲜红的一片。

冬儿才十二岁,她的不舍、她的爱恋、她的恨意,都未了去。

但最终,她未留只言片语,便孤独地、静静地躺在冰凉的地上,只留给我一双僵硬的赤脚。

我的愚昧与无知就这样害死了一个鲜活如花的生命。

"喂,你发什么呆?注意听我说。"身后的内常侍粗暴地推着我,而后一指桌案,"你要做的事说来简单,只需每日在陛下回来之前将笔墨备齐,茶要时刻保持温热。其余的时候,陛下不唤你,你便只能安静地跪在一旁,绝不能发出一丝声响,知道没?"

"是。"我双手微垂,低头答道。

"机灵点,千万不可走神发呆。一定要警觉些,陛下有何需要,你立即便要办到。知道没……"内常侍继续唠叨个没完,直到一声"陛下驾到"的传唤才打断了他的念叨。

我与众人立即跪伏在地迎接圣驾。

"你们都下去吧。"陛下的声音仍旧低沉平稳。

"是。"

一阵轻缓的脚步声过去,我跪地悄悄环顾四周,屋中就剩我与陛下两人。

陛下端坐在案前,拿着一份奏折凝神看着,并未望我一眼。

我垂着头,一步步挪到桌案前去,跪坐在他面前,低着头,小心翼翼地拿起墨条来回磨着。

我虽竭力控制,但手仍是止不住地微微颤抖。

而陛下似乎没有察觉到我的存在,依旧聚精会神地看着手中的奏折。

我慢慢平静下来,终于有了喘息的机会,我抬眼不着痕迹地看着他。

一对浓眉斜指额角、如深潭的眼眸、眼角依稀的细纹、鬓边的几缕灰发……这个男人想必已经过无情的岁月风霜的历练。

此时他低垂眼睑,平和许多,但他看人的时候,目光却尖锐得令人胆寒。他是个好看的男人,有一种可以让女人陶醉的特别气质,长身玉立,温文儒雅,一举手一投足皆是书卷味,却又有着一种自然的威仪与难言的洒脱放旷。

"你为何一直看着朕?"陛下也没抬头,忽然问了句。

"我,我……"我大吃一惊,手哆嗦了下,险些将墨汁溅了出来。

莫非他头顶也生了眼睛,否则怎知我在看他?

我定了定神,刚想开口回答,便听见屋外的宫人朗声传唤道:"太子殿下、长孙大人、房大人、魏大人在外等候。"

"让他们进来。"陛下微微摆手,示意我稍稍退后。

我立即躬身跪退几步,依然跪在他身后。

众人轻缓地进来,向陛下行礼后便各自坐下,并无一人在意我。

陛下坐在御坐席上,太子李承乾坐在太子席上,房玄龄、魏征、长孙无忌几人则对坐。

"承乾,朕听你的太傅张玄素说,近来你总是不交功课,可有此事?"陛下似漫不经心地问道。

"父皇,我,我……"太子支吾着,好一会儿才说道,"我没有不交功课,只是晚一些……"

我偷偷抬头看去,只见太子面红耳赤,一脸狼狈。

陛下闻言眼皮一跳,但语调依然平淡:"倘若不是十万火急的大事,你还是先把功课做了。做太子之时便养成拖拉的习惯,将来成为一国之君,正事就会被耽误。"

太子缓缓敛下的眸中带着复杂,他顿了下才回道:"父皇,我,我这几日脚疾又犯了。若身子不适,功课便不能做得好。我打算让御医来诊察下,看好了之后再做功课。"

陛下皱了下眉,轻声一叹:"那今日你不用议事了,此刻便去找御医来为你诊治。"

"是。儿臣告退。"太子也不推辞,施礼后便站起身。估计是坐得太久,忽然起身,他的腿脚有些受不住,随即趔趄了下。

"媚娘,扶太子去找御医。"陛下也没回头,只低声唤我。

"是。"我立时起身,走到太子身后,托住他的手臂。

"我不用人扶!"太子含怒低叫,而后他一挥手臂,想甩开我,却忽然停住了。

"太,太子……"我不解他的行为,只能低声地叫道。

太子却不应我,他只失神地盯着我,口中喃喃唤道:"明,明姐姐?!"

第十六章 迷惑

明姐姐?我一愣,随即意识到太子口中的"明姐姐"应与母亲有关,且极有可能就是母亲!

我收敛心神,直觉地想否认,索性装糊涂:"太子殿下,您说什么?"

"你……不,不是……"太子呆怔了下,而后转口喃喃自语道,"不……不是……"

"明?!"而一旁原本都端坐在席上的长孙无忌等人也纷纷侧头望着我,面上都是惊诧莫名。

刹那间,居然再也无人开口,四周一片静默。

众人的无言使呼吸声显得格外清晰,"怦,怦……"我仍扶着太子,低头垂眼,但心跳却快如擂鼓。

"媚娘,呆站着做什么?"陛下打破了沉寂,他的声调依然平稳,"扶太子出去。"

"是。"我微用力托住太子的胳膊,"殿下,走吧。"

这次太子没有甩开我,他忽然变得非常虚弱似的,整个身子半瘫着靠在我的身上。

"呃……"我忍不住低唤出声,因为他的重量就如同山般压了过来,我吃力地撑住他,"太子……"

太子却没有回答我,他垂下头看着我,眼中异芒忽现。

我有些慌,便别过头不去看他,费力地扶住他的身子。

守在殿外的宫人见状要上前帮忙搀扶,却都被太子斥退了。

我们两人便一路踉跄着到了东宫,御医早已等候多时了。

"这几日转凉了,寒气过重,所以太子殿下的脚疾便发作了。"御医仔细地诊察,谨慎开口,"我开一副方子,殿下按此方内服外用,不日便可好转。"

"嗯。"太子没有过多的反应,只微微颔首。

御医挥笔飞快地写好方子:"平日里要多揉捏双腿,使血脉畅通,如此才能好得更快些。我将这方子交由宫人,吩咐他们如何煎熬。"说罢,他起身告辞。

"多揉捏双腿?"太子闻言微怔,而后他偏头看着我,"往后你每日来东宫为我揉捏。"

"这,恐怕不妥吧?"我一惊,面上却仍强笑着摇头。

太子探身过来,逼近的眼眸中掠过寒光:"为何不妥?"

"因,因为我是陛下的御前侍女。"太子的忽然趋近,使我深感不安,我仍笑应着,但身子却向后移,想以不着痕迹的方式退下。

"我会让你变成我的侍女。"太子却容不得我退后,他捉住我的手,眸光犀利地锁住我。

"你,你的侍女?!"我惊骇地睁大眼,直视着他那双灿亮的黑眸,忽然觉得这样与他对视有些放肆,正要别开视线,下颚却被他握住抬起。

"我是太子,我若说要你,父皇绝不会反对。"太子高大的身躯立在我身前,压迫感阵阵朝我漫天袭来,更遑论他慑人的眼神正一眨不眨地盯着我,"我只要你一句话,你愿不愿来我身边?"

"太子殿下……"我的心不由地掠过一抹轻颤。

为什么呢?我们今日不过是初次相见,但是他对我的态度着实令人费解。我知道自己的姿容并不差,但仅凭这匆匆一面,便可眩惑这个男子的眼,迷乱了他的心智么?莫非这一切,只是因为我生得像母亲么?

我静静地望着他,琢磨着他的神情:寂寞、寥落,似掩饰着的迷茫,甚至还有一丝慌乱。

慌乱?怎会呢。我暗笑自己多心。这位可是大唐的太子啊。一人之下,万人之上。拥有无上的权力,天下唾手可得。权贵如他,亦会有因为一个女子而慌乱的心绪么?

"太子殿下,奴婢被贬为陛下的御前侍女,是戴罪之身。若到殿下身边,恐多有不便,且会给殿下带来祸患,所以,请恕奴婢无法前来侍候。"我轻巧地挣脱他,而后微微躬身,竭力露出一抹恭敬却又不卑不亢的得体笑意。

"呵……"太子的眸色与陛下不同,他的眼眸异常漆黑,是无边无涯的幽黑,"她,我永世不可能得到,但,你……"他的唇角微微扬起,那是一抹动容却淡漠的

笑,却也巧妙地将下半句掩藏住了。

恍惚间,我仿佛看见太子那暗含笑意的眼眸中映着绵延的火光,不灭不休,似乎所有的记忆都藏在那抹幽黑中,所有的秘密都锁在这对黑瞳里。

"媚娘,你又要去两仪殿侍候陛下了?"王内侍监从前庭经过,与我打了个照面。

"是。"我急忙欠身施礼。王内侍监是将我引进宫来的人,他在宫中是陛下眼前最得宠最得信的人。

"媚娘……"王内侍监欲言又止。

我心领神会:"内侍大人有话请讲,我绝不会向他人提及。"

"近来我见陛下派遣几个内侍到梅林巷去,似是去打探你的身份虚实。"王内侍监张望了下,见四下无人才低声说道,"你的身份入宫之时,我已确认过,确是武大人之女,且已登记在册。而今陛下如此费周折地问究你的底细,其中必有原因。"

我听后冷汗直流,暗自心惊。

陛下究竟在追查什么?如今我已确定,母亲必是与皇家有着莫大的联系。恐怕这便是她隐遁于武家的真正原因!

幸亏当日我早有准备,上报时只说父亲已逝,而福嫂是我的母亲。见过母亲真正面目的人没有几个,若真要追究下去,恐怕也查不出什么来。即使追查到荆州,武元庆与武元爽恨不能抹杀掉母亲的存在,所以决计不会吐露实情。

但这些只是瞒得了一时,瞒不了一世,怕终有一日,仍是要被人刨挖出来。

我立即躬身道谢:"多谢内侍大人的警示,媚娘铭记于心。"

"你好自为之。"王内侍监也不再多说,旋身大步远去了。

我收敛心神,强做镇定,往两仪殿走去。

陛下端坐在首位,而长孙无忌、房玄龄、魏征几人对坐,正在议事。

我也不敢声张,只在大门口跪拜施礼,而后悄悄地走到陛下身后跪坐着。

陛下仍低头看着手中的奏折,似没觉察到我进来。

而长孙无忌等人见我入内,也只是抬头略微看了看。这些日子我随侍陛下左右,他们已见惯了,再无当日的惊诧反应了。

陛下放下手中的奏折,稍稍揉捏了下眉心,闭目问道:"近几日朕站在殿外,时常听到外头有鼓吹之声,百姓为何如此喧哗?"

长孙无忌笑答:"如今正是适宜嫁娶的时候,所以长安城里百姓娶亲的也就多起来了。"

房玄龄也面露笑容:"天下太平,大唐国运昌隆,百姓丰衣足食,嫁娶的事自然就多了。"

"说到嫁娶之事,"陛下嘴角微挑,神情轻松地望着面前的三人,"你们的子女,都有婚配了?"

"多谢陛下关爱,都有了。我也算了却了一桩心事。"长孙无忌依然笑答,"但最得意的,恐怕是玄龄吧?陛下已应承,要将高阳公主嫁给他的次子,房遗爱。"

"是啊,臣多谢陛下赐婚。"房玄龄掩不住脸上的笑意,"如今就剩长子遗直了。"

"遗直?他还未定下么?"陛下轻笑,揶揄道,"怎么当哥哥的婚事反倒落到弟弟的后头去了?"

众人听后皆笑了起来,房玄龄又说道:"遗直身材矮小,面容清秀,看起来岁数反倒比遗爱还小。"

陛下今日心情十分愉悦,便又打趣道:"身材矮小?那选儿媳妇可要慎重,千万不可高过他,否则,怕就不合适了吧?"

众人又是一阵大笑。

房玄龄摇头苦笑:"合适,合适。颇费周折,终于下聘了,媳妇仍是崔家。"

"崔家?崔姓好,是大姓。"陛下颔首,而后抬眼看向魏征,"魏征,你当年先是劝隐太子结交山东,而后又劝朕结交山东。结交山东,便是结交这些大姓。"

魏征微叹:"无奈啊,虽说改朝换代,但这些大姓却始终不改。"

"是啊,大姓,那便是高人一等。"房玄龄也说道,"而我是寒士出身,必须要靠与大姓结亲,才不会被人看轻。"

"朕已答应将高阳公主配于你的次子,"陛下脸色微沉,眉头一皱,"如此一来,还有谁敢看轻了你?"

"与陛下结亲,自然是我房家的荣耀,求之不得。战国前,贵族才有姓氏。而自魏晋以来,便十分注重姓氏门风。"房玄龄无奈长叹,"世人往往看重的,不是当朝权力,而是传续下来的名气。我是官居要职,又即将与皇族联姻,但我仍是出自寒士之家。而那些大姓之家,几朝几代之前便已是显贵,即使如今家道中落,却仍是看轻我们这些白手起家之人。"

长孙无忌在旁无言,静默无声,因为他便是大姓。

"玄龄,你随朕打江山,夺天下。而今朕是一国之君,天下人却仍是小看你。"陛下的脸色已完全沉了下来,他淡漠地说道:"功劳虽重,却让人看轻。亲家是大姓,却使人觉得你显贵,真是荒谬。"

房玄龄顿了下,他看了眼身旁的魏征,便继续说道:"这却是令人无奈之事。魏征,想来,你儿子的婚事也不顺利吧?"

魏征刚要开口,又抬眼望了望陛下,似已觉察出陛下的不悦,便转口说道:"议事已有好几个时辰了,陛下累了吧?我们所奏之事都已禀明,不如我们先行告退。"

陛下也似真的疲累了,抬手轻轻一摆。

众人已就都会意,施礼后便全数退下。

陛下长吁一声,靠向身后的软垫。

"陛下,请用茶。"我见状赶忙奉茶上去。

陛下拈起茶盏,微抿一口,却不急于放下,自顾自地把玩起来:"媚娘,你也不是大姓吧?你以为他们方才所说的有理么?"

"是。武姓确实并非大姓。"我一愣,略一思索才答道,"虽然我们同样是贵族,但由于姓氏之别,身份地位便也有区别,我们这些小姓之家,或多或少都会受大姓的歧视。"

陛下仰头长叹:"随朕打下这江山之人,以寒士居多。朕得了天下,却不能给当朝功臣虚名,只能赏赐实利,实是可悲。"

"普天之下,莫非王土。天下百姓,却不是帝王专属。那些所谓大姓、小姓,众人也只能自取虚名了。"我想了想,仍是忍不住开口,"前几日陛下未到之时,我曾听见魏大人在向房大人抱怨,他的儿子要娶山东大姓王家之女,光聘礼就要到七十万。"

"七十万?"陛下浓眉一挑,"王家虽是山东大姓,但破落已有快七十年,聘礼却仍要七十万?魏征可是朝廷重臣。"

"房大人听后便问,山东有五大姓,家家都是如此价钱么?"我见陛下冲我颔首,便继续往下说,"魏大人回道,七十万还是最低的。倘若是崔家,那聘礼恐怕就是半个长安城。"

"荒谬……"陛下仍是淡淡地说着,但一双蓝瞳却是令人胆战的犀利,他侧头示意我继续说下去。

"奴婢听说此次陛下命吏部尚书高士廉编写大唐《氏族志》,"我便大着胆子说道,"我觉得陛下之意,便是让他重新排列姓氏的等级。虽然姓氏历朝的遗传有起有伏,但是大姓便是大姓,一等仍是一等,而关陇李姓按照谱学来说,绝非第一等。高士廉若真要重新排列姓氏的等级,恐怕他会十分头痛。"

"呵……"陛下微笑,却笑得凛寒,"后宫是绝不能干政的,而你一个侍女,竟偷听大臣议事,还侃侃而谈,这可是死罪。"

"陛下整日让奴婢待在御书房内,奴婢是可以假装听不见,但仍是可以听见。"我虽然心底发寒,却仍是傲然答道,"若想让奴婢听不见朝政大事,那陛下必须先使奴婢双耳聋去。"

陛下的眼眸深锁住我:"你倒是提醒了朕。"

我身子一僵,惶恐与莫名的心惧令我立即垂下眼。

陛下握着手中的茶盏,轻轻收紧了手指。

"其实,奴婢说了这么多,只是想告诉陛下一句话。"我深吸一口气,再次开口,"无论大姓也好,小姓也罢,当今天下,姓李!"

"呵呵,是啊……当今天下,"陛下缓缓凝笑,深眸中透出一股令人心慑的悚惧光芒,"姓李!"

"陛下若没有其他吩咐,奴婢就先告退了。"一见陛下如此眼神,我的脊背便莫名发凉,随即跪伏在地。

"下去吧。"陛下闭眸。

我深施一礼,起身向屋外走去。

门外一群宫女簇拥着一个华服女子走了过来。

那个华服女子……

我只望了一眼,便惊骇得说不出话来!

那,那不是母亲么?!

第十七章　合鸣

迎面走来的秀丽身影,令我不禁恍惚地站在原地。

近了，更近了。

她是母亲？

不，不是，不是！

她乍看之下，确实与母亲极其相似。但细细一辨，那就完全是两个人了。

她梳着复杂的宫髻，满头珠翠。而母亲总是披散着长发，只轻轻地挑起几缕，扭转成髻，用缎带束紧。

她一身艳丽烦琐的华服，母亲却是飘逸简单的一袭纯白衣裙。

她的娥眉细画，犹如新月一般，那是一张被胭脂水粉遮盖了的容颜。虽同样美得无可挑剔，但如此的脸，似幻如梦，却像是由画师一笔一画细心描绘出来，美则美矣，不知为何令人只觉得单调乏味。

母亲双眉微扬，斜飞入鬓，素面朝天、纤尘不染。她的美是初春的云淡风清与含烟雨丝，低眉信手，怡然自得，浅笑轻罄，抬眸的刹那，惊为天人，顷刻间便颠倒了众生。

在我恍神间，她们已近到眼前了。我匆忙退后两步，立即跪了下来，低垂下头。

轻曼凌乱的脚步声，衣裙磨蹭的窸窣声，一股浓郁的香气扑面而来。我的眼前随即出现了枣红色滚金边的华袍裙摆，走动间隐约露出一双暗红绣满了细花的宫鞋。

一个不冷不热、温婉柔细的女声在我头顶响起："你便是武媚娘？"

她果然不是母亲。母亲的嗓音略低，饱满、醇厚，与她的完全不同。

"奴婢武媚娘参见娘娘。"我恭敬地跪伏行礼，我不知她在后宫是何头衔，但看她的装束与排场，绝对不低。

"抬起头来。"她的声音虽然清脆动听，却又似带了若有若无的疏离。

我也想细看这个与母亲有几分相似的女子，便缓缓抬起头。

看得愈清楚，便觉得她与母亲的差别愈大。她已不再年轻了，即使是胭脂水粉也掩盖不了她眼角的淡淡细纹与不再细嫩柔滑的肌肤。幸而她仍有一些风韵与气质，否则真是美人迟暮，令人欷歔了。

"你，你……"而她看清了我的样貌，几乎瘫软了双脚，掩唇踉跄着后退几步，瞪大了眼不敢置信般地死盯着我，她失态地喊道，"你，你为什么要回来？！你为什么要回来！"

我被她异常的反应震住了，只能愣怔地跪在地上，茫然地看着她。

"杨妃。"陛下低沉的声音由殿内传出,"进来。"

"是,是,陛下……"她闻言全身一僵,神情如惊弓之鸟般的无措。她低头再看了我一眼,便由身边的宫女搀扶着,走入殿去。

我目送她入内,而后才缓缓起身。

杨妃口中的"你",莫非指的是母亲?究竟母亲与皇家有何关联?

心绪犹如一团乱麻,却不知从何理起。

这些日子我在宫里如履薄冰,度日如年,每日战战兢兢,生怕一个不慎,便把小命给断送了。

我边思索,边低头向住所走去,倏地听到一个女子尖声讥笑道:"哎呀,这不是武才人么?为何却穿着宫女的衣裳呢?"

我抬眼看去,是王美人以及几个宫人。我们同一时期入宫,原本她与我一样是才人,陛下前几日才封她做了美人。

这些日子我随侍陛下左右,看得真切。陛下对后妃们没有太多关注,并无宠疏之分。宫中没几个妃子,大多都是嫔以下级别,倘若真要说他对谁更挂念一些,应该就是已故的长孙皇后以及刚被封为婕妤的徐惠了。

我躬身施礼:"奴婢见过王美人。"

王美人用涂满蔻丹的长指甲轻轻地拨弄着丝帕,娇声笑道:"武才人不是自恃天生丽质,足可媚惑陛下么?怎么如今不升反降,变成奴婢了?"

她身边的宫人们闻言个个掩口笑了起来,她们有的露出幸灾乐祸的神情,有的则是落井下石地奚落着。

我没有回嘴反驳,只是深深皱着眉头。

宫闱内钩心斗角,男子争位,女子争宠的戏码似乎无休无止,永不停息。地位崇高的女人为巩固地位而不断地害人,地位卑微的女人在任人践踏的同时也拼命寻找排挤他人的机会。今日我算是真正见识到这后宫女人的刻薄与无知了。

"我问你话,你不回答,皱什么眉头?"王美人见我瞪着她,便说道,"你皱眉是何意,是瞧不起我么?来人……"她轻抬玉手,身后一个老宫人立刻会意,挽了衣袖就要上来掌我的嘴。

我愕然,一时之间退又不得,还手也不能,正苦无对策之时,身后响起徐惠柔美清幽的声音:"媚娘,陛下召唤你去御书房呢。"

我一怔,我才从御书房出来,陛下为何又要召我去?下一刻,我便明白过来,

她这是寻找机会帮我开脱呢。

"哼,我道是谁呢,原来是徐婕妤啊。"王美人仰首轻蔑地看着徐惠,"陛下召她又如何?那也要先掌嘴后再去。"

徐惠依然轻笑说道:"呵,媚娘毕竟是陛下眼前之人,若一会儿陛下见她脸上有伤,追究起来,恐怕王美人不好解释吧?"

"这……"王美人犹豫着,半晌才狠狠地盯着我,撂下一句:"今日便宜了你。"

徐惠拉了我的手正要向前走去,忽又回头看着王美人问道:"王美人,你我都是陛下的妃嫔,真要说起来,你的容貌犹在我之上,但你可知陛下为何对我的眷顾远胜于你?"

王美人没料到徐惠会忽然有此一问,顿时呆立在原地。

徐惠看了看我,又望了望王美人,才轻声叹道:"以才事君者久,以色事君者短。"

王美人先是惊愕,而后恼羞成怒:"别以为你如今得宠,便有资格对我说教!"

"我好言相劝,只望你能好自为之。"徐惠微微一笑。

王美人怒火中烧,见徐惠正要与她擦身而过,忽然伸出脚踩住她的裙摆。

徐惠毫无防备,顿时失了重心,向前倒去。

我赶忙伸臂搂住她的腰,将她扶住。

"徐婕妤!"身后的宫人见状都有些慌乱,围了上来。

徐惠面色煞白,惊魂未定,但仍是摆了摆手:"没事,我没事……"

我眼角一瞥,见王美人脸上露出得逞的笑容,心中愤恨着实难平。趁人多嘴杂,我偷偷绕到她身后,脚下一绊,双手用力往前一推。

"啊呀!"王美人惊叫一声,便摔入了荷花池中。

"救,救命……"王美人狼狈地在池中扑腾挣扎着。

"王美人!"跟着她的那些个宫人随即乱成一团,哭天喊地,却无一人下池去救她。

"走吧。"胸中郁结之气一扫而光,我愉悦地挽着徐惠的手,迅速离开这是非之地。

"媚娘……"徐惠看着我欲言又止,"你又何必……"

我侧头望着她美丽的脸,嘴角轻挑。

人不犯我，我不犯人。人若犯我，十倍还之。

这只是刚开始，若王美人仍不懂收敛、不知死活，终有一日我要教她知道什么是生不如死。

我又与徐惠说了一会儿话，才依依告别。

此时已近黄昏，我走了几步，再回头望去，整个太极宫笼罩在夕阳之中，柔和、温馨，却又有丝荫翳，将我的心搅得无比混乱。

就在此时，忽听"当啷"一声，花丛中竟有琴音响起。

初时极低，渐渐上扬。刚劲铿锵，显示出弹者非比常人的英雄豪气。下一瞬，曲调转为低沉苍凉，由高而低，越舒越远，撩拨无尽心中事。如在耳畔，娓娓地道出恬美与平静，拨动着心弦上轻舞飞扬的音符。

那琴音好似已坠入我的心湖，泛起层层涟漪，在心底缓缓荡漾开去。

循着琴音，我寻到正在花丛深处的弹奏之人，只一眼，已然难忘。

头戴玉冠，腰系碧绦，白衣胜雪，宽袍广袖，丰神如玉，目似朗星，眉若点漆。他清秀得令人一见忘俗，犹如一个误入桃源的仙人，却为人间倾心留恋，踌躇徘徊。

白皙修长的手指，指尖从容流泻的音律，竟是我最钟爱的。

"高山流水……"我喃喃道。

他缓缓抬眸，眸光流转，唇角微微扬起，琴音依旧。

我被那笑容蛊惑了，不由自主地走到他身边，展袖，伸指，和韵。

他似呆怔了下，却并未阻止我。

携手合奏，却不觉得拥挤，如空谷回音，一人的孤独寂寞衍生两人的相对惆怅。原本单薄的音律随即化为追逐相和的琴音，硬如坚冰亦化作绕指缠绵。

不是特意奏与谁听，而是自由自在，似有意无意滑落的一抹心情，相携相依，闲看庭前花落无声，共谱指间绵延之音。

一世流光，彼岸风尘，身后，落花纷飞，似乎已湮没了前生今世。

琴音渐渐弥散，轻拢漫天飞飘的思绪，似一声叹息在空灵断崖上回荡，一瓣残花纷落琴弦。

他轻轻一动，手已覆上了我的手。

我一惊，却没移开，目光相接，是惊鸿般的动容留恋。

"你是谁？"

第十八章 知音

"李恪。"他的眉微微向上一扬,极淡极轻,不过是瞬间变化的事,却足以眩惑观者的眼,"你是?"

李恪?是陛下的第三子吴王李恪么?

明知我们身份有别,我此刻应当立即下跪行礼,但不知为何,我却没有如此做。

"武媚娘。"他的手仍搭着我,所以我的手依然轻压着琴面没有抽回,我缓缓说道,"果然只有王爷所奏之曲,才可这般倾城倾国。"

"武媚娘?你是父皇的……"李恪顿了下,仍是云淡风清地笑着,"倾城倾国?唯有你一人,会如此形容我的琴音。"

"高山流水,是一种高扬的欢乐。"我也轻笑,沉吟道,"犹如春暖花开,与友人相约跨马踏青,沿途美景,山川湖泊一晃而过,春水漫涨,那般无忧,志得意满。"

"春秋时楚国有一人——俞伯牙,他擅琴,钟子期一听便知他的意境是在高山还是流水,遂被伯牙引为知己。"李恪一声叹息,"子期一去,伯牙曲音难传,琴无心,高山不再,流水难续,伯牙毁琴以祭知音。今日随意一曲,本是聊以自娱,不料却是遇上知音了。就不知你我谁是高山,谁是流水了。"

"伯牙之琴空旷高远,意在高山,子期心领。伯牙之琴低沉透澈,意在流水,子期神会,从此流水高山深相知。"我眼眨也未眨地看着他,"琴音是一样深藏不露的利器,在你莫名悲伤、愤怒、失望、不屑时,它轻而易举便可将你带到高处。在高处低头,是洒脱,是放旷,是释然,是万事无惧的天高海阔。它亦是暴戾的武器,古有高渐离慷慨击筑,血溅秦宫,飞筑奏出秦王的悲、愤,天怒人怨,有时亦是一种情怀。"

开花的时节已快退去,只落得一地缤纷,漫天飘散的花瓣,绝代的风情惹人遐想。

我们对坐相望,谁也不舍得伸手去拂落那一身的残花。

他仍未放开我的手,只是紧盯着我,眼眸深处漾起涟漪:"昔日子期与伯牙倘若一生皆不遇对方,恐各自孤寂以终。今日有幸与你同奏,方才知何为天涯知音。"

"天涯知音,媚娘或许还未够资格,只勉强做个听音之人。"我嘴角噙笑,仍是不急不缓地说道,"我心底烟火之气、不平之气过重。唯有奏一曲高山流水,方可清心、平气。"

幼时我要学琴乐,父亲便为我请来最好的琴师。母亲虽不擅抚琴,但她对琴乐的造诣却远在我之上。她说我心浮气躁,戾气太重,无法定性,而学琴能沉淀我的思绪,旷达我的心境。我七岁学琴,苦练数年,至今仍无法弹出深广平静且又有激流暗涌的潇洒琴音。

李恪露出一抹温煦的浅笑,但不知为何那笑容看着却有些落寞:"子期有言,'美哉汤汤乎志在流水',如今逝者如斯夫,流水奔涌,花落水流红,但不知志在何处?"

我一愣,他贵为皇子,莫非也会有志难伸,一身是愁么?

"莫使胸襟空洒泪,狂歌一曲万里晴。"我垂首伸指轻轻挑弦,柔缓劝道,"轻拨慢挑,铁骨铮铮,坐风霜雪雨手无寸铁也可平心,视虎狼虫豕跳梁小辈如同无物。"

李恪朗声大笑,幽眸暖暖:"高山流水,会心不远。不知今日后你我何时能再共奏一曲?"

"未来之事,永不可预料。"我轻声道。

"这琴跟了我已有数年之久,与我形影相依,极少离身。"他低眉,修长的指似眷恋般缓缓划过琴身,"媚娘若不嫌弃,我想将这琴转赠于你。"

我十分诧异,我与他萍水相逢,确实不明他为何如此割爱:"我虽略通音律,却仍是粗俗之人。此琴与你才堪称绝配,你切莫一时冲动,而作出日后必会后悔的决定。"

他嘴角闪过一抹笑,那笑十分轻快:"此琴中所含的深意,你识得、懂得,那便足够了。赠与你,当之无愧,我也永不后悔。"

我皱眉试探地再问:"你果真舍得?"

"人生聚散,自有定时。我与你、与此琴若真是有缘,必能再相聚,又何须强求?"他将琴捧起交于我手。

"好琴……"我犹豫了下,终是接了过来,细细一看,忍不住赞叹。这琴,朴质斑斓,就如同它的旧主人,蕴藏闪耀的光芒。

他长吁一声，随即起身，拂落一身残花碎瓣。

"且慢！"我确实为他的盛情所动，抬眼见他垂眉望着我，星目流转，熠熠华光。我心底又是一番悸动，忍不住冲动脱口而出，"多谢王爷。人生如梦，难得遇一知己。你若不弃，可否再为小女子奏上一曲呢？"

随着一声悠长的叹息，李恪坐回到我的身边，指尖轻拂，如掬一把流水在手，悠扬乐声，轻轻袅袅地飞扬散入夜空。

残花纷落如雨，流年如逝匆匆。

御书房内，陛下端坐在御坐席上，魏征等人分坐下席。

我仍跪侍一旁，不时抬眼看着内侍们忙碌地搬运众多手卷。

陛下翻看着手中的一叠诗稿，似无意地说道："前几日有人奏表提出想将朕的文章采编成集。"

"哦，那陛下如何回答？"魏征问道。

"朕的辞令，倘若是对百姓有益，历史总会记住，成为不朽，可流芳百世。倘若扰乱朝政，对百姓毫无益处，即使编集又有何用？只是留给后人的笑柄。"精光掠过深蓝眼瞳，陛下悠慢说道，"梁武帝、陈后主、隋炀帝都有文集传于世，但也没有能挽救其灭亡之厄运。为君者，最怕的是没有德政，那些文章其实对社稷并无用处。"

魏征赞许地颔首："陛下做得对。陛下摆正了自己的位置——帝王。帝王该做什么，而文人又该做什么，分得一清二楚。其明智的言论确实是真知灼见。"

陛下轻笑，自嘲地说道："要听你魏征夸朕一次，绝非易事。"

一旁的房玄龄接着说道："不久前《贞观律》修成，魏王正在修撰《括地志》，而高士廉编写大唐《氏族志》，如今魏征又修史成功，真是大喜。"

魏征抬手一指边上已堆放整齐的手卷："掐指一算，十年修史，而今终于告成。请陛下检验。但其中《晋书》还必须等陛下的王羲之传，方可算做完璧。"

陛下闭目答道："朕虽有许多《兰亭集序》的临摹，但如今必须得到真迹，才算完美。朕要写赞，若看不到《兰亭集序》的真迹，那便算不得是真正的赞叹。"

在场的几人听陛下如此一说，都有些愣怔，我却已意会，便兀自微一颔首。

"媚娘，你为何点头？"陛下头也不回，忽然发问。

"因为奴婢也十分喜欢王羲之的字。所谓蕴藉，指字，也指性情修养。书画之美,美于无形,高妙之处皆在无形。"我惊骇不已,陛下背对着我,又怎知我在点头?尽管心上暗潮汹涌,我面上仍是强自镇定,"王羲之的字之所以成为不朽,在于它不以外在的形式夺人,而以内敛的深厚润物无声。"

"你说什么?!"陛下倏地转过头来望着我,目光灼灼,"你这番话,是从何处听来的?!"

"我,我……奴婢虽是个俗人,但闲暇时偶尔会练字,算是有些心得……这些都是奴婢自己所思所想……"母亲的书画造诣极深,挥毫泼墨,寥寥数笔,自有仙骨玉肌,博大潇洒、奔放自如,我所有的一切都承自于她。但此时我是万万不能说出实话,我再度压下起伏的情绪,"王羲之于酒醉中写下《兰亭集序》,醒来后无论他如何挥笔,都再也比不上酒醉中写的那份。真正的不朽都由随性而出,逸笔草草,直据胸襟,轻吐磅礴,信手写出,放笔淋漓,掷笔痛哭,才可将此本写为瑰奇。"

陛下听后双眉锁得更深,神情愈发凝重。

而魏征等人听后也是一脸惊诧,侧头望着我。

陛下缓缓转过头:"媚娘,取笔墨,随意写几个字给朕看看。"

我只感到一阵突袭的震撼,抖颤着取过纸笔,战战兢兢地写了几个字,跪着上前,双手呈给陛下。

"呵呵……"陛下拿在手中细细看着,忽然幽笑起来,啧声摇头,"没事了,你退下,回去休息。"

"是。"我惊魂未定,飞快地抬眼瞥了陛下一眼。他正看着我的字频频摇头,并未留意我,我这才放下悬在半空的心。

陛下忽然又道:"哦,对了,媚娘,过几日朕要去骑马狩猎,你随驾同去。"

"是。"我恭敬地施礼,而后便迅疾地退下。

我已许久没有抬起头,仔细地望望天空,看看悠然的白云。

紧张繁忙的宫中生活,不停地朝前追赶,自然就忘了停下脚步去看看那些白云懒散的浮动,体会一种自然的和谐与平静,与世无争的随风飘行。

路过花丛,我情不自禁地停下脚步。

他,不知今日还在不在这里?

拨开遮挡视野层叠的鲜花枝叶,挥散浓烈到任性张狂的香味,仍是瞧不到他的人。

他果然没有再来。

我深深叹息,失望地转身想走,脚却触到一个温热的物体。

"啊……"我轻掩住唇,竭力不让自己叫出声来。

有个少年正躺在花下假寐,他迷蒙地眨着眼,显然是被我惊醒了好梦。他左顾右盼,目光缓缓聚在我身上,而后他瞪大了眼死盯着我:"花,花妖?!"

第十九章　花妖

"花妖?"我轻皱眉头,他说的是我么?

袅袅飞花轻似梦,清风拂面,残花碎瓣随风纷纷落下,夹着如水如雾的夜色,在月光的照映下,奇丽无比。

而方才我在花丛中埋头寻找,无暇顾及,那些掉下的花瓣纷扬如雪,落在我的发间、衣上,沾了我满怀的清香。

原来如此……

我忍俊不禁,虽掩住唇,却仍是扑哧笑出声来。

而他依然痴迷地望着我,专注非常,目不转睛。他的身份想来不低,因为他一袭淡绿锦袍,头带玉冠,眉清目秀,一身贵气,只是瞧着仍稚气未脱,年纪应当比我还小。

"谁是花妖啊?!"我被他看得两颊生热,不由有些羞恼,"你看什么呀?!"

他的眼神柔和而又宁静,眉眼展笑:"我,我听人说,若在牡丹盛开的时节躺在花丛之下,必能邂逅一名美艳绝伦的女子,得到一段令人销魂荡魄、世世难忘的情事。"

"胡言乱语……"我仍是疑惑不解,"那为何我不是花仙,而是花妖呢?"

"远看是仙,近之是妖。在我心中,妖精比仙子更惹人怜爱。妖本无心害人,心如止水者不会受到半点伤害;而心藏邪念者,才会葬身于自己的欲念。"他嘴角一扬,偏头赞道,"你落花沾衣,眉梢眼角,无限风情。即使你是妖,却是妖媚而不低俗,腰肢轻摆,吐气如兰,颠倒众生……"

"你，你，你小小年纪，不好好读圣贤书，尽说这些污言秽语……"我被他大胆的言语说得满面生热、身子发烫，恼羞成怒地叫道，"我若真是妖，被你如此言语轻薄，此刻定然取了你的性命！"

他听了也不害怕，伸手取下我发间的一瓣落花，仍是痴痴地说道："你的幽香沾上了我的身子，你的乌发如丝线般缠绕着我的脖颈，纵使是不明不白地死去，想来也是快乐的。"

"你！"我可真是恼了，再也顾不得许多，咬牙一跺脚，便想上前去给这个登徒浪子一记耳光。

他亦不闪不躲，眸光依然清澈："你为何恼了？我赞你生得美丽，莫非也有错么？"

"你……"我被他如此一说，反倒有些愣怔。他的眼神，清澈透亮，似乎不带一丝一毫世间的纷繁与复杂，拥有如此明眸的少年，又怎会说出污浊的言语，做出不堪的勾当？

"哼！我不与你说了！"我左思右想，手掌停在半空中，却硬不起心肠，下不去手，我无奈只得悻悻地收回手，转身想走。

"且慢！"他却不依不饶，快步上前来抓住我的手腕，"告诉我，你的名字！"

"放手！"忽然被他擒住手腕，我确实有些慌乱，只得使出全力挣扎，虽然挣开了，但手腕上的玉镯却留在他的手中。

"你别走啊！我是晋王李治，我何时才能再见到你？！"他在我身后急叫。

我哪里顾得上去答应他，拔腿奋力向前跑去。

"吁吁……"终于跑出了花丛，我喘着粗气，低头一看手腕，隐隐作痛，已留下一圈青紫的印子，可见他方才是多么用力地抓着我的手。

"晋王李治？哪里来的疯子……"我兀自咒骂着，说也奇怪，虽仍是愤愤不平，我心中却隐隐泛着一丝甜蜜。

我转头望去，眼前一片深深浅浅、姹紫嫣红、层层叠叠，无究无尽，如梦如幻。这些花儿如同最奔放、最妖艳、最质朴、最妩媚的轻云，似有若无弥漫着某种令人心颤的气息，如此浪漫地浸染着皇宫，真像是中了什么蛊术，使人禁不住目眩神迷、心驰魂摇。

秋高气爽，夏的灿烂随着秋的弥漫中一片枯萎。云开雾散，阳光缓缓地向草

原倾泻。

陛下带着我，与诸位皇子文官武将，一同来到围场。

秋天的围场，绿草都有些发黄，虽觉着有些萧瑟，却也更多了几分豪迈和苍凉。天空湛蓝得无法形容，似乎离此不远，清高又亲切着。

一旁立即有随从牵过马来，陛下侧头看了几眼，赞了一句，又伸手抚了抚鬃毛，而后低唤了一声："青雀，这匹马由你来骑。"

"是！"立即有个腰粗肚大的青年跑上前来，他正是魏王李泰。

陛下亲手将马缰递给李泰，李泰面有难色，神情有丝不安："父皇，此马……"

"朕听说《括地志》快编完了，大唐的山川河流，一切一切，都在其中，并且会传之久远。"陛下安抚似的拍了拍他的肩，"编《括地志》要行万里路啊，你试试这匹马。"

李泰闻言愈发慌乱，脸色苍白："我不擅骑马……"

"大唐是马上得天下，朕的儿子都要擅于骑马。"陛下依然轻笑着说道，"如今天下太平，除了编书，领兵布阵骑射也必须会。来人，将朕的马鞭给魏王。"

李泰见陛下如此说了，便咬了咬牙，猛地用力跃上马背。他大喝一声，双腿一夹马腹，马鞭一甩，那马果然是匹良驹，如离弦箭般飞驰而去，很快便只剩下个小小的影子，留下几股尘土。

陛下望着李泰远去的背影，若有所思，他回身问道："你们都挑好马了么？"

"好了。"众人赶忙答道。

太子挑的是匹枣红马，李恪挑的则是白马，而李治选的倒是匹黑马。

李恪抬眼见我站在陛下身后，便浅笑着颔首。太子则是盯着我看了一会儿，面上却无半点笑容。李治望着我只是傻笑，我唯恐陛下看出什么端倪来，无奈狠狠地白了他一眼。他倒也识趣，很快便转了目光，看向别处。

"你们都去吧。"陛下微笑着一摆手。

"是。"三人立即躬身施礼，而后便策马飞驰而去。

陛下看着他们远去，这才回头问御马监："新进的狮子骢驯得如何了？"

"回陛下，此马剽悍刚烈，极难驾驭，我们也不敢过分羁禁，任意责打。"御马监费力地从马厩中拽牵出一匹毛色青白相间的高头大马来，"所以它摔伤了御马监七八个干练的驭手，至今无人能驯服它，仍是野性十足。"

"哦？真是匹好马。"陛下双目炯炯，颔首赞赏，"狮子骢愈是难以驾驭，那就愈显得它是一匹难得的好马，是猛将破敌的良驹啊。"陛下说着，便开始挽袖束袍。

我一看便明白了，陛下是想亲自驯服这匹烈马。陛下戎马半生，身经百战，精通骑射，所以他对骏马尤其喜爱。

身旁的文官武将见陛下要亲自驯马，立刻有人出来劝解，首当其冲的便是魏征。

他劝道："陛下乃一国之君，岂能如往昔为将时，为逞一时意气、为训一马而身先士卒？倘若有个闪失，岂不因小失大，危及社稷？"

"朕骑过数匹性情暴烈的马儿，岂惧一狮子骢？"陛下大笑。

魏征一听，再想谏阻，我便抢先上前说道："奴婢知道陛下对于好马一向偏爱，且为此还写下一首《咏饮马》，'骏骨饮长泾，奔流洒络缨；细纹连喷聚，乱荇饶蹄萦。水光鞍上侧，马影溜中横；翻似天池里，腾波龙种生。'"

陛下先是一愣，而后便笑道："呵，你对朕的诗词倒是知道得十分清楚。"

我暗自偷笑，倒不是我用功读书，而是因为母亲时常吟诵，所以我自然是知晓的。

我平静地继续说道："陛下爱马之心世人都是晓得的，但驯服区区一匹狮子骢，何需圣驾？若传扬出去，叫天下人笑话，说我大唐无人，恳请陛下将狮子骢交于奴婢，奴婢定能制服它！"

陛下侧头看着我，面上却无半点惊异之色："嗯？你会驯马？"

"奴婢能制服它，只是陛下需给我一条铁鞭。"我被陛下看得有些慌乱，赶忙低头回道。

陛下微挑眉："哦，铁鞭？"

"奴婢先用铁鞭抽它，它若不听话，再用铁锤敲它，"事已至此，我索性大胆地说道，"铁锤再不行，奴婢便就用匕首割断它的喉咙。"

"你这是在驯马？驯马，驯服它，是为了用它。"陛下轻挑嘴角，神情懒散，唯有深蓝眼眸中闪过一道异芒，"若使用铁鞭、铁锤，只会使它伤残，恐怕它从此再也不能奔跑自如。若用匕首割断它的喉咙，那便是取走它的性命。杀掉它，何必是你，朕随意找个人来就可做到。"

陛下说的话竟与母亲如出一辙。

我知母亲能驾驭那追风神兽后，便缠着她，问她如何驯马。她答道，暴力以对，武力夺之，只能毁它，而不能得它。唯有以心相待，方能换来它的生死相随。

母亲……她如今过得好么？

眼中忽然涌上一片潮热，我立即垂目说道："陛下说的是治天下的道理吧？"

"你说得对，完全明白朕之深意。治天下，而不是亡天下。"陛下凝视着我，徐徐颔首，"你果然聪慧。"

我调整了思绪，抬头微笑："奴婢之所以开始时如此说，是故意的，否则怎引得陛下教奴婢呢？"

陛下也笑了起来："嗯，你是有心人。不许用铁鞭、匕首，你若仍能驯服它，那便骑上吧。"

"是。"我旋身大步上前，走向狮子骢。

第二十章　牡丹

我屏住呼吸，缓缓地靠近狮子骢，它一动不动，见我走来，并无太大的动静，只是鼻翼中不断地喷着气。

母亲温婉的话语犹在耳边："驯马不仅要有体力、武力，以弱可胜强，后发可先至，最重要的是智慧与勇气。媚娘，驯马有三，你要记牢。其一，攻其不备。"

我见狮子骢对我并无敌意，便瞅见一个时机，单手迅疾地按上马背，飞身上马。

狮子骢顿时不安分了，仰首一声长嘶，摆动前蹄，身子纵立起来，全身毛色发出一种沉潜又凝练的光泽，真是一匹好马！它一个劲往前撞，鼻子呼呼喘着粗气，嘶嘶乱叫。

我露出一丝挑战的浅笑，双手紧紧抓住马颈上的长鬃，双脚用力夹着马身。但若让它持续地疯跑下去，我早晚会体力不支而被甩下地去。

不信就治不住它！

"其二，消磨它的斗志，遮蔽它的双眼，使它无法辨清方位，令它恐慌，从而只能信任驾驭它的人。"

我敏捷地从袖中抽出锦帕，将狮子骢的双眼蒙上。

它无法看清眼前的一切，心浮气躁，便"嗷嗷"地连声狂叫，猛地抖起四蹄，沿着马场疯狂地跑了起来。

我紧紧贴在它身上，紧抓马脖子死不撒手，让它的怒火从自己身边冲射出去，而不受其伤害。

它只管风驰电掣似地跑，我却稳如泰山般地坐在上面。伏在它粗壮的脖子上。我能嗅到一股兽性的旷野气味，似乎有股澎湃的血液在胸口激荡！

"最后，让它熟悉你的气味，看它是否真的与你有缘。马与人的缘分是十分奇妙的。马儿都有灵性，你对它的好，它是知道的。它喜爱你、敬重你，当它真正将自己的生命与你融为一体，便从此视你为它唯一的主人，永世都将生死相随。"

我的锦帕我一直藏在袖中，上面沾染的全是我所用的香粉之味。狮子骢此时目不能视物，只嗅到我的气味，感觉到我的体温，它只能选择信赖我。

绕着宽阔的马场跑了数十圈，我逐渐放松了紧抓在手的缰绳，狮子骢明白我对它并无恶意，也熟悉了我的气味，便放慢了四蹄，由疾驰变成了慢跑。

我驾驭狮子骢来到陛下面前，猛地一勒缰绳，飞身跃下，跪伏在地："奴婢驯服了狮子骢，向陛下复命。"

"嗯，你跨上马，追上他们，也一起去吧。"陛下见我驯服了狮子骢，并无惊诧之色，只是微笑着颔首，而后轻轻摆了摆手。

我得了陛下的许可，再也按捺不住，深施一礼，便跃上马背，轻抚了抚狮子骢的鬃毛。它亦友好地回过头来，伸出舌头舔着我的手掌。

我轻笑一声，两腿一夹马腹，它立即高扬了前蹄，欢快地冲了出去。

狮子骢奔跑如飞，雷驰电掣，我耳畔只有呼呼风声，狂风刹那吹空了思绪，入眼皆是蓝天白云，无垠草地。

我微闭眼享受着这如飞翔般的快感，唇边漾起笑意，心中无比畅快。

这恐怕是入宫以来，我笑得最畅快、最爽朗的一次了。

狮子骢很快追上那些皇子公主、文官武将，它如风般驰过，惹来身后惊叹连连。

只眨眼的工夫，狮子骢便将众人甩在身后，独占鳌头。

但偏有一匹赤红的胭脂马，死死地咬在狮子骢后面，仅离丈许。

我微偏头看去，那是一个飞扬的红色身影，在疾驰的胭脂马上，如同一匹飘扬在风中的红色绸缎，如此鲜艳夺目、摄人心魄，不禁令人觉得，倘若一片碧绿中少了她，那便了无生机。

弹指间，胭脂马又赶过了狮子骢。马背上的红衣女子，回头直直地注视着我。

我也大胆地望向她，目光不闪不避。

她是一个连女人都会惊叹的女人。

她着一袭火红色的狐裘袍，脚蹬皮靴，合身的袍子勾勒出少女玲珑美好的身体曲线，肌肤雪白，小巧的红唇微翘，尽显她的傲气，凤眼微挑，眸中尽是傲慢与无惧。

我只望了一眼，便情不自禁地在心里喝了声好。

宫中身材姣好、面容美丽的女子虽多，却无一人有她那样独特的气质。

孤傲、无畏、自信、有着一股不羁的野性，她是最璀璨的光华结晶，如同一团烈火，激烈且张狂地燃烧着。

怀着这份真诚的欣赏，我对她微微一笑。

她却哼了一声，没有半点笑容，只冷冷地转过身，别开脸去。

果真是个高傲到骨子里去的女人……

我轻喝一声，微扬马鞭。座下的狮子骢性子同我一样，争强好胜，对这场不似比试的比试，志在必得，如何甘心落于人后？自然是穷追不舍。

两骑便一直如此，忽而狮子骢在前，忽而胭脂马在前，忽而两骑并驾齐驱，此消彼长，又不知奔出多远去。

我不想一路如此僵持下去，便咬了咬唇，再也不看那红衣女子一眼，微夹马腹，握紧缰绳，稳稳地超了过去，瞬时将她甩得远远的。

我转身再看，却大吃一惊，因为那女子竟在马上弯弓搭箭，瞄准了狮子骢。

我顿时方寸大乱，因为狮子骢只是血肉之躯，并无铜皮铁骨，纵使它再勇猛，也万万抵不住这支利箭。

慌忙之中我不自觉地勒紧了缰绳。狮子骢哪里识得这其中的变故，只道我让它停下，竟长嘶一声，急急地停了下来。

如此一来，它不动不避，反倒成了活靶子，耳后传来利器破空之声，我斜眼一瞥，那箭已近到眼前，立刻便要射中狮子骢了！

"不！"我惊骇地低叫。

电光火石间，另一支羽箭快如飞梭，已由后疾射上来，强劲非常。两箭相碰，力道旁开，爆出些许火花，各自磕飞，斜斜飞了出去，再一起深深地扎进草地里。

我长吁一声，暗中庆幸，随即伸手安抚狮子骢。

"高阳。"陛下策马从后赶上，他卸弦垂弓，低声斥责那名红衣女子，"任性也该有分寸,你只凭一时气愤便射杀了狮子骢,可知这后果有多严重?"

身后众人随即围上来,见陛下在此,他们也不敢出声,只好奇地望着我们。

"有多严重?不过是一匹畜生。"高阳公主偏头满不在乎地说道,"射杀便射杀了,莫非父皇还愁大唐无马?"

"高阳……"陛下微带慵懒又淡然的语调,却充满警告。

"我知道啦!下次不会如此做了!"高阳一见陛下如此神情,倒也识趣,赶忙低头认错,她随后扭过头来看着我,"你好大的胆子,居然敢与我争,你是谁?"

"奴婢是武媚娘。"原来她就是陛下最宠爱的高阳公主,我也不下马,只在马上垂眉低首,"狮子骢天生不羁,非奴婢所能控制,若冒犯了公主,还请恕罪。"

"呵呵……真不知该夸你无知无畏,还是该骂你不知死活。"高阳一愣,忽然露齿一笑。她神情高傲,但笑起来,竟灿若桃花,令人目眩神迷,"你可知,在这马场上,从来没有人敢超过我,你是第一人。我记住你了——武媚娘。"

我听她如此一说,反倒不知该如何答话了,只讪讪地垂头不语。

此时边上的树丛里忽然跑出只小鹿来,高阳也不再理睬我,一甩马鞭便追了上去。众人见此情形,也随即呼啸着追逐开来。

陛下勒住马匹,他对一旁的侍从说道:"朕有些累了,想在此小憩一会儿。"

"是。"侍从们得令后,赶忙抬出御座,搬出御扇,有条不紊地准备着。

陛下见我仍在发呆,便开口说道:"媚娘,你也去吧,朕这不用你侍候。"

"是,多谢陛下。"我求之不得,谢恩后便扬鞭策马,飞驰而去。

被高阳公主如此一闹,我早没了方才惬意的心情,便不紧不慢地跟在众人之后。很快他们都跑得没了影子,只剩我一人在林中策马徘徊。

我漫无目的地前行,眼前倏地出现一片无垠的花丛。

离得近了,我便索性跳下马来。

此时已是最后的花期,百花如雪乱在风里,有的已是枝叶稀疏,但仍有不甘衰败者,依然争妍斗春。

枝枝牵连,叶叶相系,不绝如缕。花团锦簇,浓浓地织成一派迷霞错锦。

我趋近观之,灿烂若霞,花瓣带水,珠水欲滴,绮丽婉转,万般富贵、千种风情都漾在潋滟波光里,那是牡丹。

它艳冠群芳,那种美是一种将疯癫发挥到极致的艳丽,尽绽繁花,艳华绝美,令群芳失色。

眼前一朵临露绽开的白牡丹，仅稍事渲染，却犹如淡妆美人，让人浮想联翩。

我才想伸手去采摘，身旁却有风一样的白影卷了过来，敏捷地将那花拈在手中。

他衣袂飘飘，袍袖卷动着指间的牡丹花瓣，如梦般摇曳，煞是迷人。

"王爷……"我抬头一看，却是李恪，不由有些愣怔。

他一袭白色绸衣，发带上的美玉晶莹剔透。他定定地望着我，眉角微微上扬，那是一种难以名状的眼神，灼得人全身发热。

"倾城白牡丹，玉肌乍露，无气不馥，如此逼人的繁华艳丽、妩媚妖娆，只一笑，致命、迷醉、伤神，令百花皆无色。"他轻叹，而后抬手将那花轻插在我的鬓上。

"王爷……你这是为何……"他并未碰触到我，我却面上一热，心中有说不出的慌乱与迷惘，"你怎知我喜欢这……"

他浅笑，眸光清澈曲回："因为我们曾有一场伯牙、子期之会啊。"

我心领神会，便低眉垂目，抿唇不语。

他站在花前凝望着我，眸光温柔得如丝绸滑动，异芒暗生。

清风徐徐，香味馥郁不绝，如一帘温柔蚀骨的幽梦，香郁得令人四肢百骸舒软，身子仿佛已飘入气韵生动的云雾之中。

花色流音，情真情痴，情之至，天花乱坠般地华美奢靡到不堪……

我们便如此相望而立，也不知过了多久，李恪御马先行离去，足音消远。

我伸手轻抚着鬓上的牡丹花，心中犹自欢喜。正想着策马而去，一旁的花丛中却猛地窜出一个人影。

我毫无防备，惊魂未定，心随即一颤。

是太子！

哪怕相隔有距，但他眼中射出的那抹精光依然慑人。

太子的手中捏着一枝怒放妖丽的红牡丹，他一脸怒容，额际似有一抹欲跳的青筋。

他迅疾地大步上前，猛地扯下我鬓上的牡丹花，重重地扔在地上。似乎还不解恨，他又狠狠地上去踩了几脚。

花碎一地，残色满目，犹自流光溢彩，只是却令人不忍卒睹。

我又急又怒，却已来不及阻止，此时也顾不上身份有别，我厉声质问："你，你干什么呀？！"

"父皇不肯将你赏给我,连李恪都要与我争。"太子微笑,却带着透骨的冰冷寒意,他轻揉手中的牡丹花瓣,"浓烈如鸩酒,妖丽绝色,自知不能饮,却难忍其香……"

"太子……"我低唤,重重地咽了口气。

太子幽黑的深眸里,一抹晦暗的光芒一闪即逝。

鲜红花瓣从他手中纷扬落下,散乱一地,含着一闪即逝的凄凉,残花碎叶,破败不堪。

他再也不看我一眼,飞身上马,绝尘而去。

只留我一人在原地,兀自心惊。

太子方才说陛下不肯将我赏给他,这是何时发生的事?他开口向陛下讨我了么?陛下没有答应?这其中究竟有何曲折?

我心中无数疑惑,却不知何人能解。

"花妖!"身后传来轻快的叫唤声。

我又是一惊,回头一看,却是李治。

他神情轻松,似乎并未瞧见方才此处所发生的事情。

他笑吟吟地将一朵黑牡丹别在我的鬓上:"这是牡丹中的极品'冠世墨玉',尤为珍贵,红中透黑,黑中泛红,光彩夺目,与你很相配呢。"

白牡丹转瞬被毁,却换成了黑牡丹,我顿时啼笑皆非。

"王爷,奴婢不喜欢黑牡……"我无奈地开口,花丛外却传来一声叫唤,"晋王殿下,您在何处?陛下召唤您呢!"

"我这就来!"李治仰头答道,而后回过身来冲我一笑,"即使这花丛中的牡丹朵朵艳丽,却都比不上你的娇媚。"说罢,他也不等我回答,便跳上马,疾驰离去。

"你……"三番四次被他言语轻薄,我虽恼怒却又发作不得,着实晦气。

"谁稀罕你的花啊!"我抬手想摘下那黑牡丹,忽然有人从后紧紧地抱住我的身子!

"嗯呜……"我才想惊叫,那人却抬手掩住我的口鼻,将我往花丛深处拖去!

第二十一章　纳谏

"媚娘……"那人见我不停地挣扎，将我拉到僻静无人之处，便轻唤了一声。有些沙哑低沉的嗓音……

阿真……

他一个低低的叫唤，轻而易举便击碎了我心底的屏障，霎时，泪险些要掉落下来。

我缓缓回过头，两人鼻息交错，我清楚地看清了他温柔如水的眸光。

"阿真！"我转身投入他的怀中，两人紧紧相拥，我啜嚅着低语，"我以为……以为此生再也见不到你了……"

"媚娘……媚娘，我终于找到你了。"一反方才的粗暴，阿真异常轻柔地紧拥着我，他的双臂在微微颤抖，他的神色似欢喜又似激动。

我深呼吸，将眼眶中的泪硬是逼了回去，稍稍平复了乍见亲人的激动，我追问了句："你，你怎么会在这里？福嫂呢？"

"自你入宫后，我娘每日担心你的安危，夜不能寐，茶饭不思。我将她安置在一户农家，托人好好照顾她，她便催促我来寻你。"他长长叹了一声，拥紧了我，"恰逢围场招募新侍卫，我颇费周折，才被录取。苍天有眼，我日夜在此等候，终有了回报，我终于见着你了！"

"入宫太久，无依无靠，我真以为，自己在这世上是孤单一人了……"我再也无法压抑，不禁泪如雨下，依偎在阿真的怀里获得至亲般的慰藉，"除了报仇，我什么也不敢想；除了孤独，我什么感觉也没有……"

阿真拂开垂散在我颊边的几缕发，如喃低语："不，不会了，媚娘，我绝不会再让你孤单无依。我会想办法入禁宫，再也不会抛下你。"

"入禁宫谈何容易，这宫中重重关卡，门禁森严，高手如云，普通的侍卫根本就无法入内。"入禁宫？现实宛如一盆冷水朝我兜头泼下。我在他怀中坚定地摇了摇头，"阿真，不要轻举妄动，我不要你为我送命。"

"我终究会想出法子。"他微微一笑,似乎就是一个承诺,令人不自觉地产生信任,"这一次重聚,我绝不要再失去你。"

他的话,如同一颗石子投入我平静的湖心,激起一层层的涟漪。

我伸手,与他的轻轻相扣,再度流泪。

如此久的曲折坎坷、艰难险阻,只因着他轻轻的一句承诺,便都变得微不足道,皆在微沉的暮色中化为甜蜜的热泪。

又是一个暮色四合的黄昏,夕阳初坠,天际似染上一层薄暮。

御书房内,陛下斜靠着软垫,坐在御席上,我依然跪坐在他身后。

而长孙无忌、魏征、房玄龄等人皆静静地在次席上坐着。

陛下似随意地问了句:"《兰亭集序》的真迹寻得如何了?"

"王羲之的后人视《兰亭集序》真迹为传世之宝,代代相传,直到传到了王家的第七世,真迹仍不曾出王家一步。"长孙无忌咳了声后才答道,"但是,这王家第七代传人,不知何故竟出家为僧,自然就没了子嗣,便将这真迹传给了至亲弟子——辩才和尚。"

陛下伸手支着下颚,眸中聚光:"辩才和尚?若在僧人手上,恐怕就是出重金也无法买到吧。"

"陛下所料不差,任我们出再高的价格,那辩才和尚是看也不看,听也不听,无论如何亦不卖。"长孙无忌无奈地颔首,"但,话说回来,那辩才手上的究竟是否真迹,我们亦不可知。我已差谏议大夫褚遂良领萧翼去办此事了。"

"嗯,此事便交予你去办了。"陛下的神情是一贯的淡漠,并无太大的波澜,"既然要寻找《兰亭集序》的真迹,不妨借此机会出重金广收天下的王字真迹。"

"是,我立刻差人去办。"长孙无忌随即领命。

一直在旁不发一语的魏征忽然开口说道:"陛下,臣以为,搜寻《兰亭集序》的真迹已是极限了,若借此机会出重金收买天下的王字真迹,恐怕就不妥了。"

"哦,为何不妥?"陛下似漫不经心地问道。

"重金收买天下的王字真迹,世人贪财,到时必然是赝品陡增,天下大乱啊。"魏征的语调依然不紧不慢,"恐怕王字的厄运当头了,臣以为此事陛下应三思而后行。"

"嗯？"陛下挑起一道眉，"魏征，你这是何意？"

"陛下若只为一己之私，而劳师动众，骚扰百姓，岂不是与当初的治国之道背道而驰？"魏征顿了一下，接着说道，"隋炀帝到处搜刮人间奇宝、大修宫殿，导致民不聊生、怨声载道，此乃隋朝覆灭之根本原因，陛下应深深引以为戒。"

"你言下之意，朕重金收买天下的王字真迹便是玩物丧志？"陛下轻笑，垂眼遮住眸中所有的情绪。

"臣不敢有此意。"魏征不慌不忙，从袖中拿出一卷奏本，"臣看陛下近来逐渐怠惰，懒于政事，且开始追求奢靡，特写了一份《十思疏》，此中列举了陛下执政初到当前为政态度的十个变化，请陛下过目。"

"魏征，你大胆！"陛下的眼眸里隐隐奔窜着小小的一撮火苗。

"魏征！"一旁的房玄龄与长孙无忌一看陛下震怒，立即跪伏在地，而后同时侧头猛冲魏征使眼色。

"陛下，此话臣说过多次，今日依然要说。"魏征却毫无惧色，仍是镇定自若地说道，"自古忠言逆耳，为君者若无肚量能纳谏进忠言，那必定不是明君。"

"好你个魏征，说着说着，若朕今日不听你的谏言，岂不是就成了昏君？"陛下瞬时平复下来，他面色和缓，丝毫看不出喜怒来，"媚娘，把魏征的《十思疏》拿来给朕看看。"

"是。"我起身走到魏征面前接了奏本，而后回身跪呈给陛下。

"嗯……不念居安思危，戒奢以俭，斯亦伐根以求木茂，塞源而欲流长也……"陛下细细看着，读到妙处便念出声来，"怨不在大，可畏惟人，载舟覆舟，所宜深慎，奔车朽索，其可忽乎……择善而从之，则智者尽其谋，勇者竭其力，仁者播其惠，信者效其忠……"

"嗯，写得好啊。'思国之安者，必积其德义'，魏征，你这是在规劝朕要慎始谨终，虚心纳下，赏罚公正，知人善任，拣能择善，是吗？"陛下抬头看着魏征，脸上已有笑意，"你希望朕能崇尚节俭，不轻用民力，如此才可使百姓得以休养生息，有利于大唐的强盛。此奏疏文理清晰、结构缜密、说理透彻，音韵铿锵，气势充沛，好，好！"

魏征此时倒是沉默不语，只轻捻着胡须。

"魏征，你劝诫有功，朕赐你锦帛三百匹。"陛下思忖了一下，复又说道。

"谢陛下。"魏征倒也没有推辞，欣然接受。

陛下侧头对长孙无忌说道："无忌，你继续搜寻《兰亭集序》的真迹，但万不可仗势压人，必要以礼待之。哦，还有，重金收买天下的王字真迹之事，就先缓一缓。"

"是。"长孙无忌立即答道。

"今日就到此，你们都退下。"陛下深吁长叹，而后又说了一句，"媚娘，你也回去休息。"

"是。"众人一听陛下如此说，施礼后便全数退下。

此时天色已暗了下来，我便将御书房中的烛火一一点燃，而后才躬身退了下去。

走到门外，我禁不住又回头去看，陛下仍捧着魏征的《十思疏》聚精会神地看着。

陛下将我贬为御前侍女，我却是因祸得福，从此耳目大开，受益良多。

陛下确有容人之度，他能知人善任，做到人尽其才。房玄龄不善于断案和处理杂务，但却善于谋划和决定国家大事，所以陛下用为宰相，用其所长，避其所短。魏征则是做事正直、敢于直谏，而陛下有着纳谏的过人气度，所以很赞赏他的直率，便以礼相待，让他任谏议大夫，而后又行宰相职权。

此时，我忽然想起了那年读《史记》时，母亲曾对我说的一句话：

"媚娘，古之帝王，有兴有衰。若日后你有机会登上泰山之巅，尽看群山奇峰，必要深深自省，虚心学习。前车之鉴，后事之师，它足够令你居安思危，防微杜渐了。"

为何母亲会有此一说？莫非她早已料到我有今日？

我心中仍是疑惑重重，禁不住冥思苦想起来。

入宫以来，我每日所见，陛下皆是忙碌异常，我目所能及之处，他只有不分昼夜地议事，在朝堂之上议完事，回到御书房仍是召集群臣，接着再议。他每日翻看的奏章堆积如山，却仍无半点厌烦之色。每逢读到好的奏本，他都要一读再读，而后再让我贴在御席旁的屏风上，闲暇时再读上几遍。他虽终日忙碌，却十分关心几位皇子的功课，经常询问那些太师们，皇子的功课进展如何。

我曾疑惑，陛下究竟是有何种力量，能让他的臣子为他殚心竭力，心甘情愿为他誓死效忠；而今看来，他确是拥有一个男人所该拥有的一切。

这个男人，他拥有至高无上的权力与王者的胸襟霸气。

他是大唐的信仰。

骄傲的大唐百姓以自身的努力，依仗着对他的信仰，迈开了世上最潇洒最从容的步伐。

"媚娘！"

寂静中突然响起的声音，令犹自沉浸在思绪中的我惊骇不已，连忙抬眼看去。

是他！

第二十二章　李泰

那人正是魏王李泰。

我眉头微微一蹙，随即躬身施礼："奴婢见过魏王殿下。"

"不必多礼。"李泰稍抬手，"抬起头来让本王好好看看你。"

"奴婢不敢。"我仍是弯着身子，低垂着头。

"先前看你驯服狮子骢，而后又挑衅高阳公主，如此胆量，如此魄力，恐怕连男子都未有。"李泰一挥衣袖，大肚一挺，将双手背在身后，"如此一个奇女子，有何事是你不敢的？"

我听他这一番话似赞实贬，心中顿时有了警觉，这恐怕也是个难缠的角色，必要留心应付。

心念一转，脸上的深沉之色转瞬化作了滴水的温柔，我缓缓抬头，微侧着脸，眼波流转，浅浅一笑，与李泰四目交接："殿下说笑了，奴婢那时只不过是迫于形势，硬着头皮献丑，幸不辱命，奇女子一词万不敢当。"

李泰见我抬头，竟倏地一愣，而后双眼透出一抹炽热异样的神采，放肆地上下扫视我，仿佛要以目光将我牢牢困住。

我知道，这是男人对女人感到惊艳的目光。

母亲看似冰冷无情，无灵无血，却是绝色动人，颠倒众生，不费吹灰之力。妩媚天成，世间恐怕仅有她一人。

凡见过她的人，无不惊骇失态。她的美丽，令人动之不舍，观之不忍，意犹未尽。与她相比，我便只能自惭形秽，仍是没学得她一分的媚入骨髓。

我自然知道此时李泰眼中所含之意，便故作羞涩地别开头去，向后稍稍退一步，有意踩着裙摆，身子踉跄，竟似要跌倒。

李泰随即一手牢牢抓住我的手腕，一手轻扶住我的腰，两眼迷离，死死地盯着我。

我轻皱眉头，下意识地使劲，想抽回手去。他却仍是抓得死紧，那强大的力道，令我觉得手腕几乎要被他折断了。

"殿下，殿下，奴婢……很疼呢……"我咬唇，细如蚊嘤地唤道。

"呃……"李泰似觉察到自己的失态，立刻收手站立。

我揉了揉已有些乌青的手腕，埋怨似的看着李泰，微眨眼，眸中随即起了水雾，眼前如遮纱陷雾般看不清楚。

李泰见我如此神情，竟有些慌了手脚："嗯，是本王太过粗暴……"

"与殿下无关，是奴婢太失礼了……"我悄悄地敛眉垂目遮住了所有的思绪。

"媚娘，你可愿意跟着我？"李泰忽然问道。

"跟着你？"这次我倒是真的吃了一惊。

李泰神情悠然："是啊，我打算向父皇讨你。"

"这……"我定了定心神，索性选择沉默以对。

"你莫要害怕，我不似太子，绝不会使你为难。"李泰狡狯的双眼晶晶闪亮，"我此时正在修撰《括地志》，父皇对我资助良多。我提这小小的请求，他自然会答应。除非是你自己不愿意……"

"不，奴婢怎会不愿意呢？"我浅笑依然，语气镇定，"况且在宫中奴婢不过是个任人使唤的丫头，又有何可留恋呢？"

"你若愿意那便好办了。如今我情势很好，投奔我门下的人渐多。"李泰迟疑了一下，望了望四周，见四下无人，才又说道，"想当年，父皇晋阳起兵，便网罗天下才俊，虽不比孟尝食客三千，总也有百人之数；武德之后，尤其贞观年来，皆成栋梁。"

我面上不动声色，却是暗自心惊。

"谁与权势相近，才俊之士自然会趋之若鹜，不必辛苦寻找。"李泰却是眉开眼笑，"如今天下人都知道，父皇宠爱我胜于太子。这点，我想媚娘你在父皇身边如此久了，总该有所耳闻吧？"说着，他别有深意地看了我一眼。

我佯装不知,只含糊地说道:"奴婢孤陋寡闻,只知魏王不仅是魏王,还是左武卫大将军、雍州牧,京城都归您管。"

"是,如今我的权势,所有亲王都比不上,就如同当日的父皇,也就是当初的秦王。"李泰轻笑,眼中异芒一闪,"水到渠成,此时的形势,不是再明显不过吗?"

我心中已了然,仍是一副疑惑不解的神色:"嗯……陛下也是如此想吗?"

"是,父皇也是如此想。"李泰上前一步,肃然说道,"媚娘,你在父皇身侧,侍候他起居、议事。他的一举一动,想必你是了如指掌的,莫非你就没觉察到一丝一毫吗?"

"奴婢愚钝,确是无所察。但殿下既有如此一说,奴婢日后自会留意。"我自然是明白他的意思,此时若再装做一无所知,恐怕反倒会使他起疑。

"你果然聪慧。"李泰的唇角挑起一抹不可捉摸的笑意,他在袖里摸了摸,将一块玉佩递与我,"我觉得此物与你十分相配,今日便赠与你了。"

"这……奴婢不敢收。"我心中一沉,面上却非得装出不胜惶恐的模样。

李泰却不容我拒绝,将玉佩塞入我手中:"这是流落出宫的贡品,世间独一无二,我想这世间唯有你才配得上拥有它。"

他的右手轻握着我的手腕,左手指尖则轻轻划着我的掌心,神色暧昧。

我便也顺势娇羞地垂下头去看,只见那玉佩端然有致,光泽温润,确是块好玉。

我随即将那玉抓得紧紧的,故作雀跃地看着他:"殿下果真要将这美玉赠我?"

李泰望了望我,眼中飞快地闪过一丝鄙夷,但下一瞬便恢复如常,他抚了抚我的手背:"本王说赠与你,那便是你的了。"

"多谢殿下。"我唯恐他后悔,迅疾地将玉佩放入怀中,微一抬眼,果不其然,李泰面上隐现出轻蔑之色。

"殿下,魏王殿下,您在何处?陛下召见您!"不远处传来内侍的叫唤声。

"媚娘,我先去见父皇了。"李泰微一领首,也不等我回应,回身径自走了。

我亦不久留,抬脚往自己的住所去。

路过荷花池,我掏出玉佩放在掌心细看。

这是一块年轻的璞玉,尚未经严苛的打磨。而它胜于普通玉之处,在于它的色质,让人遐想,恰似一泓泉水,游离着丝丝翠绿而又清澈见底。

玉,尤其是好玉,岂能随便送随便取呢?李泰如此做,还真是委屈了这块美玉。

而我的奢侈与天真也仅止于此。

手指一松,它缓慢地从我手中滑落,义无反顾,冷若冰霜,无声无息,果断而绝情。

"扑通"一声闷响,它没入池中深处,再也寻不到半点踪迹。

天寒彻骨,秃枝败叶犹在北风中颤抖,飞雪如絮,翩然曼舞,素丽莹洁,清奇妖娆。

这是今年的第一场雪。

桃杏枝头的花苞,如一夜凋零,已成了玉箸银簪。只能从空枝败叶上去凭空想象那繁花似锦、云蒸霞蔚的绚丽美景了。

窗前一株梅树,如旷世佳人,悄无声息,凌寒独放,幽独高雅、顾影自怜。

偷得半晌晴晖,我抱着双臂站在廊前眺望远处的阔野苍山。

飞雪扑面,我将手与脸深深地藏到斗篷中去,十分温暖,仿若回到童年,母亲用温热的手,捧住我冰凉冻红的小脸,呵暖我僵硬的双手。

今年,我怕是不能折下第一枝梅花给母亲了……

身后忽然传来一阵莺啼燕语,我侧头看去,原来是几个来打扫庭院的宫女。我背靠着廊柱,那柱子恰好将我挡住,所以她们也瞧不见我。

她们边打扫边说笑着,只听一个宫女说道:"听说,太子殿下最近迷上一个少年,叫称心。"

边上一个大嗓门的宫女随即附和道:"听说那少年生得俊俏非常,不管何时何地总是一副令人不禁心口发疼的模样。"

"嗯?我怎与你们听到的不同?我听说那其实不是少年,而是一个惯穿男装的美艳少女假扮的。"一旁一个尖嗓子的宫女不以为然地说道。

"是女子假扮的?"最先说话的那个宫女又说道,"我还听说此人颇有来历,不可小瞧。听说她曾是侯君集府上的人,而后才被转送给太子。她生得异常妖娆,天生尤物啊!"

大嗓门宫女好奇地问道:"你说那人颇有来历,究竟是何来历?"

尖嗓子的宫女立即回答:"听说她虽不是哑巴,却从不说话。先前在侯君集府时,就不曾开口。即使如今在东宫,太子多次问她话,她都不答。"

一旁立刻有宫女追问道:"这又是为何?"

"此中奥妙我也不知,但如今流传最广的一种说法是……"尖嗓子的宫女压低了声音,缓缓说道,"人们说她是妖女,只要开口说话便会给主人带来灾难……"

"不会吧……那如此一来太子岂不是……"宫女们没再往下说了,因为有个内侍监正从庭外进来,他大声呵斥道:"你们几个在此处嘀咕什么?想偷懒吗?中庭打扫完了,就赶紧去扫前院!"

"是!是!"宫女们慌忙答道,互相推搡着,争先恐后地往前院跑去。

我等了好一会儿,再没听到半点人声,才缓缓从柱后走出,转身往御书房去。

太子喜欢女扮男装的美艳女子?仅仅只是因为他贪恋女色吗?似乎不是……

我总觉得此事蹊跷,其中必定有隐情,却又理不出个所以然来。

我兀自想着,不觉已来到御书房外,我立即打起精神,甩了甩衣裙上的残雪,缓步走入。

我跪伏于地:"奴婢参见陛下。"

陛下淡淡开口:"起来吧。"

我起身,徐徐走到陛下身后,跪坐下来。

此时我才发现,房中左边席上坐着太子与李泰,右边则坐着李恪与李治。

陛下虽常召皇子们来御书房相见,但每次都是分别召见,今日是何缘故,竟将四位皇子一同召来?

不知为何竟想起方才庭院中宫女们闲聊所说的那些话,我心中暗自澎湃,胡思乱想间,冷不防陛下开口唤道:"媚娘。"

"啊?"我茫然抬头。

第二十三章　警告

"方才朕与你们说的话,你们要牢记。"陛下先嘱咐皇子们,而后侧头望了我一眼,似没看到我傻愣的神情,他轻声说道:"朕闲来想查看近来他们学业如何,你取纸笔,将他们所答的逐一记录下来。"

"是。"我收敛了心思,再也不敢出神,立即取了纸笔,跪坐在案前。

"承乾,你是太子,太子便是未来的储君。"陛下望着太子,"你可知何谓明君昏君?"

太子一脸疲累,瞧着有些昏昏欲睡:"如父皇这般,便是明君。像那隋炀帝,就是昏君。"

陛下轻皱眉头,看了太子半晌,却也没责难他,转而问李泰:"青雀,你以为呢?"

"君主之所以能够明达,是因他能兼听多方的谏言。国君之所以昏庸,是因他的偏信偏听。《诗经》有云,'先民有言,询于刍荛',此言便是说,君王者,应向割草砍柴之人征求建议。"李泰右眉一挑,从容答道,"古时,尧舜便能够打开四方之门来接纳八方之士,广开言路来了解天下事理,故此能够做到圣明之目无所不察,那共工、鲧之人,无法蒙蔽他。奸佞小人的恭维话与奸计,也无法迷惑他。"

陛下唇角浮上一丝笑容,微垂眼帘:"恪儿,你说。"

"蜀相诸葛亮曾上《出师表》,此中说道,'亲贤臣,远小人,此先汉所以兴隆也;亲小人,远贤臣,此后汉所以倾颓也'。秦二世将自己深藏宫中,摒弃隔绝所有忠良之士,偏信于权奸赵高,以致天下崩溃离叛,他却一无所知。"李恪微颔首,侃侃而谈,"隋炀帝偏信虞世基之言,堵塞所有忠谏之路,各路起义军攻取城池、掠抢乡邑,他仍不知晓。明君应当兼听,应该容纳臣下之不同见解,如此一来,亲贵宠信的臣子也无法阻塞耳目,蒙蔽真情,而下情也可上达了。"

"嗯……"陛下安然听着,转头看向李治,眼神一扬,"雉奴,你说。"

李治面色一白,似有些慌乱:"儿臣以为,以为,几位兄长说得都有理……"

"那你自己的看法呢?"陛下眼皮一挑,面上却也看不出有半点不悦。

"我,我……"李治支吾着,急得一头是汗,却说不出一句完整的句子。他坐在我正对面,便求救似的望着我。

真是个呆瓜!

我见李治因答不出来而臊得面红耳赤,忽心生不忍,提笔写了"为君之道,先修其身,心存百姓"十二个大字,背着陛下与众人,轻咳一声,将纸张偷偷在他眼前晃过。

"明君之道,必须先存百姓。万不可损百姓以奉其身。若安天下,必先正其身。"他正急得六神无主,见我此举动,顿时眉目一喜,赶紧答道,"世上并未有身正

影斜之事,也从未有过君上治理得当,而百姓混乱之事。"

"媚娘,将此卷字展开给他们看。"陛下看了看李治,却忽又望了我一眼,他似笑非笑地指了指案上的一卷字,对众皇子说道:"你们看这幅字,不许开口,只在纸上写出是哪家的字体,笔力如何。"

我便将手卷展开,依顺序先呈到李治面前给他看。

"方才,方才多,多谢……"李治微抬头,细声地向我道谢。他看着我,愣了愣,竟似忘了自己要说的话,只盯着我看,"你……"

我暗暗白了他一眼,再没看他,径自将字递到李恪眼前。

"多谢。"李恪微笑颔首向我道谢,他持笔润墨,轻轻挥笔,姿态优美,举手投足间就可入画。

我只觉面上一热,便侧过头去,将字展开在李泰案前。

李泰似已不记得当日赠我玉佩之事,只漠然地望了望那幅字,看也不看我一眼。

我亦不想与他再有牵扯,便垂下头去,跪走几步,来到太子跟前。

太子神色复杂地望了我一眼,却也不多言,只凝神看着我手中的字。

"承乾,可有答案了?"陛下在后轻问一声。

"呃?"太子额角已冒出细汗,神色慌张,显然不知道此字出自何人之手。他目光一转,不看其他,只望着我。

我自然明白他眼中所含之意,无奈之下,只得背着陛下,在他手中写下一个"王"字。

"啊?"太子一愣,似懂非懂。

陛下在这个时候却忽然说出了惊天动地的一句:"媚娘,你提醒了雉奴还不够,连太子亦不放过?"

太子与我面面相觑,惊出一身冷汗。

我闭目,呼吸,吐纳,竭力稳住心神,这才敢转身去看陛下。

陛下眼眸中掠过凌厉光芒,却仍是淡淡地笑:"媚娘,你可知罪?"

"奴婢知罪。"我只觉得脊背发凉,冷汗涟涟,只能跪伏在地,一动也不敢动。

"你若能说出这字出自何人之手,笔力如何,朕便不治你的罪。"陛下微挑剑眉,声音里听不出多余的情绪。

"奴婢以为这是王羲之的《十七帖》。"此时我已冷静下来,虽语调仍有些颤抖,但已趋于平稳，"这帖字，笔力遒美健秀、平和自然，意境委婉含蓄，真可说是'飘若游云，矫若惊蛇'，是极美的。"

陛下听后只是闲闲地颔首，半点眉头不皱，他接着又问："何为明君昏君？"

"奴婢不敢……明君者，欲平天下，先治其国；欲治其国者，先齐其家；欲齐其家者，先修其身；欲修其身者，先正其心。"我壮着胆子抬眼看去，见陛下冲我点了点头，面色虽平和，所含之意却是令人无法拒绝，我也只得硬着头皮说道，"心正而后身修，身修而后家齐，家齐而后国治，国治而后天下平。而奴婢以为，其中根本便是修身。倘若一人道德伦理败坏，让他去整顿好家族、国家，进而使天下太平，是绝无可能的。"

陛下仍是笑着，只是温和的笑容里却似有了肃杀的意味，他侧头，目光斜斜地射来："朕的几个儿子，竟还比不上一个小小的侍女……"

此时陛下的眼神突变凌厉，我顿觉有股可怕的压力由四面八方迫来，我似已被他的目光逼入一个死角，生死不明。我虽然手足发软，但仍偏躄地僵跪在原地，抖着唇不言语。

"青雀，前几日朕将进贡的一块玉佩赏给了你，此玉举世罕有，世间恐怕只有一块，你可要妥善收好。"陛下下一刻便轻挑嘴角，目光恢复柔和，先前蜻蜓点水般的杀气倏地消隐不见，他笑着问李泰，"此玉乃天地之精华孕育而生，贴身收藏可凝神静气。如今那玉在何处？"

"儿臣，儿臣该死！"李泰着实吓得不轻，立时跪伏在地上，肥硕的身子竟有些颤抖，"儿臣疏忽，前几日回宫后就不见了玉佩，也不知丢到哪里去了……请父皇降罪！"

陛下似没见着李泰惶恐的模样，开怀一笑，从袖中掏出一块玉佩："青雀莫慌。你看看，丢失的可是这块玉佩？"

李泰抬头一看，惊骇得嘴再也合不上了，因为陛下手中的玉佩正是前些日子他赠与我的那块。他立即叩头答道："是。儿臣丢失的正是这块玉佩。"

李泰固然是吓得面无人色，我更是惊得手足俱软。

我分明将这玉佩亲手丢入池中，亲眼见它沉入池底，而今为何会在陛下手里？！

早听说宫中耳目众多，个个能飞天遁地、来无影去无踪，说不清哪里就藏着双眼睛在窥探着你……此时我算是真正领教到陛下的手段与耳目了。

我按住狂跳的心口,抬眼再看陛下,他依然浅笑如常,只是不再言语,他靠在软垫上,微闭目,似在思索着什么。

少顷,他的脸色由微笑变得凝重。

屋中众人都僵硬地跪坐着,屏息不语,静待着陛下的问话。

但陛下却什么也没问,他只是疲累地摆了摆手:"你们都下去吧。"

众人一听此言,立即整齐地叩头行礼,而后缓缓退出。

我见鎏金火盆里的火焰有些低微了,便拿铲翻了几下,又往里添了几块炭,拨压一阵,火势倏地又熊熊燃了起来,发出噼啪几声轻响。

待屋中暖意洋洋后,我又拿了条裘毯盖在陛下身上,才躬身退下。

"媚娘……那冬儿,与你差不多年纪吧?"

似幻似真中,我隐约听见陛下开口问话。

眼前猛地浮现出冬儿盖着白布躺在冰凉地上的身影以及她留给我的那一双僵硬的赤脚……

我只觉得寒风袭身,倏地打了个寒战,脚下一个踉跄,险些被那门槛绊倒。

我哆嗦着回头去看,炉中依然焚着檀香,极淡的香味悠悠飘散。陛下靠着软垫,仍闭着眼,似在假寐,方才的那句话仿佛只是我的幻觉。

庭院里微微地落着些许雪花,雪动微寒;院角的几枝墨竹,却显得格外翠秀清寒。

台阶、屋檐、廊柱上下都积满了水沫似的雪,数位宫人在忙着扫雪铲冰,四处是敲打冰凌的声响。

一股湿冷的寒气透过厚厚的外袍,从后颈一直灌到脚底。我打了一个又一个冷战,无奈只能抱紧双臂,拉紧了衣领,抵御严寒。

陛下为何忽然提起冬儿?他是在警告我,若再不谨慎言行,终有一日也必要如冬儿那般死于非命吗?他既已得到那玉佩,想必那日我与李泰在院中所有的一切,他都已了如指掌。

我愈想愈觉得心惊肉跳、忧怖难安。一拧眉,脑中尽是刀光剑影、血肉横飞的场面,且越发清晰。我竭力退避,却终究还是卷了进来。进退皆不得,却又不能坐视不理。

我幽幽叹气,小道边的松树突然"呼啦呼啦"落下几团雪,惊得我的心狂跳不止。

"媚娘……"

听到这声音,我便立即沉了心,亦不施礼,只抬起头来,冷冷地看着眼前的男子:"你有何事?"

太子身着一件枣红色绫罗衫,外披一袭蓝色碎花缎面袭袍,他拦住我的去路,轻声细语:"今日我害你被父皇责罚,我……"

我心念一转,瞬时明白陛下为何要警告我了。

在陛下眼中,我大约就是那魅惑他几个儿子的妖精吧?留之不得,杀之可惜,如此,陛下才给我这最后的机会,让我收敛。

我悠悠地看着太子,嘴角浮现的竟是隐隐的笑意。我自知在这深宫中,我的性命不过是蝼蚁,但,我绝不甘心!即使将来陛下要了结我的性命,我也不愿像冬儿一样死得无声无息!

天纵不佑,也莫相扰,拼尽一腔热血,哪怕只能溅起一朵小小的血花!

"太子……"我幽叹一声,有些哀怨,斜着眼睛看他,而后伸指戳了下他的额头,却不答话。

太子却是急了,突然紧抓住我的手,语无伦次道:"我,我必要得到你!"

第二十四章　兄弟

"太子殿下说笑了,你早已有了称心。哪里还想得起奴婢?"我轻抿着唇,无动于衷地凝视前方。

"她,她她毕竟不是你!"太子忽然中气十足地大吼了一声,"我要的人是……"

"太子!"我不及细想,立即扑上去掩住他的嘴,堵住了他要说的话,低叫道,"嘘……太子殿下……"

"你怕什么?"太子却不慌张,他轻吻着我的掌心,悠悠笑道。

"殿下,奴婢只是个小小的侍女……不值得你如此……"我被他大胆的举动震住了,于是敛眉垂目,回避他灼烈的眼光。

"不,你值得的……"太子闪亮异常的双瞳紧锁着我,丝毫不放过,"我一定不会放弃。"

"太子殿下,陛下已警告过奴婢,你我身份有别,是绝无可能的。你不要逼我……"我心念一转,暗暗查看四周,确定无人,便也不将手抽回,任由他握着,转瞬间,我眼中已微含泪意,"那日魏王殿下将玉佩赠与我,我不敢拒绝,却也不敢留下,便将玉佩投入湖中……"我惊骇地闭了眼,身子也微微颤抖。感觉他将我轻轻搂入怀中,我不着痕迹地轻笑,而后哽咽着继续说道,"不想,那玉佩竟落入陛下手中……我,我觉得好怕……宫中早已有闲言闲语,多少人对我又羡又妒,他们都等着抓住我的纰漏,好将我置于死地……"

"别怕,我会保护你,绝不再让你受一点伤害……"太子将我拥入怀中深处,握着我的手,轻吻着我的手背,"你说你招人妒忌,太子何尝不是!图谋此位者,不知有多少!倘若有人要谋我性命,我也绝不会手软!"

我凝视他有些扭曲变形的面容,怒火正在他脸上跌宕纵横,我却没有感染到他的怒气,兀自沉吟。

太子只能是太子,他永远也比不上陛下。

陛下看似轻微淡远,但一旦收了笑容,温和的眸子瞬时便涌上一股杀气,不怒自威,如冬眠之兽撕开皮毛的束缚即将咆哮而出。他的淡,是真正男人的淡雅,有着纵观世事的智慧,强悍的淡雅。霸气、傲慢、不拘,却又隐忍、谦和,又似隐含怒气。淡雅的强悍和怒气,只能远观,不可近触。

这样的对手,可怕。

而太子,暴戾、自大,他的狠只是外露的狠,有着藐视人间的孤愤与偏激,却少了海纳百川的圆融气度。他会狠辣地去算计却无洞悉识人的世故心态。

这样的对手,可用。

"太子殿下,奴婢不想你为难,也不想你因为奴婢而与陛下有所矛盾。只要太子能继位,奴婢受再多苦都是值得的。"我轻抵着他的胸膛,抬眸直勾勾地盯着他,眼中一片迷离,"你已是太子,帝位唾手可得,万不可为了奴婢……我……"我只觉得眼中一片潮热,声调哽咽,便缓缓垂下头去。

"太子又怎样?依然受制于父皇,连一个女人我都得不到!我不想再等了,我也不能再等了!"太子握着我的手猛地收紧,他目眦尽裂,却仍在隐忍,"父皇偏心李泰,朝中都有所闻。父皇又迟迟不退位,李泰对我的威胁日益加重……"他脸上最后一丝血色褪尽,眼底簇着两道火焰,"是时候该给李泰一些厉害瞧瞧了……"

"不，太子殿下，你千万不能这样做。"我见太子那近乎疯狂的神色，心底竟泛起奇异的快意，嘴上却仍在不停地劝解，"太子殿下何出此言呢？魏王殿下是你的兄弟啊！而陛下虽器重魏王，但更疼爱你，皇位始终是你的。"

"父皇更疼爱我？他偏心魏王，便是要立魏王为太子！立魏王为太子，必是废我！"太子在笑，只是那笑容却透着彻骨的冰冷寒意，"我若不从，必有血光之争！"

"不，太子殿下，你万不可如此想！"我心中暗喜，面上却是焦急万分，"手足怎可相残，你……"

"媚娘，你莫要再劝了，我心意已决。"太子垂下头柔情万千地凝视着我，神情宠溺并且迷乱，"你再委屈些日子，我很快便来接你。"他执起我的手，在我手背轻轻留下一吻，便转身大步离开了。

大雪纷飞，梅香醉人。我不明方向，徐徐走着。

梅林里清香氤氲，梅树上，雪下得很重，在雪的下层并结了细小的冰块。梅影倒垂于湖光水影中，相映成趣，唯有暗香，依旧冷吹罗浮。

我蹲在湖边，我的影子投在光滑如镜的湖面之上，眸光沉静如水，微澜不惊，只是一径盈盈浅笑，颦笑之间勾魂摄魄。

我轻抬手，拈住一枝梅花。昔日凝脂如玉的指尖，不再细腻如丝，却已带着一层浓烈沧桑的镌刻痕迹。

我已没有退路了。

我自知不是陛下的对手，但，若他的儿子们开始在他眼皮之下造次，想必他也将十分头痛吧？

既然人间未给温暖，又何必温暖人间？

深知一旦踏入便无勇气跨出。一无所有的人赌起来才是最疯狂的，无物再输便可歇斯底里。我未给自己留丝毫余地，狠毒之时也自知下场或许更惨，我却决不会因此停步收手。

迎面走来宫女春桃，她怀抱一束怒放的白梅。

我一见便十分喜欢，开口问道："春桃，这花好美，你从何处摘来的？"

"是前面的那个小院。"春桃喜滋滋地答道，"是陛下吩咐我去摘的。"

"是陛下吩咐的？"我一愣，蓦地想起方才在御书房的桌案上确实有看见相似的白梅，"那，御书房里的那束梅花，也是你摘的？"

"不，那是今年第一枝盛开的梅花，是陛下亲手所摘。"春桃顿了顿，才又说道，

"我入宫六年，陛下每年这个时候，都会亲手摘下第一枝盛开的白梅，放在房中。"

陛下也喜摘梅？

我想起母亲也爱白梅，虽不能与她见面，但睹物思人也是好的，便又问春桃："那小院在何处，我也想去摘几枝。"

"媚娘，你可千万别去。那小院是宫中禁地，若没有陛下的命令，擅入者便是死罪。"春桃压低了声音说道，"我就曾亲眼看见一个误入院中的宫人被陛下杖毙了。"

"竟有此事？"我着实吃了一惊，究竟那院中隐藏着何种秘密？陛下为何如此重视？

"我要赶着将花放到陛下寝宫，你别傻愣在这儿了。"春桃刚要越过我走向前面的庭院，却忽然又停了下来，"陛下的寿辰要到了，众人都在偏殿忙碌，你也快去帮忙吧。"

"陛下的寿辰？"我下意识地追问，"是何时？"

"季冬二十二。"春桃头也不回地答道，她抱着花，飞快地走远了。

季冬二十二？

陛下的寿辰与母亲竟会是同一天，怎会如此巧合？

我早知母亲必定与皇家有着极其微妙的关联，便费尽心思去追查，虽也查到些许蛛丝马迹，可惜任我想破了头，也理不出个所以然来。

我情不自禁地走到那小院外，也不敢入内，只站在门外张望。

只见院中梅花盛开，奇香袭人，将整个花园装点得雪白一片，确是极易引得有心人闻香而至。

满院的梅花一看便知有人精心照料，枝枝浴着一层珠光似的细雪，冷冷暗香，纤琼皎皎，入眼灼灼。

花瓣有些随风飘落，半掩在玉屑似的雪末儿里，也是清熏无声，姿容嫣然。

若是母亲见到如此景致，想来她定是欢喜非常，愿长住在此院中，不想离去吧？

我恋恋不舍地离去，走到半道，忍不住回头再看。

满院梅花依然蓬勃、傲然，枝枝壮硕，幽幽寒香似在召唤着春天。

一条青石小路细致蜿蜒地伸进前庭中去。

漫天飞雪，冰花错落，簌簌地跌在地上。

我怀中揣了一盅温热的羹汤，飞快地往御书房走去。

漫天萧瑟的雪声应和着我的脚步，眼前冷不防冒出个身披白裘斗篷的少年，离我仅有半尺，如半空生出的鬼魅。

我大吃一惊，手上一滑，险些拿不住汤盅。我稳住心神，定睛瞧去，竟是李治。

"你怎来了？"一见是他，我便没好气地问道，"你不在晋王府里好好待着，为何总往宫里钻？"

"我，我，我……"李治支吾了半晌，却说不出一句完整的句子，面上却是越来越红，"花妖……我……"

"此处不是说话的地方。"我谨慎地看了看四周，而后将他拉到院中的假山后，"不要叫我花妖，好难听的。叫姐姐好了，我大不了你几岁。"

"姐姐？不好。我还是喜欢叫你花妖。"李治却十分固执，他思索了半天，见我脸色不善，才又改口说道，"要不就叫花妖姐姐？"

花妖姐姐？听着这不伦不类的称呼，我啼笑皆非。

这人虽三番四次言语轻薄我，对我确是十分迷恋痴狂。

心念一转，我忽然倾身过去，与李治鼻息相对。我轻吐一口气，而后才娇声说道："好，从此你便叫我花妖姐姐，只是千万不要让别人听到……"

"我……"李治直直地盯着我，失神发愣，早说不出话来。

我极近地看着他，在他清澈如镜的眼瞳里，我看见自己媚眼如丝、销魂蚀骨。

"这几日，我一直在想你是如此与众不同，你果真不同。"我亦不退开，反而伸手去抚他的脸，明显地感到他的颤抖，"你有一张如此俊俏无瑕的脸，与那些每日只想着争权夺利的人果真不同。你看那太子，再看魏王，都是面容扭曲，满脸的阴谋诡计，让人无法喜欢。"

"花妖……姐姐……"李治的脸愈加红了，"魏王与太子皆是高傲有本领的人，我怎能与他们相比……"

我冰凉的手滑下李治的脸颊，在他的脖颈上画圈圈："如今魏王与太子之间已是剑拔弩张，我看迟早要出事……那，依你看，他们谁会胜利？"

李治脸色绯红，三魂七魄早不知道去了哪里："我看？我，我怎会知道……"

我微侧着头，似笑非笑地道："你如今可以不知道，但是你将来一定要知道……"

李治犹如中蛊般地追问道："这又是为何？"

我仍没有停下手上的动作，悠悠说道："你知道鹬蚌相争的故事吗？你想成为那个渔翁吗？"

"不可能！"李治瞬时清醒过来，"太子与魏王，我是不可能在他们中得利！"

我缓缓收回手："将来之事，永不可预料……"

"帝王之位的争夺，自古便是如此。"李治见我收回了手，似有些失望，他叹了口气，"从父皇开始便是如此……"

"你说的可是玄武门之变？陛下最不喜有人提起此事。"我一挑眉，斜眼瞥着他，"你要谨慎自己的言行，要知道，我是陛下身边的人。"

李治神情专注地凝视着我，异常肯定："你不会。"

"我自然不会。"他的镇定使我有些意外，我微笑着继续说道，"我只会将他人的消息告之于你，却决不会将你我之事说与旁人听。"

说罢，我转身想走，他却忽然抓住了我的手腕。

"嗯？"我回头淡笑地看着他。

"花妖……姐姐……我何时能再见到你？"

"你要谨言慎行，入宫不要太频繁，否则陛下会起疑。"我垂下头，稍一思忖，"还有，你唤我姐姐时只能让我一人听到。"

"我是因为想见你才入宫的。"李治痴痴地看着我，"我是因为真心喜欢你，才叫你姐姐……"

"傻瓜，我知道……"我抿唇浅笑，伸手一推他的胸膛，"但凡事小心些好，谨慎才能使你永远都能叫我姐姐，你……呃……"

我再也说不出后面的话，因为他堵住了我的嘴，且用的是他那温润的唇！

第二十五章　心乱

我全身僵硬，双目圆睁，脑中一片空白，只能怔怔地看着他近在咫尺的容颜。李治的动作青涩，无任何技巧，如初生小兽一般粗暴凌乱。他的牙撞击着我的,他的亲吻不知轻重,我只觉得一阵刺痛,唇被咬得生疼,却又因为这样惶恐无助而显得特别诱人。

"花妖姐姐,姐姐……我好喜欢你……"他的吻缓缓往上,落在我发热的脸颊、耳垂、鼻尖、眼、眉、额上,他喃喃自语,"我好喜欢你……真的好喜欢你……"

他的声音犹如迷咒,我倏地被惊醒,奋力推开他,毫不迟疑地抬手"啪"地给了他一记耳光。

李治的脸颊随即浮起明显的五指印,他没有震怒,也不退却,只是怯怯地看着我,眼眸清澈如水,明亮得使人心慌。

"你……"我有些气结,分明是我被他轻薄了,但瞧他这委屈的模样,似乎是我亏待了他。

"你,你咎由自取!"我硬起心肠,别过头去,闪避他哀怨的双眸,而后恶狠狠地说道,"往后你若再敢如此做,我定不饶你!"

我咬了咬牙,再也不看他一眼,提起裙摆,飞奔而去。

我一路小跑,气喘吁吁,停在一棵梅树下。

我不禁抬手轻抚嘴唇,唇上依然灼热、刺痛。我的心仍是狂跳不止,热气也由脖颈慢慢涌了上来。

平生第一次与一个男子有如此亲昵的接触,我羞恼交加,却又无可奈何,这便是男女之事了,再清高再与世独立的女子也不能免俗。

宫殿高峙,槛曲萦红,檐牙飞翠,皆被飞雪没成了素白。

寒梅迎雪怒放飘香,冬日阴冷潮湿,飞雪茫茫,形成一片齐膝高的白雾。

此处是宫中僻静一角,无人经过。

双手发凉,心与身也是冰的,就连怀中抱着的温热盅汤也化不开我心中那如雪的寒意。

但,尚有一股暖流环绕我身。

我轻踩脚下的积雪,想起李治的笑颜。

我入宫是为何?是为报仇,是为了向武元庆与武元爽报仇!

我武照入宫当日就曾立下重誓:必要直上青云、手握权势,而后将这两个畜生狠狠踩在脚下,使他们永世也翻不了身!

世事却总不如人愿,陛下对我始终有一份难言的戒心,我知道,他应该是有些喜欢我的。

但，那却不是男女之爱，而是一份极其微妙的情感。我可以觉察得到，却无从解释。只依稀明白，陛下如此对我，必定与母亲有关。

既得不到陛下的宠爱，想要获得高位又谈何容易？我还能依靠谁呢？

陛下已到中年，而我却依然年少，我可以等，我还能等。我唯一能做的，也只有等了。蛰伏着，等到他百年之后，去等那下一任继承皇位之人。

那又是谁呢？

是太子？不，陛下确已有废他之心。

是李泰？不，他虽然眼前最受陛下器重，但此人心计虽重，却无大才，难担大任。

余下的，只有李恪与李治了。

那，下一任继承皇位之人究竟是何人？

我静静地思索，捧着那盅一直被我紧紧护在怀中、依然温热的羹汤，冒着大雪，缓缓走向御书房。

往事无从躲避，峰回路转，景物依旧，人早已成昨。

我不知母亲如今身处何地，境况如何；但我，却已是面目全非。

初阳升起，将远近初雪过后的滴翠湖畔、稀疏树影轻轻一筛，华光闪闪，伸向灰蒙蒙的烟霭里。

季冬二十二，是陛下寿辰，又是一年一次比武选拔的日子。

满朝文武百官齐聚在宫外的校场之上，正前方临时支起帷帐，搭架出一座高台。当中摆着龙椅，陛下端坐于上，我照例站在他的身后。在龙椅之后，依次坐着杨妃、徐惠与另几位嫔妃。诸位皇子则分坐在陛下手边，文武重臣与各国前来朝贺的使节则依序侧坐两旁。

在叩首朝拜、焚香祷祝之后，陛下轻轻一挥手，宣布比武开始。

号角响起，直贯云霄。

东边入口处传来一阵马嘶声，只见两匹高大骏马，在众人的击掌吆喝下，飞驰而来。

两人驱马来到高台前，下马向陛下行跪拜大礼。

我在台上看得真切，左边那个男子虎背熊腰，一身华服，而右边那个男子剑眉微扬、虎目炯炯、鼻直口方，相貌堂堂，英气迫人，不正是阿真吗？

我暗暗吃惊，面上却装得毫不在意，只轻瞥了他一眼，便垂下头去。

阿真也似没望见我，只恭敬地向陛下行礼。

陛下微微颔首，轻抬手，二人也随即会意，再次翻身上马，飞驰到校场中央。

"陛下，他们都是今年武艺最出众的侍卫。此次比武，胜出者，便可入禁宫，成为陛下的护卫。"一旁的长孙无忌微倾身子，望着远去的两人背影，开口问道，"您看他们二人谁会胜出呢？"

陛下的深眸稍敛，他的话如徐徐清风，波澜不惊："应当是右边的那位年轻人。"

"哦？陛下何以如此笃定？"长孙无忌有些疑惑，"恕臣斗胆，据臣所知，左边那位年轻人，他的功夫我是见识过的，确是高强，无人能敌。"

"无忌，朕若连这点眼力都没有，便也不够资格坐上这个位子。"陛下双眉微挑，似真似假地调侃道，"朕便与你打个赌，看谁胜谁负。"

"那臣便也斗胆与陛下赌一次了。"长孙无忌哈哈一笑，便将目光转向场中。

"请陛下开箭。"此时侍卫长上前跪请。

陛下起身，抬手接过那硕大的铁胎弓，双臂微张，便将这张强弓拉得如同满月一般。

"好弓！"他赞了一声，而后轻轻放开，接过随从递过的羽箭。他利落地挽弓、拉弦，搭上雕翎箭。与常人不同，陛下的弦上竟同时扣了四支箭，箭端似有寒光。

我早听说陛下箭法高超，但如今他站在高台之上，与那箭靶相距甚远，射不中倒是其次，若丢了皇帝的颜面，那可就不妥了。

众人估计都已熟悉陛下的性子，竟无一人出来劝阻，人人屏息静气、全神贯注地看着陛下。

陛下长身玉立，一袭锦袍垂曳于地、光华灿灿，发上皇冠华丽无双，衬着满天金芒，风采照人，真如神人一般，那是一种与生俱来的凌人之势。

他自傲地一笑，迅疾松开手指，四支羽箭如流星般飞去，"笃笃"几声，全部命中箭靶的红心。

"真是神箭！"众人齐声赞叹。

一旁的尉迟敬德自豪地说道："那是自然，想当年我与陛下南征北战，陛下可是天下第一弓，死在他弓下的，何止千人！"

众人闻言无不点头赞叹。

陛下既已开箭,那阿真与另外一人便开始准备比试。二人各自接过侍从递上前的箭囊,检查弓箭。

发令官一挥大旗,示意比试开始。

率先出场的是那个华服男子。只听他大喝一声,双腿一夹,跨下骏马立刻如箭疾出。

他用双脚御马,侧身从马后的箭囊中抽箭,搭弓扣弦,马儿飞驰的速度并未因此而稍有迟缓,他扬指轻拨,就见羽箭如风般疾射而出。

箭无虚发,正中红心。

众人皆点头,正打算喝彩之时,发令官的大旗再度挥落!

阿真清啸一声,他所驾驭的马儿便如掠过天际的流星般,瞬间奔到场中央。

他双臂大张,身子不见一丝颠簸,如履平地。他抽出两支箭,迅疾地挽弓搭箭,也未见他瞄准,第一支羽箭便离弦疾射出去。

这时他才不慌不忙,将第二支箭猛力射出,弓弦疯鸣,第二支箭居然追上第一支箭,箭气划破长空,两支箭箭尖连着箭尾,排成一条直线射出,精准地射中靶心。

众人才发出第一声惊叹,却见那支后到的羽箭似是余劲未消,居然贯穿第一只羽箭,将它一分为二!

阿真……母亲只教了他一次的连珠箭,他竟能使得如此出神入化。显然为了这次比试,他是拼了全力。

想起那日在花丛中与阿真相遇,他将我紧搂在怀中,如喃低语:"不,不会了,媚娘,我绝不会再让你孤单无依。我会想办法入禁宫,再也不会抛下你。"

……

阿真……他果然信守承诺。

尉迟敬德边鼓掌喝彩,边回头对陛下说道:"陛下,这年轻人好箭法,可真是了不得!"

陛下面上却无半点喜色,他语调低沉地说道:"将那个年轻人,带上来。"

第二十六章　发现

我心一颤，暗叫不好，这连珠箭法乃母亲所教，倘若陛下问起，阿真如实回答，那母亲的行踪岂不是要大白于天下？

阿真很快便被侍卫带了上来，他跪在陛下面前，毕恭毕敬地行礼。

陛下亦不拐弯抹角，直接发问："阿真是吗？你的箭法十分精妙，不知师承何人？"

阿真十分从容，他不紧不慢地答道："回陛下，此箭法是西域一位高人所教。"

"西域？据朕所知，会使这箭法的人，只有两人。"陛下斜眼瞥着阿真，清冷的眸光似在思索，"一是宇文成都，但他当年已死在江都一战中。而另一人……"陛下稍一停顿，复又说道，"而另一人亦逝去多年，你的箭法究竟是何人所教？"

"是西域一位高人，他不谙世事，极少入中原。"阿真镇定如常，"小人早年曾在关外牧马，亦是偶然间与他相遇，他与小人十分投缘，我哀求多时，他才肯将这绝学传授于我。"

听阿真如此回答，我悬在半空的心这才落了地。母亲如此聪慧，想必当日传授他箭法之时，便料到会有今日，定是已想好了一番说辞，好来应付今日这样的局面。

陛下许久都不言语，他眼神一扬，而后以手支着下颚，面色阴晴不定、诡谲莫辨。

陛下不开口，旁人自然也不敢多嘴。

静默了半晌，陛下的唇边露出一抹笑意，他似已理清思绪，想通个中曲折，所以才格外气定神闲，他悠悠说道："不用再比了，阿真为今日得胜之人。"

众人面上皆闪过诧异，他们虽觉意外，却无一人提出异议。

"谢陛下！"阿真欣喜万分，随即叩头行礼谢恩。他扬眉，目光在我身上稍稍停留，这才又垂下头去。

我却不觉半点喜悦，只冒了一头的冷汗，好在阿真始终若无其事，仿佛他所说

的句句属实，浑然不知方才险险地躲过一劫。

陛下举起酒杯，浅抿一口，悠然地品着美酒。酒入喉中，他轻叹一声，眼里似蒙上一层薄薄的灰，嘴角却浮现出一抹隐隐的笑意。

这个男人，天下间，恐怕没有任何事能令他恐忧吧？

我一动不动地凝视着陛下，如此想着，忽然冰冷的寒意袭身，衣中似蹿入一尾灵蛇，凉凉地舔着我的身子，平白地渗出一片冷汗。

入夜，云破月来，窗外一株白梅，疏影横斜，暗香盈盈，直沁入窗里来。

倚窗望去，逶迤一带园墙顶着雪絮，玉屑飞扬，似碧玉摇曳的云梦泽，琼珠闪烁，点点浮泛，美不胜收。

我正自心醉神驰，突然听见身后传来春桃的声音。

"春桃，你今日为何如此早便回来了？陛下睡了？"我回头诧异地问道。

我与春桃皆是陛下的御前侍女，二人轮流守在陛下身边，照料他的起居。平日里，即使陛下已就寝，我们也不能回处所休息，而要在榻前守候，时刻等着陛下的召唤。今夜轮到春桃守夜，按理说她不到明日清晨是不会回来的。

"媚娘你入宫的日子还短，有所不知。"春桃对着铜镜，解开发髻，"陛下一年里有两日是不用人服侍守夜的。一日是他的寿辰，另一日就是他登基之日。"

"如此还真是怪了，这两日都是陛下的好日子，应当大事庆祝才是，"我讶然，疑惑地问道，"为何宫中却如此沉闷，并无半点喜悦之气？且陛下也不用人随侍，他去了何处？"

"听说是陛下下令不许张扬，不许庆祝。"春桃打了盆温水，开始梳洗，她慢悠悠地说道，"我只知陛下这两日都离开太极宫，不是去大明宫，便是去含风殿。"

"大明宫？含风殿？"我依然是满腹疑问。

"大明宫是陛下登基时新建的一处宫殿，作为清暑之所。那时先帝还在，他便赐名为'永安宫'，先帝逝去，陛下便下令改名为'大明宫'。"春桃话匣子一打开便停不下来，她滔滔不绝地说道，"而陛下同时也在终南山造了'太和宫'，其中最华丽的一殿，便是'含风殿'。陛下原本是命人全力建造此宫，但不知为何，这两年却忽然停了下来。"

我皱眉，追问道："你是说陛下到了寿辰与登基之日都不在宫中，而是去了这两个地方？"

母亲的名字便叫凤明!

梅花小院?

母亲最爱的花便是白梅!

季冬二十二?陛下的寿辰?

那也是母亲的生日啊!且母亲也从不为自己庆生!

沉鱼落雁余几许?横笛轻歌谁人和?朱颜尽是云烟过,待回首,繁华空。

九尺青丝染成霜白,拣尽寒枝不肯栖的母亲,寂寞半生。

而那个令她如此痛苦的人,竟是陛下!

第二十七章　犹豫

"噼啪"一声轻响,青铜火盆里的炭火忽然微微爆开,而后便暗淡下去。

我立即上前,拿铲将火盆中的炭条翻了个身,往里添了几块炭,拨压一阵,火势顷刻间便旺燃起来,细小的炭灰纷纷扬扬,却无呛鼻之感,反倒有股淡淡的清香,分外撩人。

我侧头望着陛下,他紧闭双目,靠着织锦软枕,半倚在暗红的软榻上,身上盖着轻薄温暖的紫貂皮毯,似已熟睡。

我无声长叹,瞥向殿外沉闷的天空。

殿外仍旧飞雪如絮,纷纷蒙蒙。

陛下依然每日上朝、议事、批阅奏章,未流露出一丝一毫异样,生活作息也无任何变化,似乎那一夜他在梅院中的失态,只是我做的一场幻梦。

"媚娘……"春桃悄无声息地从殿外进来。她朝我比了个手势,我心中了然,再望一眼陛下,便退出殿去。

今日立春,雪仍未停,茫茫大雪,满目的洁白与诗意,下得人肝肠寸断。

满院的花在初春的风欺雪扰中犹自抱紧了裸露的双臂,唯有梅树弯曲着舒展枝上挂着含苞待放的花蕾。

"媚娘。"阿真在小道上轻声唤我。

我亦不回头，悄悄地向他招了招手，而后径直地走到偏殿檐下。

一棵积雪的松树挡住我们的身影，阿真柔声说道："媚娘，你过得好吗？"

"先别说这个，"我没心思与他互诉离别之情，只低声问道，"我给你的那匕首，你带在身上吗？"

"嗯？"阿真一怔，虽感诧异，但他仍从衣兜中掏出匕首，放在我的手中，"我一直片刻不离地带在身上。"

我的指尖沿着匕首鞘上精致的花纹游走，柄上的"明"与"民"二字依然清晰："阿真，你要记住，这匕首你定要藏好，绝不能让人看见。"

"这又是为何？"阿真仍是疑惑不解。

这匕首上所刻"明"字自然指的是母亲，而陛下的名字是李世民，那"民"字必然是他。

母亲隐姓埋名多年，我知道她心里一直有一个男人，想必在她万丈繁华的身后，也有着不甘的情感。她守在武家，心中应当也怀着某种美好的希望，相信细水长流的日子，与之白头偕老。

上天成就了无数英雄男儿的铁血梦想，却辜负了多少悠悠女子的深情怅望。

而那个负了母亲的男子，便是陛下。

母亲不想见他，我亦不想让陛下见到她。

但，我如此决定，究竟是对是错？如此结果，对母亲真是好的吗？

"其中曲折我一时无法向你说清楚，但你定要记得，万不可让人看见这匕首。"我压低声音沉重地说道，"否则，恐怕你我都将有杀身之祸。"

"我知道了。"阿真郑重颔首，他将匕首重又收回衣中去，而后他握住我发凉的手，似乎看穿了我心底的挣扎，他眼神坚定，"我会守着你，绝不会离开你。"

我缓缓抬起头，注视着他饱含情意的眼眸，他眸中映着绵延的火光，不灭不休。

"那，那我先回去了！"我忽然觉得有些心慌，像是要逃开什么似的迅速转身欲离，不想却绊到阶石，身子向前跌去。

阿真见状赶忙上前搂住我。

我顺势便这样倒在他的怀里，他的胸膛宽阔而温暖，竟令我有种不想离开的冲动。

"没事吧？"阿真的双臂有些僵硬，声音更是干涩。

"没事……"我下意识地想推开他,但阿真的动作却比我更快。他力度恰好地握住我的手腕,令我不觉得痛却也无法挣脱。

"不……"我别开头,阿真温热的唇落在我的脸颊上,他亲密的举动引得我背脊一阵不自主地战栗。我想挣扎,却全身酥软,施不出半分力,只能羞恼地叫着,"……真,阿真,不要……"

阿真伸出左手搂住了我的腰,右手轻扶住我的颈项,而他薄削的唇轻贴在我颈上、唇边摩挲着、徘徊着,带着深深的爱怜,似沉醉地询问。

我的心,激烈地摇荡着,终于缓缓阖上眼帘。

我们的吻,有些纯洁,有些情欲,有些轻佻,也有些淡淡的祈求,仿佛在黑暗中久居的人,蓦地发现光明一样,再也无法沉默了。

他并未深入,只是唇与唇的碰触,温度交融,点到即止。

"我,我们,我们这是在做什么?"我靠在他怀里低喃,我被自己方才心底那一发不可收拾的情愫惊呆了。

"媚娘,我不知你对我是何种感觉,但,我不想做你的兄长……我想时刻同你一起,你欢喜我便快乐,你难过我一样痛心。"阿真低叹一声,凝视着我,"我只想守着自己所爱的人,令你不受到一丝伤害……"

爱……他说他所爱的人……

我又惊又怯、又喜又羞。说不出是何感觉,只知能被他如此注视的人,定是幸福的吧,因为那深眸专注得似天地间只有我一人。

阿真,他承诺我的梦想,不惧生死、不问未来,他一步一步都做到了。

一个女人能够让一个男人如此执著,如此呵护,如此爱着,若说不感动,恐怕是自欺欺人。

当他的妻子,只要当他的妻子就好了,便足够了。

我信他,从以前便如此信他。信他会疼我、会爱我、会照顾我。一个女人一生最大的幸福应当就是如此吧?跟一个爱你的男人厮守一生。

只是,此时我想要退却,来得及吗?我甘心就这样退却吗?我愿意就这样认输吗?而他们愿意放过我吗?还有尚在远方的母亲,她是否在等着我去迎她呢?

火热的心底深处,却是死死地压抑下来,我牢牢地锁住悸动。

阿真仍在喃喃承诺:"媚娘,信我,信我好么?我能给你幸福……"

我确是不知这世上除却他,以后在我的生命中是否还能出现一个如他这般待

我好的男人。

他的温柔和怜惜,令我感动,使我温暖。在这身惹尘埃、心随欲境的深宫染缸里,他的高义与慈悯就似一潭净水,而我却是那沧海横流中无岸无畔的人。

眼前,突然一片黑暗。

我很想要相信,相信他所说的幸福。

只是,这幸福果真是我能得到的么?

路漫漫其修远兮,悲也好,喜也罢,一时静默。

这一刻,我腻在他宽广温暖的怀里,很乖,很温顺。

此刻我要的,仅仅只是一个拥抱,女人不可以太贪心。

入宫后,我便多么希望有这片刻的安闲;如今,竟是用这种方式得到了。

莺飞草长,去日如水。

"啊!"我厉声尖叫,从噩梦中惊醒。

我又梦见母亲了……

梦里她在花中优美潜行,或在画里轻柔微笑,她的笑颜,依然倾国倾城。同过去无数个夜晚一样,我只听见她的衣摆扫过地面的沙沙声,可她的脚分明就踏在光滑的青砖上,为何却没有一丝的脚步声?母亲不似人,仿佛她只是一缕幽魂,在这寂静的世上,悄无声息地徘徊。轻盈白纱如温凉的水从面上拂过,那是旷野中最美丽的一抹幽魂。

窗外的梅花,谢了又开,已历四次风霜。

杳杳处残存着袅袅的余音,月移花影,更漏滴下,我再也无法入睡,跪在窗前,双手合十。

夜空中似隐隐传来的叹息:福兮?祸兮?福祸相依……

我只愿母亲不再有着许多磨难,愿她岁月静好,现世安稳。

青灯下,烛影摇曳,铜镜映着我苍白的脸。

我轻梳长发,镜中我的眼眸忽凛冽碧透,似微透出一抹翡翠绿。

这是?我惊诧莫名,伸手将光滑的镜面擦了又擦。

我倏地想起库摩,他的瞳孔便是隐隐反射出墨绿的光芒。

"不!"我低声尖叫,仓皇中将铜镜横扫于地。

我的眼睛……我的眼睛……我与母亲最为相似的眼睛居然……

"不，我不要！"

我猛地一伸手，暴怒地掀翻面前的桌案，顿时发出巨大的声响，妆匣、木梳、胭脂、水粉乒乒乓乓地掉落一地。

我犹不解恨，上前狠狠地踩踏那面铜镜。

"媚娘，媚娘，你这是在做什么？！"守夜的春桃归来，见我好似疯了一般，急忙上前来将我一把抱住，"你，你冷静些！"

"吁吁……"我逐渐平静下来，嘴角微一抽搐，"我，我没事，只是做了个噩梦……"

"你啊，还是个孩子。"春桃松开紧搂住我的双手，俯身开始收拾满地的狼藉，"做了个噩梦罢了，醒来便好。"

"哦，对了，媚娘，陛下已醒了，如今正在御书房，"春桃将桌案扶了起来，回头嘱咐我道，"你快梳洗梳洗，前去侍候。"

"我，我知道了。"我按捺下心底的急躁与不安，飞快地换装、梳洗，早膳也不吃，立即往御书房去了。

我才到殿外，便听得前方一片嘈杂，只见几名内侍将一名女子拖拽出去。

我以为又是哪个侍女受了处罚，近前一看，居然是高阳公主！

"你们放开我！我要见父皇！我是大唐公主！"高阳公主已是满面泪水，钗横鬓乱，她声嘶力竭地叫道，"父皇，父皇！我何处辱没了大唐的国风了？！我心中的苦处你就不闻不问吗？！你要杀便杀我好了，为何要杀死辩机？！"

内侍冷冷地说道："陛下有旨，高阳公主不得进宫！"

陛下平日最宠爱高阳公主，从不对她动怒；今日为了何事，竟如此对她？

我悄悄地问一旁的宫人："这是怎么了？"

那宫人平日与我交好，便也偷偷地告诉我："听说高阳公主与一个僧人，玄奘法师的高徒辩机私会。陛下知道后，雷霆震怒，将辩机腰斩，而公主身边的侍女均被处死。陛下还下令，高阳公主永世不得入宫。"

"父皇，你为何非要我恪守妇道？！有哪一个皇子不是三妻四妾，难道我就不是你的亲生骨肉？！"高阳公主已被内侍拉到殿外，她跪坐在地上，号啕大哭，"我不如哪一个皇子了？！上天啊，为何要将我生做女子？！"

我心中恻然，高阳公主天生自傲，豪放不拘，在众多公主中她确实是得到了陛下最多的宠爱，享受了皇室带给她的尊荣与富贵。但她也必须分担皇室的风险与

危机,必要时还得作为一个政治筹码,去交换边界的安宁,笼络宠臣的忠心。陛下将她嫁给房玄龄的次子房遗爱,用意便在于此。房玄龄是凌烟阁的大功臣,高阳公主所嫁的不是人,而是家世。

"媚娘,你还愣在这做什么?"殿内跑出一个内侍对我叫道,"陛下今日烦透了,你还不快去侍候?!"

"是。"我收敛思绪,深吸吐纳,抬头大步走入殿去。

第二十八章　父子

我捧了香炉,燃上檀香,置于殿角。

陛下倚在软榻上,神色苍白而倦怠,身子疲累得犹如刚征战归来。见我走近,他也未有任何反应,只是眼眸勾勾地盯着我,目光陌生而萧索。

我不敢再上前,只跪坐在一旁,亦不言语。

香炉中,袅袅轻烟飘散,如一根颤动着的心弦,泠泠幽香,还未来得及浓烈,便黯然凋谢,淡淡远去。

"媚娘,你方才都看见了?"陛下微闭眼,身子一动不动,仍是半躺在榻上。

我正昏昏欲睡,听陛下如此一问,心中一震,顿时倦意全消。

"嗯,回陛下,奴婢都看见了。"我自然知晓陛下话中所指,便也不做遮掩,坦然答道。

陛下长叹一声,语调中是深刻入骨的疲倦与失落:"你也认为朕不念父女之情,对高阳太过苛刻?"

"不,奴婢以为,王子犯法与庶民同罪。"我仍是低垂着头,语气镇定,"陛下正因为高阳公主是您的爱女,所以您才更不能徇私,且要加重处罚,唯有如此才能正我大唐国风。"

"唉……是啊。朕是一国之君,天下人都在看着朕的一言一行。君王之道,就由不得个人私情。"陛下深叹,他的呼吸稍沉,语速却依然优雅徐缓,掩盖了他的真实情绪,"朕明知如此一来,高阳必定怨恨终生,但朕却不得不狠下心,从重处罚。"

"这一切，母后郁悒在心，却只能对我说，只有她的儿子能安慰她！"太子握紧双拳，哑声说道，"她一直呵护我，爱怜我，从不忍伤我分毫。她会用马鞭抽自己的儿子吗？"

陛下的深眸里幽暗无边，全看不出一丝人性中的亮光："你究竟想说什么？"

"我想说什么英明的父皇会不知道吗？！我不要再听到那些中原的君臣说教，我烦了，我不想再装下去了！"太子完全失控，他咆哮嘶吼，"你宠爱魏王，想传位于他，我无所谓！但你杀了称心，那就是要逼死我！你是要逼死我！就像你当初逼死明姐姐那样逼死我！"

逼死？！太子说的究竟是何意？母亲被陛下逼死？但母亲分明还活着……千头万绪，此刻我却无法理清，心中仍是混乱不堪。

陛下高大的身形忽然摇晃了下，手中的马鞭掉落于地。

"陛下……"我惊叫一声，想上前去搀扶他。

"逼死你？"陛下朝我摆了摆手，他无力地倚在桌角，抬头看太子，"朕从未如此想过……"

"原来到如今你都不知道你做错了……除了母后，明姐姐便是这世上最疼爱我的人，她对我的爱护，远胜过你这个父亲！"太子浓眉一挑，他不知为何看了我一眼，而后才厉目怒视着陛下，"到如今你都不知明姐姐为何要自尽……可怜明姐姐便这样平白地没了性命……你，你真是个可怕的人！"说着，太子艰难地站起身子，拖着残腿，跛行着往外走去。

陛下看着太子的背影，幽幽叫道："承乾……"

太子身躯一僵，但他没有回头："请陛下称我为太子！"

"太子，"陛下露出一抹苦笑，"你究竟要做什么？不要逼我……"

"这话应该是我问陛下！陛下究竟要做什么？"太子的话分明是对着陛下说的，但他却意味难明地看了我一眼，而后他力竭地叫着，"逼你，我逼你？陛下要再演一次玄武门么？好，我等着！母后的在天之灵会保佑我！还有明姐姐，她亦在天上看着我，她不会允许你这般对我！"说罢，他踉跄着，头也不回地走出殿去。

陛下面无血色，仿佛身心皆疲。他慢慢倒回榻上，似一夕苍老，口中喃喃说道："太子之争，宿命啊……"

我立即端来一盏热茶，奉给陛下。

陛下接了过去，一口未喝，只垂下眼帘，怔怔地望着。

我亦不敢多话，觑见陛下的双手似在隐隐颤抖，他的手修长、干净、有力、坚定，是可以掌握天下所有人的荣辱生死。

高处不胜寒，但即使如此，陛下有时恐怕也掌握不了自己吧？

"媚娘，你也下去吧……"半晌，陛下抬起头来，眼中暗沉的旋涡缓缓散去。

"是。"我伏地行礼，而后抬头看着陛下，疑惑的目光想在陛下的神色里找到答案。

但陛下却平静冷漠得令我看不透一丝一毫，他的眼眸好似深不可测的无底深潭，即使抛下巨石也听不到半点回音。

迷蒙的夜色，宫中四处挑起宫灯，但在这看似光亮的荧荧火光中，我看到的，只是飞蛾扑火的样子。

逼死？自尽？太子的话犹在我耳边回响。

莫非当年母亲是用自己的性命，来博取一次出宫的机会么？

天音若梦，斑驳树影，摇荡不堪，如狰狞的鬼魅，暗淡无比。寒风婆娑地漫过，我忽然心慌起来，心中涌起缕缕涩涩的苦，而后又缓缓从嘴中渗出。

那在迷蒙夜色里如同深渊般寂静的深宫，让我突然有种刻骨的寒冷与无助。

第二十九章　遇袭

天仍未暗，云霞犹自灼烧着半壁城天。

但殿中却早早地点起了烛火，几柱红蜡无声地在青铜烛台上燃着，烛泪凝结，缠绕着流下，裹在烛台上。

我用指尖轻挑缓缓流下的烛泪，温暖、绵软，在我的指甲上凝成淡淡的一层。

陛下斜靠在暗红碎花软榻上，他轻摇手中的茶盅，静静地看碧绿的茶叶在水中沉浮："无忌，朕决定命魏征为太子少师。"

"陛下！"坐在下席的长孙无忌闻言一震，"这，这恐怕不妥吧？"

"你知道朕为何坚持要魏征做太子少师么？"陛下盯着长孙无忌，忽嘴角一翘，悠然笑道，"朝野都以为朕会废掉承乾，朕就是要用此事来掩住悠悠之口。"

"魏王不久前向陛下献上《括地志》，陛下欣喜非常，敕令再拨钱财给魏王府，陛下还险些命魏王搬迁到武德殿。"长孙无忌缓缓摇头，神情里颇有遗憾之意，"由此可见陛下对魏王确实是宠爱有加。恕臣斗胆直言，情之所系，陛下难免将来某一日改变了心意，立魏王为太子。陛下在此时命魏征为太子少师，岂不是为难他么？"

陛下沉思良久，而后才又问道："无忌，朕这两个儿子，你究竟是如何看的？"

"我是他们的亲舅舅，我该如何看呢？但在我的妹妹，也就是皇后去世前，她就曾嘱托陛下不要废掉太子。"长孙无忌挑眉一笑，只是那笑容看着多少有些无奈，"废掉太子，是朝廷大事。魏王也确实是人才，陛下可以宠他，但若要成为太子，这便不是陛下的家事，而是政事，是惊动朝廷、引起纷争的大事。"

"唉……朕如今亦能体会当年太上皇的苦处了。太子之位……真是难啊。"陛下长叹一声，深蓝眼眸沉如暗夜，令人琢磨不透，"但如今朕仍是要维护承乾。"说着，他起身朝桌案走去。

我随即起身，跪坐在案前，为陛下铺纸研墨。

陛下挥毫书写手敕，命魏征为太子少师。

当太子与魏征走到殿外时，夜终于姗姗地来了。一时寂静许多，徐徐凉风，分外清冷。

"托六尺之孤，寄百里之命，当今朝廷的忠臣，没有比得过少师的了。"陛下走到魏征面前，亲自将他搀起，扶坐到一旁的席上，"朕今日托少师辅佐太子，便是想令天下人都知道朕的心意。"

魏征此时已年过花甲，须发皆白，他眼中流着清泪，啜嚅地说道："臣病体沉疴，恐已不能担此重任……"

"当年汉高祖为了太子，请出商山四皓来辅佐。朕请你为太子少师，也正是此意。"陛下将魏征扶着靠在软枕上，他眉头轻舒，唇角流出淡淡的笑，"朕知你身体不适，躺卧着勉强为之吧。如今你也该知道朝廷上下对太子的议论，朕的心愿，便靠你达成了。"

"是，是……"魏征颤抖着行礼，"臣定不负陛下所托……"

"承乾，你以太平之年，得立太子，无功受位，全在你是长子。"陛下转头望向太子，眼中掠过一道精芒，转瞬间却又化作似水的平和，他拍了拍太子的肩，说道，

"十二年前,你拜李纲为师,如今你拜魏征为师。记住,此乃大事,朝廷大事。"

"父皇,人孰能无过,但我有失的地方,决不会再犯。"太子自那日起,便自托病不朝见陛下,长达数月之久。近来入宫,亦是闷闷不乐、寡言少笑。此刻他神情木然地答道,而后起身为魏征斟酒,行拜师大礼。

魏征勉强撑起身子,伸手示意请太子先饮。

太子亦不推辞,更不多话,仰脖一饮而尽。

"今日便到此,媚娘,扶太子回去休息。"陛下望了太子一眼,眉尖轻蹙,却也未多说,只淡淡地开口。

我知陛下必定还有要事与魏征、长孙无忌说,当下不敢迟疑,施礼后便起身扶起太子。

太子也不抗拒,任由我搀着,我们两人低头不语地走出偏殿。

我确实不忍见太子如此落魄的神情,便轻声劝道:"陛下命魏征为太子少师,这便说明陛下仍喜爱太子殿下。"

"是么?魏征虽是父皇的近臣,但他远不如当年秦王府的那些人。父皇得天下,魏征并无功劳,且他原先还是李建成的人。"太子眼角微阖,凉凉一笑,"玄武门之后,魏征也未立过大功。在朝中,魏征只是他自己一人,房玄龄、我舅舅都不与他交好。他做少师,能有多大用处?何况他如今病入膏肓,自身难保,他还能助我么?"

我仍不死心,还想劝诫:"不,陛下虽平日与魏征磕碰不断,但他是从心里器重魏征,所以……哎呀……"我抑制不住轻叫一声,因为太子忽然重重地揽住我的腰,将我紧搂在他怀里。

"太,太子殿下……"我心神摇曳,忽地警觉,抬眼四处张望,生怕被人望见。

"媚娘,我已失去称心,如今只剩你了……"太子犹如中蛊,眼神呆滞地凝视着我,喃喃地道,"父皇杀了称心,又不肯将你赏给我,我该如何做呢……"

我在心中深深叹息,陛下的苦心,看来全被太子糟蹋了。

陛下将太子之立视为"虔奉宗祀,式固邦家"的大事,极其重视。他也确实对太子极尽挽救的努力,耗费极大的心血。陛下已清楚太子的缺点,所以才另觅良师,以匡正他的过失。可惜太子毫不领情,完全无法体会陛下的一片苦心,已是无可救药了。

"等着吧,你终会是我的……"太子的手臂紧紧箍着我的腰。他垂下头轻吻了我的脸颊,眼眸深不见底,眸中那毁天灭地的暗黑越发深沉,甚至还带着些许残忍的快意。

不知是因恐惧或是怜悯,我只觉寒冷彻骨,全身从里到外都凉透了。

陛下与太子,说穿了,其实也只是人世烟火中一对普通的父子。无私的爱有时很难获得对等的东西,爱、愧疚或是思念。不计回报的付出,恐怕只会令受者成为终生的囚徒。

我沿着青石路前行,一路高庭广院、苍松遒劲、瑶草奇花、泉流潺潺。

"媚娘。"阿真在前面唤我。

我不着痕迹地望了望四周,几个宫人正在清扫庭院,人多嘴杂,我也不停下脚步,经过阿真身边时,我才轻声说道:"陛下命我将关外进贡的奇香'辟寒香'送一些去东宫。"

阿真心领神会,亦不再追问。

我也不回头,迈着细碎的步子朝东宫去。

到了东宫,原想辟寒香已送到,此事便算完结。不料侍从却告诉我,太子正在沐浴,他要我亲自将香料送去,否则便拒不收下。

我推托不得,只得自认晦气,皱着眉头去了。

香罗铺地,绫幔低垂,轻纱缥缈,十数级石阶层递而上,前方便是温汤浴池。

我拾级缓缓而上,细细暖风自上袭来,水气氤氲,热气似雾缭绕,幽香四溢,暖意漫漫,烘得人恍兮惚兮,只觉全身酥软。

有几名侍女跪坐在池边为太子解衣、脱袍。

太子抬头见我入内,便轻轻一挥手,侍女们都识趣地退下了。

"太子殿下,奴婢送香料来了。"我双膝跪地,低垂着头,见太子毫无反应,便又说了一遍,"太子殿下,奴婢送香料来了。"

太子仍是没有半点动静,我便壮着胆子抬头看去。

只见太子已脱去衣物,全身没入温水中,双臂大张,背靠着池壁,微闭双目,似是十分享受。

我正寻思着太子是否已经睡去,他却忽然开口:"媚娘,过来侍候我沐浴。"

我是陛下的侍女,不是你的!陛下都不曾命我服侍他沐浴,你凭什么?!

我心中虽如此想,但嘴上却不能如此说。略一迟疑,我还是放下手中之物,走

到池边,半蹲下身子,缓缓地掬起池水淋上太子光滑结实的肌肤。

热气浸湿了我的长发,也熏热了我的脸颊。

我半侧着头,竭力不去看他那健硕赤裸的身躯。

恍神间,倏地伸来一只健臂,圈住我的腰,微一使力,便将我拉下池去。

我猝不及防,惊呼一声,顿时呛了好几口水,全身湿透,轻薄的衣料紧贴于身。

太子将我推靠到浴池边缘,将我的双手反剪在身后,我已被牢牢地锁在他厚实的胸怀里。

"媚娘……"太子低语,温热的气息拂在我耳旁,激得我一身鸡皮疙瘩。他的下颚抵在我的肩颈处,新生的胡楂透过薄薄的绢纱,刺在我的皮肤上,有些痒,还有些疼。

"太子!"我望着他满溢情欲的狩猎之眼,惊慌地大叫,奋力扭动挣扎,"不要!"

太子放声大笑,猛地俯头攫住我的唇,不顾一切地吮吸,侵入的舌随即与我紧密相缠。

窒息的强吻,狂暴得像要夺走我的呼吸。

我们的气息灼灼地交融,仿佛吞吐的每一寸气息,彼此都能感受到。

许久之后,那禁锢的唇才略微松开,太子抚着我浮肿的唇瓣,低沉地笑道:"父皇不让我做的事,我偏要做;他不让碰的人,我偏要碰!"

"太子,你冷静些,听我说……"心跳急遽得几乎窒息,我启唇重喘,竭力平复着心绪。

太子眯起黑瞳,眸光闪烁锐凛,带着一股即将失控的凶猛:"我不会再忍耐了,我要得到我想要的!"

他猛地扯下我的纱衣,露出鹅黄色的兜胸,他随即欺身覆上,右手狂野地抚着我已半裸的身躯。

"不,不要……"我被他死死压制住,难堪又无助,完全动弹不得,只能眼睁睁地面对即将发生的事!

浴池中忽然漫上骇人的肃杀之气,太子没有回头,双手还紧抓着我,只是他的脖子上,已架着一柄匕首,剑刃银光撩动,刺痛我的眼。

是阿真!

他怎会在此?而他居然还手持母亲的匕首,威胁太子?!

我倏地想起，偏殿的侍卫进入东宫，是不许携带兵刃的。

"你是何人？！好大的胆子！"太子也不惊慌，厉声问道。

阿真的声音低沉沙哑，含着潜在的威胁："先放开她。"

太子眉头深锁，却依然没有放开我。

僵持间，忽听得外头一个侍女惊慌地跑来通报："陛下驾到！"

我大惊失色，陛下？陛下怎会来此？！

阿真也是一愣，而太子却迅疾地擒住他的手腕，全力一扣！

匕首斜飞出去，"当啷"一声脆响，正掉在刚走入浴池之人的脚边。

我抬头一看，震慑当场！

来的人正是陛下！

第三十章　真相

陛下端坐在首位上，神态淡然，仿若闲庭赏月，他悠悠问道："你们这是在做什么？"

我与阿真、太子三人伏地跪着，皆不发一语。

"若再不开口，朕便将你们一并治罪。"陛下语调平和，抬眼望着我们，眸光清冷。

我将牙一咬，索性也不小心翼翼，坦然问道："奴婢究竟犯了何事？陛下又为何要治奴婢的罪？"

"依大唐律，你如今确是无罪。但，媚娘，朕必须在今日做一个了断，或将你流放，或将你永禁冷宫，或命你……"

"或命我自尽？"我此时并无恐惧，毅然抬头，迅疾地截了陛下的话，"但陛下仍未告诉奴婢，奴婢所犯何罪！"

"你所犯何罪？你的罪过大了。就凭当日太子醉酒后，对朕说要休掉太子妃，迎娶你入东宫。"陛下浅笑，只是眼角却流过一道精光，"朕赐死称心，却将你留下，看来仍是太心软了。"

我强自镇定，硬是抹去心头细碎凌乱的恐惧："奴婢一向恪守本分，也无非分之想，与太子之间更无半点瓜葛。"

"你无非分之想，不代表你没有媚主。"陛下一弹袍袖，似笑非笑玩味着我苦恼的神情。

"我……"我一时竟无言以对。

"承乾，今日之事，朕也只当你是酒醉之过，不会放在心上。"陛下也不再为难我，转而对太子说道，"这些年，你为朕处理了许多朝中之事，朕也深知你不是蠢人，你懂进退，知道审时度势。其他的事，朕都可应允你；只有此事，朕不会再给你任何开口的机会。"

太子一愣，神色略有恍惚，过了片刻似才回过神来。他才想开口辩驳，却被陛下拦住。

"承乾，你心中定是觉得朕不近人情。但朕是皇帝，皇帝是何人？皇帝便是要以江山社稷为重。而你，既是太子，便也摆脱不了你的宿命。"陛下的神情寒凉彻骨，连眉梢眼角都似沾了冰冷的气息，"朕就是要告诫你，对任何事，都绝不能存妇人之仁，绝不可心软。心软之人治于政，不可能也不会有所成就。"

"是……"太子浑身一颤，竟已不能成言，只讷讷地答道，"是……"

"罢了，承乾，你先退下。"陛下忽又和颜悦色，声音轻柔如八月晚风，"你今日所犯之事，朕不会再追究。"

太子叩头谢恩，而后他站起身，神色复杂地望了我一眼，似想开口，却终是什么也没说，只踉跄着走出殿去。

"你，阿真，偏殿侍卫，你到东宫去做什么？"陛下望着阿真，微微一笑，温柔眼角有好看的笑纹，"你携带利器，潜入浴池，袭击太子，你可知这是死罪？"

见陛下如此平和的神态，我的心却倏地一沉，因为真正的灾难此刻才刚要开始！

阿真望了我一眼，便低头沉默不语。

"你不开口？朕依然可以治你的罪。"陛下接过内侍呈上的匕首，忽然敛容正色，肃然问道，"说，你的这柄匕首，从何而来？"

阿真仍旧紧抿着唇，不发一语。

"既然你不想回答，一心求死，那朕便成全你。"陛下一皱眉头，轻轻摆手，突然下令，"来人，拉出去，斩首。"

国号唐,封我为秦王。

我北征刘武周,与宋金刚交战,双方相持于柏壁,宋金刚因粮草不足而撤退。我不懈而追,一日一夜之间急行军二百余里,终于在雀鼠谷追上刘军主力,唐军杀敌上万,刘军最终大败认输、落荒而逃,关中震动。

我随后领兵出关进攻王世充,围困洛阳,唐郑之战正式开始。

何惧千刃加身,只恐功业不成,大丈夫处世兮立功名,立功名兮慰平生。我是可为国事和军务废寝忘食之人,但人非草木,孰能无情?

明……这个名字,在我心中仍隐隐作痛,如同夜月,清辉不减,欲近还远,欲爱不能,欲离不忍。每每重温,依然刻骨铭心。

大丈夫身逢乱世,血雨腥风视若无物,唯一私情却紧紧放在心中。

就在此时,我得到了关于明的消息。

江都兵变,杨广被弑,宫中无数财宝,为宇文化及、宇文成都所夺。而宇文父子先后被杀,却留下一张藏宝图。世人盛传,那图便在明的手中。

我又惊又喜,派人四处打探,却始终无任何音讯。

我心急如焚,却又束手无策,明如今已身处旋涡之中,成为各路人马争夺的焦点,随时有性命之忧。

若早知有今日,当日我是绝不会放她离去。

马邑的商人带来一匹绝世好布——"耀光绫"。我毫不犹豫地买下。我从未见明身着女装的模样,若她穿上这耀光绫,必是摇曳生姿、顾盼神飞,令人惊为天人吧!

杀气凛冽,剑光冰寒,有刺客潜入营帐。

她衣袂如蝶翻飞,黑巾蒙面,唯一双盈盈翦瞳依旧沉静如水。

明……只一眼,我便知是她。

血亮的剑光刺痛了我的眼,急剧的渗血后只是空虚。

明,我终于等到了你……

我凝望着她,心中无半丝怨恨,有的仅是自始至终未曾更改的温情。沧海桑田、世事变迁亦不曾更改,无怨无悔。

所以,这一切的到来,我并没有猝不及防,只淡然地看着她,一切的凡尘俗世皆抛诸脑后,均已无关紧要了。

我最终伤重昏厥过去,依然无法抓牢她。

我拖着重伤未愈的身子，苍茫地看着洛阳城外弥漫了半天宇的滚滚狼烟。

这场早早意料到的战争已持续了数十日，比我预期之中坚守得更加持久。

明此时必定是受制于王世充，这令我不得不加快攻陷洛阳的脚步。

千里追杀更像是一场我自己的孤军奋战，风刀霜剑严相逼，耳听八方，眼观四路，绝不放过眼前一丝一毫的细节，一有空隙就立刻扑上，扭转局势。

最终成败一局，押上了性命的赌注，明仍是我最后的羁绊。

秦琼却将她带回来了。

她盈盈独立，转身、回眸，仍是那张倨犟无瑕的绝色容颜，冰肌玉容，亦是销魂蚀骨。眸光流转，如珠光闪耀，旋即黯淡。素带白衣，如梅如雪，七尺长发，如绸如缎，似很近，又似很远。

"世民，我要报仇，我要报仇……"她温顺地依在我的怀中，苍白的面容上漾着窒人呼吸的苦涩笑靥，眸底泛着冻彻人心的清冷。

我从心中恐惧她的眼泪，即使怒发冲冠也舍不得伤她一丝一毫。

"明，别哭，别哭……"我深叹一声，温柔地抚着她的长发，"到我身边来，一切都过去了，往后由我亲自守护你……"

两行清泪无法自抑地坠泪成珠，断线珍珠般滑落在她如玉的脸颊，滴散至我抚向她颤抖眼睫的冰凉指尖，那泪缓缓流淌，打在我的胸膛上，浸透了我的衣襟……

我将她揽进怀里，低幽轻叹。爱恨不明、悲喜难辨。

这个如风女子啊，若是解语应倾城，任是无情也动人。

战事毫无进展，形势却越发严峻。我出营帐巡视，经过洛阳城外时，我忽然勒住马匹，不言不语地抬头望着洛阳矗立在夜幕中的高高城墙。

一代枭雄李密也曾被拖垮于这座城下，而我呢？洛阳久攻不下，若说我心中完全没有气恼与无奈，那几乎是不可能的。

眸光一转，我望见山下那一处宁静的村落。

素雅的农家小院，窗临曲水，门对青山。梅树含雪怒放，风雅至极，幽淡馨香，花蕾欲动，浅笑轻颦，娇嫩含羞，风情韵致仪态万千。

若是明见到此美景，定会欢喜非常，不舍离去吧？

回到营帐,便见她一身单衣、抿唇浅笑,寂寥地站在雪地上,望着那一树的梅花,娇小的身躯在隆冬的肆虐下径自瑟缩,颤抖得如风中纷扬如絮的飞雪,美得那般忧伤。

仿若天地都在弹指间黯然失了色,我竟有着一瞬间的心神恍惚。

扯过披风裹住她,抱她回营帐。

将她放在榻上,脱下她的靴袜,露出那一双伤痕累累、冻得青紫的玉足。

冻疮生得如此严重,又长久地立在雪地上,想来那疼痛定是深入骨髓。如此疼痛,恐怕大男人都无法忍受,而她竟一声不吭。

我单膝跪在她面前,张开大掌合住她一双小巧的玉足,轻轻替她搓揉取暖。

她微微一愣,不发一语,笑意中有几分欣喜,亦有几分凄然,清冷的眸子只定定地望着我。

我却是坦然,男儿膝下有黄金,只因未到该跪处,深爱刻骨,为她付出便是理所当然,何必有屈辱与不甘?

待她的脚回暖后,我便拥着她躺到榻上,用自己结实的身躯密密实实地围住她。

她乖顺地依进我的怀中,闭眼入睡,我们炙热的呼吸逐渐纠缠在一起。

在我怀里,她十分安心,对我是全然的信任。而我,在如此的肌肤相亲中,情欲像火一样烧得我体无完肤,我却不曾占有她。

翌日,我带她来到深山中的一处温泉中。

"这里居然有温泉?!"她惊诧莫名。

这些日子她在营帐中,天寒地冻,无法沐浴,我费尽心思,才觅得此处。

她脱下外袍,咬唇看了我一眼。我自然明白她的意思,却依然立在原地,并未离去。

她咬牙,一步一步地往湖里走,猛地掀起长袍,向我兜头罩下。

待我揭开遮蔽视线的长袍时,她已褪下了所有衣物,走入泉中。

她似乎不在意我的注视,伸手汲起波光粼粼的水泉,轻轻梳洗着长发,乌黑的长发散开在湖中,青丝绞着水流,稍稍一动就泛出水波般的浪。

在朦胧月光映照下,她的身影看得并不真切,仿佛是月影的凝结,虚幻得宛如月中下来的幻灵。

她的美，是一种疏影横斜、暗香浮动，撩拨心头情绪，可以感觉却不可言状、莫名的美。

分明是如此的美，如此的美，我却忽然有种不敢再看的窘迫与焦躁，倏地回过身去。

她分明就在眼前，但我却无法动她分毫！

我不是迂腐的卫道者，围城断粮，血流成河，洛阳，这座看似固若金汤实则败絮其中的城池已是弹尽粮绝、形销骨立，再也支撑不了多少时日了。

她与我并肩而立，从容面对千军万马，弱不胜衣的身子下是可令男儿汗颜的坚韧。她有洞察局势、扭转乾坤的智谋，更有猝然临死、淡然不惊的气度。困顿至此，她撑起那一份孤傲，仍可与尉迟敬德把酒三问，一诉衷肠。她虽是女子，却拥有着凡夫俗子可望而不可即的气概，磊落情怀令多少男子汗颜。

开春，窦建德出兵援救洛阳，我亲率三千五百人于虎牢迎击。

夏军溃败，往山的南面奔逃，而守在那里的唐军，只有寥寥数十人。

"殿下，看来只有牺牲那部分兵士了。"尉迟敬德劝解道。

不！明就在那里！我绝不能失去她！见她深陷敌阵，我这一生还从未如此恐惧过！

我再也顾不得迫在眉睫的战事，拨马回身前去救她。

她已陷入敌军阵中，危在旦夕。

血肉横飞中，无数刀剑，蜂拥而来，漫天铺地。我搂着她纤细的身子，为她挡下那方遮天蔽日的刀光剑影。

利剑刺中我的肩，我却觉察不到半点疼痛，只心系她的安危，一瞬间生死相从的抉择竟如同求生的本能。

夏军溃败，唐军大胜，我知道，这不仅仅是一次普通的胜利，从今日起，天下人都会知道我李世民！

古来庙堂无数诸公，分列两侧，山呼万岁，当中既能从容廷对又能跃马沙场的能有几人？

"抱我。"明依入我的怀中，眉宇间还带着游离的冷漠，语调缓慢、简单，但却字字敲在我的胸口上，催促着我狂跳不止的心。

我再也压抑不住，拥着她策马狂奔。

大雨倾盆而下，我与她倒在无人的草地上。

我已不是未经人事、懵懂的毛头小子，但此时我却手足无措。我期待了无数次的，这曾经午夜梦回的甜美。无限旖旎风情，云生潮也起。

情爱是什么，情爱就是迷乱，令人躲之不及。

唯恐是梦，唯恐非梦。非梦怕痛，是梦怕空。沉沦是痛，抛弃更痛。

一刀割开了她的衣裳，我带着不明所以的虔诚俯向她，渴望吻遍她的每一寸肌肤，咫尺的距离，令我险些压抑至死。爱抚的手充满了占有，我深深地吻着她，迷恋的吻巨毒一般蔓延开来。

但我仍是轻声问她："明，我不想你有任何的保留，告诉我，这也是你想要的！"

"是的！"她伸手搂住我的脖颈，全心全意地答道。

只是两字，但字字真心。酡红的双颊，黑发如瀑，她眼中跳动着幽幽的火焰。她的身子如此轻，如此美，冰肌玉肤，微微颤动，似初春之花，含苞已久，似不胜风露，临风欲折，只待我的到来。闻言，我再也没有半分犹豫，她只是轻轻的、短暂的一句承诺，换来了我无法回头的占有。

我终于得到她了……

第三十二章 李世民（番外下）

梦中一日，人间三世。

她依在我的怀中，安卧如猫，唇角含笑，勾起无限绮思。青丝仿若流泉，自枕上泻下。春藕般的右臂上，洁白如玉，守宫砂，已没有了……

她素来畏寒，我便用毛毯将她裹得严实，而她并未醒来，仍是慵懒地睡着。当我的苦苦期盼成泡影、无心观望时，她却忽然停靠在我怀中，深深驻进我的心海。

似有若无，若即若离。

为何会如此？分明得了心，也得了身，这个女子已完全属于我了，为何却比以往更加不安？每日清晨醒来，我便会寻找她的手，紧紧地握在我的手中，知道她就躺在我的身边，触手可及，这是我已经确认的幸福。

自古英雄难过美人关,果然不假。

我更紧地拥着她,那是一种与生俱来的占有。而后自嘲地一笑,古来多少英伟的帝王,若他们躺在了如此温暖的榻上,又有谁舍得离开?看谁又比我英雄多少?

"世民,你笑什么?"她仍紧闭着眼,却忽然发问,清音如水,只是疲倦依然。

我忽然觉得有些窘迫,干咳两声才回道:"你双眼紧闭,怎知我在笑?我没笑。"

"哦?是么?"她微笑淡然,依旧没有睁眼。

这个女子,我与她秉烛夜游,说彼平生,不必言尽,已知悉心意。唇角勾起一抹淡笑,瞬时,我有种家的感觉,如此的心有灵犀,我的喜怒都逃不出她的眼眸,当真是翻不出她的手掌心。

洛阳一战尚未完全了结,我却抛下军务大事,带她来到这原村。

玉带锦袍齐于身后,取而代之的是布衣草鞋,此时我只是一个普通的农家汉,安逸地在原村生活,与村中的男人们在田间忙碌。

明,秀发初绾、低眉浅笑、姿态温婉、步步莲花、惊若天人,从那簇斑斓摇曳的千娇百媚中翩然而来。只轻轻一抬眸,顷刻便颠倒了众生。

众人都停下手中之事,忍不住发出了惊叹,皆沉迷于她。

我却心生不悦,终于明白心底的不安来自何处了。

眼角生媚,神情迷离,香肩微露,身段风流,她是为妩媚二字而生的女妖。上天便是用如此一个集清纯和妖冶于一身的女子,来做倾国倾城的注脚。

这个妖惑人心的女子,既能引得我甘愿为她堕落沉沦,其他男子就更是轻而易举。

爱上如此一个女子,是沉沦的美丽,或是清醒的罪恶?

流光飞舞,锦色年华。

我拥着她坐在桃花树下:"往后我便在此处为你建一座行宫,宫中只有你一人,也只有我能来看你,如何?"

"好啊……"她展眉一笑,"你便与我一同住在此处。你在,我便在;你走,我也走,如何?"

闻言我顿觉恼意,紧紧搂住她,有些愤愤地说道:"你为何不能如普通的女子一般,只想着我,只等着我呢?!"

她只淡淡笑着,神情平静:"你是一个普通的男子么?你会爱上一个普通的女子么？"

见惯风月的人不轻易动心，眼光高傲而独特，但若动了心便很难回头。如此高贵美丽的女子，普通男子要不起更不敢要，因为给她珠宝豪宅是一种责任。

"连我自己都十分讶异，为何对你如此在乎？甚至丢下尚未结束的战事，与你来到此处……"我低头轻吻她雪白的脖颈，"若我是皇帝，那岂不是昏君？"

"谁敢说你是昏君？我第一个不饶他。"她缓缓仰首，直视我的眼眸，"说出如此消极的话，倒不像你了。"

我微微垂眸，再不言语，轻解她的衣带，深吻着她，唯有如此，才能平复这永无止境的贪恋。

四周无声，光阴暗转，碧水溶溶，水雾愈浓，柳絮蒙蒙。娇艳春花，韶光已至，吐露芳华，倾情绽放。

只是不知是否是优昙一现，刹那璀璨，终将湮灭无迹，终是要消失在云烟深处，只留一阕清歌在月色下渐行渐远。

我们便如此相依相偎，从不提及外面的世事变迁，因为我们都深知，那是对如今静美时光的浪费，我们都舍不得那样做，一刻也舍不得。

那朵最美的花，衬着暗沉夜幕，花色清明，邈然如云，遥遥挂在悬崖峭壁上，人间没有天梯可以攀越。

美得不真切的，常是危险的幻觉。

我将花送到她的面前，插在了她的发髻上。

她原本不染轻尘的眼眸，倏然弥漫着一层灰暗的苍茫。

我望着她，那在她鬓上的花，忽然失去了水润，已不复方才的美艳光彩。我原是为它的美而摘下它，而今却是将它摧毁了。

尉迟敬德等人终于找到了我，他们劝诫我莫沉迷于女色将大业抛诸脑后。

斥退了他们，却说服不了自己。

生命若开始知足，本身亦是一场浪费。我终记得，自己是昂藏七尺的男儿。

我的梦中有她，但也张扬着大男人的野心。如鹰击长空，霸气决绝，拼尽一身男儿血，绘成人间万世名，无负于男儿傲性，何计笑骂？

在原村的最后一夜，我将她狠狠地压在榻上，剧烈而沉默甚至是粗暴地与她欢爱。

"世人都说男人一生曾爱过许多女人，他们也说女人一生可以钟情无数个男人,"她如瀑青丝乱在风中,放肆而妖娆,纤指紧抓着身下的锦绸,身子更加依附着我,喘息着说道,"但我不屑于此!我风明,今生所爱,只有你李世民一人!"

她的话,已似梦呓,却一字一句,浸入我的血液,占领我的记忆,摧毁我的意志。

拥住她的刹那,她的泪落在我的颈上,冰凉如霜。我知道,她心中有多么害怕惊惶,却从未流露出一丝一毫。

如此一个女子,即使我是佛,我依然甘心被她诱惑,向她俯首称臣。

韶光易逝,怎道闲情几许?

我得胜班师回朝,回到长安,将东征军元帅节旗交还父皇,兵符交还兵部。父皇在太极殿内为我举办了盛大的庆功酒宴,并封我为"天策上将",位在亲王公爵之上,领司徒、陕东道大行台尚书令,增邑二万户,准我开立"天策府",自行设置官属,令大哥与元吉十分不满。

我用天策府的特权,开设文学馆,网罗天下人才。一切平静得看似不露声色,却是潜流暗涌,转眼间就可风云突变。

父皇宠幸的张婕妤因些琐事,早对我心生怨恨,常在父皇面前数落我的不是,令我疲于应付。

不久,窦建德的旧部刘黑闼等人以报仇为名,举兵起义。

我此时手握重兵,又广结天下英雄豪杰。大哥已觉察到我对他的威胁,担心自己的储位不保,此次他必要抢夺战功,拉拢人心,所以他主动请缨去攻打刘黑闼。

而父皇此时对我已有些许不满,所以他命大哥领兵前去剿灭刘黑闼。

这刘黑闼已主动向突厥示好,而颉利也派兵马增援他,所以要攻下他并不容易。若要击败他,突厥是关键,必定要借助与突厥的这层关系。大哥必要联结突厥,不能让他们在他攻打叛军的时候加以阻拦。所以大哥想要拉拢阿史那燕,因为颉利对这宝贝女儿投鼠忌器,如此一来,就不会与他作对了。

我又怎会让大哥得逞呢?与突厥联姻势在必行,阿史那燕,我志在必得。

只是,我不知该如何与明开口。

生死关头可以漠视的爱恨纠缠,在大难过后,却渐次浮起,无法避过。

明只是沉默以对,竟无一语嗔怪,目光静如潭水,只是眉间浮出一丝清倦怅惘。

我知道,从此再难看见她展露无忧无虑的笑颜。

月色依然静美,夜风却愈加寒冷萧瑟。第二日,我便开始筹备与阿史那燕的婚事。

"世民！"长安的冬日，寒气颇重，在一个午后，明拦住了我的去路。

这些日子，我一直在躲避着她，不料在此相遇，目光相接的刹那，我有瞬间的讶然，旋即恢复平静。

我不能见她。

哪怕我的心已硬得可触手成冰，也抵不住她一声淡淡的哀求。她若恳求我不要迎娶阿史那燕，我怕自己会立即答应。

但，不行！阿史那燕是我必要到手的一枚重要的棋子，我绝不能放弃！

我硬起心肠，淡漠地甩开她的手，毅然离去。

"世民！"她的声音依然清定，只是多了一丝不安与惶恐，自身后遥遥传来，似近在咫尺。

但我依然没有回头。从院中到大门外，短短几步，我仿若赴刑场，走得异常艰难，险些被低矮的门槛绊倒。

长安的夜深重而寒冷，而晃动的灯火又太过耀眼，所以我并未察觉是否有明月当空，赠世间撩人月色。

明，便这样不见了。

当无垢告知我这消息时，已是三日后。

她去了哪里？是我太过自信，信她从此会安栖于我的怀里，不会再离去。

我是忽略了她眼底的淡淡哀伤，但她并非世俗小女子，只一言不和，便赌气出走。

我遣人四处打探，却毫无结果，心急如焚，却束手无策。

而此时，前方战事紧急，天降大雪，大哥率领的唐军只能原地不动，也因救援不及，刘黑闼攻克洺水城，罗成战死。情势危急，父皇遣我领兵前去增援。

大哥领兵被困数日，见我前来，面上却无半点喜悦。

原来明随大哥出征，一直陪在罗成左右。她竭尽全力想救罗成，却最终负伤归来。

"世民，你好生劝慰明⋯⋯"大哥看着我，欲言又止，"她的双腿受重创，恐怕日后都不能行走了⋯⋯还有，她腹中的孩子也保不住了⋯⋯"

孩子？孩子保不住了？孩子？！那是我与明的孩子！

我茫然地走向明的营帐，似完全迷失了方向，心中只剩惊慌、恐惧。冻得冰凉的双手在袖中微微颤抖，我却不得不强迫自己保持镇定。

明静坐于榻,怔怔地望着我,眸中只余萧瑟与空寂,如茫茫雪野,神色平静得仿佛凝固了。

形固可使如槁木,而心固可使如死灰。这不是无法面对悲痛的哀恸,而是麻木的空洞。

我只觉胸口有一片肌肤被生生地剥开,鲜血淋漓,哀痛无声,微微一颤,眸中已有轻微的恍惚如水雾弥漫。

我伤了她,深深地伤了她,用我的自以为是,深深地伤了她。

我跪在她的面前,将脸深埋进她的怀中,首次放任自己的无能与懦弱。

明还是随我回来了,只是越发沉默寡言。她的眉宇间依然带着游移的冷漠,乌黑清澄的眸中仍有些许疏离。她总是能令我看得着迷,却又无法看透。

大哥此时已与元吉联手,对我百般刁难、排挤。而父皇太过优柔寡断,也使朝中政令相互冲突,加速了我们之间的兵戎相见。

我自信能够扶天下之危,除天下之忧,救天下之祸。身处乱世,人人得以逐鹿中原,我既能为天下人谋福利,又为何不能得天下?所以这帝王之位,我必要得之!我若真拥有天命,为何却只生为次子?我上有父兄,又如何能得天下?天命,恐怕只能应验在父兄身上了。我若欲主天下,只能选择一条路走。

父皇此时将行废立,却仍是犹豫不决,他开始向身边的谋臣问取谏言,而他此时所宠幸的大都是隋朝的旧臣,如封德彝、裴矩、屈突通、虞世南等人。

他们如今也都在观望,既不反对我,却也不支持,安于现状。而安于现状那便是支持大哥了。因为倘若他们走错一步,那可是要赔上性命,这亦是一种政治投机。

必须将他们全数拉拢过来,站在我这边,成为我的后盾。

但,应该如何做呢?

此时,我却得到一个惊人的消息:明,原是隋炀帝之女,是旧隋的公主。

想当年,我们李家在晋阳起事,打着的旗号不是公然反隋,而是要匡扶隋室后裔,重整河山。若我能和隋朝的公主成婚,就更显得名正言顺、胸怀坦诚。因为李氏与杨氏,实是同属关陇世家一脉,两家一荣俱荣、一损俱损。太过于镇压杨氏只会令关陇世家衰败,对李家有百害而无一利。所以我在攻下长安之后便善待隋室子孙,任用隋朝旧臣,尽可能消除负面影响。而我,作为李唐的王爷,若能进一步与杨氏结亲,自然是锦上添花,也能拉拢那些仍缅怀隋朝的杨氏旧部,扩充我的势力。

且世人都知那宝藏如今在明的手中，若我昭告天下，已迎娶了明，那便等于向天下人宣布，我李世民得到了隋朝的宝藏，我便又多了一分胜算。

只是，明会答应么？我思忖再三，最终觉得先不告知她，暗中筹备。

但明很快便发现了，她厉声质问我迎娶她的目的。

我无从辩驳，一时，两人皆无言，只是相拥而坐，并不彼此试探，亦不掩饰所感，却仍是如临河倒影，恍惚迷离，总不真切。

我不想再伤明的心，却也不想放弃这大好的机会。进退两难间，我看见了元吉新纳的齐王妃。

她竟生得与明一个模样，若不仔细辨认，怕是难以分出。

我脑中念头骤转，周遭的一切似已觉察不到：既然齐王妃与明如此相似，应可取而代之，如此一来，众人定也分辨不出。等事成之后，再将齐王妃弃之，甚至杀之。

只是，她如今已是元吉的妃子，此计若想达成，并不容易。

而齐王妃见我呆望着她，双颊嫣红，似晕染了胭脂，在迷离光亮中，艳若桃李。

晚时，齐王府设宴，请我与大哥同去。

我心知此乃"鸿门宴"，却也不畏惧，坦然前去。

席间，齐王妃献舞，她在我身边舞动，眼波流转，极尽妩媚，似言如语，只望着我手中的酒杯。

我顿时心领神会，大哥与元吉定是遣人在我的酒中下毒。

但这酒我必须喝。我要让天下人知道，是李建成与李元吉先来毒害我，将来我所有反击的举动不过是自卫而已。

我只浅啜了一口，而后便全部倒入袖中："大哥、三弟，我不胜酒力，便先告辞了。"我转头向身边随行的李道宗使了个眼色。

李道宗立时会意，伸出胳膊撑起我，架着我往外走去。

走到府外，我才呕出一口鲜血。

好毒的心肠，手足相残，这是宿命的悲剧。抬头向晴空万里，却只能茕茕孑立，风未冷而心先冷。要历过怎样的寒冬，才能心寂如死？一笑间，是令人发冷的天真。

回到府中，御医灌雄黄酒，不停漱口，我呕出无数紫红液体。

我养病数日，更不敢让明知道，只在深夜时分，到她院外，看着她寂寥的影子映在窗上。

李建成与李元吉处心积虑,且又有后宫嫔妃为内援,已沆瀣一气,要置我于死地。他们整日在父皇面前煽风点火,说我拥兵自重,想要颠覆这大唐江山。

　　父皇下旨,强行将玄龄、如晦二人带走,撵他们回私宅之中。并且也下旨让秦琼及尉迟等将领明日必须到军中向李元吉报到。眼看我的四肢羽翼就要全部被剪除,而空留一副身躯又能存活多久?父皇信任我,只不过是因为我能打仗罢了。而此次突厥又来进犯,父皇居然派遣李元吉前去迎敌,他是再也不会信任我了。

　　所有的一切都比不过一场功名,关键时刻,谁先动手,谁便为王!

　　既然世情如霜,便莫怪我心似铁,行悖天之事。若问谁敢与我争,问遍神鬼俱不答!只余一句:"若有阻挡,遇神弑神,遇佛杀佛!"

　　挥断宝剑,白骨尽弃,无以为敌!

　　明执意要随我去玄武门,我拥着她迎着夜风,立于城墙之上。

　　月光如水,落在古朴沧桑的青砖之上,清光霭霭,如银雪飞涌,似要泼溅起来。一抬手,天上星辰似可摘。

　　但,脚下的万顷灯火远比星空更璀璨,仿若月华倾落人间,银辉流泻,千里锦绣,万里繁华。

　　利箭呼啸而出时,人与天地俱为之失色,李建成尚睁着讶异的双眼,不信人间有此决绝,但弱者的哭号绝不会成为同情的理由。

　　既然犯下这杀孽,就担当这杀孽,最终不过是成王败寇,何需有怨?

　　李元吉挥刀砍向明,我心胆俱裂,她却只轻轻一剑,便了结了李元吉的性命。

　　她的腿是何时痊愈的?她竟未告诉我,是对我的疏离抑或是质疑?

　　我胜了,帝王之位唾手可得,隔着无数的争斗烟尘,终能冷眼观望这一场胜利。

　　玄武门之变获胜后,我便下令将李建成的儿子与李元吉的儿子全部斩杀,真正做到斩草除根。而齐王妃,她救过我的命,我答应她,不杀她的儿子——李承忠。

　　丫鬟锦儿却在此时来报,明在无垢的帮助下,已逃出府。

　　明,你也真是了得。无垢从不瞒着我做任何事、忤逆我。为了你,她一犯再犯。

　　我将明重重地甩在榻上。我宠溺她,只要是她想要的,我无不答应。但我错了,放任她便是伤了我自己。或许我该抛弃一切怜惜,不问她的意愿,只强取豪夺便是,如此她才能一生都留在我的身边!

　　她与我皆爱恶分明,血液中其实流的是相同的血,原该最了解对方。我们都会写"舍得"二字,却唯独不会写"屈服"二字。

在这个瞬间,我甚至想亲手掐死她,因为倘若她不在我的身边、得不到她,那她的存活便已毫无意义。

"你连自己的兄弟都下得了杀手,一个女人又算得了什么?!"她望向我,眸光依然如水清冷。

即使是在如此时刻,她仍是最了解我的人,彻底地洞悉了我的所思所想。

她的语言彻底击溃我的理智,是她的不屈成就了我的辣手。我俯下身,一把扯开她的衣,狂乱地吻着她,再不压抑心中莫名的恨与不安!

那一夜对我们而言,不仅有伤心,更加有耻辱。

曾几何时,我们确有得到一段平淡幸福的机会。虽曾意乱情迷,但其实我们从未放下彼此的心结。

我愿意为她遮尽世间的一切风雨,唯独她心中正在肆虐的那场暴风雨,我无能为力。

我并不想如此狠绝地对她,但她只要有一分温情的表现,我便绝不会放手任这段情消逝;她若有一分软弱落在我的眼里,我便绝不会正视她的选择。

我对她说,我永不后悔,也永不道歉。但不后悔,是否也不心痛?不道歉,是否也不愧疚?

我终是登上了九五之位,身后却看不见明的身影。

明立于高楼之上,身着霓裳羽衣,一片红艳,灿若流金,在夜风中簌簌飘飞,似要振翅飞去,如天边云霞燃到了最绚烂的刹那,又似风中牡丹绽放到了极处,美艳不可方物,灼痛了我的眼。

我将她紧紧搂在胸前,傲然环顾,睥睨众生,脚下是无限江山,怀中是如花美眷,天地也为之肃然低昂,此生已是无憾了吧?

明静静地依着我的胸膛,眼眸宛若不染轻尘的琥珀。

她的身子倏地顿住,拉起我的手,将那柄当年在晋阳时我们定情的匕首深深刺入她的腹中。

"宫门一入深似海,从此萧郎是路人……"她便这样倒在我的怀中,浅淡笑意,依然温暖平和,似有午后阳光倾了满身,有一种宁静的欢喜。

她抬手擦去我的泪,忽地粲然一笑,双眸亮如星辰:"世民,你将来还能得到很多,很多……任人以贤、虚心纳谏……贞观之治……千古……一帝……"

"今晚的夜色很美,我终于得到自由了……"她徐徐合眼,比花谢更残忍,冰肌玉肤一寸寸没了光泽,是扼腕也挽不回的痛。

无尽心伤滚滚而出,如有锋利的锥子在刺,扎得我疼痛欲裂,恨不能立即死去。不仅是那种锥心刺骨的疼,更是那种空虚到让人只想呐喊的痛楚。

动情了,爱上了,也同时失去了。

这世间有太多的哀愁,而我终不是神,不能随心所欲。

只手不能遮天,纵然我拥有再大的权力,也改变不了既定的无奈,有一些痛必定要承受。

肉体上的疼痛虽难耐,咬牙便过了,但心中的自我折磨却是种绵长且深层的痛,无时无刻不啃咬着我已伤痕累累的心。

我抱着明已逐渐冰凉的身子,露珠冷凝,初晨的阳光中,细小的尘埃翩然飞舞,斑驳满地,微微刺目。

许多时候,便是如此。仅仅一步之间,就忘了过去,忘了出路,忘了未来,忘了是如何相遇,忘了是如何离开,忘了自己为何流泪,忘了自己是谁……

我将明葬在宫中的梅苑里,因为我想随时去见她。

我开始全力治国,觉得旧国号"武德"不能代表我治国的志向。魏征从《易传》中取经典,认为"贞观"二字所表达的"中正"的意思,最能代表我治天下的胸怀。

贞观?

明的话语犹在耳旁:"世民,你将来还能得到很多,很多……任人以贤、虚心纳谏……贞观之治……千古……一帝……"

贞观之治?

我一抬手,改年号为贞观。

繁华如三千东流水,变幻无常。

无垢逝去,当年的齐王妃,也就是如今的杨妃,负责管理后宫。

蒙上她的眼睛,我便可以全心宠爱她,因为她是如此的像她,几可乱真。

但为何我仍不满足?我的心没有再次狂跳,如同结了一层冰,冷冷的,无动于衷,空空荡荡。

新入宫的武媚娘,她与明更为相似,那斜挑的眉眼,一模一样。

什么是劫?轮回是劫。我不信世间有所谓的生死轮回,我知她不是明,所以我如释重负。她也确不是明,因为她的眼中多了一抹野心勃勃的光芒。

但她与明过于相似,她们对事物相同的见解,驯马、书法,如出一辙。

我遣人暗中调查她的来历:父亲为武士彠,已逝世。母亲,如今住在长安的梅林巷中。

身份并无任何可疑,但我却仍没有放弃,遣人再去荆州打探。

武府上的人众口一词,并未见过武夫人,而那个摆在台面上的武夫人其实只是府中的奶娘。

那么,真的武夫人在何处?

莫非当日明未死,而是逃出宫去,嫁做他人妇,生下了武媚娘?!

这个念头在我脑中起伏盘旋,令我几乎发狂。

我必须立刻解开这个谜团;否则,后果将不堪设想。

匕首、赤幽石两样旧物呈到我的面前,我再无顾虑,随即来到梅苑开棺。

看着并无骸骨的棺木,我心中有一丝恨。

我感到强烈的挫败,抬头向外注视着冥冥虚空,微微发亮的天色似乎在嘲笑我的无力与挣扎。

我为了她的离去,急遽消瘦,一夕苍老,仿若短短数日便历尽了世间巨变沧桑,承受了内心无数次的痛苦煎熬。

上天从来都不懂人世的哀愁,深情脉脉无处诉,只能绝望着等待梦醒。

我的痛,源于她;我的情,毁于她;而她却骗了我。

原来,我耗尽这半生的光阴,穷尽这半世的追求,到最后,换来的都是灰烬。

爱欲生忧,从忧生恨,如此的她,叫人怎能不恨?!怎能不恨?!

第三十三章 对舞

夜深如渊。

厚重的夜云飘过,一弯冷月渐渐浮出,月华如水,幽光肃穆,冰凉如霜。

灯火飘忽,太极宫一半沉入如谜夜色里,一半浮在千丈月华中。婆娑树影,却如狰狞鬼魅,有转瞬即溶的冷意,不知在如此古朴庄严的宫殿中,埋藏了多少不为人知的隐秘。

前几日,我到两仪殿,发现其中许多内侍与侍女都换了人,不解之下私下询问内侍监,他才悄声告之,陛下已将他们全数斩首,原因却是不明。

原因不明?他们全是那夜曾见到陛下在梅苑失态的人啊……

人命如此脆弱、如此不堪,生死之距,不过须臾。

我只觉得心底发冷,身子已湮没在黑暗中,有些无奈与感叹。

陛下的眉眼之间常常闪动着凌厉狠绝,不需面目狰狞,便能令人从心头直冷到脚底,只能敬而远之。他可以不动声色地在幕后洞察甚至操纵一切,想来都使人不寒而栗。但有时他也只是凡人,他同样也会无奈。

母亲,便是他不得不承受的痛,他爱母亲其实比自己想象中的还要深。母亲于他,近乎于一种救赎,也只有母亲能令他眼中凝结着生命里几乎全部的温柔。

但他知晓母亲未死的消息,除了那夜失态,我再未见他有任何不妥的行为。他没有刁难我,甚至没有逼问我母亲的去向。欲成大事,他有足够的自制力。或许,他有足够的自信,能很快找到母亲,所以不屑为难我。此中深意,恐怕只有陛下自己知晓。

我仰起头,树影飒飒纷扬,仿若无声光阴,终将以了无痕迹的飘忽,掩盖一切不堪的过往。

我缓步走入两仪殿,悄无声息地跪坐一旁。

魏征方才病逝,陛下十分悲痛。

夜已三更,庭户无声。殿外风来暗香满,一点明月窥人,清明烛火,将斑驳的影子投在案上的奏疏上。

陛下时而在奏疏上提腕勾画着,时而蹙眉凝思,神情专注,带着几分隔世的冷漠。

"魏征啊,这是你从前给朕上的《十思疏》,用以劝诫朕该如何做一个圣明帝王。每隔几日,朕都要取出重读一次。"陛下忽地仰天长叹,似在对我说,却又更似自言自语,"但其中却没有告之朕,太子之争、手足相残该如何做?更未告诉朕,若有一日你魏征离开朕,朕又该如何是好?"

这些年我随侍陛下左右,看得最为真切。

魏征此人有胆有识,敢言他人所不敢言之言,且不畏死,不达谏之目的绝不罢休。他曾向陛下面谏五十次,呈奏十一件,一生谏诤多至"数十万言"。其次数之多,言辞之激烈,态度之坚定,古今怕只有他一人,无怪陛下对他刮目相看,器重有加,会为他的逝去而如此哀伤。

帝王者,一生若能遇此良人,何愁大业不成?

"以铜为镜,可正衣冠;以古为镜,可知兴替;以人为镜,可知得失。朕常以三镜提醒自己,以防过失。今魏征已逝,朕便失去了一面镜子。"陛下依然深深叹息,由远而近,漫过四周,"来人。"

"在。"立即有侍臣快步上前,跪伏于地。

陛下沉声下令:"传旨,魏征便葬在朕的陵墓地旁,朕要为他立碑,上面须有碑文。"

侍臣答道:"是,臣立即去准备。"

"不,那碑文,朕要亲自写。"陛下微微摇头,"另遵从魏征遗志,薄葬治丧。"

魏征与陛下,与其说诚于人,不如说他们诚于己。明主难期空负高才,奸佞当朝报国无门,如此窘况,断然不会出现在他们之间。

两种人生,曾经相知,各有传奇。

因魏征的逝去,陛下抑郁许久,闷闷不乐。今日忽内侍来报,突厥的突利可汗已到长安。

突利乃陛下当年的结义兄弟,他的到来,自然使陛下欢喜,立即下旨,在太极殿内设宴款待。

风过穿廊,摇动树梢,碎花在清绝阳光中飞扬,我捧着一盅温好的酒,急步走向大殿。

我只顾低头赶路,并未留心,在曲径回廊处,一个人影从另一头闪出来,想来他也是毫无防备,两人便蒙蒙地撞在一起,他更是收不住去势,踩掉了我脚上的丝鞋。

"啊……"那人正是晋王李治,他见踩掉了我的鞋子,顿时臊得面红耳赤,竟弯下身子,拾起我的鞋,伸手便要来捧我的脚。

"你,你做什么呀?!"虽说我与他曾有过亲密之触,但如今见他如此,我仍觉得十分窘迫,一时方寸大乱,本能地往回缩着脚。

"我,我只是想帮你将鞋穿回去……"李治见我抗拒低叫,更是慌了手脚,半跪在地上进退不得。

"哦？你要帮我穿鞋？"我垂眸看着他，他满头是汗，臊得全身似都要烧起来了。我顿时心念一动，将右脚轻搭在他的膝上，低笑着问道，"你看我的脚，好看么？"

"好，好看，比上等白玉雕成的还好看……"李治见我如此举动，又惊又羞，头立即侧到一旁，不敢正眼望我。

"那，殿下还不为我穿上？"我的脚趾稍稍挠着他，双眼勾勾地望向他，我伸手撩着发丝轻笑，半真半假地说道，"奴婢的脚很冷啊……"

"是，是……"李治正呆滞地望着我，见我催他，这才如梦初醒，忙不迭地为我套上鞋子。

"殿下，为何许久都不见你入宫？"我带着几分幽怨，眼中隐隐含泪，一切愁情已在不言中。我的声音略带娇羞，几乎连自己都要感动了。

"不，不是……我……"李治先是手足无措，而后他低低一叹，"父皇告诫我，不可荒废学业，命我无事少到宫中来……"

陛下果然有所觉察，还做了防范……

"那，你想不想以后仍常来宫中见我呢？"思即此，我勾唇一笑，斜瞥着他。

"想，自然是想，日夜都想！"他眸光一亮，随即又暗淡下去，"但是父皇不准……"

"我有法子。你叫我姐姐，叫姐姐，我便告诉你。"我踮起脚尖，在他耳边低语，声音似梦如幻，自成一种魅惑。

李治又羞红了脸，声音轻若呢喃："花妖……姐姐，姐姐……"

我眉眼一挑，轻撇嘴："此处无人，你大声些叫。"

李治怯怯地转头四顾，而后朗声大叫："姐姐！"

"呵……"我掩口轻笑，转身再不理会他，快步朝前去了。

"姐姐，你还未告诉我，你有什么法子啊？"李治在后急叫，我却置若罔闻，仍是头也不回地走了。

母亲与陛下的那段孽情，成为刺进我心中的一根刺，痛入骨髓，却拔之不出。而我能做的，便是将那刺慢慢变成心的一部分，成为羽翼，便可展翅，也能笑傲。

母亲引得陛下险些为她折腰，我亦能。对岁月的复仇，最痛快淋漓的莫过于此。

宴会之上觥筹交错、笑语盈盈，好一派宾主尽欢的气氛。

陛下坐在御席之上，突利可汗坐在他的侧手边，而那个令我咬牙切齿的怒战，居然也随坐在旁。

　　突利可汗望见我,先是惊得半天合不拢嘴,而后却倏地释然。而怒战只轻瞥了我一眼,并未多瞧我一眼,似乎从未见过我。

　　这个怒战,究竟在打什么主意呢?突厥人既来到长安,那个库摩是否也会到此?而母亲呢,她如今身在何处?

　　在我走神的这点工夫,突厥使节已令怒战与另一名突厥女子献上了舞蹈。

　　陛下微颔首,赞叹道:"突利,看来你们突厥男儿不仅骁勇善战,也精通音律。"

　　突利谦逊地答道:"陛下过奖了,我们都是粗野之人,难登大雅之堂。倒是大唐歌舞闻名,不如请哪位王子舞上一曲,也可令我等开开眼界。"

　　"嗯……"陛下稍一沉吟,而后唤道,"恪儿。"

　　"是。"李恪随即会意起身,一袭白衣在大殿的风中飘摇。

　　怒战忽然开口:"吴王殿下要亲自舞剑,是我等的莫大荣幸,只是一人献舞似乎有些乏味吧?"

　　"也是。恪儿,你便在殿上挑一人与你共舞吧。"陛下微皱眉。

　　"媚娘……"李恪站在殿中,青纶如玉,白衣如雪,朝我缓缓伸出手。

　　我略感讶异,却毫不犹豫地起身,向一旁的侍卫借了佩剑,不看周遭人审视的目光,漫步走到他的身边。

　　乐起,舞起。

　　李恪长空舞剑,巍然起舞,宛若游龙。拔剑扬眉,是何等豪情快慰!

　　我亦剑舞狂飞,剑走轻灵,时缓时疾,时起时伏,云烟四起,如丹青零落,横涂竖抹,飞扬殿上。

　　高手比武过招,是以静制动;剑是武器上品,极尽飘逸灵动之致。我们两人对舞着,纯如水,素如墨,光影眩迷,灵光逼人,一切美艳不可方物,剑气中舞出千古柔肠。

　　只在一举手一投足中,尘嚣、世俗,便离我们远去了。

　　我瞥见一道银光从我发上飞出,那是我的银簪。黑发乱在风中,遮住了我的眼睛,神迷如雾,像笼着轻纱的绮梦。

　　乐曲在此时戛然而止。

　　李恪装束一丝不乱,只是气息稍显急促。他手中捏着我的银簪,深望着我,眸光如水,倒映着我的影子。

"好了！想来你们也累了，下去休息吧。"寂静无声中，陛下忽然发话。

"是。"我与李恪再对望一眼，便各自退下。

"哦，突利啊，朕记得那年你入长安，身边还有一个突厥的第一高手，为何今日不见他？"酒过三巡，陛下又忽然发问。

我大吃一惊，面上却不敢流露出半分。

突利随后解释："哦，回陛下，此次他也随我来了。只是没有旨意，不敢入内。"

"命他进来吧。"陛下似不在意地一笑。

内侍得令后很快便将库摩带上殿来。

那库摩脚步沉稳地跨入殿中，他身后还跟着一名蒙着面纱的女子。

我心兀自一颤，险些惊叫出来。

因为那名女子虽蒙着面，看不见样貌，但那弱不胜衣的体态、那头九尺长发，与母亲极为相似。

"参见陛下。"库摩与那女子跪伏于地，向陛下行叩拜之礼。

陛下还未开口，一旁的内侍便低声呵斥："大胆，见了陛下，怎可隐藏面容？此为大不敬，还不快取下面纱。"

那女子也不惊慌，侧头与库摩对视一眼，蒙面轻纱在纤纤玉指下摘落。

第三十四章　相知

"小女子乃库摩之妻，拜见大唐陛下。"她生得面若桃花、唇似朱丹、眉如秋水，确是个美人，但她并不是母亲。

陛下看着那女子若有所思，但瞬时便恢复了平和的神态："免礼，赐坐。"

库摩与那女子再次叩拜谢恩，而后便坐到了下席。

她不是母亲，那母亲究竟去了何处？库摩又为何要带着这个体态与母亲有几分相似的女子到此？

"媚娘，为库摩使节斟酒。"陛下的声音若湖风拂面，却轻寒如霜。

"是。"我领命捧了酒盅上前，才走两步，下意识地悄悄回头瞥了眼陛下。

陛下神色寂淡，看不清他眼眸中潜藏的前尘往事，浮现的永是飞掠而过的流水行云。

库摩的脸庞瘦黑了一圈，往日的嚣张跋扈已敛去许多，皆掩在苍白的憔悴中。

我轻提酒壶，缓缓倾下，酒香扑鼻、热气熏人。我冷然抬眸，悄声问道："你将母亲藏在何处了？"

"她也未给你任何音讯么？"库摩闻言微惊，语气虽淡，目光中却有无法掩饰的忧心。

我眉头一蹙，手不自觉地握紧了酒壶，努力以平稳的声音说道："你这是何意？母亲不是随你走了么？"

库摩以袖掩口，微微咳嗽几声，语调越发低沉："才入大漠，我便失去了明的下落。"

"你，你这个混蛋！你居然……"我咬牙低吼，恨不能立即一掌掴在他的面上。抑制不住的愤怒如泉水喷涌，汩汩地在我心头跳动。母亲心虑过重，忧恸久积，腿脚不便，身子虚弱，身边必要有人时刻照料。如今她孤身一人，该如何自处？而她那美艳无双的面容必会为她引来无数灾祸，若她落入歹人之手……我忽然无法呼吸，眼前混乱地闪过无数人影、尖叫怒喝，一时心痛如绞，却发不出一丝声音。

我以指甲死命掐着自己的掌心，才勉强克制住。我抛开众人的目光，再也顾不得许多，径自转身离去。

已入夜，月色朦胧，凉意袭人，树影幽深。

廊下灯影半明半暗，我一手扶墙，沿阶梯缓缓拾步而下，混沌中我险些踏空跌落，幸从后迅疾地伸过一只手臂，这才将我扶住。

昏暗中，一个略低的男子声音："媚娘……"

我自然知道他是谁，自方才我出殿，他便一直悄然跟随。所以此刻靠在他的怀中，我才无丝毫的顾虑和恐惧。任他轻扶着我的腰，低头默然无言。

冷月清光霭霭，夜风缥缈，丝丝寒意，我抱紧双臂，方才觉得冷，一袭白裘披风已围上我身。

稍稍一怔，我倏地仰首，李恪垂目静默，平和得如同已融入夜色，他的面容似难有凡俗的悲喜："发生何事了？"

望着他柔和安静的双眸，令我有将心中一切苦闷倾倒而出的冲动。但是，不能啊！母亲与陛下的那段前尘旧事，我如何能说得出口？

"我……"我不胜倦怠地闭上眼,轻声呢喃,"我,我不知该如何与你说……"

"随我来。"李恪眸光一亮,却也不多言,转身在前头领路。他的白袍随风飘飞,似要消融在这苍茫的夜色冷光中。

此时宫灯已次第亮起,莹莹清光,似水波潋滟,又如夜海浮星。无暇细思,他已领着我穿过前庭,转入后园,四周寂静无声,似能听到星落月沉之响。

园中的凉亭里静静地摆着一张琴,李恪站在亭外,轻声细语:"你若有话不便对我说,那便与它说吧。"

我心中微惊,脸上却是欢喜的浅笑:"多谢。"

最懂我心之人,依然是他。

我坐到琴前,十指拨动,轻挑慢捻。

清越琴声款款而来,低吟浅唱,缠绵悠扬,说尽心中无限事,撩拨无尽心上事。

无情处的极情,一声声撩拨开来,细若锋利游刃的琴声在我的骨头血肉里来回,如帛轻轻撕裂,如玉磕碰尘埃,旋转,碎裂,似冰化水,似飞鸟断翅,似飞蛾扑火,有某种隐忍的痛苦,伺机找到缝隙。

流音飞色,情真情痴,何许?何处?何至?

母亲,我依然记得她最后离开武家时的模样。她轻颦浅笑,没有一丝一毫的遗憾。梅花树下,我们曾相依相偎,但一切都已在湍急的流光中不可挽回,回首时唯见袅袅云烟,不知来处,亦无归途。去者不知,来者难追,只余下那无法确认的恍惚。

我的琴音是黑色的,如一块巨大的黑色绸缎遮天蔽日,拂面而来,清泪涟涟,柔肠百转,千愁万恨。

母亲,母亲,母亲……你究竟在何处?

此时此地似乎只是一场梦魇,我如行尸走肉般飘荡在陌生的宫中,母亲便在另一头。在这个冷酷梦境之外,她是遥远天边唯一的亮色。

铿锵的琴音不断震颤,灼烧着寂寥夜空中的黑暗,音丝交错缭乱,尖音高起,刺人耳膜。

我蓦地低头,一颗清泪无声地滑下,落到硬实的琴面已溅成薄薄几瓣。我轻眨眼,眼角已无泪痕,一切恍若一梦。一滴泪,转瞬即逝是它的宿命。

"真正的琴者,都是寂寞的人。无限心事,唯有诉于琴声。"李恪垂首望着我,目光静如止水,"战国聂政刺韩王,为报父仇,聂政入深山学琴十年,身成绝技,名扬韩国，入宫杀韩王后，毁容而死。可敬、可叹，亦可悲。"

曲高和寡，弦断无人听，这是人生一大哀。但我们能听懂彼此的琴音，从此这冷暖自知的生涯，便不会再清寂如斯。

我愣住，随即微笑，笑意中全是哀凉，面对他，我已无心再迂回掩饰："我在思念我的母亲……不知她如今人在何处，是否安好……"

李恪眼中流露出脉脉柔情："吉人自有天相，你也不必过于忧虑。"

"你的母亲如今在宫中享尽荣华富贵，你自然能如此轻松地劝我。"我沉默片刻，随即一笑。

"我的母亲，是前朝隋帝之女，我从不愿去想父皇迎娶她的原因。她是前朝公主的高贵身份，是她获罪的第一条件。母亲深受长孙皇后的教导，谨慎言行，娇弱无争，为父皇先后生下了两位皇子，一个是我，一个是蜀王愔。"月华洒落李恪一身，丰神如玉，却完美得过于寂寥，"从她为我们起的名字，便可看出她十分忧心我们的处境，因为她的身世随时会招来他人的口舌。恪是谨慎之意，而愔则是安静的意思。她只是想自己的儿子们能在纷乱的皇族纠纷中明哲保身罢了。"

"你的母亲是杨妃？"我敛了笑意，试探地问道。

"与你相似的那位杨妃并不是我的母亲，"李恪平静地陈述，舒缓而清晰，"母亲不喜与人交往，极少走出自己的小院。"

我微微侧头避开他的目光："抱歉，我不知情，所以才会如此口不择言……"

"我知你是无心之失，我并未怪你。"李恪眉眼柔和地舒展，话音里有别样的感情，他伸出手轻搭在我的手背上。

我寒冰般的手被握在他温热的掌里，不由一悸，心底仿佛也能传递到这份温柔的暖意。

我们两人对望，眉梢眼角、呼吸吐纳，竟是如此分明。

声色迷离，惑的是眼，乱的是心。

月华似水，如浅薄的流银，皎无尘埃、清寒入骨、凉意轻脆。

"执子之手……"李恪微微一笑，笑意清淡，似冬日的阳光，明亮温暖。他轻拉起我的手，放到唇边，落下浅浅一吻。

这吻淡若轻烟，却暧昧似互允终身，沉重如生死相许。

世上情分，自有稀薄，亦有浓烈。愿得一心人，白首不相离。

西风紧了，寒星拢月，黄叶一地，哀调青灯，烛火将熄。

自从那日后,好几个夜晚,我睡得颇不安稳,梦中,一时库摩,一时陛下,错换交杂。暮色烟雨中,似见母亲身影,乌发白裙,洗净铅华,与世无涉。我原是一喜,才想飞奔过去,陛下的双眸如迎面挥来的刺目的尖刀,我想逃,那刀却牢牢地钉住了我的身子,剜心之痛,疼得我再也叫不出声。

"啊……"我惊叫着醒了过来,冷汗涟涟,衣衫尽湿。

我强自打起精神,粗略地梳洗装扮,便往两仪殿去。

陛下半靠在御席上,尉迟敬德则坐于下席。

尉迟敬德恭敬地拜伏于地:"陛下,臣已老了,近来总觉得疲累,如此下去,只怕耽误朝政。所以恳求陛下准我告老回家,安心等死吧。"

"敬德竟说出如此话来,还真是不像你了。"陛下神色凝重,他轻轻摇头,"安心等死?你还早着呢。"

"不,老臣不想再逞强。人老了,那便得认老了。"尉迟敬德露出倦茫的神态,"我听说陛下最近也感不适,风疾上身。陛下,我们都老了呀,不复当年勇了。那时我随陛下南征北战、风餐露宿、夜不用寐,也不觉得疲乏,如今确是老了。疾病缠身,才知不比当年了……"

"唉……敬德啊,也只剩你敢当面说朕已老去了。"陛下长叹一声,意态悠静,"你确是言中了,朕近日也确觉得自己的身子大不如前,几次风疾,确是苦不堪言。你若想在家休养,朕便准你做散官,开府仪同三司,隔五天再来朝上一次吧。"

尉迟敬德眼眶一红,叩头谢恩:"臣谢陛下恩典。"

"哦,对了,秦琼如今身子如何?"陛下偏头看向他,目光清定。

"我前些日子才与程咬金去看过他,唉……"尉迟敬德痛心地摇头,"大夫说已无法治愈,只能熬过一日算一日,他怕是要不行了……"

陛下揉了揉紧皱的眉头,一字一句地道:"朕即刻便命宫中御医去为他诊治,需要何种药材,直接从宫中拿就是了,不惜任何代价,定要保住他的性命。"

"是。臣替秦琼谢恩了。"尉迟敬德再次伏地而拜,而后他抬头望了我一眼,悄声问陛下,"这个女子,便是明小子的女儿?"

"你也知晓了?是。"陛下也未做隐瞒,而后他轻笑问道,"时至今日,你仍是习惯唤她明小子。"

"哈哈……是啊。当年我还纳闷,世间怎会有如此俊美的男人?这不是妖孽么？我见她为人豪爽，剑法又高超，还曾想过与她结拜兄弟呢！"尉迟敬德仰天大笑起来，随后又问，"但陛下当年不是说她暴病而亡么？"

"此事说来话长，日后再详细说与你听。"陛下脸色微沉，瞬时又恢复平和，"你别急着出宫，稍后去偏殿，朕已命工部尚书阎立本来为你画像。"

尉迟敬德闻言十分惊讶："为何要给我画像？"

"朕曾命阎立本画《秦府十八学士图》，如今朕再命他绘《凌烟阁功臣图》。"陛下垂眸轻叹，倦意尽露，"你亦知，当年随朕出生入死之人，如今都已老去。朕时常想起你们，又苦于不能时常相聚，便想将你们的模样绘成画像，放在凌烟阁中。朕若心中思念，便可前去一看。"

"是，臣领旨，谢陛下。"尉迟敬德微笑拜辞，"那臣便告退了。"

陛下目送尉迟敬德离去，亦不回头，倏然问我："媚娘，朕的几个儿子，你究竟钟情谁？"

第三十五章　惊变

已是晚秋，寒风窜入殿中，冷冽透骨，令我微微一颤，声音却如常平静："奴婢不明白陛下的意思。"

陛下仰首望着我，浅笑依然，眸中却无笑意："你坦白与朕说，朕便依了你的心意，下旨赐婚。"

"陛下，奴婢只尽本分，从不敢有任何非分之想。"我微微垂首，隐住了眸光，恭敬而平稳地答道。

"呵，明确实是花了心思教你，宠辱不惊，应对自如。"陛下往后靠了靠，闲闲地半躺着，唇角露出一抹舒适的笑意。这是种笃定的笑容，不怕上钩的鱼儿再脱逃，"太子求朕将你赐予他，朕也曾犹豫过，只是而后他竟说要废掉太子妃迎你回去。倘若他果真为一己之私废掉太子妃，既辜负了太子妃，更有负朕之所望。太子聪慧果敢，只是始终学不会隐忍。"陛下略一停顿，一字一句冷然说道，"你可知，若你不是明的女儿，朕便会以自己的方式保全自己的儿子，即使牺牲他人也在所不惜。"

我蹙眉凝视着陛下："奴婢何去何从,陛下不是早已心中有数了么？无论奴婢如何回答,也绝不会令陛下回心转意。"

"即使今日朕有千般不是,朕仍是一国之君。"陛下漠然一笑,不再说下去,只静静吩咐,"你是个聪明的姑娘,应知进退。"

"奴婢明白。"我轻轻一叹,再次垂下头去。

如今我已明白母亲当年为何情愿一死,也要逃离这皇宫。虽心系一人,但时日一久,什么情爱都将荡然无存,时间会令人再也觉察不到痛。

陛下眸中有轻微的波动,随即化作笑意。他并未开口,只微微颔首。

此事便如此云淡风清地结束了,起因只是一场合谋,我与陛下就在两仪殿中轻松地达成共识。

"魏王殿下求见。"内侍在殿外轻声禀报。

李泰一反常态,踉跄着飞奔入殿。他跪倒在陛下脚边,肥硕的身子瑟瑟发抖："父,父皇,有人要杀儿臣！"

"发生何事了？"陛下一怔,叹了口气问道。

"今日我与房遗爱在府中议事,突有一支利箭飞射而来；倘若我躲闪不及,那一箭便会射中我的胸膛。"李泰声泪俱下,"我死不足惜,只怕日后无法再侍奉父皇了……父皇……你要为儿臣做主啊！"

陛下双眸幽寒肃穆："朕会命大理丞立即调查。刺杀亲王,此事非同小可,无论是何人,一旦抓获,格杀勿论。"

李泰的声调中依然带着哭腔："命大理丞立即调查？此事还用调查么？父皇随意一想,便可知是何人所为。"

陛下的脸死气沉沉地板着："朕想过,但朕确想不出。"

"父皇并非想不出,而是不愿去想,不敢去想。"李泰终于伏地号啕大哭。

陛下诧异地望着李泰,沉默半晌,似乎这才听懂了："你这是何意？"

"我一向行事谨慎,从未与人结怨,绝不会有人怨恨至要杀死我。且如今人人都知父皇对我偏爱,刺杀之事不论成败,父皇必会追查到底,严惩真凶。"李泰仍是跪伏于地,他的身躯仍在不停地抖颤,"倘若只是私怨,无人敢冒如此风险。刺杀之人不仅是恨我,而且因为我的存在对他是莫大的威胁,所以必须除掉我,才能保全他的地位……"

李泰正准备继续往下说,却被陛下挥手截断了,陛下的眸中有转瞬即逝的冷意:"朕知道了,你不必再说了。"

"父皇!你要为儿臣做主啊!"李泰犹不死心,声嘶力竭地大叫,"我……"

"够了!"陛下声色俱厉,断然道,"朕说了,会追查到底。无论此事是何人所为,必会受到严惩。你们都退下,让朕静一静。"说罢,陛下疲累地摆了摆手。

"是。"李泰再不敢多言,施礼后便退出殿去。

我上前将案角已燃尽的香换下,重又点了一簇,幽香芳馥弥散开来,雾霭般缓缓漫溢,飘悠地在空中翻腾。

我亦不敢久留,紧随李泰也退下了。

到了殿外,我回身再看,清香渺渺,孤高寂寞地飘立在空中,像凉秋中一缕萧瑟的影子。

后亭中,稍现苍凉,草木寂然如洗。晚秋的阳光却并不瑟淡,而是煦暖、轻柔,灿如一场四溅的金雨,点点滴滴打落心上。

"朝中早已有人议论,父皇也定有耳闻。太子早已坐立不安,如今他终于动手了,"李泰边走边愤愤地说道,"他不怕父皇追查,说明他连下一步计划都想好了,而父皇分明便知他的手段,却不深究……唉!"

呵……我心中暗笑,太子之所以会对他痛下杀手,恐怕不仅出于对李泰的妒忌,还因为李泰是告密者。当日便是李泰向陛下进言,说称心妖媚惑主,引得太子堕落,所以陛下才下令处死称心。而这魏王李泰也自负才高,暗怀夺取太子之位的野心,从未放松谋太子之事,在朝中树立朋党,四处收买人心。李泰绞尽脑汁,极力在陛下面前表现自己,装出一副心慈仁孝的模样。太子好色,他便连女色都不近;太子好偷鸡摸狗干荒唐事,他却喜好文学,还修撰《括地志》;太子不尊重少师,他便礼贤下士,虚怀若谷。其心思之缜密,手段之毒辣,确是胜太子一筹。

只可惜他的对手是陛下,注定他也只能是败者。

其实我与他、太子以及其他人,皆是渺小如沙。而殿中的那个帝王,他随手便可扬起一场尘烟,风沙漫天卷起,我们谁还能掌控住自己的命运呢?

我们都仍有情有性,而陛下却无情无性。世间悲喜,于他似乎都只是烟云,他令人亲近不得,唯有深深地敬惧。

"媚娘,你怎不说话?"李泰见我低头无语,便不耐地追问。

"殿下,陛下如何用心对你,想必你心中早已有数,我只是个侍女,眼盲心拙,确不知该说些什么。"我悠悠地叹息,而后躬身施礼,"奴婢尚有一事需立刻去办,

就先告退了。"

我也不等李泰回应，径自朝前走去。

穷奢极欲，人心不足。

我仰首望天，浓重的秋色，蓝幽的天空，成团的云在奔流翻涌。

只怕有人美梦尚未醒，便要有一场狂风骤雨了。

今年长安的冬季格外漫长，空茫雪光中，反常的严寒笼罩住太极宫，异样地沉寂着。倚窗望去，琼珠闪烁，银雪飞涌，泠然无声，华美娇憨，天地间一色雪白，美不胜收。

我上前将窗关上，窗棂上似凝了一层冰霜，指间触及之处，只觉莫名冰冷，却又很快被我的指温融化，滑下一滴水珠，灵光微闪，转瞬即逝。

青铜鎏金铜盆中细微地爆着银霜炭火，青炉内散出隐约的暖香，陛下端坐案前，挥毫泼墨。

有内侍慌张来报："太子殿下忽发恶疾，性命垂危！"

陛下手中的笔略一停顿，他似不经意地抬眼："忽发恶疾，性命垂危？"

"是！"内侍问道，"不知陛下是否起驾去东宫探视？"

"……"陛下还未回答，褚遂良匆匆由外快步入殿，他跪伏于地，朗声说道："东宫之行，陛下万不可去！"

"为何？"陛下缓缓起身走了过去，眼睛直勾勾地盯着褚遂良。

"陛下……"褚遂良似有难言之隐，他并未答话，只是用哀求的目光望着陛下。

"朕明白了，你便代朕走一趟吧。"陛下回身走到案后，转身的一瞬间，他已换上恰到好处的微笑。

"是！"褚遂良领命后飞也似的去了。

陛下似未受到方才之事的惊扰，仍在奋笔疾书。

斑驳夜色，如遮天蔽日的欲望，更漏滴下，天音若梦，转眼已三更了。

"陛下，太子并无人碍。"褚遂良回来了，他再次跪伏于地，"而纥干承基有事要向陛下禀告。"

我一惊，纥干承基？他不是太子的亲信么？莫非太子果真已按捺不住，抢先动手了？

陛下没有抬头，仍提笔写着什么。

纥干承基很快被带上殿来，他抖嗦着说道："陛，陛下，臣有罪……"

"啪"，一滴浓墨落下，很快便在纸上晕染开来，陛下深叹一声："你不必说了，朕知道你想说什么……你下去吧……"他随后看向褚遂良："叫承乾上殿来。"

太子拖着残腿，一瘸一拐地来到陛下面前。他已失去了往日的威仪，发髻微乱，面容憔悴。

陛下并未开口，他直望着太子，目光陌生而萧索。

褚遂良朗声质问："太子殿下，纥干承基已招认，你联络了对陛下心怀不满的汉王李元昌与吏部尚书侯君集等人，密谋刺杀魏王殿下，装病想骗取陛下去东宫探视，从而发动宫廷政变，一举夺得王位。你可认罪？"

太子双膝跪地，自嘲一笑："事到如今，成王败寇，我无话可说。"

陛下的神情中有浓郁的倦意："你为何要做这大逆不道之事？"

"大逆不道之事？陛下是忘了当年的'玄武门'之变了吧？我自幼便被立为太子，在太子位上，我奢求过什么？做错过什么？陛下，你从未真正了解我。我知道，因我的脚疾，你犹豫过。"太子发出一声轻笑，上身挺得笔直，如蛰伏的兽般与陛下炯炯相望，"若不是母后临终嘱咐，你早就将我废了吧？我只是不明白，你究竟为何偏袒李泰？你偏袒李泰，朝野震动不平，你心中有数。你许可李泰入住武德殿，武德殿是如此重要的地方，你更是心知肚明。陛下，其实一切都在你的掌握之中，是不是？但是你所做的一切换来了李泰的咄咄逼人、我的痛下杀手，这便是你希望看到的？"

"朕是问你为何要谋反？"陛下眼皮一挑，深深克制住；然而，太静太淡，反令人担心。

"那陛下不如先问问自己当年为何要发动'玄武门'之变。陛下杀了自己的兄弟，那不是谋反，是为了自救，嗯，是自救。"太子清俊的面上浮起一层古怪的笑容，"我只不过是遭到李泰这个伪君子的巧言暗算，才不得不联系朝臣，以图自安。我知道我将不是太子了，明日我就会身首异处。如此也好，那便真正了结了，真正自由了。我一直想要像草原游牧人那般策马扬鞭、任意驰骋，想凭着自己的真本事建功立业……只是遗憾，阴谋者李泰竟能得逞。"

"朕不会杀你。"陛下眯起眼，细细地弯着，两道目光如雪夜的清辉，"朕只问你，你对今日之事能否真心悔过？"

"不会杀我?当年你为了皇位亲手杀了自己的手足兄弟,明姐姐为了自由选择自尽离你而去,他们都是你最亲最爱的人吧?但是他们都死在了你的手上!"太子嘴角微一抽搐,很快朗声笑道,"悔过?我有何过?若能重新选择,我仍是会选这一条路,永不后悔!"

"好个真正自由,好个永不后悔!"陛下"刷"地抽出案上的长剑,杀气如遁迹的蛇蹿出草丛,被惊动的杂草在每个人的心头簌簌作响。

"哈哈哈……"太子仍无一丝惊慌,反倒是仰天大笑,"我败便败了,但也绝不饶过敌人,拼将最后一口也要咬回去!"

"陛下!陛下,不可啊!"褚遂良在旁见情势不对,连忙跪爬着拦在太子身前。

"滚开!"陛下沉沉低吼。

"陛下!陛下,不可啊!"长孙无忌、房玄龄两人这时也从殿外飞奔进来,他们跪在陛下面前,死死地抱住他的双腿,"陛下,太子就算有千般过错,但他是您的亲生骨肉啊!"

"滚开!今日朕定要杀了这个逆子!"陛下踢开众人,步步朝太子逼近,手中宝剑闪着雪亮的冷光。

只见一线银光破空划过,似飞雪扑面,倏忽即灭。这弹指之间,陛下手中的长剑铮然落地。

"世民。"

这世间还有何人敢直呼陛下之名?我恍惚地抬眼望去。

母亲……简单二字,我却唤不出口。

她从容地踏进殿来,手持精巧短弓,显然方才那箭是她所发。她九尺长发已剪去大半,青丝在头顶高绾成髻,白袍飘飞,灼灼美颜,懒散淡定,不言不语便已风姿倜傥。华贵天成,清幽冷冽,如一柄明若秋水的宝剑,又似一块灿焕美玉,泠泠繁荣光芒似雪,飘逸出尘。这分明就是一个俊美无双的少年,足可令任何一颗懵懂的少女之心害羞起来。

尉迟敬德紧随她身后,这个目空一切、敢在朝堂之上公然殴打大臣的武将,如今竟心甘情愿做起她的保镖。他立于她的身后,为她挡下那蜂拥入殿的宫中侍卫,不让他们靠近她半步。

"母亲!"

风明篇

第三十六章 重逢

风起,风过,殿内烛火微动,牵曳着殿中数道阴影摇荡飘漾,遥遥听着风声如泣,恍若隔世。

我仰首望着李世民,他半身隐于一泊烛影之中,满浸的杀气,宛若蛰伏的蝙蝠般铺天盖地飞来。如一滴雨落于平静的湖面,波纹层层漾开,他的眼在火光中折出斑斓的精光。

早已冰封的心湖仍是起了涟漪,不复镇定。

思绪茫茫,万般意念,忽生旋灭。

原该是他,终究是他,只能是他。

这个男人,是牵系我一生的执念。我与他,相距不过七步,却似咫尺天涯。

他从高处俯视着我,讳莫如深,而后缓缓朝我伸出手,近在咫尺,仿佛立即便能触及到。但他终是克制住了,还未全然伸出的右手,倏然垂下,隐于宽大的袖中,似已将心中的隐秘彻底缄封。

"明姐姐……"李承乾飞奔上前,抱着我泪流满面。

这个曾在我怀中哭泣撒娇的小男孩,早已长大成人。在他俊美柔和的面容之

后,我看见了棱角峥嵘。

"母亲……"媚娘立在原地望着我,神色亦静,却不难辨出其中的震动,但那些情绪转瞬即逝,忽而默然。

我似已听见风声呼啸,如山魈在幽谷凄厉地嘶鸣嗥叫。三尺宝剑瞬间由鞘破身而出,闪耀青光,挥断流水,将莫测岁月中所有的隐秘往事一吐而尽。

与其默然怀念,不如大方回顾。

我回拥李承乾的双手在微微颤抖,心剧烈摇荡,无法言语。我的目光越过他的肩膀,望向李世民,轻轻地摇了摇头。

"来人,将太子带下去。"李世民侧头看着我,目光清定,他长叹一声,那声音仿佛自极远处传来,"先禁于东宫,来日再做裁决。"

"明姐姐……"李承乾犹抓着我的衣袖,不舍放手。

我安抚地拍了拍他的手背:"去吧。"我侧头再看李世民,他却恍若不见,已回过身去,不言不语,有拒人于千里之外的冷傲与孤绝。

我一时思绪纷呈,只呆立在原地。一旁的尉迟敬德扯了嗓子叫着,他粗犷的喊声在殿中回响:"喂,明小子,事情办完了,我们快走!老秦快不行了!"

尉迟敬德拉了我的手便要向殿外跑去,原本屹立不动的李世民忽然发话,他的声音在寂静中亦不显突兀:"明……"

那声轻唤仿佛自我的心谷深处响起,很远,却又似很近。我挣开尉迟敬德,回身看向李世民,静寂半晌,语气郑重:"等着我。"

时间改变了我们,但有些却永生不变。李世民若是顽石,我便是坚冰,只能缓缓提升热度融了,决不能以蛮力敲击,否则,便只得玉碎的下场。

"呵……"李世民遥望着我轻笑,他的笑声中别有一种无奈,像寒风吹断了枯枝,只剩喑哑的一声呼唤。

一如约定,我与他在此重聚,又暂离。

"母亲……"媚娘上前拉住我的衣袖,欲语还休,笑如晨曦,能照亮观者的眼眸。

我垂首微笑,牵起她的手,温婉低语:"媚娘……"

我抬头朝李世民微一颔首,便转身携媚娘出了大殿。

寒风拂面,飞雪如絮,满天纷扬的雪花,却无一朵能滞留于我的发上。

月淡如烟,白雪纷飞,沉淀了所有杂色,天地仿若洗过,纯透幽明,探不清夜色的浓薄。

窗外梅花影，香气恬淡，散得极远极清。

数十年纵横沙场的沧桑深深地镌刻在秦琼憔悴的脸上，那双令天下豪杰都为之惊叹的金锏如今静静地放在案上。

我心中隐约想起什么，被风一吹又失落了，颇有些怅然。

笛声忽起，浅若溪水，如时光倒流，如诗如梦，浸透了月光与夜气。无数往事似在笛音中渐逝渐远，激扬、潺缓、微慢、迷蒙、混浊、清澈……

一曲终了，秦琼淡淡笑了，他的目光依然清寂，即使心伤至深，亦不见半点阴霾："明，这笛子是伯当给你的？"

"嗯……"我微微颔首。

"伯当、雄信、罗成都已去了，只余我一人……"秦琼垂眸轻叹，倦意尽露，"在我临死前，能见你一面，已是再无遗憾了。"

"秦大哥……"我禁不住有些哽咽。

秦琼神色平静地凝视着我："明，别哭……在我临走前，不想再看见你的眼泪……"

尘世纷纷，弱水三千，而他是最清澈的那一泓。他不愿见我的眼泪，然，不流泪，即使我愿意，亦是不能。但这一瞬，在他面前，我的心软弱如幼童，不由自主地颔首应允。

"傻丫头……"秦琼抚着我的发轻轻笑了，所有的一切都不可避免地在光阴的促迫中改变，唯有他，笑意清浅，一如当年，无任何怨怼与悔恨。

心口泛起隐隐的疼痛，但我唇边仍逸出一丝笑意："秦大哥，我都做了母亲了，怎么还能是傻丫头呢？"

"我听敬德说了，武媚娘是你的女儿？"秦琼微一扬眉。

"嗯……"对此事我不想多做解释，只低低应了一句。

"咳咳……"秦琼见状也未追问，他猛地激烈而短促地喘息起来。

"秦大哥！"我惊叫一声，才想探身上前，却被他摆手阻止了，"明，再为我奏一曲吧……"

"嗯。"我轻拢漫天飞飘的思绪，笛音瞬时如水滑落至无底的深潭中，溅起清浅柔碎的涟漪，游音轻颤，若隐若现，无法触摸，忽而呜咽，如怨如慕，如泣如诉。

秦琼仍躺于榻上，他清和的眸光，令我依稀瞥见了往昔的月色。那年齐州的

月光是如此静谧温柔,悄悄洒落,澄透空净,如同剔透的琉璃。十六岁的我与秦琼坐在树荫下的石凳上,遥望萤火,静听蛙鸣。美好无瑕的回忆是芬芳的春花,烟花般灿烂而又惊鸿般短暂,在现实碰触的瞬间,委落于地,消失如尘。

数年光阴,迢迢难觅,遥遥难期;我与他,终是殊途难归。

笛音忽一泻千里,坠入深渊,似一声叹息在断崖上空徘徊游荡,待回头细听已是绝响,魂兮梦兮。

我仰起头,破碎冰冷的月光和着飞雪迎面而来,微感晕眩。

"秦大哥……"我犹豫着缓步上前,秦琼静静地躺于榻上,仿佛只是睡着了。他面容平和,唇边犹带着一丝微笑。

"这一生,有两个男人在我的生命中占据了最重要的位置。一个是你,一个是世民。他很冰冷,而你很温暖。即使你的温暖是淡淡的,但是却能令我有平静如家的感觉,所以我喜欢你。这种喜欢,是一种我可以去依靠的喜欢。"我蹲下身子,半跪在榻边,执起秦琼的手轻贴在面颊上,"知道我任性善感,你总把一切错误揽在自己身上。你从不令我哭泣,我的眼泪滴落,你便将它冰凝在自己心里,你总是用满眼的痛来细致温柔地拥我入怀。我知道你爱我,所以我在你面前总是娇纵得如同孩子。但我也同时被羁绊,总是走不出你眼里那伸手可摘的温柔。辜负了你,我心很痛;多年以后,这痛还在生长,如今我的心仍在隐隐地痛……原来世人终要彼此伤害,我伤你,他伤我,我又伤他……如此种种纠缠不清,不可避免……"

哀愁长长,回忆怅怅。

我低头在秦琼的手背上印下深深一吻,他紧闭的眼中忽有清泪滑落。

"秦大哥……"我知道,这个曾带给我无限温暖的男子,已在我的生命中永远地走远了。

有种情感不属于尘世的美好,无从挽留。

我答应了他,不能落泪,便绝不流泪。

若生已无能为力,死亡是唯一平等的归途。我相信,若有一日我走过黄泉路,再见时,他仍在彼岸。

萧萧白雪,从窗外飘落,打着旋,似在咏叹终结的惆怅。

人尽楼空,哀调青灯。

多少难舍的爱,弹指间,便成了昨日。

天边隐约浮出清冷的星辰，白雪纷扬，粼粼闪动，泠然无声，苍茫萧条，如一场悄然无声、无边无际的银白烟火。

看着梅花丛中轻飞的雪絮，我轻声道："在齐州，雪花似乎更白些。"

"母亲，此处风雪太大，进屋去吧。"媚娘徐徐走近，她将自己的锦狸斗篷解下，为我围上。

这斗篷是用上好的白狸皮制成，遇水不濡，犹带她的体温，令我立即有了暖意。

媚娘仰首看着我，当年的小女孩已长大成人，清如冰玉，淡若烟云，沉静淡雅的眉目，只是不知在这不惊之后，曾有多少常人难以想象的辛酸。在我抚上她发髻之时，她的唇边才勾出一丝微笑，仿佛仍是多年前那个无忧无虑的少女。

我不由微微一笑，小小年纪，一人在这深宫中挣扎徘徊，真是难为这丫头了。但也唯有近乎苛刻的对待，才能使沉溺在双亲之爱的孩子迅速成长，从此点亮她平淡的韶华。

"傻丫头，我不冷。"我见媚娘正忙着为我系上斗篷的绳子，便抬手想阻止。

"母亲……"媚娘却反手握住了我的手腕，她垂着头，低低地问道，其声微若浮羽，"我与陛下，你将会选谁？"

第三十七章　交锋

"嗯？"听着媚娘带着孩子气的问话，我有些意外，随即露出笑容，"你是我的女儿，唯一的女儿。"

媚娘一愣，神色略有恍惚，似过了片刻才回神，她拉着我的衣袖，不依地薄嗔道："母亲没有回答我的问题，母亲耍赖！"

时至今日，她仍在我面前保持了无瑕的纯白，似无忧无虑，没有丝毫的阴暗与丑陋。她弯眉笑望着我，上挑的眼角中藏着一抹乖张伶俐，令人想将她捧在手心里呵护。

"傻丫头……"我扯过斗篷，将我们两人围在一起，倍觉温暖，"你啊，真像只小猫，狡黠顽皮，还爱黏人。"

她也一如儿时那般，依在我的怀里，伸出双臂紧搂着我的腰，脸颊轻轻地蹭着："但我也只黏母亲你啊……"

"呵……我知道，但此刻你先放开我。"我啼笑皆非地看着她，"我有要事须立刻去办。"

媚娘仰首望着我，目光似清澈得不染纤尘："母亲可是要为太子之事去向陛下求情？"

"嗯？你知道？"我一愣，而后含笑问道，"那么，你对此事是如何看的？"

"母亲问的是太子的生死或是将来这太子之位的争夺呢？"媚娘搂住我的脖颈，在我耳边轻声问道。

"都问。"那一瞬，媚娘眸中逝过的精芒令我微微一凛。

"陛下绝不会杀太子，只会将他贬出宫外，因为陛下不想令天下人耻笑这又是一次'玄武门'之变。"媚娘的嘴唇紧贴着我的耳，语调轻柔，似是全然无心，"而太子一倒，魏王必有所行动，但他们都太急了，陛下在旁早已将一切都看在眼中，所以太子与魏王的下场都只能是失败。"

我心中暗惊，面上却是一笑置之，神态平静："你又怎知得如此透彻？"

"权力斗争是一条看不到深浅、望不到尽头的河流，他们是在河流中挣扎漂浮的人，而我是站在岸边的人。我虽无法感受那冲击的巨大力量，但却可以隔岸观察。"媚娘淡淡笑着，脸颊磨蹭着我的脖颈，"当局者迷，旁观者清，这是母亲你教我的呀。我身在局外，自然知晓得更多了。"

我垂眼望着媚娘，她浓密的长睫轻颤，偎在我怀中撒娇的模样也煞是可爱，如同一只乖顺的猫儿。但我清楚地知道，她将来绝不会温顺如猫。幼虎如猫，眯眼假寐，但它终有一日将声震山川，令百兽臣服，成为百兽之王。

在这荒寒无措的时空里，我不过是只蝼蚁，世间的万事万物皆与我无涉。红尘滚滚，世事风云变迁。唯一不变的，是人间亲子一粥一饭的恩情，以爱取暖。

我轻抚着媚娘的鬓发，抬眼处，雪影飘忽，淡漠无声，一抹幽霜落于心上，无声微凉。

如此猖狂的大雪，漫无边际的记忆之雪，一层又一层，将往昔覆盖得如此苍白。

飞雪如雨，细细地飘拂在两仪殿上空。梅花怒放，素香浮动，娇花摇曳，一树树既喧闹又萧条地张扬着冬意。触目可及的皆是可入画的妖娆美景，我静静地望着,直到双目迷离,这才回过头来。

　　李世民端坐案前,手中狼毫,轻勾淡抹,他神情专注、眉目沉静,有着隔世的冷漠,静默如海,似乎已沉入永恒的寂静中。

　　我举步上前探看,眼眸一亮,沉吟道:"近观,浅墨略染,深浓只一抹。稍远,水竭笔涩,淡墨枯笔,气韵却永远不止。"

　　"你过誉了,我手中只是一支腐朽的笔。"李世民略一停顿,却并未抬头。

　　"一支已发腐溃烂的笔,却能在手下挥洒自如,是王羲之,这才是真正的大雅。"我笑意微微,一如往常,"而我竭力藏拙要做雅人,却又手生口笨,始终无法领会其中真意。"

　　"你究竟想说什么?"李世民终于停笔,抬眸时故作不解。

　　我试探地问道:"你将如何处置承乾?"

　　殿外,白雪飘飞,李世民的神情比这苍茫雪花更冷更淡:"证据确凿,依大唐律,谋反是斩首。"

　　"承乾……在秦王府时,我救过他,也教过他骑马射箭,呵,那时他最常对我说的一句话便是:'明姐姐,你长得真好看,长大后我定要娶你为妻。'"我陷入回忆中,不禁露出一丝笑意,"那时你常年征战,你们父子相聚的时间极少。无垢与府上的奶娘丫鬟与他说过多次:'你父王是大英雄、真豪杰,国之栋梁、万民景仰……'但我想这一切也远远比不上你这个做父亲的张开双臂给他一个简单的拥抱来得更有深意。"

　　李世民一言不发,一动不动,似已变成一尊雕像,只是眼中却是不见底的幽深。

　　"承乾确有许多缺失,例如奢侈、贪玩等,但这些并非不可救药。他十一岁时你便将他一人留在了东宫,他自然是没有朋友,所有人都是泾渭分明。有时,孩子故意捣蛋淘气,原因只有一种,便是希望借此来吸引父母更多的关注与爱。"我斜瞥了一眼李世民,见他似仍不为所动,便继续说道,"而后他坠马脚残了,终生难以痊愈。你从来都是追求完美,你不愿自己的继承人有此疾患,所以你对他便愈加冷漠。他失意落魄,便宠爱称心,你却将称心毫不留情地杀了。承乾的情感再无寄托,便走向极端,他只能走上最后的不归路:谋反。"

　　"你这是在指责我么?"李世民眉头一皱,语调却很轻。

　　"但他没有你当年那雄厚的资本,而你对于朝局的掌控又比先帝强得多,所以他必然谋反失败。但他败后,一不求饶,二不放弃,绝不饶过敌人,拼将最后一口

咬去。"我已窥到李世民的怒气，却依然微笑淡定，若无其事地说道，"聪慧、权欲、决断、任性、魄力、情义、雄心勃勃、至死不退……即使你不愿承认，我仍是要说，承乾这些个性，都能在你身上寻到；你的儿子中，恐怕他是最像你的。只不过，你的野心都是通过正大光明、为国利民的方式展露，而承乾却走错了路，南辕北辙，最终只落得如此下场。"

李世民长叹一声，垂首不语。

我走上前，凝视着他："承乾纵有万般过错，但他终究是你的亲骨肉。我认为，你只要手敕赦免他死罪，便可仍是慈父，承乾也可得以终其天年，这是最好的结局了。"

"承乾此事，我知晓该如何做。"李世民带着玩味的神情，注视着我，"你既为承乾求情，是否也要为武媚娘求情呢？"

我轻轻一颤："你这是何意？"

李世民微笑，但那笑却冷若冰霜："你早应知晓，我没有杀武媚娘，是因为我仍有耐心等你回来。"

"她只是个孩子。她对我们之间的事，一无所知。"我悚然一惊，频频摇头，"世民，你可以恨我，但绝不可牵连无辜。"

"无辜？！她是你与别的男人所生的孽种，仅凭这一点，她早就该死了！"李世民语调一沉，猛地站起身，高大的身形压迫着我，狂态尽出，他一字一句冷然说道，"你不惜一死也要逃离我，如此迫不及待地想投入其他男人的怀抱么？！"

李世民尖锐的话语，如同在我沉寂已久的死水心湖中投入一颗巨大的石子，溅起无数水花。

遥远的记忆中，只有一片漫天浸地的血红……

库摩强加在我身上的耻辱，我只能竭力摆脱，纵马逃离。我独自一人在荒芜的大漠中逃亡，身后仍有追兵。死亡的黑翼，如同永无止境的长夜，潜伏在狰狞的沙漠之后，随时逼迫着我……沙漠的夜森寒入骨、滴水成冰，疲乏得静躺于血泊中的我，仿佛一只被人逼入死角的困兽。那种近乎解脱的空虚感，是如此地接近死亡。

武信，便是在遍地尸骸之中找到了我。他朝我伸出手，望向我的眼中只有怜悯，那时我已奄奄一息，但腹中却已有了媚娘。

当一个女人成为母亲时，她也就成为一个传奇。

我以性命搏得了媚娘的平安降生，却落下一身的顽疾，终日不离药罐。造化弄人,命运差若天壤,我的女儿竟是武媚娘,未来的则天女皇。

在万千世态面前,在无从抗争的命运面前,在不舍与不忍面前,在迷失与蛊惑面前,在明知已是错误面前,所有得失,谁又能说得清楚?

于是,从前英气俊雅的女子只能以黑纱遮面,隐遁于世,武家是我最后一道屏障,媚娘是我最后的寄托与希望。

记忆的碎片重现眼前,所有的一切漫长得似乎已过了一世,我的眼中只剩空茫。细碎的微声,仿佛无数轻微的叹息,由远而近,散于四周。

李世民从我的身后轻轻蒙上了我的眼睛:"别再想了,别再看了,明……我不再问了……"

我的身子依然不停地抖颤,他的温情犹在,我却不无恐惧。

"我治天下多年,却极少亲眼看看这江山。"李世民的手仍遮着我的双眼,轻声说道,"明,今晚随我一同出宫。"

我心中微惊,禁不住脱口问道:"随你出宫?为何?"

"你还记得今日是什么日子么?"李世民隐隐叹息,状似漫不经心地问。

思绪飞快掠过,我倏然醒悟。

今日是季冬二十二,是我与李世民的生日。

入夜以后,灯火明亮,踏歌处处,人声鼎沸,笑语欢歌,入眼一片繁华似锦,长安街上满是人间烟火的俗世温暖。

五光十色,华灯异彩,涌动如流,令人为之目眩神迷。记忆沿河溯影,恍惚中,我似已回到那年的晋阳之夜。

那夜,四周夺目的明灯、繁华热闹的胜景令我满眼惊喜,人潮汹涌,李世民紧紧地拉着我的手,带我看杂耍、猜灯谜、与人比射箭、比书画……我们走了很久、很远,竟也不觉得累……

长久的岁月,醉生梦死,男欢女爱,却如同一个浮白的梦。一晃,便过了。

而今,这个华灯初上、罗绮如云的长安冬夜,与那年的晋阳之夜又有何不同?

"明。"身后传来一声熟悉的低沉浑厚的呼唤。

我蓦然转身,如海华灯中,李世民一袭雪白锦袍,银丝缎带,仿佛永远一尘不染。

一盏华灯的光亮映照着他的脸,在他冷定的深蓝眼瞳里似乎映出一丝暖意,

但我清楚地看到，他眸中深处却仍有夜色的暗影。

"明……"他再唤，眸中微澜不惊，微笑着向我伸出手。他的笑宛若天边流云，映亮我的眉目，我便从此沉溺，万劫不复。

原来，真正倾城之人，竟是他。

我默然伸出手，轻轻放在他的掌中。

第三十八章　心悸

当我的手触到李世民的手，他似有极轻的颤动，宽大的长袖轻覆着我们相握的手。我拒绝不了这双温柔的手，那力道、温度是如此恰到好处，令我瞬时竟有沉沉睡去的渴望。

我仰起头，李世民凝视着我，双目如星，声色犬马、物欲横流、夺目彩灯，皆映在他的眸中，唇边淡淡的笑意恰似清晨露珠。

我转头望着沿街流光溢彩的华灯，只因他在此，一切似乎已化作了无声的欢喜；而这一刻，我仿佛已等待了许久。

世间事，仔细想来，总是如此百转千回，曲折缠绕，教人难以自拔。

这时，前方有一装束奇特的男子正满脸惊喜地四处观望，嘴中不时啧啧称赞。他只顾眼前，却不留心脚下，忽然一绊，便向李世民冲撞过来。

"陛……"潜藏在人群中的侍卫见状，个个手按剑柄，立即便要冲上前来。

李世民却抬手轻轻一挥，示意他们退后。

那男子见撞到了人，慌忙弯腰欠身道歉，怀中所抱的纸笔也掉落一地。

我侧头看去，只见散落的纸上画着各式各样唐朝的建筑、服饰，十分详细。

李世民亦不怪罪那男子的冒失，反而温和地问道："这是何物？"

男子见李世民气度不凡，大约是被他的气势震慑住，便毕恭毕敬地答道："这是我近日来在大唐的所见所闻，我将它们详细地记录下来，回去进献给天皇陛下。"

"天皇？哦……原来如此。"李世民稍稍停顿，而后颔首，他垂头低声在我耳边说道，"这是倭国来的使节。"

倭国？我一怔。是日本吧？唐朝是当时世界上最为文明、强盛的国家，长安更是人才与财富的聚集地，繁华似锦。长安城外，丝绸之路上，各路客商、外交使者、僧侣往来频繁。

日本使节望了望李世民，又望了望面前的繁荣景象，叹道："只可惜我停留在此的时间太短，还有一个愿望，不知能否实现。"

李世民轻松一笑："你说说，或许我能帮得上忙。"

日本使节神情凝重地说道："大唐的建筑瑰丽雄伟，我国难以比拟，不知能否索要些建筑的图纸，我回国之后也好照此模仿。"

李世民依然浅笑："此事简单，我会遣人安排。"说罢，他也不顾日本使节诧异的目光，拉着我的手径直向前走去。

"贞观元年到如今，流散者回到家乡，米斗三四钱，百姓丰衣足食，夜不闭户，道不拾遗，行旅不必带干粮……辛劳多年，总算是有所得啊。"五光十色的华灯涌动如流，令人目眩，李世民深蓝的眸中亦闪出灼灼精光，"文治是制度，是民心，隋炀帝利器许多，但却仍将天下丢了。而我与诸位臣民皆尽心尽力，民心安定，这才是真正的太平盛世。"

一盏盏五彩华灯次第点亮，人影扶疏间流光扑朔迷离。李世民一袭白衣立于其间，清雅至极，风姿如玉。他回头望着我淡淡一笑，唇边的优美弧度里全是自豪。

"贞观之治"确是中国历史上最为璀璨夺目的时期之一，这是李世民，这才是历史中真正的唐太宗。

那是我永远也无法企及的高度。

朦胧的光亮中，岁月似乎正从李世民的眉梢眼角间流逝，余下的全是沉静淡雅，但为何我仍能看到他眼眸深处凝结的坚冰？那双蓝眸深幽如渊，情意暖暖却又寒意彻骨，明如白昼，又暗如子夜。

李世民伏下身来，为我理好被风吹乱的鬓角的散发，轻吻着我的额头，声音轻若呢喃："明，你终是回来了，终是回来了……"

他望着我，眼眸深深，似只倒映着我的影子。世间的事，须有情有意，才会有伤有痛。

一段凝眸，一个世界，若有所思，若有所遗。

我的生活，依然如一潭死水，并无任何改变。在武家时，虽有些寂寥，但尚有

媚娘陪伴。在外漂泊时,虽艰辛,却也体会到天高海阔的惬意。但此时,身在梅苑,我却连哀戚的力气都不再有。每日看书、练字、练画,在院中舞剑,偶尔李世民也允许媚娘来探视我,或他亲自领我在宫中闲逛……我不是不知,许多宫女内侍私下议论我的身份来历,亦只能一笑置之。

这犹如囚徒的日子,究竟何时才是尽头?

我展开那幅尚未题字的《隋唐十杰》,愣怔地望了半晌,指尖才触及案上的笔架,有支狼毫却跌落下去,直直地向门边滚去。

"唉……"我叹息着上前,弯腰欲拾,手才碰到光润的笔杆,却有一道人影向我投来。我略微抬目,瞥见一角锦袍。

是李世民……我并不惊讶,这是意料之中的事。我缓缓仰头,一寸寸将他看尽。窗外洒下明耀得有些苍白的光亮,他逆着光,棱角分明的面容模糊不清。

"在这宫里,你就过得这般辛苦?"李世民宽大的袍袖一展,寻了张长椅翩然坐定,抬头悠悠地看着我,"自你回来,我没有一刻见你真心欢喜过。"

"一朝三千宠爱在一身,一朝雨打梨花深闭门。"我微微叹息,唇角却缓缓扬起,"世民,我的痛,我的愁,你不可能不知。"

"我曾说过,无论你想得到什么我都会给你,但有一事,我永远不会答应。"李世民敛容正色,一丝怅然若失的笑意浮上眉间,"你要自由,你要离开,如此你才能真正解脱。但你从来不知,一个人的解脱必须用另一人的沉沦来成全。"

他深蹙的眉头与黯然的眼使我的心隐隐抽痛,一时竟怔忡无语。

"前几日,青雀来找我,我有意立他为太子。他说,他会做一个好太子,有孝心的太子。"李世民很快掩藏了情绪,平静地说道,"我问他,将会如何对待其余的兄弟呢?例如雉奴,雉奴是个极有孝心的孩子。他答道,待他逝去那一日,便将他的儿子杀掉,传位给雉奴。"

我知他此刻所说之事,定是他心中难以向他人启齿的隐秘,便安静地在他身边坐了下来。

"君临天下后,杀自己的儿子,传位给自己兄弟,这可能么?玄武门之变,我赢得并不光彩,所以对那些所谓的'孝悌'本质十分清楚。"李世民侧头对我微微一笑,眸中却是不曾有过的幽深悲凉,"当初,便是因为我宠爱青雀超过承乾,才造成眼下的悲剧。前事不远,足以为鉴。若要立青雀为太子,便要先将雉奴处置了,如此才能保证太子地位的安全。"

我看着李世民，他紧蹙着眉，眸中有丝脆弱，却又有一种拒绝所有怜悯的光亮。我不由自主地探过身去，抬袖拭去他额上的细汗。

"承乾谋反之事，汉王亦有加入。前几日，我见雉奴愁眉不展，便私下问他，才知青雀竟以雉奴与汉王往昔的交情胁迫他，逼他退出太子之争。青雀定是以为太子之位非他莫属，便耐不住了。褚遂良随后向我密报，当日承乾装病诱我去他东宫之事，青雀其实早已知晓，却瞒而不报，他是何居心，昭然若揭。"李世民迟疑着，似有些不能置信，他执起我的手紧贴着他的脸颊磨蹭着，"他的心机真是深得令人害怕，一举一动，无一不是在谋算。太子之争，宿命啊……若立青雀为太子，则太子的位子就成了可以诡计求得的了。且，若真让青雀当上了太子，承乾与雉奴便都活不成了……"

我见他脸色苍白，额角沁出细汗，双眉蹙紧，似已无法隐忍，便伸手掩住他的嘴："你累了，别说了，休息吧。"

李世民神情有些恍惚，他亦不反对，任由我将他扶躺在榻上。

"你要去何处？"我为他盖上毛毯，正要转身，他却突然睁开眼，抓住我的手腕。

"呵……我还能去哪里呢？你来得匆忙，一定还没用晚膳。我去为你做一碗羹汤，待你醒来，便可以吃了。"我弯下身子，轻拍了拍他的手背，"我很快便会回来，你先休息一会儿。"

李世民这才放开我的手，静静地闭上双眼。

我出了梅苑，走到临水曲廊上，前方一片竹林，隐约传来人声。

"姐姐，花妖姐姐！"

我稍稍犹豫，随即闪到一棵松树后。

"嘘，你别叫！我不是与你说过，在宫中不可如此叫我么？"而后遥遥传来一个少女清如银铃的声音。

媚娘？

我从缝隙中望去，只见她身着嫣红纱衣，外披白狐披风，鬓角簪着一朵黑牡丹，长发顺如流泉，明艳非常。

她的身后跟着一个眉清目秀的少年，他压低了声音："抱歉，姐姐今日叫我入宫来，我来晚了，所以才急了……"

如此看来，这个腼腆的少年便是李治了。

呵，我心中暗笑，这也算是丈母娘看女婿，越看越有趣吧？

媚娘环顾四周，见并无异样，这才白了李治一眼，嗔怒道："你从来做事都是慢一步，你若再晚，那便是真的晚了。你知道么，陛下已决定立魏王为太子。"

李治面色煞白，语调惶恐："啊？这是何时的事情？为何我都没听到朝报？"

媚娘有些心不在焉："陛下并未下旨，只是口头承诺。"

李治的脸色更加苍白："口头承诺？完了，完了，一切都晚了。"

媚娘不屑地轻喝一声："你冷静些！不可自乱阵脚。若你自己认输，我也就从此不管了。"

"那，姐姐，你说我如今该如何是好？"李治轻扯住媚娘的衣袖。

媚娘的眸光内敛锐利，仿佛看透了李治心中所想："你想当太子么？若你真当上了太子，你能站稳么？"

李治讷讷说道："我，我不知道……"

"你是不知道你想不想当太子，还是不知道你能不能站稳？"媚娘眼中锐利的锋芒只是一瞬，一瞬之后，便是如寻常般媚态横生，"我从前也不知自己是否能在内宫站稳，但后来，我发现我能，我只一人便能站稳，无人帮我，而你有。"

李治疑惑地看着她："是谁？"

"一共有三人，一人是长孙大人，一个是我，"媚娘微微一笑，眼角眉梢皆是动人神采，"还有一个便是我的母亲。"

"舅舅？啊，对了，他曾说要在父皇面前举荐我为太子。"李治先是释然，而后仍是迷惑不解地问道，"你母亲是？"

"我母亲在陛下耳边说的一句话，胜过别人千万句。"媚娘先是一喜，而后恼怒地一推李治，"长孙大人说要在陛下面前举荐你为太子么？你为何如今才告诉我这个消息。你心里还有我这个姐姐么？"

李治紧抓着媚娘的手贴在胸口："姐姐，我有些害怕……太子被废，这太子之争必是要大动干戈的……"

"你真是……哎！我若是男子，便绝不会说这样的话。"媚娘伸指一戳李治的额头，眼中全是不满，"没人要你大动干戈。陛下在那里守着呢，谁都不敢也不能在他面前造次。由他们去操办一切，你坐享其成。待机会到来，你牢牢抓住就是了，若你放弃，姐姐便太失望了，从此再不理你了。"

"我，我不会放弃的。我都听姐姐的。"李治顿了顿，似豪气万千，"前几日父皇问我《孝经》当中什么是最重要的,我便按姐姐所教,回答说,孝,开始于服侍亲长,之后是服务于君王,最终是为了做人。对于君王,应顺从他的美德,纠正他的恶行。"

"嗯,如此回答便对了。"媚娘颔首,而后又问道,"陛下如何回应?"

李治答道:"父皇嘴上虽未说什么,但我知道他对我的回答很满意,也很欢喜。"

"这就对了。对君王,忠,等同于孝;孝,等同于忠。"媚娘偎进李治的怀中,语气依然轻柔,眸中却是藏针,"倘若修身开始于孝,忠就是自然的,所以陛下必定会满意你的回答。"

"嗯,姐姐你说的都对呢,以后我都听姐姐的……"李治低头想去吻媚娘的红唇。

媚娘却娇媚地一笑,轻巧地挣脱开去,飞快地跑远了,只余一阵银铃般的笑声。李治也迅疾地追了上去,两人便在竹林中嬉戏追逐起来。

好一幅两小无猜的动人景象,我却看得心底发寒。

媚娘,果真是天生的权术者,看她在这宫中游刃有余地施展全副能耐,在险峻无法翻身处却依然纵横如意。越是险峰在途、刀剑加身,她便越要振翅高飞。

我又能做什么呢?或许目睹她于蓝天翱翔,也是种赏心悦目的美吧?

有些事情我早该知晓,早该明白,何为命运安排,何为人力可及。

我如坠地狱,身边尽是熊熊火焰,吞噬所有。我的额上全是汗水,疲惫的双腿再也迈不开。热火灼面,瞬息之间,一切灰飞烟灭。李世民、媚娘亦消失在火热的气流中。

我惊慌失措地伸出手去,却连他们一片衣袂亦无法抓住。这些,全是噩梦么?我只怕噩梦皆已成真,现实的压迫下,连惊惶亦不能。

"啊!"我惊声尖叫,猛地起身,发力狂奔。

赤裸的双脚踩在冰凉的雪地上,留下一个又一个浅浅的痕迹。

我喘息不止,越栏穿庭,仿佛如此便可消除心头的不安。可月光却灿亮如银,任我如何逃离,依旧将我照得无处遁形。

"明!"混乱中横着闪出一个人影,一双有力的健臂将我拦腰抱起。

"世民……"我搂住他的脖颈,整个人缩进他的怀中,"我好累……"

这凄冷的夜,竟是这般令人泫然涕泪,莫辨悲喜。

"我们都累了……"他深叹,我们了解彼此,甚至胜过自己。

他抱着我穿过长廊,走入他的寝宫。

宫灯摇曳,这路漫长得似永远也走不完。永远,这个词是那般的绝艳奢华,又是如此的凄婉清寂。

李世民将我放在软榻上,他是那么的小心翼翼,似抱着世间最珍贵的瓷器。月光透过漏窗,映得满地斑驳,若霜花般冷亮。香炉内燃着檀香,清烟袅袅飘散,轻如柳絮,颤若心丝。

他单膝跪在我面前,拿着锦帕细心地擦拭我沾满尘土的双脚。

我低头静静凝视他,我已不是当年那个看着一树梅花便可真心露出微笑的女孩,他亦不再是那个只望着我的笑颜便感满足喜悦的男子。

越是想要淡忘,越记得揪心。

"我们都老了……"我抬手轻抚着他眼角的细纹。

"我是已老去,你却依然美丽如初……"李世民仰首,轻吻着我的鬓发。

心有灵犀,在这一刻,我们都回想起了相同的往事。尽管如今各自的路途是如此遥远、如此分歧,但那曾有过的最初的温暖回忆,却永远也无法抹去。

当年满溢的情爱浓郁如画,他怜惜的吻,如醇酿,芳香至今,记忆犹新。

这只是一场甜蜜的美梦吧?再没有什么可以失去了,饮鸩止渴又有何妨?

管他怎么挣扎?

休挣扎,争也是它,放也是它。

长相思,摧心肝,古诗如是说。

情何以堪?

烛火似已燃尽大半,蜡泪缓缓流下,凝于灯座之上。烛光飘摇,烛影如乱蝶般四处飘飞。

烛泪尽,烛火坠地,光焰熄灭,天地陷入一片令人疑惑的黑。

第三十九章　母女

微风薄凉,幽幽香气,似是空落无人。

但午夜梦回，无数错杂往事却一并袭来，令人欲哭无泪。

夜色压得很低，我拨开帘幛，微薄光亮透窗而入。月光仿若洗过，沉淀至暗夜深处，只余纯透幽明。雾气极重，远处斗拱飞檐，高敞巍峨，入眼皆是无穷无尽的宫阙楼阁，这一切在黎明前的黑暗中终将归于旷寂。

我所站的地方，是人世间至高无上的帝王居所，这个无数人毕生向往的地方，其实也只是个精致无双的金丝牢笼。在繁华似锦的表象下，骨肉相残已是寻常，而仅余的那一丝淡薄的情感，又能维系多久呢？

"明，"李世民从身后拥住我，轻吻着我的脖颈，"怎么，睡不着么？"

我偏过头去，月光微明，映着李世民侧脸的优美轮廓，他闲适非常，雪白纱袍的衣带松松系着。

我长声叹息，偎进他的怀中："世民……"

李世民此次亲率大军远征，虽重创敌军，但战事旷日持久，耗费巨大，却未能将敌一举歼灭，因此，李世民判定战败，宣布撤军，他的这次征战最终以失败告终。

归来后，李世民便风疾缠身，身子每况愈下。夏日酷暑，他便搬到了翠微宫，且不再全面管理朝政，而是开始逐步交予李治。

我也随他到了翠微宫，终日不离，夜夜秉烛对坐，倾谈世相，蜜语相酬，直至天明。我们如初见时那般莫名地信任，心甘情愿，付尽温柔。每一刻的缱绻温情，都弥足珍贵。

黄粱一梦，却不全是美梦。从高处坠下，耳边呼啸风声，心骤然狂跳，脚下却蓦然一轻，皆是虚空。这不是飞翔，而是堕落。

倘若你心系一人，面对他的冷漠无情，你亦可漠视自己的情感，竭力不令自己沉沦；但，倘若你所爱之人，处处可见柔情，即使他十恶不赦，你也会甘愿粉身碎骨亦不想离开。

这是一场无可遏制的情爱。纯粹的情爱，通常都是错误的；而正确的，却总是不纯粹。我清楚自己其实正在进行一场危险的豪赌，稍不留神，便会玩火自焚，甚至将一切都烧为灰烬。

遮住耳朵，蒙上眼睛，在这些相伴的日子里，我的挣扎、我的痛楚，他都看在眼底。

"别想了，明，别想了……"李世民的嗓音低沉略有些嘶哑，命令的话语自他口中吟出，却化为一声长长孤绝的叹息，"此刻，我要你只想着我，只看着我，心中只

有我。"

我望向他，他似已微醺，红焰在他眼瞳里剧烈跳动，却又熄灭成一丝寂寞的余烬。

目光相交，我在他的眼眸中望见自己酡红的双颊。我在那双与记忆中相似的蓝眸中逐渐沉溺，犹自长吁一声，任由他将我抱起。

那一夜，窗外的那池青莲都开得分外痴狂，我的心却无助地烧灼着，且疼痛着，终生无法结疤痊愈。

清晨，曙光初绽，露珠犹在，暑气还未上来，风中有隐约的草木的清香。

前庭里，青砖光洁如镜，我的脚步落在地上，只余轻微足音。一切寂静无声，连光阴也似乎停驻。我一路经过，遇见几个清扫庭院的宫女。她们低眉沉静，立刻向我敛衽行礼，礼仪不错分毫，无可挑剔，一举一动，仿佛由无形的丝线牵控着。

在此处，我所看到的一切都经过了粉饰，只剩静逸，没有阴暗与丑陋。而这难得的一切，恐怕是建立在我看不见的肮脏与血泪之上。

"明姑娘。"李淳风立在墙边，一袭宽大玄袍随风轻摆，仪姿端雅，仿佛刚从诗经楚辞的古韵中走出来，他温和一笑，"我是来参见陛下的，不想有幸能遇见明姑娘。"

"李道长，许久不见了。"我有片刻的失神，随即意识到这不是一场偶然的相遇，便微笑应道。

李淳风躬身施礼："此处不是说话之地，寻个安静的地方细谈吧。"

后庭的池水，寒碧湛淡，清可见底。几只小鱼悠然徜徉于石缝之间，亦是历历清晰。清风过时，水面微泛涟漪。

"数十年过去，你的样貌竟无一丝变化，确是怪哉。"李淳风盯着我细细看了半晌，才缓缓说道。

我也调侃道："道长风采依旧，亦未显老态。"

"但明姑娘长生不老之后的秘密，我是知道的。"李淳风并未理睬我的调侃，反而凝重地说道。

"为何？"我心中兀自惊诧，面上却依然不动声色。虽然我从未在意自己的容貌，但来到这个时空已数十年，容貌丝毫没有变化却也是事实。这又是为什么？莫非是穿越时空而留下的后遗症？

"还记得你的前生隋朝公主么？"李淳风目光清冷，"她用二十年的阳寿，才换得了与你交换的机会。"

"我记得，但这与我的容貌有何关联？"我仍是不解。

李淳风依然神色淡漠："假使她原来便只有四十年的寿命，减去二十年，余下的便不多了……"

"你是说，她已经不在人世了？"虽然李淳风并未说透，但我也隐约知道了其中的蹊跷，"她若不在人世，我为何不能回去？仍留在此处？"

"赤幽石。"李淳风转眸看向池中，"赤幽石已碎成两颗，且分隔两地。"

赤幽石？我似已捕捉到当中的关键所在，却仍存一丝疑惑。

"明姑娘，还记得当年我的卜卦么？"李淳风拨了拨衣袖，似漫不经心地问道，"三代倾国。有女三代倾国，前有张丽华、陈覆灭。而后有你，隋灭亡。而这第三个，就不知是谁了。"

我似笑非笑道："道长恐怕是言重了。"

"不只是我的卦相，民间亦有流传，有书名为《秘记》，说的便是大唐三世之后，有个女主武王将取天下，且将屠杀李氏子孙。"李淳风浅笑依然，那笑容无懈可击，"而明姑娘，你的女儿，正巧也姓武——武媚娘。"

"道长的卦相莫非从未出错？"我明知故问。

"从未。"李淳风十分笃定，"我上观天象，下察历数，此女已在宫中。"

"那道长的意思是？"我试探地问道。

李淳风一字一顿地说道："我曾劝过陛下将可疑的人全部杀掉。"

"你，你将此事与陛下说了？！"我倏然一惊，若李世民还未知晓此事，或许还有转圜的余地；他若知道了，媚娘将必死无疑。

"是，我是大唐子民，自当尽忠。"李淳风颔首。

我霍然起身，甩袖朝前走去。

李淳风在我身后轻声叫道："明姑娘，天意难违，你莫要一错再错。"

"天意难违？李道长恐怕不知道什么才是真正的天意。"我停下脚步，却未转身，逐字逐句地说道，"李道长可以看透所有人的悲喜，却唯独望不穿自己的命运吧！我可以坦然告诉你，若没有我，便不会有媚娘。若没有媚娘，也不会有你的将来以及大唐的将来。"

言毕，我转身离开，越过中亭，穿过长廊，走入李世民的寝宫。

房中寂静，檀香的气味悠悠浮动，李世民半靠在软榻上假寐。听见我的足音，他并未睁眼："明，过来。"

我深吸了口气，语气平缓："世民，你将如何处置媚娘？"

"所有可疑之人，我皆不放过。"李世民猛地睁开眼，双目幽暗如渊，"为了大唐，为了李家，我没有其他选择。明，即使她是你的女儿，也无法改变。"

"天意难违，非人力所能及。命中注定，无可奈何。若将可疑的人都杀掉，只会令许多人含冤而死。"我深知他言出必行，且从不改变，但仍是做最后的辩驳，"你如今即使找出这个人，处置了，将来仍会有其他人出现。"

"若我将后宫之人都杀了？"李世民微眯眼，眸中冷意彻骨。

我斩钉截铁地说道："世民，不可为一句谣言做此不义之举！"

"都劝我不要杀人，可是我的子孙们呢？！莫非我便要眼睁睁地看着他们惨遭屠戮？"李世民的唇边浮起一丝诡异的笑意，眸中闪动着一种得不到就毁灭的幽光。

我心不自觉地一颤，李世民如此狠绝的神情，我有多久没看见了？

"世民，她是我的女儿，无论她做了什么，她仍是我的女儿。"我说出口的话是如此的苍白无力，"在我眼中，她永远只是个孩子。"

"只是个孩子？明，不要自欺欺人了！"李世民冷冷地说道，"梅苑失火，将所有的一切烧得一干二净。这场火，是否人为，你我皆心中有数。你不许我多做调查，其中的曲折，你是最清楚的吧？"

我心中微惊，脸上仍是无奈的浅笑："是，我知道……但这又能改变什么呢？"

那日梅苑失火，我与媚娘险些葬身火海，幸而赶来几名身手矫健的侍卫，奋不顾身地将我们救出。

事后我从一个膳房的宫女口中得知，媚娘曾去膳房里取了许多柴火以及香油。这些东西有何用处，不言而喻。虽然最后那些柴火以及香油又被送回了膳房，但媚娘先前的种种准备仍令我惊心。

但期间我也发现，梅苑虽烧得一片狼藉，但仍可看出曾被翻动的痕迹，且后苑泥泞的小道上有几个男人的脚印。如此说来，想纵火的人恐怕不止一拨。真正想置我于死地的人，仍潜在暗处，所以李世民才领着我迁到翠微宫。

李世民侧头看着我，唇边仍有笑意，眸中却只有近乎冰冷的清醒："如何，明，你仍想维护她么？"

母亲,你会选我的是不是?母亲,倘若我与陛下都深陷火海,你会先救谁?

思即,我仰首微笑:"你让我想一想。"我以袖掩口,低低咳嗽,虽竭力抑制,但在空寂的宫中,每一声都格外清晰。

"明,怎么了?"李世民大惊,才想探身过来查看,却被我拦住了。

"我,我没事……只是有点累了……"我勉强扯出笑容,无力地垂下手,掩住了袖边染上的殷红血迹。

"唉……"李世民握住我的手腕,轻轻一拉,我便跌入他的怀中,"明,我也不想令你为难,但……"后面的话他没有说出口,只是垂首轻吻着我的鬓发。

被他拥入怀的那一刻,我终于下定决心,要放手一搏。

多少隐秘心事,不可告人。

我一生背负的罪孽已太多,我不得不如此做,即使这不是我心甘情愿的选择。

终是,不得圆满。

第四十一章　同归

凉月初升,清风凛冽,夜色淹没了一切。满树琼英,馥郁香气扑面而来,我静静地独立窗边,悠然赏玩,若有所思,一动不动,已完全没入暗夜。

这几个夜晚,我都陪在媚娘身边,今夜她与我坐了一阵、说了一会儿话便乏了,困倦不已,安栖于软榻之上,早已睡去。

我闭眼靠墙假寐,万籁寂静,我听到宫灯在风中摇曳的轻响,听到树影婆娑之声、云烟深处的虫鸣以及轻风拂过轩阁内梁木的清音。

近处,似有一丝异声闪过,我有片刻的恍惚,刹那之后,陡然凝成了锐利。

一道雪亮冷光凌空划过,似落花飘零,破空发出"哧"的声响,乍亮便倏然消隐,那是杀气。

这一剑迅捷如电,绝非寻常杀手可为,直向榻上的媚娘袭去。而媚娘仍在熟睡中,毫无自卫之力,眼看就要命丧于此剑之下。

我亦不转头去看,仅凭本能,左手一拍腰间的剑鞘。剑身一颤,长剑化为一抹

精光飞出,若有丝毫偏差,生死立判。那刺客手中的银光"呜"地一声刺向媚娘脖颈时,我的剑也赶到了。

我手中的精虹直穿而去,毫无阻滞,鲜血飞洒而出的红艳色彩在暗夜中发出炫人眼目的凄厉之美。

倏忽之间,利芒全数隐去,杀气远去。其实,在刺杀从窗边发动的那一刹那,便被扼杀。

我掩口轻咳一声,轻擦去唇边的血迹。我转头望向榻上的媚娘。她依然蜷缩着身子,安卧好眠。月光洒在她的面庞上,她的容颜皎洁晶莹,大约是做了好梦,她唇角微勾,淡淡地笑着,丝毫不知自己方才险险地在鬼门关前走了一趟。

是我的优柔寡断造成了今日的局面,必须立即做出决定,改变这一切。

我在黑暗中立了许久,猛地惊醒,再不敢迟疑,仓皇间也顾不得许多,向李世民的寝宫奔去。

天际微白,有两个宫女与内侍在宫外候旨。

"明姑娘,你来得正好,陛下正发脾气呢。这药……"宫女见我前来,神情立即如获大赦,哀求地望着我。

李世民风疾缠身,烦躁怕热。他遣人从中天竺求得方士那罗迩娑婆寐,终日服食"延年之药",以求病情得以好转。

"我知道了。"我长声叹息,从宫女手中接过汤药,大步走入殿去。

"陛下,此事万万不可!"才到宫外,我便听见褚遂良的声音。我一怔,下意识停住脚步,立在门边,探身向内看去。

李世民阴沉了脸:"朕乃一国之君,为何不能看自己的《起居注》?"

一旁的长孙无忌连忙解释道:"史官只如实记载君王所为,不作虚伪赞美,亦不隐瞒罪恶。但若君王看到,定会大怒,所以历朝历代,从不给君王看《起居注》。"

李世民顿了下,沉吟道:"朕如今老了,有些事皆已忘了。阅览《起居注》,便可看到自己做错的事,将可以时刻提醒自己,不再犯错。"

"陛下究竟有何旨意,不如明说好了,臣等愿意照做。"长孙无忌稍愣片刻,忽眸光大亮。

"朕问你,《起居注》中可有记录明的事情?"李世民一蹙眉。

褚遂良不敢隐瞒,如实禀告:"有,从武德年间便有所记载,直到如今陛下专宠她一人,皆有详细记录。"

"删掉,全部删掉,一丝痕迹也不许留下。"李世民一挑眉,摆了摆手。

长孙无忌与褚遂良对视一眼,一同伏拜:"陛下,万万不可。"

李世民毫不退让,反而冷笑道:"朕再说一次,有关明的部分,全部删掉。"

"是。"长孙无忌与褚遂良万般无奈,却亦只能应承下来。

李世民长吁一声,看着颇有倦意:"朕累了,你们都退下吧。"

"臣告退。"长孙无忌与褚遂良自然不敢逗留,施礼后便都退了下去。

我隐在殿后,见他们二人走远了,这才举步进宫去。

"明,你都听见了吧?"李世民瞥了我一眼,并不意外我的出现,他像是想起什么,"你说不想令天下人议论你红颜祸水、魅惑帝王,我答应你,不让史书记住你,如今我做到了。"

《起居注》是专门记录历代皇帝日常生活与言论的,皇帝无权干涉,既不能看,更不能修改。帝王们如此做,是尊重史官的职权与地位,而历朝的史官也是公正直书帝王的功过,从不加以掩饰。而李世民这个明君却在此时查看《起居注》,甚至进行修改。他不去篡改那杀害手足的玄武门之变,而是删掉了我的存在。为此,他犯了一个颇大的历史错误,影响干预了史官的公正性,给他的帝王生涯抹上了极不光彩的一笔。

原来,他所做的这一切,竟都是为了我么?

我茫然地站着,手中的汤碗犹如千斤重。

"你手中的药,是给我的么?"李世民望着我,露出一丝迟疑的神色。

"是……"我默然颔首,在他身边坐下,将药碗递给他。

李世民若有所思地看着我,他接过碗,放到唇边。

"世民……"我只觉一头冷汗,终于忍不住叫了一声。

"怎么了?"李世民顿了下,侧头望着我,目光温润如水。

我轻声喃喃道:"我从不求你任何事,如今我只求你一件事。"

"明,无论你要什么,我都可以给你,但,"李世民眸中的温存之色已褪去大半,余下一丝凌厉,"但若你想为武媚娘求情,我绝不会答应。"

"世民,此事真的没有任何转圜的余地么?"我按捺下剧烈波动的心绪,平静地问道,"若我告诉你,我是一千多年后那个时代的人,我只是错落了时空,才与你相遇,所以你知道历史,我知道这一切都是无可避免的。如此,你愿意收手么?"

"我与武媚娘,只有一人能存于世,绝没有转圜的余地。明,你可以救她一次,

但你真能时刻防着么？我没有用过于激烈的手段取她的性命，是因为顾及到你。我若要她消失，轻而易举。"李世民放下碗，轻轻摇头，神情讳莫如深，"我不愿意收手，换做是你，你愿意么？若我告诉你，媚娘将死于非命，这是历史，无所改变，你会不做一丝抗争，眼睁睁看她死去么？"

我不会……因为我们在本质上是同一种人。我并不天真，也不是不知道人世间的肮脏，只是有些东西，我一直不忍舍去。

我深深地低下头，心中满是疲倦，一种很深很深的疲倦，那是一种孤身跋涉了万水千山，蓦然回首时，却发现原来所有的皆是徒劳。但脚下依然是绵延无尽的长路，我还必须走下去，直到路的尽头，那里只有万丈悬崖在等着我。

我忽然明白，那段无忧的岁月，其实早已结束了。只是到了此刻，到了这最后一刻，我才真正敢于直面早已破灭的幻觉，不再自欺欺人。

光影稀疏的烛火下，李世民望着我的蓝眸中闪出一道异彩，他仰首喝干了碗里的药，一滴不剩。

"世民！"我悚然一惊，却已来不及了。

李世民将我搂在怀中，他的面容与声音都仿佛是不真切的幻觉，他口中喃喃地唤着："明，明……"

我靠在他的胸膛上，听着他平稳的心跳声，缓缓地露出笑意，心中再无一丝疲惫。

这一刻，我仍在戏中，所以我只能静静笑着，神色欢愉，假装没有半点伤感。

重叠纱幕垂曳及地，风吹如烟，香霭撩人，氤氲水雾中，媚娘仅着红色纱衣，赤足踩在软毯之上。

"母亲……"她一摆细腰，侧头唤我，她乌发微湿，面晕薄红，尽显沐浴后的慵倦姿态。

我轻笑着将她拥入怀中，也不去理会水珠蹭湿了我的衣袍，只以柔白的软绸拭去她发上的水珠："呵呵，小女孩已长成大姑娘了。女大十八变，真是越变越好看了……"

"母亲笑我！"媚娘又羞又恼，不依地甩头躲开我，坐于屏风外的妆台前。

我走到她身后，捧起她的青丝，用乌木梳轻轻地拢着，发丝柔滑，丝丝缕缕地缠在我的指间。我从铜镜里看见她秀发间闪烁着流光溢彩的流苏,她丰润雅丽的绝色面容上漾着明媚笑靥,我的心却微微疼痛。

光阴缓缓流转,如烟往事一幕幕呈现。我似已回到多年前的武府中,与媚娘同榻而眠,清晨醒来,我立于窗前,静静地为她梳理长发。如此静美的时光,仿佛天边的那一抹晨光曙色,有着无限的憧憬,却又蒙着隐约的黑暗。繁华似锦之下,多少韶光成灰。

我浅笑,声音缓淡:"媚娘,我曾笑言,日后你若出嫁,我定要为你绾发。如今看来,此事怕只能成空了……"

媚娘的身躯忽然一僵,却随即扬唇,她巧笑倩兮地侧头望着我,媚眼如丝,呵气若兰:"母亲,将来定有机会的。陛下病危,假以时日,这宫中的一切,都是我们母女的。"

如此大逆不道的话,她也只敢与我说。我无言地看着媚娘眼中闪动的精灿光芒,她如一只浴火而生、有着五彩斑斓羽毛的凤凰,却无人知道她的翼上淬有剧毒,将毁人于无形,一如她唇边那如花的倾城浅笑。

媚娘从小便最会惹是生非。她看到姐姐被欺负,立即去找人家报仇。我用戒尺狠狠打她,她亦不哭不叫,只是站得笔直静静地看着我。别人有的东西,她没有,她千方百计,用骗用偷,也必要得到手。她的目标明确,步履坚定,绝不会躲起来痛哭或者默默忍受。挫折和失意对她而言绝不是不可逾越的困难,她只会奋斗不息,力争上游。她既不会像我这般自怜自艾,也不会如我一般瞻前顾后,比我更知道自己要什么,比我要理智。当有一天她能看破自己狭隘的天地时,就是她真正成就帝王霸业之时。

我静静地为她绾起长发,在她的髻上插上一支羊脂白玉的发簪。

"母亲,你梳得好漂亮。"媚娘腰肢拂柳,眉眼横波,笑得比夏花更艳。她明媚若朝阳的笑容,令我忽然觉得做女子真是美好。

我轻抚着她的发,轻不可闻地说道:"媚娘,若有一日,我不在你身边,你定要好好照顾自己……"

"母亲,你说什么?!"媚娘却听见了,她立即回头,紧抓着我的手;"母亲,你不是答应过我,无论如何,都不会再抛下我一个人了么?!"

我直视着她,清晰地辨出了她眸中的惶恐与悲伤。我不由在心底轻叹,纵然残酷的环境逼迫她不得不迅速长大,却仍不能完全掩藏心绪,她的心中却仍有一

块柔软之处。

她将来的路途注定孤独,永无歧路,永无回程。这世间再无另一条路,可与之相交。

而我一生的轨迹,不过成就了她的一段旅程。

我最后能给她的,只剩祝福了。

"明姑娘,陛下病危,请你速去含风殿!"内侍匆匆入内禀报。

"知道了,我立刻便去。"我没有迟疑,立即答道。

"母亲!"媚娘惊唤一声,将我的手抓得更牢了。

"傻丫头,我只去一会儿,立刻便回来陪你。"我安抚似的拍了拍她的手背,轻巧地挣脱开,转身大步远去。

"母亲,我等你回来!"媚娘的声音遥遥传来,我却再也没有回头。

凉风袭来,夜幕降临,我抬头看着血红的天空,脑海闪过李世民那双锐利的蓝眸。我的身躯一颤,却没有犹豫,只是紧拉衣袍寻找温暖,快步走向含风殿。

我踏入殿中,虽然殿内灯火通明,却仍显得冷风飕飕,暗沉一片。里头早已跪了一地的人。我并未上前,只是静静地立在人群之后望着。

"太医!如何?!"李治跪在床边,面色十分憔悴,他看着站在一边忙碌了一整晚的几个御医,急切地问道,"父皇的病情究竟如何?"

御医们见状不好,立即全数跪了下来:"陛下他……陛下的病情前些日子原本已有些好转,不知为何却忽然……恕我等愚昧,实在寻不出病因……"

"寻不出病因?"李治声音哽咽,险些哭倒在李世民榻前,一旁的长孙无忌赶忙扶住他。

"臣知道原因。"李淳风拨开众人走上前来,"陛下是中毒了。"

"中毒?!"长孙无忌大惊,连忙追问,"禁宫之中,是何人下毒?!"

"这……"李淳风欲言又止。

"淳风,不用再说了,朕心中有数,你们暂且退下。"李世民忽然睁开双眼,下令道,"只留明一人。"

"陛下!"李淳风忍不住提醒,李世民却将手一挥:"下去!"

众人不敢再有异议,全数叩头行礼,纷纷退下。

我缓缓走上前,跪在李世民的榻前,轻抚着他消瘦的脸庞:"你早知道了?"

"是,从你手中接过那碗药的时候,我便知道了。"李世民的脸颊轻蹭着我的手掌,语气依然温存,"我在赌你最终会不舍我喝下那碗药,但,我发现,我错了。"

我是放手赌了一次,赌李世民会毫不迟疑地喝下我递的药。而后,我赢了,看着他一饮而尽,毒药穿肠,我赢得心痛。但,事到如今,我才发现,原来是我输了,而且输得彻头彻尾。曾经爱过,便注定了要走这一遭轮回。我天生就是不祥之人,我就是恶人,我酿就了多少枭杀的仇恨、绵延的悲哀,如今这一切不可收拾,所有的恶果都必须由我自己来尝。

"明,你后悔了么?"李世民轻笑着问道。

"没有,我不后悔。若可重来一次,我仍是会做如此选择。"短暂的寂静后,我轻声答道,"我是媚娘的母亲,即使是牺牲掉我所有的一切,我也不会令她受到一丝伤害。"

"我知道,她是你的一切,你心中始终对她怀有愧疚。"李世民听了我的回答毫不诧异,他微笑道,"而我也不悔,因为这是我亏欠你的。"

"呵……"我想起了自己多年前的那次诈死,在与李世民相视而笑的一刹那,我看到他眼里闪过一丝萧瑟。

"明,我恨你啊,真的恨你,恨你恨到魂不附体。我恨你当年如此狠绝,不惜一死也要逃离我;我恨你与别的男人生下一女;我恨你选择了你的女儿,而取走我的性命……"李世民的话语虽重,但不舍犹存,"我知道你一直是向往自由天空的女子,是那种不靠任何人也能活得很精彩的女子。我不能,也不舍得折去你的羽翼,禁锢你的自由……但我当年仍是重重地伤了你。"

我不得不闭上眼睛,抑制那迎面而来的撞击瞳孔的痛楚。淡忘,其实有很多种方式,而我们偏偏选择了最坏的一种,裂帛般的疼痛,生生地撕扯着彼此。

我们都曾倔犟地认定自己是正确的,却难得回头望一望。当他人为了生存而改变自己,而自己又为此妥协多少?最终一样面目全非。

"嗯……"李世民痛苦地呻吟起来,他体内的毒再次发作。

我伏下身,冰凉的唇,以最坚定的姿态,抚平李世民脸上一切因为痛苦而抽搐的细纹。

遥远记忆中那个跨着白马、如风飞驰般的女子,拦住自己脚步的枷锁都被毫不留情地一一挣脱开,获得了最轻盈的姿势,却不知道,自由和寂寞仅一线之隔。

失去了所爱男人的日子,自由变成了更长的寂寞。最心碎是相思苦,最动人是少女情。如今回想起自己年少时那未经沾染的青涩眼神,悲伤就溢满心怀。

而他呢？

得到了锦绣河山，手握无边权力，身后无数臣民高呼万岁，他是否就能没有一丝遗憾？

我们都未曾后悔自己的选择，而今，稍微回头张望，是否可以握紧某样东西呢？

爱情有千万种，而结局却只有两个。

"明，我喝下那碗药，不是为你，是为我自己。"李世民强撑着，艰难地开口说道，"我不想欠你，一点都不想……"

"呵……"我忍不住轻笑起来，泪水却慢慢滑落脸颊。

他不是那种会为某个人而去做某件事的男人，就像他此刻的举动也只为他自己，他是为自己而做的，他就是这么一位傲睨万物的男人。

我与他所有的一切，如今回想时只剩结局与开始。在那些深爱的日子里，别无所求，爱意深得恨不能互为血肉。可惜，并不是每一个人一开始就能学会如何去爱另一个人，也不知道与爱同来的还有伤害。

而今，叹，远多于恨。

"明，我败了。我承认，最后，在你我之间，我是败者。"李世民的声音淡得听不出一丝情绪，语气如此淡然，仿佛旁观，并不曾陷入，"我高估了自己的心冷，高估了自己的心狠，不曾彻底地忘却，就不可能无挂碍地前行，不舍便不得。功成、名遂、身退。明，我仍恨你，但是，我愿意从头再来……"

李世民的手臂松松地环着我，并没有刻意地收紧禁锢，但为何我仿佛找到了如同停泊港湾的安心与依赖？

我低低地笑着，终于泪流满面。

我刻意与他拉开距离，却又如此想要靠近他。他是那凌空的火焰，令人畏惧被烧成灰，所以逃离；却又令人情不自禁地奢求温暖，所以靠近。他原本是恨的，却在恨的角落里发觉，爱本是恨的来处；恨的缘由，只是爱。

呼啸着的风旋刮入大殿，烛火坠地，挂着的帘帐绢帛接触到烛火，立即熊熊地燃烧起来。

"明！"李世民眼中映着火焰，他在漫天火光中蓦然回首，"你快走吧！"

"世民，你说过，你愿意从头再来，我也愿意。"我泛开一抹浅笑，拥紧了他，放任自己。

"好，从头再来……"李世民吃力地抬手，他缓缓摊开手，掌心放着两颗如血般艳丽的耳钉。

　　"赤幽石……"我眷恋地伸指轻抚着光滑的石面，口中喃喃自语，"可惜，已碎成了两颗，再也回不去了……"

　　李世民清亮却又低沉的声音，烟雾般在我耳边缭绕："明……明……明……"他喃喃念着我的名字，仿佛永生永世的咒语，束缚我不羁的灵魂。

　　浮生若梦，在意识缓缓飘出身体的瞬间，所有的纷争与爱恨都如烟花寂灭，只有彼此的名字，将被带入另一个世界。

　　我终得了解脱，即将乘风归去。朦胧中，我瞥见了赤幽石隐隐发出的亮光，流动着诡异的红，艳丽得令人沉溺……

媚娘篇

第四十二章 心伤

夜半,大雾。

深陷迷雾,入眼皆是雾气缭绕,茫茫一片,望不见来处,亦顾不到归途,只觉自身微渺。

母亲……我立在窗边,不眠不休地等了她一晚。她终是忘了对我的承诺,昨夜依然没有归来。

满园美景,清风入怀,天仍灰蒙一片,我看着坛中怒放的牡丹,忽觉心神不宁,转身向园外跑去。

殿外数十名宫女内侍在忙碌奔走,我愈发显得不安,仓促间抓住一个宫女急问:"发生何事了?"

"昨晚含风殿突起大火……"那宫女的话方才出口,立即被一旁的内侍监打断了:"啰唆什么?!"

含风殿突起大火?!我的心在猝然听闻"大火"二字时微微一颤,母亲!

我再也顾不得许多,提起裙摆,飞奔向含风殿,冷不防道旁蹿出几名玄衣侍卫,他们手提兵刃,为首的男子高声说道:"奉陛下口谕,诛杀妖女武媚娘!"

"啊？！"我顿时愣怔在原地。就在我恍神的瞬间，一道雪亮剑光迎面袭来，这一剑迅如奔雷，而我毫无自卫之力，眼看便要命丧于此。生死存亡关头，我身后异芒立起，硬生生地挡下了这可追魂夺命的一剑。

"咳……"我掩住心口，轻咳一声，那剑虽未至身，却已被剑气所伤。我再也无力支撑，倒在身后那人的怀里，"阿真……你为何会在此？"

"是夫人命我前来。她告诫我，若她不在你身边，我定要守在你身侧。"阿真神色平静，他站在我身后，搂着我的腰，轻轻扶住我。

那侍卫踏前一步，紧逼问道："大胆，你是何人？！竟敢抗旨！"

阿真却不与那侍卫争论，他紧紧地搂着我，在我耳边低声说道："我拦住他们，你快去找夫人，此时唯有她能救你了！走！"说罢，他的手撑在我的腰后，轻轻一退，而后他便回身与那些侍卫缠斗起来。

"真……"我紧咬唇，猛一跺脚，却再不回头看他，而是拔足狂奔向含风殿。

"武媚娘，如此匆忙，不知所为何事？"长孙无忌立在殿外，拦住我的去路，笑得有些不怀好意。

"我，我……"我只觉脊背发凉，在袖中的手暗暗紧握成拳，"我来找我母亲……"

"呵，不必了。"长孙无忌笑得愈发诡异，"你母亲已随陛下去了。"

随陛下去了？！我倏然一惊。不，不会的？！母亲答应我，绝不会再抛下我一人！

长孙无忌瞥了我一眼，皱眉道："武媚娘，你自行了断吧。毕竟我与你母亲亦有交情，我不想令你太难堪。"

"为何要杀我？！我犯了什么错？！"我强压下惊恐，直截了当地问道。

"李淳风占卜，民间亦有流传，有书名为《秘记》，说的便是大唐三世之后，有个女主武王将取天下，且将屠杀李氏子孙。"长孙无忌收回目光，声调冷漠，"你是个聪明人，陛下为何要杀你，你不可能不知吧？"

"这只是流言，岂能当真！"我艰难地摇了摇头，险些高声叫了出来。

"此事关系大唐千秋基业，宁可信其有，绝不可有丝毫疏漏。"长孙无忌显然不想再多费唇舌，他微一摆手，数名如狼似虎的侍卫便向我扑了过来。

"住手。"一个略显疲惫的声音响起，我侧头看去，李治正徐徐从前方走来。

"殿下！"我当下也顾不得许多，快步上前，急急地问道，"殿下，我，我母亲呢？！"

李治礼貌却疏离地说道："昨夜含风殿大火，将……"他忽然截住了话，微微一顿，才又说道，"你随我来。"

"殿下！"长孙无忌在后低叫一声。

李治的脚步稍停，但却没有回头，只听他云淡风清地说道："舅舅放心，我心中有数。"

我静默地跟在李治身后，心中有丝异样，今日的李治似乎与平日有些不同，但究竟何处不同，我一时却也说不上来。

突如其来一阵阴风，焦黄的落叶与灰烬在殿外的地上翻转，诡异的死寂，看得出昨晚这里发生了一场大火。

每迈一步，都踩在落叶上，发出咔嚓的痛楚。我的脚步游荡，漫无目的，对着满目狼藉，只剩一片荒唐的想念。

我恍惚地脱口而出："母亲呢？我母亲在哪里？"

"昨夜，你母亲与我父皇在含风殿内，突起大火，内侍宫人立即全力救火。"李治望了望四周，见就我与长孙无忌在旁，这才轻声说道，"火虽很快扑灭，但，殿中却已不见父皇与你母亲的踪影。此殿门窗紧闭，四周皆有人守护，并未见有人出入，但人又怎会凭空消失……"

"此事蹊跷！殿下，陛下消失一事万不可泄露，对外可宣布陛下病重驾崩。"长孙无忌沉吟道，"国不可一日无君，陛下昨日曾下密旨给臣，旨意中说，若陛下有任何不测，便将身后之事托付于我与褚遂良，太子殿下仁厚孝顺，要我等好好辅佐。"

"父皇昨日便对舅舅说过此话？"李治半信半疑。

"是，臣不敢欺瞒，此事确是陛下旨意，有遗诏在此。"长孙无忌将遗诏递与李治，而后郑重地说道，"陛下病逝于含风殿的消息一旦传出，殿下便即命侍卫长，警戒含风殿、太和宫，任何人，没有太子令，不得出入。"

"命太子李治继位，军国大事，不可停顿；日常事务，交付朝中各省处理；担任都督、刺史的亲王，准许来京师奔丧，但，濮王李泰禁止入京。另朕已应允玄奘法师，朕死后，嫔妃一律供养佛寺，出家为尼……"李治展开诏书轻声读着。

长孙无忌又接着说道："陛下遗诏还命臣等诛杀武媚娘。"

长孙无忌此话一出，我悚然一惊，迅疾地回头去看李治。

"这又是为何？"李治疑惑地问道。

"有预言，大唐三世之后，有个女主武王将取天下，且将屠杀李氏子孙。"长孙无忌目光一厉，"为了大唐江山，望殿下将此妖女诛杀。"

李治断然答道："不，此事不可。"

"殿下！此乃陛下旨意！请殿下遵旨意。"长孙无忌亦不松口。

"从古到今，有哪一个女子做过帝王？妖言惑众，普通人当真也就罢了，舅舅又怎能相信呢？"李治眉眼一横，颇显凌厉，"父皇乃英明君主，绝不会听信此等谣言。"

李治的那几句话，如同一声闷雷，虽不十分响亮，却足够让人震撼。

我固然听得一震，长孙无忌更是恍神，他沉默了良久才又说道："其实陛下为何要杀武媚娘，除了那个预言，个中原因殿下应该明白的。"

"你是说，与媚娘的母亲有关？"李治微怔，望了我一眼，才又说道。

我瞬间明白过来，忽然觉得无比荒诞，只想笑。陛下虽然深爱母亲，但对母亲下嫁他人且育有一女之事始终耿耿于怀，但他是一代帝王，只为了儿女情长，绝不能杀害无辜。且母亲在时，他当然也不能对我痛下杀手，只得编造出一个名目，将我治罪。

长孙无忌颔首："是，这是陛下的遗诏，请殿下遵从行事。"

"不，武媚娘绝不能杀。父皇一世英明，绝不能为此事所累。"李治的声调并不高，只恰好令我与长孙无忌听见，"这样吧，父皇诏书中说，后宫嫔妃一律供养佛寺，出家为尼，那便令武媚娘也去感业寺修行。"

"不，不可呀！殿下……"长孙无忌还想再说什么，却被李治挥手打断了。

李治毅然道："此事便这么定了，舅舅就不必多言了。"他言毕，淡淡转头望了长孙无忌一眼。那目光，似有一丝冷漠，有一点威严，还有一抹执著，不过分，不夸张，却力道足够，分量十足，不卑不亢，不温不火，恰到好处。

长孙无忌一时静默无言，神情有些错愕。

一向木讷少言的李治，从不曾像此刻这般伟岸。我怔怔地望着他，他站得笔直，背在身后的手却在不停来回搓着。他是惊慌的，却强自镇定。

他是为我么？这懦弱内敛的男子，却为我露出了锋芒。

"唉……好吧。"长孙无忌深叹道，"原先陛下的本意也只是令武媚娘远离皇宫，如此也好，令她潜心向佛，修身养性。"

"我知道了……"我自知这已是极限了,我此时亦无力抗争,遂低头答道,"但走之前,我想再去看一眼我与母亲住过的地方。"

案几上,香炉中缕缕清烟,似断非断,若连若续。窗外寒梅早已凋零,只剩枯瘦的枝丫凄楚地伸向空中。斜晖透窗而入,映得一室斑驳。

我与母亲在一起的那段时光,如今回想起来,如湖中倒影,恍惚迷离,总不真切。深宫高墙隔绝了探视,锁住了满园繁华。

案上仍整齐地摆放着母亲心爱的笔墨纸砚,然而放在最醒目处的,却是母亲从不离身的长剑。

母亲是将它留给我了么?我径直走到案前,手轻轻抚上冰凉的剑鞘。

"你母亲,真是一个奇特的女子。"李治一身孝服,静静走进屋来,他站在我身旁,淡淡地说道,"若不是她的提点,我的太子之位,也不会如此稳固。"

"你见过我母亲?"我暗暗一惊,面上却不露声色。

"是的。那时我刚被册封为太子,心中很是惶恐。一日我去两仪殿,正巧父皇不在,我便将自己的字帖交予你母亲。她看后赞誉有加,她说:'王羲之的字已是字中绝顶,若想超过它是难如登天,若要写得与它一般好,已是不世之才。大多数人只能模仿他的字,从而发挥自己的特性。字如其人,我看殿下的字,气与质,皆是天纵。这是天生的帝王字,无论怎么写,仍脱不开帝王气,非常人可评议,所以,殿下定要对自己有信心,不可轻言放弃。'"李治神情缥缈,语调温柔,"世间竟有如此美丽而又善解人意的女子,难怪父皇钟情于她。她前些日子还专程与我谈话……"

我追问道:"母亲对你说什么了?"

"她说若我是真心喜欢你,便要好好待你,绝不可辜负你。"李治抚着我的长发,喃喃道,"她似乎早已料定有今日,知道父皇要杀你,所以才安排了这一切。让你去感业寺出家也是她的主意,因为只有如此,才能保你周全。媚娘……"他细长的手指轻轻拭过我的眼角,指尖上沾染了点点晶莹。

这是……原来不知不觉中,我已泪流满面。没有尸身,这就说明母亲并未死去。我分明不觉悲痛,亦毫无理由悲痛,这样想着,我便笑了出来,眼角的残泪却忽然滚落下来。

母亲,若我与陛下都深陷火场,她确是会先救我,但她将会转身与陛下一同从容赴死。

我忽然觉得周身发寒，不由自主地打了个寒战："我不该难过的，母亲，还没有死，她没有死……"

"媚娘，别哭了……"李治抬手轻抚我的脊背，低声安慰我。

"咳咳……"身后忽然传来几声轻咳，我吃了一惊，回头看去，却是一个身穿青袍的男子："你是何人？"

"在下李淳风。"他躬身施礼，"见过太子殿下。"

"李道长，你先前为父皇诊治时曾说过，父皇是中了毒，但他却阻止你再说下去。"李治微一颔首，"你定是知道其中的曲折，快说与我听。"

"我为陛下诊脉之时便知道，他是服用了'还魂丹'，才会脉象不稳，气息微弱。"李淳风淡淡说道。

李治一拧眉："还魂丹？"

"此药乃是药王孙思邈所制，世间只有两颗，是可起死回生的灵丹妙药。"李淳风的目光停留在我脸上，"服下此药，能闭住气息、昏睡三天，醒来后便可延年益寿。"

"孙思邈？就是那个写出《千金方》的神医？"李治听得有些发愣，"那此药是何人给父皇服下的？"

"是明姑娘。当年她诈死逃离皇宫，我曾给她两颗还魂丹，一颗她服下了，另一颗，恐怕她给陛下服用了。"李淳风微侧头，略思索后才说道，"此药虽然能延年益寿，但服下后腹内剧痛，犹如中毒，而后脉象大乱，陷入昏迷，最终气息全无。"

"那母亲她为何要如此做？"我已隐隐知道此中的端倪，却仍是想证实。

"她自然是为了你。陛下若活着，你必定性命不保，但她亦不忍加害陛下。唯有如此，才能求得两全。而陛下其实也知其中内情，他是心甘情愿服下那药丸，恐怕当时他真以为那是穿肠毒药，但他仍是义无反顾。陛下的身子一日不如一日，他也确实累了。他也知道，若他死了，明姑娘定会随他去，今生今世再也不会离开他了。"李淳风的目光淡淡地扫我的脸，"当年陛下发现明姑娘诈死后，很快便知我就是那'帮凶'。他将我召来，雷霆震怒，险些将我处死。陛下心中一直觉得亏欠明姑娘，同时亦恨她，他却始终无法狠绝地对待她，但他可以除掉任何与她有关的人。例如，你。还有，那个突厥人……"

"突厥人？"李治疑惑地问道。

我只觉手脚冰冷，身子不停地颤抖，但仍强撑着问道："李道长，你能说得再清楚些么？"

"陛下手眼通天，世间恐怕没有几件事能瞒得过他。他很快便发现了事情真相，所以他才渐渐平复了对明姑娘的恨意。"李淳风微微叹息，"陛下立即下令诛杀那个突厥人，恐怕在大唐界内，那突厥人再无安身之处。即使他逃回突厥，突利可汗在陛下的旨意之下，亦不会放过他，他大概早已死于非命了。而这些事，陛下恐怕永远也不会让明姑娘知道。"

我茫然地睁着眼，心中却是一片透亮。

对陛下而言，这世上太多东西，都只是他遥遥回头张望的一道风景。能在前面吸引他冲刺的目标，恐怕只有这锦绣河山以及母亲。他只在自己的心灵世界中拔足飞奔，这宫中多少女人都不得不停驻脚步，安分守己地落在后面。如此的情爱，虚幻且不平等。陛下隐藏得太深了，深得令人害怕，世间万物皆在他股掌之间，什么都是他游刃有余的游戏。

唯有母亲是他的唯一，总能令他方寸大乱，措手不及。他们是真心相爱的恋人，亦是互相伤害的敌人。母亲一定曾经惶恐过，因为陛下的心机深得令人望不到头，哪怕吃醋生气也存在计谋。也正因为此，他的所有深情，在一刹那间，便有可能翻云覆雨，变成应接不暇的噩梦。母亲这一生都赢不了陛下，而陛下又何尝不是输给了母亲？

若是我，我宁可选择嫁给一个能与我携手共同漫步求索的男人，而不是选择一个，我事事都要仰望他，至聪至明的人。

母亲为了陛下，痛苦地蜕变。如剥皮般的痛楚，人人都喊疼，人人都痛到流泪，却只有她，咬牙忍下了。

我知道，她是为了陛下，更是为了我。

"媚娘，若有一日，我不在你身边，你定要好好照顾自己……"耳边又传来那温润的声音，我的眼前一片朦胧。在泪眼婆娑中，母亲的面容模糊难辨。

没有了，没有了，再也没有了，这世间再也没有那样一个无怨无悔疼我、呵护我的人了。没有了……

原来我是世上最轻松如意的人。

我似站在空旷无人的原野上，周围寂静无声，似乎所有的声响都已死去。

我有生以来，第一次痛恨自己的无能为力。

我静静想着，心中格外宁静，竟恍惚地笑了。

我投入李治温热的怀中，抓住这最后一根浮木，轻声低语："如今，我只剩你了……阿治，不要丢下我一个人，不要……"

"媚娘，你先在寺中委屈一段时间，等我孝期满了，我便立即去迎你回来。"李治身躯一震，将我紧紧拥住，轻声呢喃地承诺，"你要等着我，你一定要等着我……"

我在李治怀中露出一丝浅笑，透过他的肩膀向外看去，仍是茫茫大雾。

或许只有这样的大雾，才能掩盖过往的一切。

而今，我心底里残存的只是凄凉，但仍有一丝壮志，将它炼成羽翼，便可展翅，便可笑傲，等待来日再展翅飞翔。

第四十三章　等待

陛下驾崩，新君嗣统。

全宫上下，哀痛失声。

有内侍走入殿中冷冷地向宫人宣诏："陛下遗诏，宫中受过宠幸、但未诞下子嗣的嫔妃一律出家为尼。"

宫人们立刻哀泣出声，哭倒一片。

我提着一个小小的包袱，木然地任前来的内侍领着我向外走去。

路过大殿，新皇跪在先帝的灵柩旁痛哭失声。

迎接李治的将是无上的皇权以及无边的江山，而迎接我的，又是什么呢？

我必须孤独地承受着难以承受的经过，漫长的折磨，无边无际地钝挫在肉、在骨、在血脉。

走出宫门，我没有回头。从生到死其实也不过是这么一道门槛，却是如此艰难、万恶。

梵钟钟声嘹亮，感业寺中，众嫔妃剃度为尼，哀泣声不绝。

剃度师的剃刀在我的头上"噌噌"地刮刷着，那可怕的声响如同一尾毒蛇在吞噬着我的心。

一切美的逝去，无可挽回。

似被什么触动，我轻笑一声，笑声里竟有一丝天真。

为我剃度的老尼姑顿了下，她用奇怪的眼神打量着我。估计她在感业寺里如此多年，剃度过无数尼姑，当一头长发面对无情的剃刀时，所有的女人都痛苦、啜泣。

唯有我，浅笑依然。

我选择了暂时尘封某些记忆，若要保护自己，便不能露出半分软弱。

时光深深，深深如海，我会等待，蛰伏地等待着对岁月进行一次痛快淋漓的复仇。

晚来风急，红尘四起。半夜时分，突然被某个噩梦惊醒。

我再也无法入睡，坐在禅房檐下，想起过往时光。二十几年光景，在我眼前雍容华贵地回头，瞬忽，不见。

我低头啃自己的指甲，不能自控地啃，指间血肉模糊，唇中尝到了血的甜腥。这古怪的味道，甜酸又温热，一口又一口，足可令一个人完全陷入黑夜里。心早已麻木，没有痛觉，而啃指甲的唯一目的便是逃避这荒芜的恐惧。

阴风阵阵，冷入骨髓。寒冬多好啊，可以冻死害虫。而僵硬与死去的昨日，在冬夜里，也是惊不起一丝波澜。

我总在深夜里惊醒，而后坐在檐下，啃着指甲，十指指甲已被啃得光秃。依然是很深的夜，等着等着就到了天明。

寺中的晨钟沉重地响了，黎明令我惶惑。

一成不变的早课，住持在大殿中说着枯燥的经文，一众尼姑盘腿坐着，低头听得昏昏欲睡。

我垂着头却抬眼四处望着，这里的屋顶仍是这般沉、这般低，憋得人想逃。

"镜空。"住持忽然唤我的名字，我一时愣怔，茫然地抬头。

"你从未有一日静心地听过早课，你还贪恋宫中的生活么？"住持冷冷地望着我，"不要以为你比别人生得好看一些，便心存妄想，天生一副狐媚的样子，整日想着如何勾引男人吧？"

我低头不语。这个老尼姑，在寺中久了，却学不到半点清心寡欲，整日想着如何聚敛香油钱。她心中全是愤恨，对年轻貌美的尼姑总是有一种畸形且变态的敌意。

住持斜着眼瞥了我一眼："今日的早课你不用再听了，去挑水，将后院的十个水缸注满。"

"是。"我轻声答应，出了大殿，走入后院。

在感业寺里，住持说的话如同圣旨，操纵着每个人的生死，我无力抵抗。我只能用温暖的肉身，贴在一块冰冷的案板上，任人宰割。

十个水缸，要注满水谈何容易。

我提着木桶，一遍又一遍，双臂发麻，毫无知觉。手指上破裂的伤口早已被冰冷的水泡得溃烂，十指连心，钻心地疼。也唯有疼痛，才能令我暂时忘记那会使人发疯的空虚。

"媚娘，你先在寺中委屈一段时间；等我孝期满了，我便立即去迎你回来。你要等着我，你一定要等着我……"

等着你？多少个日夜过去了，你在哪里？

温柔的情话，种种誓言，这些记忆，如同烙印，如同刺青，如同囚犯的牢笼，逃不开也忘不掉。

我提着木桶，站在水缸边，反复想着李治的这句承诺，不知为何却只想笑。他当上了皇帝，他的身边不知会聚集多少绝色的女子，在美色环拥之中，他还能想得起我么？我二十好几了，与后宫那些妙龄少女相比，已是憔悴不堪。平静的水面清晰地映照出我的样子，一头青丝早已去尽，尖细的下巴，苍白的脸色，原本就瘦得可怜，如今看来似乎又清减了不少。匆遽而去的青春，慢慢干枯的肌肤，多么令人不适。

李治曾说我肤白若雪、吐气如兰、颠倒众生，是花中之妖，是绝世美人。却怎敌，朝来寒雨晚来风，落英缤纷，如珠玉打碎，红颜委地无人收，不堪入目。女人的美丽，其实非常短暂，如同春花的蕊和瓣，薄绸一般，风一吹，就散了，颓了。

我已彻底被人遗忘了，独自溃烂在某个角落。

尼姑慧空远远跑来，叫道："镜空，你怎么还在这里？快过年了，皇后的赐斋到了，如今正停在寺门外，快去迎接。"

赐斋？那与寺中的粗茶淡饭相比，想来是好了不少。但，我想到这是李治的皇后的赏赐，心便冷了。

跪在寺门外,听着内侍监宣诏,我只低垂着头,一动不动。

宣诏完毕,我随众人起身,立在一旁,住持便将内侍监迎了进去。

内侍监走过我身前时,突停下脚步,多看了我几眼。

王内侍监?是他!他是将我引进宫来的人,也曾是先帝眼前最得宠最得信任的人,而后便侍奉如今的皇帝,依然很得势。

我心中虽急,却强忍下来,低垂着头,没有做声。

而内侍监也没有任何举动,他又瞥了我一眼,很快便随住持入了大殿。

我在殿外耐心地等待着,风动衣袂,衣袖轻轻荡漾,扑打着我的身子。

也不知过了多久,我终于寻得了一个机会,见王内侍监从殿内出来,且只身一人,我立即上前拜见。

"武媚娘,你果然在此。"王内侍监轻轻一笑,那笑似乎别有深意,"一年多不见,你依然貌美年轻,真是不容易,想来感业寺的香火还是很养人的。"

我顾不上理会他的戏谑,急促地说道:"内侍监说笑了。恳请内侍监回去禀报陛下,就说媚娘在此一刻也待不下去了,请陛下接我回宫去吧。"

"武媚娘,我以为你是个聪明的姑娘,原来……"王内侍监一脸惋惜地摇头,"陛下如今坐拥天下,后宫嫔妃无数,他如何能再记得你?"

"不,陛下他亲口对我承诺,他会来迎我回宫!"虽然心中隐隐已知晓答案,但我仍不放过这最后的机会。我从袖中取出一支小小的黑牡丹发簪,这是当年李治向我示爱时所赠的定情信物,我小心地藏着,不让人将它搜出,为的就是这一日,"请内侍监回宫后将此物交予陛下,陛下一看便知,如此一来,他很快就会来接我的!"

"可怜的女人……"王内侍监无奈地长叹,"既然你不死心,那我便尽力一试。"

"嗯,多谢了,我……"我想了一想,将手上的一串乌木佛珠摘下塞给他,"我每天参禅打坐入睡都捏着它,虽不贵重,但也是我的一番心意。我没有什么好答谢你的,将来,若有一日……"

"唉……我替你捎些东西不算什么,只是恐怕结果不是你想要的……你便在此等着吧。"王内侍监将佛珠放回我手中,"你自己珍重,我也该走了。"

我望着王内侍监远去的背影,捏紧手中的佛珠,这是一年多来首次机会啊!原本已熄去大半的希望又重新燃了起来。

"你这贱人，竟做出如此败坏佛门清誉的事！"

冷不防身后传来住持的怒喝声，我大惊，心想此次恐怕难逃责罚，回头一看，却不是在说我。

只见几个身材魁梧的尼姑将一个年轻的尼姑拖进院来，她已吓得手足俱软、面无人色。

我定睛一看，那被拿住的尼姑，正是原本我在宫中的死对头——王美人。她未为先帝生育一儿半女，所以也只能到寺中为尼。

"这里是皇家寺院，有许多王孙公子来此。你不要以为你的模样生得好，"住持咬牙切齿地说道，"就能在佛门清净之地，与男人苟合！来人，给我杖责三十！"

"啊，啊，啊！"一棍又一棍毫不留情地落下，王美人叫得分外凄惨。

我不忍再看，索性转过身，回到了屋内，但王美人的惨叫声仍凄厉地透窗而来，一直响着，而后渐渐弱了。

也不知过了多久，两个尼姑才将被打得奄奄一息的王美人拉进屋来，随意扔在榻上。

"你，你还好么？"我犹豫着走上前，揭开她的袍子，查看她的伤势，白玉似的肌肤上一大片血渍淤青，触目惊心，令人不忍再看。

"你，你走开……"王美人气若游丝地叫着，"我，我不用你假惺惺……"

"到这个时候你还要再斗下去么？"我拿了药酒为她轻轻擦拭，冷冷地说道，"如今我们都是深潭里的烂泥，谁也不比谁好多少，还有什么可斗的？"

王美人静了神色，转过头来，认真地凝视着我，这可能是她第一次如此认真地看我。

"先帝宫中来感业寺的妃嫔不少，大家都很可怜，为何就不能相依相伴呢？"我手中涂抹的动作没有停，依然静静地说着，"我们如今的结局还不够惨么？连一丝挣扎的余地都没有，所以我们之间无论再斗什么也无益了。"

"媚娘，你不知道，我到这里后，每天都看着那些从前的宫人。她们有的发疯了，有的犯傻了，有的认命了，有人逃跑被抓回来杖毙了，但，这里最终能听到的只是一片死寂。"王美人痴痴地说着，眼中忽然流下泪来，"我不想这样下去，我不想老死在这里！她们都说我想男人想疯了，是啊，我是想男人！但是这有什么错？！一个年轻的女人想男人，本就是天经地义的事情！我不要一辈子待在这见不着光的地方！"

我默然。在这个寺中，时间仿佛静止了，出家仿佛是一种放手抑或沉溺的仪式，放弃自己，放弃时间，放弃回忆，放弃思想，放弃未来。

我自然清楚王美人心中的不甘，谁也不愿意在这里漫无边际地等着最后时日的到来，但，又能如何呢？

我的心思飞驰起来，想起了李治温暖的笑脸，如此遥远，如此美好。

院中高大的冷杉与梅花的阴影透窗而来，相依相缠。

而我呢？一个孤独的灵魂找不到相依为命的那根稻草，不知何时何地才会有个人，为我递来一根救赎的草绳，助我逃出这一个牢笼。

第四十四章　决定

夜半，又开始下雪了，刺骨的寒风夹着飞雪扑面而来，我怔怔地站在檐下，心思空白。院中的梅花凌霜含笑，它为自己想要的美丽，不顾一切地开放，素极之艳丽，美得没心没肺。

在这潮湿阴冷的深夜里，王美人痛苦的呻吟声在狭小的空间不绝地响着。我知道她疼，且疼得抓心挠肺，但是我什么也不能做。因为住持下令，不许为她找大夫，单凭那些药膏根本无法缓解她的痛楚。而那个与她有私情的王孙公子听说她被责罚，便不知去向，躲得没影。世间的男人啊，薄情寡意的何其之多！

"媚娘，让我死了吧……"王美人张着苍白干裂的唇唤我，她朝我伸出枯瘦如柴的手臂，"我在想，早日死了吧，兴许死了，就会好过些……我还怕什么，从前既怕死去，又怕活着，怕活着活着哪一天死了，因为老惦着哪一天会死而害怕，还怕可能会来不及爱……怕永远都忘不了那个人……"

在这里，我们还能有什么呢，只是求生而已。我已不天真了，人世间的亲疏冷热对我构不成影响，但或许是同命相怜，我在王美人身上看见了自己的影子。这一刻，我心痛得险些难以抑制。

"媚娘，你一定要出去，要出去……"王美人气若游丝地说着，"你一定要从这活死人墓里出去……"

凄冷的夜风由窗外送入,我无法自抑地闭上眼睛,掩住了眸中的雾气和痛楚。我仍是无语,只是坐在榻前,避开她的伤口,将她小心地抱在怀里,紧紧地,紧紧地,一夜都不放手。

初春,娇嫩轻薄的冷,紧紧地裹在身上,湿腻、阴寒、黏稠、刺痛,无论如何都甩不掉。

我蹲在溪边,臃肿的尼姑袍包在身上,累赘、沉重、拉拉扯扯,不清不爽。这几日猝不及防的倒春寒,是冬天阴魂不散,气绝之前拼尽全力杀了个回马枪。我的双手几乎要在溪水里泡烂了,青紫着一张脸,倒映在水面上,犹如鬼魅。

"镜空,宫里有人来找你。"有个尼姑远远地唤着我。

宫里来人了?

我心中一喜,莫不是李治遣人来接我回宫了?

我丢下那堆似永远也洗不完的衣服,转身向寺里奔去。

一个年轻的内侍站在前院等着我,他望见我,先是愣怔了一下,而后礼貌地颔首。

"如何?是陛下派你来接我的么?"一路飞快的奔驰,令我气喘心跳,有些语无伦次,"陛下,陛下他在哪里呢?"

"是王内侍监命我来的。"年轻的内侍一脸错愕,显然是被我发狂的言语惊住了。他将一支黑牡丹发簪递给我,"王内侍监让我将这个交予你。"

"这……"我微愣,迟疑,而后不能置信。茫然无措中,我轻轻问道,"陛下看到了么?他说什么了?"

"王内侍监说,陛下看见了,但是却完全记不起来,不认识这是何物。"年轻的内侍怜悯地看着我,"王内侍监希望姑娘你好自为之,不要再做无谓的举动了。"说罢,他也不等我回答,转身径自去了。

无谓的举动?

不过瞬时之事,我却觉得仿佛已历三世。多少个夜晚,我无声地祈求着,可此刻,李治的无情却清清楚楚地令我知道,这一切都结束了。我仅存的那点安稳与欢喜,都随着他,结束了……我的五脏六腑像是忽然扭到了一起,疼得难受,恶心

得令我想吐。

我低头看去，双手全是被冻裂的伤口，像一张张微开的嘴，每一张似都在嘲笑我的愚昧与无知。这些伤口，如今存在的唯一意义便是令我再也不相信所谓情爱，且牢记住帝王的无情以及命运的曲折与不公。

我麻木地移动着双脚，向后院走去。

"你是何人？"远远地，我便瞥见一个身着灰布袍的男子走进院来，便立即开口发问。

"我是大夫，是住持让我来的。"那男子答道，"她说后院有个小师傅病了……"

住持终于决定要救王美人一命了么？我顿时精神一振，快步向房内走去："大夫，请随我来。"

屋中一片漆黑，弥漫着一股奇怪的味道，仿佛是一种腐烂变质的味道。

我忽然周身发寒，静静地走到榻前，低头看着紧闭双眼的王美人。她微微蹙着眉，面色苍白，显得格外羸弱。她似乎只是睡着了，但我知道，她那双曾经勾魂摄魄的美眸再也不会睁开了。

春已经来了，可为何仍是如此的冷？

王美人穿着一身单薄的灰袍，盖着棉絮破烂的被子，躺在干枯的稻草上，永远也不会醒来。我知道，每年开春这寺中就会有许多女人死去。那么，还要挨多少个冬天，才会轮到我呢？

失去与得到，是如此彻底。

还怕什么呢？还怕失去，怕生离死别。

王美人临死之前，曾对我说道："媚娘，你一定要出去，要出去……你一定要从这活死人墓里出去……"

出去？对，我要出去。

在感业寺住一世，我绝不甘心。无论如何，我要出去，我没有丝毫宗教信仰，我也不可能清静无为，我不愿意在这里漫无边际地等着最后时日的到来。

我伏下身，为王美人拢了拢发，整了整她的衣袍，在她耳边轻声说道："我答应你，一定会出去，为我，也为你……"

我仰首，抬眼向窗外望去，眼前愁云惨雾，像是结了一层蛛网，光影浮泛看不真切。

墙角边，那些正在凋零的花，竟有雍容之态。墙头上，一根拧得长长的老藤，宁弯不折,慢慢地缠绕着生长,绵密地缠绕着对世俗生活的爱恋与兴奋。

多少春？多少恨！

我躲在树丛后,看一个又一个老尼姑提着棍子在草丛、树丛中乱刺乱戳着,口中不时发出"出来,出来"的吆喝之声。

这是我精心策划的一场逃跑,我筹划了数日,只为等这一刻。我确是不愿老死寺中,我要逃出去。所以我才趁今日下山来购买衣料之机,躲进丛中。

那群尼姑搜寻了半日也不见我的人影,大概是觉得累了、乏了,便收拾了东西,转身回寺中去了。

我仍不放心,又在丛中躲了好一会儿,才悄悄走了出来。

我谨慎地朝山下跑去,小道一转,只见前方云烟弥漫,四周十分模糊,山风迂回萦绕,如絮如雾。清新的草木气息混合着湿漉漉的雾气,沁人心脾。

久违了,自由的气息。

忽然,有风猝然而至。树梢上仿佛承接了千重流泉,簌簌回响,天际一片阴霾之象。

前方传来一阵奇怪的叫声,那声音异常凄凉,听了令人若有所失。

前方出现绿莹莹的亮点,阴森的寒意,如同寒冰般裹住我的身体,使我僵硬得无法动弹。

那是狼。一头银色的野狼！

它盯着我,却没有任何行动,那如鬼火的眼中散发出诡异奇冷的毒,令我连呼叫的声音都哽在喉咙口。它仰首长啸几声,绿色发亮的眸子中射出戏谑,它似乎是看着到口的猎物,而起了玩心。

跑！

我开始没命地跑,头也不回地跑！

那狼一声嚎叫,高高跃起,从后扑到我的身上,尖利冰冷的牙齿咬住我的背。

滚热而腥烈的味道,那是我的血。我不顾一切地挣扎,在地上滚爬着,锋利的枝条划破我的手、脚、四肢,我却毫无所觉。

终于,我爬进了一堆荆棘丛中。那狼的四肢被荆棘缠住了,它声嘶力竭地嚎叫着,在静谧的山间来回嘶喊。

我知道自己暂时是安全的,但是那狼一旦挣脱了束缚,死的一定是我！

我慌乱地左右巡视着,此刻我靠的这棵树异常熟悉。我来感业寺的第一日,寺中戒律森严,不许带任何凡俗之物,我唯一视若珍宝的只有母亲留给我的东西,所以我便将母亲的长剑、画……都埋在了这棵桐树下。

剑,长剑!

我开始刨挖,用十指刨挖!那一刻我没有丝毫的恐惧,只是一种绝望与疯狂。我用十指挖啊,刨啊,口中发出类似野兽的尖叫。指甲断了,指尖破了,沙土沾染上黏稠的血,可我不觉任何疼痛,泪水无意识地流淌着,一条条血迹,一道道泪痕。

"嗷……"那狼终于扯断了束缚它的荆条,向我扑了过来。

而我的指尖也终于碰到了那冰冷的剑身!

"刷"的一声轻响,血亮的剑光刺痛了我的眼睛。我听到剑风破空卷沙的急啸声,鲜血喷溅一尺多高,那狼一声惨叫,摔在了地上。

"嗷,嗷……"狼痛得在地上翻滚着。它的前爪还扣在我的肩膀上,它便用三只脚蹦跳着,朝远处跑去,哀鸣声不绝,长远尖锐,悲泣绝望,渐渐地没了声响。

它的血延伸到黄土里,成了深黑色,而后是一片回归的宁静。

我颤抖地将搭在肩上的狼爪拨开,紧紧地握住手中的长剑,踉跄着来到小河边,河面光滑如镜。我的面孔扭曲着,眼睛却在微笑,杂乱而错综复杂的荆条缠绕在满是血的脸上,诡异骇人。我的身上也全是血,刺目的红。我突然喜欢上了这种颜色,鲜红、腥腻,有着坚强决裂的姿态。

我伸出舌头舔了舔唇上快干涸的血,有苦涩的味道。

以天下之大,而无桃花之源。

就算我逃出了感业寺又能如何?我这一生都见不得光,只是一个逃犯。

不,我要回去!我要回到宫里去!

手中三尺利剑是如此的沉,母亲的声音犹在耳边:"媚娘,若我不在你身边,你定要好好保重自己……"

想到这里,我心如刀割,痛得思绪又飘回从前,痛得盖过了身上仍在淌血的伤口。不知母亲去了哪里?是生是死?她的身子还好么?我是否还有机会对着她笑,躲进她的怀中,对着她撒娇:"母亲,这世上所有的人,我最喜欢的就是你啊。"

母亲,你知不知道?这世上所有的人,我最喜欢的就是你啊……

一缕银光自树隙中直射而下,映照着我的灰暗和冰冷,北风啸啸,隐于林梢。

待我回到寺中时，已近三更。

住持与一群孔武有力的尼姑手持木棍，守在寺外。

"镜空，你不是要逃出寺去？怎么又回来了？"住持站在台阶上望着我，皮笑肉不笑地问道。

"我不是要逃，我只是迷了路，如今回来了。"我低着头，小心谨慎地答道。

"迷了路？"住持一愣，而后冷笑道，"好，就当你是迷路，但是你错过了回寺的时间，理当受罚。"

我仍垂首，没有任何异议："是，弟子领罚。"

"那，那你去佛堂前跪坐忏悔，直到天亮。"见我如此乖顺听话，住持似乎反倒有些不适。

我深深行礼，而后便向大堂走去。

大堂里烟气蒸腾，香炉肆意地吐着青烟，散作光雾霭霭，云雾中变出万千幻景。座上的菩萨，似笑非笑，法相庄严，仿佛可以化去人世间所有的悲痛。

我抬起头，怔怔地望着那尊菩萨。

很多佛座前，其实都紧闭着一段不足为外人道的往事，神秘而尊严。

我从袖中抽出那支黑牡丹发簪，紧紧地握住，仿佛它是无尽黑暗中唯一的光。很多很多的心声独语，只有这簪子听到过。它沾染了我多少的泪与笑，酸楚与痴狂？哪怕如今已变色微黑了，但只要抬手轻轻一擦，便会现出岁月赋予它的贵重质地，流光耀目，不易察觉的一点尖锐灵异之光闪烁。

其实在万丈繁华的背后，永远都有人在背叛着誓言，也有人在颠覆着不甘的情感。

或许只有不盼望的女人才会幸福，但我从不认命。

恨就是发狠，就是酷刑，就是炼狱，就是万般忍无可忍。

没有人会知道，一个女子，在这样一个清冷的夜里，在青灯古佛旁，用一生谋划着一个终极目的，对权力、富贵的追索。它们与善良与纯真无关，几乎与孤独同义，那是一条无家可归的歧路。

第四十五章　命运

如水流淌，无尘无声，光阴寸寸逝去。

窗外的梅花因静而美，从不摇曳生姿，却是一种端凝。有动人的幽香盈满襟袖，是一种宁静，是一种隐忍，更是一种蛰伏。

我半跪在地上，伸手试了试铜盆里水的温度："住持。"

住持端坐在椅上，侧头瞥了我一眼。她将双脚径自放进盆中，水花微溅，打湿了我的衣摆。

我却连眼都不眨一下，只将手伸进盆中，专心地为住持洗起脚来："天冷了，用热水泡泡脚，再揉搓一下，顺畅血脉，对身体很好。"

"嗯，镜空，你刚来寺院我还真不喜欢你，如今我可是愈发喜欢你了。"住持品了一口茶，"你若乖乖听话，我亦不会亏待你。"

"谢住持。"我低眉轻应，心中却在冷笑。

愈发喜欢我了？呵，我会令你更喜欢我，喜欢到死！

你给我的所有屈辱，一点一滴，我都会记在心中，绝无遗漏。终有一天，我会全部讨回来，而后，十倍地还给你！

从住持房中出来，我穿过梅林，走向藏书阁。

冬末，寒香扑鼻，自有暗香盈袖，那数丛梅花亦是冷香凛冽，无情而又动人。

其实，我并不喜欢梅花，但每次路过梅林却忍不住驻足观看，只因母亲最爱梅花。幼时，每到梅花盛开，父亲便带着我们到院中赏梅。母亲体弱多病，不胜风寒，在冬日出门，总需用厚厚的狐裘裹住单薄的身子。冰雪女子，面色苍白，一头乌发，她在梅花疏影中的病容，更添幽美。

如今想起这一切，心中仍是歆歟，却再也不会有撕心裂肺般的痛楚。对母亲的思念仍如咒语般终生难弃，但却因漫长光阴的磨炼，已成为一种情怀，是宿命，不再是爱恨悲欢的起兴。

在我刻意的讨好之下，住持终于对我刮目相看，她再也不命我去做那些粗重而烦琐的活,而是令我来看守藏书阁。

走入藏书阁,我登上高而陡峭的木梯,坐在阁楼之上,贪婪地翻看一部又一部书籍。

极少人来书阁,我却爱上了这在方块字里的腐朽之味,有生有死,有男有女,有花有草,有露有雾,有爱有恨,有辜负有欢爱,有诡计也有善良。

长长木梯,微黄一盏灯,长夜,感喟。

有诗写道:"唧唧复唧唧,木兰当户织",每个女子其实都不一样,木兰或我的少年野心,都隐藏在"当户织"寂寥的油灯下。而女子也不是只有《女则》可读,我翻出一本《三十六计》。这本书我一直在读,不离不弃,当成生存兵法来读。三十六计,计计是骗,男人世界里的高明手段都是谎言,都是与道德背道而驰。

其实这些道理母亲早已教给我,只是从前我一直学不会。拂去书脊上的灰,那些好时光似乎重新回来,仿佛一坛埋土十八载的烈酒,也是在季冬梅花冷香的长夜里,一切惊人地相似。母亲曾说,绝不可因为自己是女子,而放弃寻访天下的机会。每个女子,骨子里都有豪气干云、雄心勃勃的一面,可惜这仅存的一点壮志总在织布机的声声叹中止步,消失殆尽。

如今,我已摒弃浮躁,波澜不惊,如葛藤般天然从容。有人爱我怜我敬我惜我,我是我;有人践我踏我污我轻我欺我,我还是我。

面窗夜读,血气浩茫涌出。抛开繁重浩帙,我已抓住了骨子里的乐天知命、达观那枝芦苇,轻飘飘一荡,就诗意地跃到现世,将所有的利器暂时隐匿于岁月风霜中。

晨起,突有寒风袭来,落梅如雪,积满衣襟,我亦不伸手拂去,仍旧立在梅花树下,双目圆睁,看向远方,一眨不眨。

今日是先帝的忌日,所以李治要来感业寺上香。这是一个千载难逢的机会,我绝不会放过。

我的住所在桐荫深处,此处十分幽雅,满院罩着梧桐叶,将屋子遮得不见天日。我便拿了纸笔,画了许多窗心,上面题着恭楷的诗句,将屋中所有窗心一并换过,又在院中种下一丛丛白梅与黑牡丹。春夏秋冬,凡是到我院中来的人,一踏进门便觉芬芳扑鼻,心旷神怡,将愁怀丢开。

这桐荫深处被我打理得清雅幽静,如世外小桃源。寺中的尼姑们见我如此,

全以为我已收敛了心性,只懂清修。她们哪里知道,我如此煞费苦心地收拾屋院,却有深意在其中。感业寺是皇家寺院,遇有祭奠大日,皇帝必要来此。我只需耐心等待,终有一日圣驾会临幸到此。而任何人见了我这清净之地,不由他不留恋。而李治若望到了那窗心上我所题所绘的字画,那便真正是我的机会。

最可怕的是,倘若李治不到此地来,那我此计便无用处,必须另想他法。幸而此时我已讨得住持的信任,她允许我到殿中迎接圣驾。

我站在高楼上朝下望去,寺外仪仗整齐,想来李治已快到了。

我仰起头,望着那一树梅花,幽蓝天空,飞雪扑面,一枝梅花随风微颤,轻盈洁白得如同一片将融的冰雪。我长叹,情不自禁地踮起脚尖,伸长了手,想去折它,却始终不能触及。

"你想要那枝白梅么?"身后倏地传来一个熟悉的男声,低沉而淡然。

我全身一僵,没有转身,已知是谁,因为这个声音曾经温暖过我。

我没有开口,身子一动不动,院中寂静非常,静得连花瓣与飞雪落地的声音似都清晰可闻,我甚至可以听得见自己与身后之人的轻浅的呼吸声。

"不用了。"我沉淀思绪,收回了手,仍是静静地看着远处,"折下它,那便不是原本那一枝了。"

"媚娘,你变了。"身后轻微的足音越来越近,他转到我身前,定定地站住,一身银色锦袍,华贵异常,衬得他俊朗不凡,"许久不见,你过得好么?"

"我过得很好。"我已习惯在人前隐藏自己真实的情绪,哪怕如今面对的人是他,我亦不会改变,"阿真,你也变了。"

当年我被迫到感业寺出家,便再也听不到外面半点消息,自然也就与阿真失去了联系。如今他突然出现,我也无法知晓他为何会来这里,又为何会一身华服,似已拥有了高贵的身份。心中疑惑重重,但我绝不会开口先问,他若有心,必会自己说出其中的来龙去脉。

阿真定定地看着我,他的手微抬起,徐徐伸向我,却又迅速放下,收回袖中:"你不问这些年我去了哪里,都做了什么么?"

我见他如此神态,心中便又冷了几分。换做是从前,他恐怕早已将我紧紧拥在怀中了,而如今他的脸上已没有了温暖的笑意,望向我的双眸既深且冷。我猜不出他改变的原因,只能保持缄默。

"自我懂事起,我便知道自己是个无父无母的孤儿,是福嫂与福伯收留了我。

他们对我的恩情,我这一生都不会忘记。"阿真静了半晌,才低低道,"七岁时,我望见了你,你便是我心中唯一的绝色。我入宫,是为了你,我不畏死,也是为了你。曾经,你是我所有的一切。为了你,我可以赴汤蹈火。"

我浑身一颤,面上虽不动分毫,心中却有无法抑制的紧张与慌乱,只因阿真话中那无法遮掩的决绝。

"那时我得知你被逼去了感业寺,便发疯似的前去找你。就在此时,我找到了自己的亲生母亲,知晓了自己的身世……"阿真淡淡一笑,唇边扬起一抹苦笑,"我的生母便是杨妃,而我的生父,是当年的齐王——李元吉……陛下知道此事后,便恢复了我的身份,封我为王。"

我目光颤抖,嘴唇轻轻蠕动,却仍是不发一语。

"可笑啊,就在我为一个自己深爱的女子全心全意付出,而不求一丝回报的时候,命运却告诉我,这个女子,是我杀父仇人的女儿!"像是听到极可笑的事情,阿真笑着摇头继续往下说道,"母亲告诉我,当年玄武门之变,亲手将我父亲斩杀之人,正是你的母亲——风明!"

我努力平复了思绪,直视着阿真,却第一次发现他如此陌生:"你所说的这些,我毫不知情,但若是事实,我愿意为我母亲承担这一切。你若要报仇,那便来找我好了,我不会退却,也不会逃避。"

阿真深深地望着我,惋惜而怜悯地摇了摇头:"杀我父亲的人是你母亲,不是你。我若有仇有恨,也应找她,而不是你。"

我微怔,目光变得茫然,喃喃道:"是啊,如今我已是一副人不人鬼不鬼的模样,你却已封王,你确实不屑为难我了。"

"媚娘……"阿真望向我,眼中忽闪过一丝不忍,他欲言又止。

惊讶悲恸到了极处,我反而冷静下来。

他,再也不是从前的阿真了。我必须清醒地明白,那个曾抱着我、喃喃地承诺能给我一生幸福的男子,已不复存在了。

"媚娘?"阿真又唤。

我的心,有力地跳跃着,一脉一脉震动着,我淡淡地开口,"贫尼法号镜空,施主,往后不要再叫错了。"

"媚娘,你变了好多。如此平和、不惊,倒不似先前大悲大喜的你了。"阿真忽然笑了,笑意里满是苍凉,"但在那不惊之后,曾有多少辛酸,恐怕是我想也不敢想

的吧……"

我心中一颤,全是苦涩,但淡淡的口吻仿佛只是在说今日的天气:"佛门说的是四大皆空,有什么是不能抛下的呢……"说罢,我再也不看他,口中念着佛号,径自往大殿走去。

"媚娘……"阿真的声音仍遥遥自身后传来,"你,你怪我么?"

或有惋惜,却无悔恨、流连。

怪?不,我不怪你,换做是我,可能会比你更无情。但,我却一定会恨你。曾经对我如此温柔的你,会这般无情地对我。我也从没想过我们也会有这一日,可是,无论如何,你曾经历了那么多的苦,如今,我希望你幸福……

如此想着,我却不禁打了个哆嗦,扑面的风有了钻心的寒意,直令人想找个地方藏起来,不要再往前行。记忆恒长而顽固,有什么在死死地掐着我?

仰头看着殿中的神像,我心中浮起的是:为谁消得人憔悴?

为谁?信仰么?!

观音垂睑,金刚怒目,怀抱的是否是同一份慈悲呢?

这些年,我学到强毅坚韧,遭遇任何困难险阻,从不流泪。因为我知道,眼泪不会赢到人们的同情,眼泪所换到的,是人们的轻蔑。

一点一滴,如同夜露,将我的软弱,埋葬得更深。

然而,此时的我险些无法自抑,我的凄惶更加稚弱,没有谁会对未知的一切真正无惧。

人若草芥,无可救药,卑贱又骄傲,似无所期待,无可乞讨;然,命运如刀,就让我一一来领教吧!

我紧紧握住手中佛珠,仿佛它是无尽黑暗中唯一的光。

殿外,有内侍高喊:"陛下驾到!"

第四十六章 谋划

清冷的风中,满目尽是浓到极处的檀香,丝丝缕缕如同飞天的云袖。虚空中,香散烟飘，旷寂高远。

十数名内侍手捧各种进香之物，分列两行，沿阶而上。

李治一身华贵的冕服，发上戴着极为隆重的珠冠冕旒，那是贵为天子才能享有的尊崇，龙袍曳地，流波般随阶而动。

我站在人后怔怔地望着李治，首次发现他原是这般风神俊朗，士别三日，确是当刮目相看。

李治接过一旁内侍呈上的香，恭敬地叩拜，上香。

待仪式完毕，住持上前跪拜，她笑得一脸谄媚，烛火的阴影映在她的脸上，却反倒如扭动的蛇般狰狞："圣驾来到本寺，莫大的荣幸啊，镜空，奉茶。"

"是。"我早已准备妥当，一听住持唤我，立即便捧茶奉上。

"这是……"李治伸手端起这只白玉茶盅，正待饮时，两眼却直勾勾地盯着那盅儿上雕着的一个双钩篆体的媚字，他猛地抬头望我，面上惊诧万分，"你……你不是……"

"我……"我只垂首与他对望了一眼，顾不得礼仪尊卑，随即转身离去。

"媚娘！"李治果然亲自追了出来，他在我身后急叫，我却置若罔闻。

我的脚步略显急促，却不会太快，李治很快便赶了上来，他一把拉住我的衣袖，惊喜交加地唤道："媚娘！果真是你！"

"陛下……贫尼镜空，"我低垂着头，直直地看着李治的袍角，"今日是先帝忌日，亦是我母亲的忌日，贫尼心中悲伤，无心修饰，所以失态，亵渎了陛下，还望恕罪。"

"你何罪之有？！"李治急切地叫道，"媚娘，你可知朕找你找得好苦？！"

"陛下，贫尼乃未亡人，早已截发毁容，不可亵渎圣目，更不敢见驾。"我心中一动，心中无数疑惑浮出，面上仍是不动半分。

"媚娘，你为何如此冷漠？！"李治望着我，忽然敛容，肃穆地道。

"陛下……你对我果真有情意么？"心中一酸，眼眶一热，半真半假，我随即落下泪来，"半年前，我曾托内侍将你当年赠我的黑牡丹发簪带去给你……然，你却狠心地退了回来……"

"黑牡丹发簪？朕不知有此事……从未有人告之……"李治一脸茫然，而后怒道，"朕回去定要将这些隐瞒不报的奴才治罪！"

"陛下，罢了。此乃天意，预示你我缘分到此，也断了我的一切念想。"那些内侍并无如此胆量敢隐瞒李治，恐怕其中另有蹊跷，我脑中念头疾转，口中却说得哀怨，"陛下，便将我忘了吧……"我终于抬头含泪望了他一眼，而后挣开他的手，便想离去，突惊觉被他从身后死死搂住，动弹不得。

"媚娘……朕等了如此久，就是为了今日。今日是先帝的忌日，孝期已满，"李治将头抵在我的颈处，暖暖的气息拂在我耳后，"朕来此，一是祭拜先帝，二是为了你。这些年，朕心底一直有你，从不曾忘却……"

我抬眼望去，飞雪茫茫，这个冬天似乎格外冷，我已真正开始懂得世事的冷峭与残忍。

"昔日恩情，而今都成幻梦。陛下，忘了贫尼吧，莫再以薄命人为念。"听李治如此说，我心中其实是欢愉的，为着掩饰，却愈发地哀怨，声调亦沉重异常。

李治依然紧紧地拥着我，他喃喃问道："媚娘，你当真对朕再无半点情意？"

我仍旧没有回头，风吹得愈发凛冽，我冷然说道："贫尼早已不是陛下心中那美丽无双的花妖了，我已毁容，势难再全。且，我曾是先帝的才人，子纳父妃，名分攸关，我不愿陛下为难，望陛下舍弃我吧，我这一生都将感激不尽！"

我心中明白，我说得愈可怜，李治愈不肯舍。颈后一片温热湿漉，我随即觉察到李治在轻吻我的后颈，他沉声说道："不，朕不许你再离开。朕永远不会忘记你。那日，朕允你出宫为尼，便已安排好，免得旁人多说闲话。如今，你再入宫，与先帝便不再有牵连了。"

听李治如此说，我心中暗喜，面上却不敢露出半点，只黯然说道："天地无情，方得永存；日月有恨，不得相见……天若有情天亦老，月如无恨月常圆。陛下，媚娘从不敢妄想，只愿在此寺中永伴青灯，为陛下祈福……"

"柳眉锁恨，杏靥含愁……媚娘，你仍是如此的美……"李治突地扳过我双肩，指尖轻抚着我消瘦的脸庞，"只是为何如此惆怅？说出来，朕能为你解忧……"

"数年光阴，谁能不老……"我与李治对望着，他面上已不见年少时那种青涩与羞赧，没有变化的是眉间眼底笼罩着的深深情意。他的声音如同打在我的心头，令我险些无法呼吸，止不住眼泪纷纷落下，"我何尝不想……但你是天子，我是草芥，我早已配不上你了……"再纠缠下去便是矫情了，我将心一横，奋力挣脱开去，口念佛号，步步后退。

"媚娘，媚娘，缘尽于此了么？"李治果然没有再追上前，只一脸痛楚地立在原地望着我。

"陛下……"我沉默刹那,随即苦涩一笑,再无其他言语,转身飞快地离去。

飞雪寂寥,扑面而来,草木无色,冻得人似乎连思绪都不在了。我心头一凉,却如同三伏天喝了碗冰镇酸梅汤,说不出的适意舒爽。

经过今日这一面,李治回宫后必会对我存有念想,这便是我的机会。

从母亲被辱,到我的出世,我这一生本就是场无可挽回的错误。总算是流干了眼泪,总算是习惯了残忍,我不愿回头,更不能回头,我亦不敢相信任何情意、任何承诺。它们太脆弱,我亦太天真、太无助。

冬日寂寥,雪光与天光交映。梅花在寒风中轻盈摇曳,冷香淡漠。入目皆是盈白雪景,如同早前的天真梦想,但如今,一切皆已被时光损毁,再没什么能令我下跪。

多少坎坷前路,多少无奈心怀,多少不堪往事,多少阴霾记忆,多少欢爱歌声,多少纯善真挚,都将随着这飞雪丢弃,永不复来。

冬去春来,雪融冰破,余寒犹在。

柳草青葱,却未可蔽天,却也是枝荫密密,绿意幽沉。但,宫廷与感业寺又隔绝了,李治没有再来,甚至没有命人捎来只字片语。

我仔细回头思索自己那日的一言一行,并无半点不妥之处,便耐心地等待着。我留心一切关于宫中的消息,通过这些消息来分析李治不再有任何讯息的原因。

一个晴朗的午后,我独坐在蒲团上,将母亲教我的心法一遍遍地练习,静心克欲。

突如其来的烦躁却使我无法自静,我定了定神,索性起身走出禅房。

院中寂静无声,两个吃得肥头大耳的尼姑在亭中打盹,麻雀一群群在院中觅食,一只大黄狗奔来,麻雀们也不惊飞,它们和平相处。

如此安稳,却不会为我带来心灵的安慰与活下去的坚持。

因为我没有为它的表象所迷惑,它们平静,它们迷人,然而底子下却藏着一张地狱的面孔。

我大步出了院门,沿曲径渐入山中。渐行渐远,只见翠微满径,沿途风光无限。隐隐有淙然水声,曲折有致,峰回路转,便见溪水涓涓流淌,清绝可鉴,天光云影尽收其中。

每当想摆脱烦恼、想放松时,我便到此处净身。并非我有洁癖,而是我喜欢悠游在水里,享受那份清凉,思绪就能逐渐沉淀,让我安静地思索一些费解的难题。因在野外沐浴,更多了一份徜徉的自在感。

我除去衣物,将身子浸入清凉的水中,抬头望着天空,悠悠轻叹。

水光澄泓,映入心中,心境却始终无法明空无尘。

李治,莫非我真错看了你?

几缕朦胧的轻烟随风吹过,拨乱一泓湖水,也惊醒了我。

有人在窥视!

我抱紧双臂,将身子沉入水中,只将头露在水上。

一个年轻僧人,面若冠玉,白袍袂袂,立在溪石上。他的眼令人遐想,恰似一泓泉水,游离着丝丝不羁而又清澈见底。那双眼有着宁馨温柔的光芒,写满了前尘往事。

"你是谁?"我心中大惊,脸上却仍是一派闲静,尽力将不着寸缕的尴尬抛之脑后。

他的目光停在我身上,一直没有移开,笑意清寂,随水流而远:"贫僧乃白马寺僧人,法号清远。"

我心中懊悔不已,这白马寺与感业寺只有一墙之隔,我居然如此大意!

一抹有些微邪肆的笑意在清远的嘴角漾开,他似再没有礼数可顾及,居然大步来到我面前,蹲伏着身子,伸手攥住我的下颌,俯下脸逼近我:"真是怪哉,感业寺中的尼姑我大都见过,却从未见过像你这般美丽的女子。"

他突如其来的举动使我惊骇异常,想推开他的手却无法松开紧抱着自己的双手,只能咬着下唇僵硬地与他对视:"放开你的脏手!你一个出家人,居然如此轻薄我一个弱女子!"

"啧啧,生得一副柔弱无助的模样,性子却是这般烈。"他意态悠闲地用手抚着我的脸,而后顺着脸颊往下滑去。

我死死咬着唇,羞愤的泪水几乎就要夺眶而出。赤裸的身躯藏在水中,被一个和尚用语言轻薄,用手触碰……即使是被住持泼了满身污水,即使是受了杖责,那时所受的屈辱和痛苦远没有比这一刻更强烈!

不,我要起来,我一定要起来!

我再不遮蔽自己的身体,猛地从水中站起,未着寸缕的身子立即出现在他眼前,在云彩簇拥、夕阳泻洒下一览无遗!

清远立时怔住，他仍蹲伏于地，只是着魔似的抬头望我。

我并不遮掩，也无羞涩，湿漉漉的双脚踩住他方才捏住我下颚的手，而后飞快地抬手，给了他一个响亮的耳光。

"你……"清远的神色一变，却并未露出半点不悦之色。

"我的身子，好看么？"微肿带红的印痕在清远的脸上显得相当突兀，我稍弯身子，轻抚着他的脸，勾唇一笑。

"好看……"他双目火亮，沙哑而低沉的声音缓缓道，"是我所看过的女人中，最好看的……"

"放肆！"我冷冷一笑，再不多言，回手"啪"地又给了他一记耳光："你以为你是谁？！"

第四十七章　缠绵

"你……"清远只愣怔一瞬，他随即静了神色，认真地凝视着我，"你究竟是何人？"

"我是镜……我是武媚娘。"我的双脚依然踩在他的手上，一动不动。我望着他脸上鲜红的印痕，他又一脸正色，两相对应，甚是滑稽，便不由自主地笑了。

而清远看着我的笑颜，亦轻笑。他伏下身子，几乎是跪伏在我眼前，轻吻着我的脚背："媚娘……因媚而生，眉黛拂轻尘，旖旎腰肢细……倾国倾城。"

"呵呵……"我终于忍不住大笑起来，我此时青丝去尽，面容憔悴，他竟能将我形容得如此美丽，倒也难为他了。

清远徐徐抽回手，缓缓起身，素净的笑容如清莲一般盛开，似有一声低沉的叹息从花心传出，仿佛天地间所有色彩尽被吸入其中。他拾起我放在青石上的灰袍，轻柔地为我披上。

我心微微一颤，因清远的笑容太似一位知天命而彻悟天道的高僧；然，我却发觉他其实是在邪恶地笑着，眉梢眼角写满了狡猾与卑鄙。但那只是一瞬，我转目再看时，他摄人的笑容却幻化成折翼的蝴蝶，温驯地停在肩头安静地凝望着，他已

是一副讳莫如深的模样。

"媚娘,后会有期,贫僧告辞。"清远仍笑着,但他注视着我的目光却深浅不明,令我看不真切。

我望着他远去的背影,紧紧地拉着身上仅有的一件衣袍,冰凉的风划过我的肌肤,使我不可抑制地抖颤。

世事难料,世人更是难料,我的定力与修行远远不够。所谓自在,便是拘束;所谓大真,亦是大假;大善,其实也为大恶。

我狠狠皱起了眉,兀自摇头,只想躲过脑中那足可催眠人的双瞳。

清远的每个神情、每句话语,都似沉石入水。因潭水太深,激不起浪花,但水底的暗涌动荡,唯我自知,这便是孽。

夏夜,暑气略退,月光冷冽照人,令我觉得寒入肺腑。

宫中终于有了消息,李治每隔几日便会遣他的心腹内侍监来寺中,除了吩咐住持要好生照料我的衣食住行,还不时地为我带来几件珍奇的小礼物解闷,但李治却始终不见人影,这使我多少有些沮丧。

"武姑娘,别来无恙?"这日,内侍监又到寺中,他呈上李治赠与我的礼物,而后恭敬地说道,"这是陛下命我捎与姑娘的东西。"

"托内侍监的福,一切尚好。"我客套地回答,双手接过那个五寸见方的红色锦盒。锦盒里是一朵鲜艳的黑牡丹,瓣上露水犹在,愈发显得娇艳动人,我微一迟疑,"这是……"

"这是陛下清晨亲手到园中摘下,急令我送来呈于姑娘的。"内侍监答道。

我轻轻拈起这朵花,那一身冷浸的浓浓露华,似泪,颗颗欲坠,假作真时,假亦真,我不由感伤道:"陛下如此用心对我,我死亦无憾了……"

"武姑娘,陛下心中一直有你啊!"内侍见我忧伤,便开解道。

"心中有我?"那他还将我丢在这清冷的寺里,不闻不问?宫中早有传言,如今他宠幸的萧淑妃又怀有身孕,他时常伴在左右,哪里还顾得上我?我心中虽是愤恨,面上却不能透露半分,仍是哀怨地说道,"我已是出家人,确不能奢求太多……"

内侍监微笑劝解:"陛下的性子姑娘你是清楚的,因你身份特殊,所以当下仍不能坦然与你相会,尚要避人耳目。相信不久,陛下必会想出法子,妥善地安排你。"

"多谢内侍监,这些你拿着。"我转身取出一锭银子放在他手中。内侍监每次到来,我都必须拿出私藏,付出丰厚的赏赐。我自然知道这些内侍没有实权,并无成事的能力,但一言可以丧邦,若得罪了他们,我回宫更是遥遥无期了。

"多谢姑娘。"内侍监低头领赏,他亦告辞道,"时候不早,我要赶回宫里了。"

"内侍监请留步,我有件东西,请你捎给陛下。"我轻声挽留,而后将袍袖刷地撕下一块来,铺在桌案上,将右手食指缓缓放唇边,轻轻一笑,再发狠一咬,殷红鲜血流淌而出。我微一思忖,在袍袖上写道:"看朱成碧思纷纷,憔悴支离为忆君。不信比来常下泪,开箱验取石榴裙。"

二十八个字,力透衣帛,鲜血淋漓,触目惊心。

内侍监见我如此,随即骇然不已,禁不住单腿跪地,双手来接。

"内侍监为何行此大礼?快快请起。"我倒是神色自若,似觉察不到手上的痛,将一束头发裹在衣料中,递于内侍监,"这是我当日落发时留下的,带回去给陛下,做个纪念吧。"

"做个纪念?"内侍监一怔,而后郑重说道,"武姑娘对陛下的一番情意,令我感慨不已。日后若有用得着我的地方,请姑娘尽管吩咐。"

我微笑淡淡:"多谢内侍监。"

那首诗写得缠绵凄婉,其中确有一半是我真实的心情。如今,我费尽心思,能做的都做了。我的命运,确实只在李治的一念之间。

窗外那破败的枯荷、凋零的荷叶,这美好的一季说过便如此过去了,良辰美景已如镜花水月般,逝梦云烟。

花落花开,风卷残云,转瞬间,已是秋末。

禅院内,窗前,月桂芬芳,花残月亏,那是多远以后的故事?怅惘、寂寞的现世月光,在微暝的夜幕中静静地、铺天盖地地涌了上来,溅落花上,晶莹欲流。

禅房内寂静无比,寺外忽然传来奇怪的声响,那是车轮轧过青石板所发出的辘辘之声,平稳而有规律。

是他,一定是他!

我猛地起身,深吸一口气,硬是将心中的悸动强压下去,心中只余一片平静。

我倚窗缓缓坐下,秋风依然惆怅,柔转而哀怨地扑面吹来。

不多时，身后传来一阵轻微的足音，淡淡的龙涎香，男人的气息，已近身侧。

"陛下，你终是来了么？"我亦不回头，眸光微动，轻声说道。

身后好一会儿都无动静，想来李治必是吃了一惊，良久，他才问道："你怎知是朕？"

我徐徐转身，静静垂眸，眼睫掩住一切可能泄露的神色，微笑道，"我站在钟楼之上，望见车骑驾到，便知是陛下，但却已来不及接驾，请陛下恕罪。"

李治一身便服，显得格外儒雅，他讶异地盯着我："你望见朕来？"

"是的。"我继续面不改色地编织着谎话，语调哽咽，"我每日都是如此，站在钟楼之上，一连望几个时辰，我相信总有一日可以望见陛下来……"

谎言通常最能打动人，李治眼中华光闪闪，显然已信以为真，他轻轻握住我的手："如今已是深秋，夜里寒冷，你居然……啊，你的手竟如此的冷……"

我望见禅房外有几名尼姑正好奇地探头望进来，心思一转，便挣开李治的手，迅速俯伏于地。

一旁的内侍随即抢前一步，拦住我，低声说道："姑娘莫声张，陛下是私访……"

"参见陛下。"我只略微一顿，却仍是徐徐跪拜。李治虽不愿声张，但以我此时的立场，绝不能私会一个身份隐晦的男子，而我亦是身份未定的女人。我要声张，也只有声张，才可以确定自己与皇帝的关系，所以，我必要行此大礼。

李治抬手轻轻一挥，示意内侍退下；内侍也识趣知意，立即回身退下，并轻轻地将门合上。

"媚娘……"李治弯身将我扶起。

我含情而又带些幽怨地睨了他一眼，随即垂脸："陛下……"

"媚娘，媚娘！"李治轻抚着我的背脊，一遍又一遍，"朕来了，朕终于来了！"他的双手紧紧地抱住我，像抱住一个失踪多年的孩子，再也不愿撒手。

一股热意瞬间冲上我的鼻间、眼眶，我努力咽下欲泪的酸楚。我想，若是真情实意，作为女人，这便是幸福了吧？一个女人能感受到的最纯粹、最自然的愉悦与感动。

"陛下……"我靠着他的肩，以近似啜泣的昵语唤着他，"陛下，你不该来此，若让人知晓了，可就不得了……"

"朕想见你！朕顾不得那么多了！"李治狂乱地吻着我的脖颈，"那日，见内侍送回你的血帕，朕便心痛不已！你青灯古佛，日盼夜盼，每夜不知要流多少泪，心中定是怨恨朕是'负心人'……"

"不，陛下，我从未责怪过你……"我侧头，想躲开他的双唇，却始终无法避开，"从未怪过你……要怪只能怪我自己命苦，福薄……"

后面的话我再也说不出口，因为李治已吻上我的双唇，这个吻很轻、很柔，却令人销魂。

"不，不行……不能这样，不要这样，陛下，你现在是皇帝，不能够……"我轻喘起来，而后开始挣扎。

李治却全然不顾，恣意轻狂，放肆地从我的面颊、耳后、颈侧、肩膀一路吻下："如今朕什么都不怕了，朕是皇帝！"他捏住我的下颚，硬是将我的脸扳起，"不会再有人来干涉我们！"

我在挣扎中以微弱的声调叫出："阿治，不要……"

李治的身躯微微一震，而后他停了下来。

我知道，"阿治"这个称呼是代表着昔日的一段情爱。如今，这世上已没人能如此唤他，而我却在此时脱口叫了出来。

"媚娘，唯有你，敢如此唤朕的名……"李治望着我的双眼中，满是情欲。他突然俯身吻上，舌端放肆地侵入，与我的缠绵、纠结、汲取，仿佛无穷无尽、不死不休，"媚娘，媚娘，朕的媚娘……"

我痴了、醉了，心也乱了，但脑中却仍是清醒的。我在煎熬中战栗地叫出声来："阿治，我见到你，便是死，也甘心了。我等了你好久，那样长的日子，似永远也望不到头……"

李治呼吸迫促，他似乎再也难以按捺，开始拉扯我的衣衫。

"不，不，不要……"我心中仍有一丝惊恐，尽管这是我的预谋，但毕竟从未经历过男女之事，我仍是慌乱而无措，双颊滚烫，轻颤的声音带着一丝哀求，"不要……"

李治却似完全听不见我的声音，他猛地将我打横抱起，大步朝木榻走去。

第四十八章 一夜

"媚娘……"李治将我放在榻上,他俯下身,动也不动地凝视着我,眼眸深处氤氲着浓烈的欲望。他温柔的抚触顺着我的身子一路滑过,引起我一阵又一阵的轻颤。

"嗯……阿治……"我只觉心中有一种酥麻的空虚,难耐地扭动着头。就在这情潮澎湃的瞬间,我的帽子掉了,青丝去尽的头顶随即露了出来。

"不!不要过来!不要看我!"我心一颤,而后猛地推开李治,故做惊慌失措地抬起双手想捂住自己的头,"陛下,媚娘再也不是当年的媚娘了!求求你,快走吧!"

有着九尺美丽长发的母亲曾如此说过:"最是人间留不住,青丝辞别花辞树……"没有头发的女人是悲哀的、丑陋的。而一个女子最凄凉之事莫过于青灯伴古佛,青丝随风落。我抱着破釜沉舟的决心来到感业寺,看着那些与我相伴多年的头发一丝一缕地飘落,我的心疼痛着,那遗落的美丽分明透漏出怨恨、遗憾与一生都无法弥补的齿冷、心碎。而此时,青丝去尽的我若是仍能得到李治的宠爱,我便再无后顾之忧了。

"媚娘,为朕留起长发好么?"李治长叹一声,他非但没有退开,而是上前将我紧拥进怀中。他的唇印上了我的额头,也深深地烙进了我的心里,"留起长发吧……你是朕的,从今之后你是朕的!"

"阿治,阿治……"这是最关键的时刻,我必须让李治永远地记得今夜,记得他曾给我的承诺!我流着泪,在他怀里悠悠地说着,"你还要我么?还要我么?阿治,你知道么,过去多少个日夜,我做过许多噩梦,我梦见你不再睬我,我梦见你早已将我抛之脑后,我梦见你狠心地将我赶走。阿治,我……我好怕……"

"我,李治,今夜对天起誓,"李治拉起我的手贴近自己的胸口,让我感觉到心脏狂跳的节奏,"我会将武媚娘捧在心上,生生世世,永不负你!"

我终于清楚地看见李治那双灼热的眼眸中赤裸裸地写着狂野的情感，此时他已完全褪去了茫然的神情，所有的情感毫无保留地写在他俊美的脸上——柔情、呵护、珍爱……还有一丝虔诚。

够了，如此便够了，我要的正是如此！我欣喜地含泪轻笑，缓缓伸出手去，指尖轻抚过他的眉，他的眼，再徐徐地来到他的唇，我哽咽着问道："君无戏言？"

李治轻吻我放在他唇边的手指，眼中的欲念已化为绵绵的情意："绝无戏言。"他再次俯下身，吻住我的唇。

此刻，除了汹涌翻腾的欲望，我还能感受到李治那一股汩汩流动的柔情。

情欲该是美艳的诱惑，它致命、迷醉、伤神，叫人心里有说不出的慌乱与迷惘。曾经想过多少次，女子的第一夜，应该是世间最美的。它打着鲜艳的苞，几多羞涩，几多激荡，几多甜蜜，满天的星辰必会为我而闪耀，大地万物正华，我会终生难忘，而那个得到我的男人我会一生都将他刻入心底。层层叠叠，不绝如缕，数也数不清记也记不得的美丽事物从此便这样来了。

可此刻，当他狠狠地挫痛我的时候，我却忍不住低叫出声，眼角情不自禁地流出泪来，不仅身子疼痛，心也隐隐地疼着。这不是幸福的颤动与呻吟，而是无边的痛苦与无奈。

但我却不能露出分毫情绪，只能在那欲现还掩的闪跃间妩媚，魂灵似乎在空中舒展，云烟突起，莹然成雨，凄然有露。

那一夜，月华如水，一切看似如此的热烈、浓郁、芳醇……可我分明就看见某样东西缓慢地从我虚弱的手指间轻轻流走，无声无息、义无反顾、冷若冰霜、果断而绝情。那一瞬，我是想抓住些什么，可我清楚地知道，这变故不是突如其来而是有预谋的。那主谋者，正是自己。

所以我只能无声地挣扎，仿佛大梦一场，心中一声声哀怨的叹息，低回黯然，隐含着一闪即逝的凄凉。

最深的伤，本就是不可见的。

初冬之晨，余寒犹存。

衾被暖褥铺陈，温暖而舒适，青铜火盆中跳跃的火焰闪出了扑朔迷离的光亮，一阵又一阵的暗香，在屋子里左右升腾。

那夜之后，我的周遭处处可见李治的温柔与心细。他暗中遣了几名侍女陪伴

我左右，只不过瞧见我赏花时嘴边绽放的一抹笑，第二日满园皆是鲜花。他确是个多情的男子，他的温柔是多数女人无可抗拒的诱惑，如此一个男子是很容易教人爱上的。

而寺中善于察言观色的尼姑们与住持，见李治如此重视我，皆不敢有所怠慢，殷勤伺候，送汤送水，煎药端茶，无微不至。

但是，我知道，如此仍是不够。李治此举无疑是"金屋藏娇"，我回宫依旧遥遥无期。我期待着，怨恨着，但是，我仍有无比的耐性，从不使身边的人看出自己是在期待，自己心中有着怨恨。

思即，我望着满桌的佳肴，忽然没了胃口。

"姑娘，身体不适么？"一旁的侍女见我停箸不食，赶忙问道，"是饭菜不合你意么？我立刻去换。"

"呃……"我只觉得腹中一片翻腾，一股欲呕厌恶之感直传上来，忍不住扶着桌案，俯身呕吐起来。

"姑娘，姑娘，姑娘！"侍女们都急了，离得近的慌忙上来为我抚背顺气，离得远的立即为我找大夫去了，有一个索性直接奔出门去宫中报信。

去吧，快去告诉李治吧……我望着那侍女远去的背影，唇带浅笑，尽管腹中仍是翻滚难受，心中却只有近乎冰冷的清醒。

微暝夜色，星光闪烁，飞雪轻降，郁白晶莹，稍显冷清。

我侧卧榻上，手握书卷，心思怅惘，双眼微闭，昏昏欲睡，房门"咿呀"一声开了，侍女匆匆入内禀报："陛下驾到！"

我心中一喜，面上却不露半分，仍是闭眼假寐，躺在榻上一动不动。

"姑娘……"那侍女再唤，声却忽然哽住了。

鼻中已嗅着一股好闻的龙涎香，我心中了然，这才缓缓睁开眼，李治一身盘龙宽袖黄袍，正站在榻前。

来得好快……我露出一抹浅笑："陛下……"

"朕听说你身子不适，"李治将我温柔地扶起，"所以特意带了御医来为你诊治。"

"多谢陛下，只是这寺中的师傅已为我诊过脉，她说我……"我说着，抬眼轻瞥了李治身后的御医一眼，李治随即会意，下令道，"你先退下吧。"

"师傅说,说我……"我见御医走出门去,这才咬了咬唇,轻声说道,"说我有了身孕……"

"你果真有了身孕？！"李治满面惊喜,他抓着我肩,急切地问道。

我闭口不语,只细细看去。李治面上的喜色、眉梢眼角的柔情,完全出自真心,绝对假不了。我当下便明白,这些日子的心血,终是有了着落。我长叹一声,躲进他宽阔的怀中:"陛下,媚娘有一事相求……"

"你要什么？"李治抚着我的脊背,眼中有深深的怜爱,"无论你要什么,朕都会答应你。"

我缓缓地,一字一顿地说道:"我求陛下将我腹中的孩子赐死。"

"这是为何？！"李治闻言大吃一惊,他难以置信地捏住我的下颚,"这是我们的骨肉啊！"

"这个孩子,不该留于世上啊……"我目光微闪,却仍笑着,笑意里却有悲悯,"我只是感业寺中的一个尼姑,而你是九五至尊,我们却有了孩子。我早已是命若草芥,无所谓名节,大不了一死了之。但陛下的清誉却绝不能为此事所累,所以,这孩子,不能留下啊……"

"媚娘！朕不许你说这样的傻话！"李治又急又怒,抓着我的双手倏地收紧,"你与孩子,朕都要！朕一定会让你们名正言顺地留在朕的身边！"

我的泪迅猛决堤,也抱紧了他,险些想将心中压抑多年的苦都说给他听,终是忍住了。

"媚娘,媚娘,你别哭,别哭……"李治抬手轻轻拭去我脸上的泪。

"阿治,我很欢喜,听你如此说,我死亦无憾了。"我依在李治怀中,沉默刹那,才又哽咽着说道,"你别为我烦心了,从我再见你的第一日起,我便在心中立下誓,绝不让你有一丝一毫的烦恼。只要你能幸福,无论什么我都可以承受……"

"媚娘,立刻打消这个念头。"李治紧拥着我,坚定地说道,"朕答应你,绝不会让你无名无分地留在此处,朕一定会尽快迎你回宫！"

"陛下,不,我不想使你为难……"我还未说完,便被李治掩住了唇。

"朕是皇帝,天下间没有朕做不到的事。"李治抚了抚我的脸颊,傲然道,"你再忍耐几日……"

听他如此承诺,我心头一快,连日的警醒终于松懈了。我乖顺地伏在他的怀中,浅笑嫣然。下一刻,我已冷然抽离这一场爱恨,静静地用自己的步调,劈开这

缱绻的情愁。

窗外半明半暗的隐约花影,远处遥遥传来钟声,有一只飞鸟掠过屋檐,奔向天际。

瑟瑟冷风,一羽飘零,静静在风中拐了一个弯,又拐了一个弯,从此云水寂寥。

第四十九章　回宫

飞雪积山,入目荒寒。远望层楼高峙,亭台楼阁,山门寺外,都没进了素白,只余模糊的悠茫一片。严寒冬夜,鸟飞绝,人踪灭,连虫鸣声也无一丝,只有深潭之下极低压抑的流水声。

"母亲,我是来与你道别的……"我将埋在桐树下母亲所留之物挖出,而后静静地立在树下,一手轻搭树干,一手轻抚微微隆起的腹部。

不远处,似有一道黑影闪过,我有刹那的恍惚,陡然凝成了锐利,那是杀气。

雪亮冷光划破虚空,如月辉泻地,漫溢四周,乍亮便倏然消隐。杀气令枝上的白雪簌簌作声,摇曳不定。

我亦不慌乱,身子一动不动,来人手中利剑直朝我腹部袭来,眼看着便要血溅三尺。

清远从我身旁跃出,搂着我的肩往后轻轻一带,避过了刺客的冷锋。他手中的长剑光芒炫目,轻轻刺中,只此一招,杀局已破。

局势逆转,刺客自知先机已去,此次任务失败,他立刻纵身一跃,没入无边夜色中,失去了踪影。

我长吁一声,侧头看去,清远手握长剑,仍是一副自然、闲散的模样,似乎他手中握着的不是杀人剑,而是几卷佛典。

"贫僧来迟,累媚娘受惊了。"清远缓缓收剑,十分恭敬地将我扶到一旁的青石上坐下,他亦不忘体贴地用自己的衣袍充当坐垫铺在石上。

我平顺了气息,抬头望向清远,他迎风而立,衣袍袂袂,眉目沉静,唇角含笑,似已陷入永恒的寂静中。

我目光清冷，并无欣赏的心境，只淡淡问道："你为何在此？"

"自那日惊鸿一瞥，贫僧便常在此等候。"清远微微一笑，和煦如春风，无懈可击，"不想今夜媚娘果然来此，确是心有灵犀。"

"呵……"我知他话中有话，一时却也理不清头绪，只得作罢。

清远温婉浅笑："媚娘今夜来此，是为了道别？"

"是为道别，只是对象不是你。"我心中暗惊，面上却微微一笑，目光若有深意，"看大师面相，非池中之物，莫非真要一生都屈于白马寺中？"

"媚娘深知我心，确是知己。"清远笑得有些无奈，调侃中带着凝重，"我在此潜心修行，空有一腔抱负却无的放矢。眼见着年华如水流走，确是心急……"

我知道他心中所想，却犹自调侃着："呵，我以为大师在寺中被住持惯着，谈吐风流，阅尽世间美色，又生得面若冠玉，从不知世上还有哀愁二字呢。"

"媚娘你又何尝不是呢？当年是谁将你送到了感业寺呢？"清远呵呵笑着，一双明眸横着望向我，"此人是想令你学会哀愁呢？还是她早已知晓你虽模样文弱秀丽，实则坚韧刚强、雄心勃勃？"

我一愣，他是知己。也只有他才会那样惊叹地赞美我随意而露的风情，且每一次的评述都切中我真正的要害。我同时亦明白了母亲当年的难处，她是希望我快乐的。哪有做母亲的盼望女儿哀愁，怕只怕有一日哀愁冷不防来了，她还傻傻地敞开胸怀当做幸福去拥抱。

一个女人，若没有理想抱负，反倒是件幸事。有了它只能使路途更加凶险，前程愈发难测。母亲一定也曾想过，让我此生只做个完完全全、普普通通的女人，一个与她截然不同的女人。只是，天从来不遂人愿。

"呵，佛门说四大皆空，可我始终也无法两眼空空。权欲带给我的灾难，或许远多过它给我的快乐与实惠。"我起身走到潭边，如镜的水面上映出我浅淡的笑意，"然而我已戒不掉了。为何从开始，我便会选择糊涂地涉及那最高的权力？为何会与别的女子不同？世上有多少女子，她们都没有权欲，却都活得快快乐乐，活得平平安安，没有内心的煎熬，没有独处的寒冷……"

"媚娘，天降大任于斯人也。此乃上天的旨意，不是俗人可以改变的。人人心中都有一朵花，你的眼里却没有花，从此色变空啊。"清远的眼眸内敛锐利，仿佛看透了我心中所想，"在寺中修行，不过是为你修炼一种心境，一种能应付世事无常、时运变迁的平和心境。"

我浅笑不语，因他确是说中了我的心事。我将当年母亲留下的盒子缓缓打开，一丝丝绮丽与流光溢彩，刹那光华，从我心底匆遽掠过。

轻展画卷，那幅《隋唐十杰》已变为九人，独不见我所画的母亲身影，冥冥之中，确有天意。

"大师，你说究竟何为禅呢？"我轻抚着母亲珍爱的长剑，喟然长叹，"人世百态，天慈地悲，仿若有情，仿若无情，其实一切都是禅。爱上权欲，是禅的自然而然。"

"媚娘你慧根深种，灵芽早发，永脱无明。贫僧精习禅半生，我这半生皆是禅。"清远双眸清澈无垢，恍如浮华倒影，他忽地伸手轻抚着我已开始蓄起的头发，"其实人世百般难解的纠葛伤心，都只能以禅来破译。禅是高悬心间的一柄宝剑，电光石火间洞烛一切。于是宽恕，于是慈悲，于是怜惜，于是珍爱。"

心中了然，我眯缝着眼笑问："清远师傅，若我回宫，你愿随我去么？"

"禅说'日日是好日'，竟不是纳得平安祥和的世俗福分。"清远欠身一揖，口念佛号，声如环佩，临风微振，圆润清朗，"空空一双手，紧抓与放开都是宿命，都是大美。留恋与放手，都有禅的悲意或欢喜。佛祖说：不悔。"

见清远平静的神色，我便知悉了答案，所以我满意地颔首，冥冥中果有真人指点。

夜星如眨眼的孩童，冰寒的晚风吹来，林中深处，我竟望见了那只被我砍断前爪的野狼。

它只余三只腿，却奔跑如飞，身后还带着两只小狼崽。它已将那没有前爪的腿慢慢长成身体的一部分，成了羽翼，可以奔跑，可以笑傲。随岁月生长的，不仅有品性、勇气、眼界，还有强韧的美。

它既能如此，我亦能。

翌日午后，我正卧躺在榻上假寐，突从钟楼上传来浑厚的钟声。

我侧耳细听，顿生疑惑，晨钟暮鼓，如今午后为何敲钟？定是发生了重大之事，莫非是李治前来？但他每次都是微服来此，绝不会如此大张旗鼓驾临，那又是何事呢？

我未及细想，门外忽快步跑进一个尼姑来，她气喘吁吁地说道："镜空，快，快，快去前院接皇后的旨意。"

皇后？我一怔，若是李治有旨意我定不意外，但这皇后……莫非我与李治的私情,皇后都已知晓了?所以派人来处置我?但这可能性极低,因此事早已不是秘密,且众人都知如今是萧淑妃得宠,那后宫佳丽又成百上千,她贵为皇后,绝不会与我一个小尼较真。若真要处决我,只需派几人便可将我暗中了结,何须从宫中传来旨意,让众人皆知?依常理推断虽是如此,但前日那在林中刺杀我的刺客又是何人指派?事有蹊跷,不可不防。

脑中念头疾转,我却也不迟疑,立时起身稍整衣袍,便朝大殿去了。

"武媚娘接旨!"内侍监见我入内,也不客套,直接宣读皇后旨意,"武媚娘聪慧伶俐,在感业寺中……特许回宫……"

繁杂的旨意我没有用心听,只听见一句:特许回宫。

不容我细想,一个宫女递来一个食盒,另几个内侍抬来一箱衣物,宣旨的内侍监说道:"武媚娘,这些都是皇后赐予你的,快谢恩吧。"

皇后的旨意简单明了,却让我一时摸不透她真正的意图,但面上我自然不能表露半分,当下叩头谢恩。

内侍监随即说道:"请姑娘稍做准备,而后便随我们入宫吧。"

"而后?"我确有些吃惊。我是希望入宫,我也晓得自己离入宫只有一步之遥,但这一切来得有些突然,且由皇后宣旨命我入宫,确不在我的计划之内。但只短短的一瞬,我便醒悟过来,心中已有了盘算,立时答道,"请内侍监稍等。"

我将一包银子不着痕迹地塞入内侍监的手中,轻声说道:"有劳各位了。"

"姑娘不必多礼。"内侍监眉开眼笑,会意地将银子收下。

因我早有准备,并无累赘之物,稍做收拾,便随内侍监出了寺门,上了马车。

远处隐约传来寺中朗朗的吟咏之声,渐渐远了。

马蹄掀开夜幕,微风吹动车上的帘子,左右摇荡,踢踏的马蹄声和辘辘的车辙声显得格外空荡。我掀开帘子,望着窗外昏暗的光线不停地掠过,直延伸到无穷处。马车上下跌宕,就似前途不可测的命运,颠沛起落。

但我早已无惧,便如此前行吧,到我想去的地方,不问因果,不问凶吉。

一时之间,心中极静,夜色如尘埃般落尽。

王皇后并没有怠慢我,至少表面上如此。

内侍监将我领到偏殿的一座小院,这是宫中清幽的居所之一。苍筠静锁,薄薄白雪,似笼寒烟。室中桌案皆由沉香木制成,沉厚温润。疏影横斜,满室光影瑟

瑟。

但我深知,无论怎样的厚待,毕竟是寄人篱下,不可行错半着、踏错一步,更不可坐困愁城。

思即,我连随身的包袱也未放下,便对一旁的内侍监说道:"我想先去觐见皇后。"

"姑娘随我来。"内侍监稍愣,而后便转身在前领路。

行不多时,便来到皇后殿,我恭敬地跪在殿外,请内侍前去通报。

跪了许久,双腿微麻,这才听见内侍的叫唤:"传武才人觐见。"

武才人?这王皇后是存心令我难堪,让我切不可忘了自己的身份么?我在心中冷笑,立即明白了许多。我徐徐起身,轻整了下衣袍,向殿内走去。

入了殿,我立时跪伏于地,行参拜大礼:"婢子武媚娘,参见皇后娘娘。"

第五十章　生恨

王皇后的声调十分平静:"不必多礼,平身,赐坐。"

"奴婢不敢。"我依然垂首跪伏着,不动分毫。

"你如今已有身孕,这般大礼,可折杀我了。"王皇后竟亲自上前搀起我,她眉目平和,笑颜温柔,令人顿生亲近之感,"我方才有事,所以来迟,累媚娘受苦,可总算没有辜负陛下所托。"

没有辜负陛下所托?是李治命她迎我入宫的么?心念一转,我故做怯意,微推拒着,仍是不敢起身。她既早知我有身孕,若真是有心要护我周全,方才为何会任我在殿外跪得双腿发麻?很多事,绝不能说出口,只能彼此心照不宣。

"媚娘果然是天生丽质,虽已年近三十,却是风韵不减。"王皇后侧头细细打量着我,她瞥了眼我微隆的腹部,温言开口,"我命人送去的那些衣物,可合你心意?"

"多谢皇后娘娘赏赐,奴婢铭感于心。"我低垂着头,轻声回道。王皇后面上虽温和,眼中却扫过一抹鄙夷。我自然明白她心中所想,她定是认为,我比李治年长,色衰则爱弛,依我的容貌与年纪,在美女如云的宫里恐怕也没有多少受宠的日子了。

　　王皇后接过宫女递过的茶盏，不疾不徐道："媚娘，我听闻，先帝在世之时，你曾在旁侍候过？"

　　"回皇后娘娘，是的，奴婢曾是先帝的才人，而后被贬为御前侍女。"我垂首，直言答道。

　　"哦？"王皇后持着茶盏的手微一顿，显然略感诧异。

　　想来她原以为我定会对那一段历史遮掩搪塞、避而不谈，不料我却直言不讳、大方痛快地认了。如此一来，她必定以为我是个毫无城府之人，话怎么套，我便怎么说。她将茶盏放在案上，瞥了我一眼，眼中的警戒已散去不少。

　　"你既侍候过先帝，定是知晓宫中的习例，先帝的妃嫔——"王皇后稍停，她微着侧头，察看我的脸色。我立即垂下头，做出一副惶恐的模样，她似觉满意，便换了话题，"嗯，你可知，是陛下命我迎你进宫的？"

　　"不，奴婢不知……"我仍是恐惧地答道，在这一瞬，我已明白王皇后此话背后所隐藏的意思，略微思索，便转口道，"先帝在世之时，奴婢曾与陛下有过几面之缘……"

　　"嗯？你们是如何相见的？"王皇后眼皮一跳，似漫不经心地问道。

　　"先，先帝在世时，曾为风疾所扰，多数时都静躺榻上，奴婢随侍在旁，陛下那时仍是太子，他进宫晋谒，奴，奴婢便奉命做些日常的记录，这才与陛下有了接触……"我的头垂得愈发低了，有意将话说得磕碰支吾，显出惶恐，"先帝驾崩之后，奴婢奉遗诏去感业寺出家为尼。寺中住持见奴婢懂些文墨，便命奴婢看守藏经阁。一，一日陛下到寺中祭拜先帝，这才与奴婢相见……陛下乃仁君，不忍奴婢在寺中受苦，又见奴婢虽愚钝，却也识得几个字，便传旨命奴婢蓄发待命，日后也可入宫做些文书之职……如今奴婢终能入宫，这都是皇后娘娘的恩赐，奴婢将终生感激不尽。"

　　"哦？这是陛下的旨意，我只是奉旨行事而已。"王皇后望着我，有些诧异，语调却极为平静，"你该谢的人是陛下，而不是我。"

　　"奴婢在寺中便听闻皇后娘娘的仁德，您时常赐斋感业寺。奴婢虽愚钝，但也知若不是娘娘的怜悯，奴婢是绝无可能回宫。"我再次跪伏于地，诚惶诚恐地说道，

"奴婢深受娘娘的恩典,即便是如今身上所穿的衣裳,也是娘娘所赐。娘娘的大恩大德,奴婢没齿难忘,往后必日日在佛前祷告,求佛祖保佑娘娘身体安康,长命百岁……"语未毕,我已哽咽,不能言语。

"哎……别哭了,我知你心意。"王皇后取出一方丝帕,轻拭我脸颊上的泪,动作轻缓,神色温柔,"只是宫中法禁严密,有许多事我不能问。倘若有任何差池,传到大臣们耳中,恐会生出事端,那时陛下定会为难。所以如何安置你,需从长计议。"

"是……多谢皇后娘娘。"我低垂着头,清泪落下,哽咽着说道,"奴婢再到宫中很是惶惑,往后一切全凭娘娘照顾,任凭娘娘差遣……"

"唉,媚娘哭得如此哀切,连我都忍不住怜惜起来,何况是陛下呢……"王皇后摇头叹息,收回为我拭泪的手,"这样吧,如今无法册封你,你往后便时时到我这儿来吧,不必照规例那样通报,闲时便可来此,或者……我这里的两名女官,太不济事了,我看媚娘你乖巧懂事,不如……"

"奴婢愿意侍候皇后娘娘。奴婢知道自己给娘娘添了麻烦,入宫有悖于礼法,只是见爱于娘娘,才有如今的安稳。"我瞬时明白王皇后的心思,她便是想将我放在身侧,可随时监视我,也可牵制着李治,"皇后娘娘的恩典,奴婢一生都不会忘记。"

"好吧。那便先委屈你了,对外先称做我的女官,就在偏殿中住上一阵,安心调养身子。"王皇后淡淡一笑,笑意随着眼波流转,"你今日很累了吧?下去休息吧。"

"是,奴婢告退。"我立即起身,跪地施礼。

告辞后,我步出大殿,目所及之处,是疏淡天光,曲廊旷寂,假山古石,沉寂如睡。静水藏深流,树大却招风。

我在一棵桃树下驻足,伸手折下一枝桃花。

如今宫中得宠之人是萧淑妃,王皇后苦无对策,而她知晓李治还未忘情于我,所以便充做好人,将我迎进宫来。若我得了宠,那萧淑妃自然便失了宠。而我是王皇后迎入宫的,必定感念她的恩情,与她连通一气,凡事必听命于她。她方才的询问无疑是风雨的预告,她如此做,便是要恩威并施,牢牢地擒住我这个棋子,让我充当她的先锋官。我怎能不知她的心思呢?所以也在她面前说了许多谎话。我与她的关系,皆建立在谎言之上。而一句谎言必然需要更多的谎言来掩饰,谎言说得越多,出纰漏的可能性就越大。倘若有一日谎言戳穿了,那便不堪设想了。

我踩了踩脚下温软潮湿的泥土,它如此肥沃,软如新翻的棉被。一只青虫打着哈欠,揉着惺忪的眼,从土里钻出来。想来它是十分舒服地睡了一觉吧,睡了整整一冬。

指尖轻触,可感它的筋骨与血脉。我忽地想起一个词来——"蠢蠢欲动"。原来这就是春天的泥土下青虫醒时的瞬间,某种渴望,在春天萌发。

雨来了,雨沾衣欲湿而未湿,这是春雨。

我站在窗前,窗户大开,细雨打在未褪去的冬衣上,有些潮湿,却不冷。

我怔怔地望着,沉淀着一种闲散的安定。

近处走来两个宫女,她们望见我,并未多做停留,只是微微躬身施礼,便很快离去。

豆蔻年华早已离我远去,我已不再稚嫩。在宫中,以我这样的年纪,是不会得到皇帝太多的宠爱,所以无人留意我。众人都认为,一个失去了鲜嫩的女人,在男子的世界中,少有翻天覆地的可能。

而这正是我所求的。在进宫的这段时日,我自敛锋芒,显出迟钝与愚直的模样,如此便可避免过早被人妒忌。在这个宫中,妒忌,总有一日会来的;而延迟一点,便可使我有更多的时间来从容应对。

一枝粉桃忽然递到眼前,绯红的花瓣上盈着晶莹的露珠。随之而来是温柔如水的声音:"媚娘,你一人在这儿发什么呆?朕为你折的桃花好不好看?"

我回身,李治灿烂的笑颜便出现在我面前。

"好看。"我微微一笑,伸手接过那花,"陛下今日怎会来?"

"朕几日不见你,心中挂念……"李治将我拥入怀中,在我的脸颊上轻吻着,他的手也悄悄地伸入我的衣裙内,"媚娘,朕想你啊……"

"不,陛下,奴婢如今已有身孕;而且,此处是皇后殿,陛下去陪皇后才是正理。"我轻轻摇了摇头,推拒着李治。

"朕知道,但朕许久没碰你了……"李治轻啃着我的脖颈,温热的气息拂在我耳后,激得我起了一身的疙瘩,"媚娘,你清瘦了许多……"

"不,不行,陛下!"我急唤,侧过头去躲避他的轻吻,"陛下,如今确实不行!"

"唉……"李治长叹一声,仍是将我紧紧搂住,却没有进一步的举动,"你在皇

后这里，过得好么？"

我垂下眼帘，唇角浮上一丝笑容："嗯，皇后待我很好，陛下不必担心。"

身后突然响起王皇后的声音："唉，原来陛下是担心我怠慢了媚娘呀……"

我早已从窗中瞥见王皇后入内，所以并不惊诧。我推开李治，落落大方，敛衽施礼："奴婢叩见皇后娘娘。"

"哎，不必多礼。"王皇后微笑着，轻轻握住我枯瘦的手腕，"初春风寒，你穿得太单薄了。如此消瘦，实在叫人心疼。这些天，在我这儿，媚娘可住得惯？"

我浅笑回道："皇后娘娘为奴婢准备的居所十分舒适，一切又都有娘娘照应，怎会住得不惯？"

"如此我便放心了，陛下也该安心了吧？"王皇后侧头望着李治，妩媚一笑，"陛下整日就担心我刻薄了媚娘，是么？"

李治温和一笑："皇后贤良淑德，朕从未有此担忧。"

"那，既如此，陛下，今夜……"王皇后展颜而笑，施施然走上前去。

"今夜朕去你宫中。"李治立时会意。

"媚娘，你在旁服侍。"王皇后唤我，"我那两个侍女太不济事了，都无法体会我的心思，还是媚娘最懂我心。"

"这……"李治微愣，担忧地望着我。

"是。"我倒是波澜不惊，从容答道，"陛下，皇后，请先行，奴婢稍后便来。"

夜已沉，傍晚时分下了那一场雨，此时已云开雨霁。

我静静地守在殿外，殿内不时传出李治与王皇后欢爱时的淫声浪语，而我只是怔怔地站着，如雕似塑，心思空白。

"媚娘，媚娘，你在外头么？"王皇后叫唤着，"陛下渴了，快奉茶来。"

"是。"我不敢迟疑，立即捧了茶盅上前。

"陛下，茶来了。"我跪在纱帐外，将茶盅呈上。

"媚娘……"李治由帐中伸出手来，他的手猛地扣住我的手腕，轻轻地抚着。

"陛下！"我心中却一冷，立即抽回手，旋身出殿。

"嗯嗯……陛下……"王皇后娇媚的呻吟仍隐隐从身后传来，我却如芒刺在背，走得飞快。

我走到殿外，恍如轻梦一场。远望去，宫中灯火璀璨，流光溢彩，却仍有一处伸手不见五指的黑暗。

王皇后近几日一直在宫中细心装扮着自己,因为李治已好几个晚上都临幸皇后殿。皇帝的阳光雨露,似乎令她找回了丢失的美艳。这也是她当初执意要将我留在身边的一个重要原因,有我在,李治便必定会来,她就能重新得宠。

这个女人,心机亦是深不见底。

一弯冷月静挂夜空,淡而无声,我立在院中,初春薄薄的凉意直蹿上来。

没有人知道我心中是否软弱过,动情过,哀伤过,欲哭无泪过。

于是,恨,满心头。

第五十一章　前行

夜色微暝,琴音阵阵,起落悠转,徘徊不去,在云水苍茫中纠结。轻风掠过,抚在琴面上,琴弦似有极轻的颤动,触痛了我的指尖。

我却不在意,犹自弹奏。夜幕如一方坚凝古砚,而此曲的最后一个吟音恰似一滴清水,落入砚中,溶了冷硬的凝墨,化开淡痕,丝丝缕缕地在我指间如烟消逝。

清脆的击掌声响起,我缓缓抬头,看到了李治。

我立即微笑起身行礼:"陛下,今日如此早便来了?"

"不必多礼。你的琴艺非凡,所奏琴声勾魂摄魄,使人沉醉。"李治轻轻将我扶住,"技艺中有诗情,这是远离尘嚣的真风雅。"

"陛下过誉了。我只是闲时弹奏,聊以自乐。"我被李治托住身子,无法躬身,便低头一笑,敛衽为礼。

"呵,媚娘总是如此恭谦……"李治无奈摇头轻笑,任由我将他扶上座去,"朕这几日政务缠身,都未能前来看你……"

"陛下,切勿说出如此话来,真是折煞奴婢了。"我伸手轻掩住李治的唇,低低说道,"陛下准许奴婢入宫,又有如此清幽之地供奴婢栖身,已是知足,再无所求了。"

"媚娘,朕将你迎入宫,是为能与你共享荣华。宫中虽佳丽无数,却无一人如

你这般才华出众、深情柔婉，她们对朕都是有所图的。"李治紧握着我的手，在我的掌心落下温润的一吻，"皇后无法生育，所以她收养宫人刘氏之子陈王忠为子，她终日请立忠为皇太子。而萧淑妃则是要朕立雍王李素节为太子……唉，她们如此逼迫朕，真是一日也等不得了……"

"陛下，立太子本就是国之大事，皇后娘娘她们急迫也是人之常情，陛下不必过于忧心。"我轻依在李治怀中，笑意微微，"陛下新君初即位，踌躇满志，日日上朝，每日引刺史十人入内，问百姓疾苦，及其政治，确是十分劳累。在政事上，奴婢无法为陛下分忧，今日亲手为陛下做了几样小菜，望陛下莫要嫌弃。"

李治有些惊讶，他侧头望着一桌菜肴，双眸忽然一亮："你亲自为朕做小菜？"

"平民小家，儿女绕膝，同吃同住，其乐融融。"我扬起头，温婉一笑，"而陛下贵为一国之君，终日操劳国事，却无法体会'平民小家'之乐，确是遗憾。"

"媚娘啊……你总是能静听朕之心语，朕的忧伤，你总能明白。若世间真有解语花，你定是朕心中最美的那一朵。"李治动容地紧拥着我，下颚磨蹭着我的脖颈，"只有在你身边，朕才意识不到自己是皇帝……"

"陛下……"我语调温柔，面上却冷然一笑，随即垂下头，掩饰了所有的表情。若不是那日目睹了李治与王皇后的床笫之欢，或许此刻我会被他深深打动。他多情却不专情，他爱我，只是，他也爱其他女人。他的爱过于浮浅，他的情只是猎艳，猎而厌之。如今所有的一切，对我而言，只是一个棋局。若成，便是幸；若败，那亦是命。只是无论成败，我都不会再浪费任何情感，一切孤意与深情都成了过往。思即，腹中的胎儿忽轻动，惹得我一阵轻颤，"啊……"

李治见我如此，急问道："媚娘？！怎么了？"

"奴婢没事，只是腹中的孩儿顽皮，方才踢了我一脚。"我眸光一闪，笑意加深，轻抚着腹部，"他可真会折腾我，时常在我腹中翻筋斗。"

"让朕也听听。"李治伏下身子，半跪在我身前，他侧过头，耳紧贴着我的腹部，凝神倾听，他忽地面露喜色，"听到了，朕听到了！他在动呢！"

"呵……陛下，您如此做，可是大失仪态啊。"我的手轻搭着李治的肩膀，面上漫不经心的笑意收敛了许多。

"媚娘，朕说了，只有在你身边，朕才意识不到自己是皇帝……"李治喃喃说着，他的头在我胸前微蹭，"若是平民百姓，夫妻间如此举动也是寻常吧？"

"陛下……"我心中流过一丝暖意，但那暖意却如最后一星炭火，迅疾地灭了，只余冰冷余烬。

李治似乎想起了什么,倏地问道:"哦,对了,你前些日子在皇后面前说,你在先帝时是做文书之职,朕要你进宫便为此,是么?"

"是的,那时皇后娘娘问奴婢如何进宫,又问奴婢在先帝时与陛下的关系,奴婢我怎敢直说呢?"我随即满面忧惶的,泪水也在眼中泛起,"奴婢有罪,奴婢不该欺瞒皇后娘娘。"

"哎,你会如此说,也是迫于无奈,朕不会怪罪你。只是前几日皇后又提起此事,必得想个法子给圆过去。"李治站起身,想了想才说道,"你既说你是做文书之职,那朕便拿一些文书来此,由你念给朕听,你闲时也可翻阅,稍做整理即可。"

"是,奴婢谢陛下。"我稍顿,略微迟疑,随即躬身谢恩。这是一项意料之中的收获,在我对王皇后扯下大谎之时,我便想到会有今日。从此之后,我便可触及军机之事,这是我的另一个机会。

"媚娘,你有身孕,莫要再行礼了,当心身子。"李治立即扶持住我,将我拥入怀中,轻声地叮嘱着。

"是,奴婢知道了。"我轻靠着李治的肩,脸上浮起笑意,心中却是幽然如镜。

俗世的欲火在我心中熊熊燃烧、猎猎舞动,澎湃、灼热、虚荣,与纯真背道而驰。

窗外林荫道,夜风萧瑟,暮色四起。

春渐渐远去,夏之阳光,灿烂如一场四溅的雨,点滴打落于地。天渐变燥热,在屋中待得久了,便觉闷热,如一种慢性的毒,缓缓渗进肌肤中去。

皇后殿中,纱帘垂地,冷香微溢,几名宫女立在一旁,寂静无声,连光阴也似停驻了。

"媚娘,如今天气闷热,你的肚子愈发大了,行动不便,就别时时到我这儿来,也不必照规例那样通报。"王皇后靠在软垫之上,摆了摆手,示意我起身,她柔声说道,"你若有个闪失,我便不好向陛下交代了。"

"皇后娘娘待奴婢一向很好,奴婢不是不知好歹的人。"我施礼后起身,轻声回答,显得有些胆怯,"娘娘之大恩,奴婢无以为报,只能每日到此侍奉娘娘,以做报答。"

"你是知趣识意之人,陛下怜惜你,连我都忍不住想对你更好些。"王皇后拿起一旁的茶盅,却并不喝茶,只是轻抚着杯沿,看杯中茶叶沉浮,神色和缓,"你今日送来的那块玉佩，我很喜欢；说来也巧，这玉佩与前日陛下赐与我的恰是一对。"

　　"回皇后娘娘，奴婢献上的玉佩也是陛下所赐。此乃贡品，陛下将一块赠与娘娘，一块赐与奴婢。"我垂着头，语调诚恳，"奴婢得此宝物，心中惶恐，自知粗鄙，无福拥有，便立即拿来献与皇后娘娘。"

　　王皇后欣然笑道："你倒是有心人，但此物既是陛下所赐，你便收着吧。"

　　"此玉晶莹剔透，无任何瑕疵，奴婢听说它曾在佛前供了三日，能保人一生平安。"我郑重其事地想了想，这才又说道，"其他人并无资格获得它，唯皇后娘娘可得之。世人都说好事成双，成双，便预示着好兆头，所以奴婢恳请娘娘收下。"

　　"既如此，我便承你美意收下了。"王皇后颔首，笑意清和，"我听陛下说，你时常劝他到我这儿来？"

　　"是。"我不敢放松警惕，仍是拘谨地说道，"皇后娘娘乃后宫之主，理应受到陛下更多的宠爱。"

　　"难得你有这心思，不恃宠而骄，也不枉我将你迎入宫。"王皇后笑意暖然，"对了，我这儿有些安胎滋养之药，一会儿我命人为你送去一些。"

　　"多谢皇后娘娘。"我起身要行谢恩之礼，却被王皇后拦住了，我顿了下，便只微躬身。

　　"今日你也累了，早些回去休息吧。"王皇后神色认真，淡淡话语，"今后的路还长，还望媚娘不要令我失望。"

　　"是。奴婢明白。"但世间无论再长的路，也终有它的尽头。我心底透亮，行礼告辞，"奴婢告退。"

　　步出皇后殿，阳光斜照，光影中腾起微微暑气，更见酷夏之毒辣。

　　王皇后此时高居后位，后宫之事，就是李治也要忌她几分。她若想要取我的性命，如踩死一只蝼蚁般简单，我若得罪她，那便是有百害而无一利。不如事事忍让，做些讨巧之事令她放心。王皇后多番试探，我皆能得体应对，她已放松了对我的戒心。即使她不将我当做心腹，至少对我的敌意也能减去几分；且在她的护翼之下，也能为我挡去宫中其他嫔妃的窥视，令我省去不少麻烦。韩信忍胯下之辱，勾践之卧薪尝胆，都只是为了最终的胜利。

　　池中青莲，迎风摇曳，悠然自得，丝毫不知世间人心之叵测、命运之曲折。

　　我正欲近前观赏，忽闻前方响起轻缓的脚步声。我不禁闻声抬头，便见一男子绕过前方竹林，向此处走来。他剑眉星目，身材魁梧，头戴金冠，玄色长袍，灰色束腰,袖口处微露银雪之色,衣着与相貌一般恰到好处,赏心悦目却又并不出众,正是阿真。

我们皆不料在此相遇,目光相接的刹那,阿真的眸中闪过瞬间的讶然,旋即恢复平静。

我落落大方,敛衽为礼,并无言语,施施然起身,举步前行,与他擦肩而过,不再虚礼。

我不知阿真是否有回头来望一望我,但我是决计不会回头。他既选择了忘却,我亦能,且我会比他忘得更快、更彻底。我已能非常冷静地对自己残忍,因为只有如此,无论别人再如何残忍地对我,也冷不到我心中去,因为我自己已是一块无情的坚冰。

我微微一笑,随即掩下了心中所有多余的情绪。在花丛中穿行了一会儿,我在一株牡丹前驻足。

前方立着两个宫女,她们见我站着发愣,便行礼道:"武姑娘,可有什么事?"

我微颔首:"此处景色颇好,我想在此弹奏一曲,烦扰两位为我将琴取来。"

"是。"其中一个宫女立即回身为我取琴去了,另一个则上前来将我扶到亭中的石椅上坐下。

李治平日给我的金银珠宝,我毫不吝啬,几乎都用来打赏身边的内侍与宫女。而这些宫女、内侍得了我的好处,自然是众口一词地赞誉我,为我说好话。我此时虽未有任何封号,他们依然对我礼遇有加,听我差遣。初入宫,广结善缘,处处多栽花少栽刺,这些都是我在宫中立住脚的必要举措。他们虽无成大事的能力,却是一张紧密的情报网。有了他们,有些事我做起来便是事半功倍。

那宫女很快便取来琴,我伸手试了试弦,而后手指轻拨,悠然之曲便从我指间流泻而出。

取琴闲弹随兴,随兴恰好是真挚。我十指掐下一曲黯然之声,那声声皆鞭笞,一鞭鞭笞挞出我的往日伤怀,心中缺失的那块圆满、那些不完美、阴影与丑陋。

一层薄雾随着苍凉之琴声迎面裹来——在花丛的另一头,竟有人抚琴与我合奏。

那琴声仿佛一根埋于泥地的绳索,轻轻一拽,拽出了那些使人又惊又喜又惧又爱的情感。颤动的琴音如同分袂永别的悲声,将人凄楚地惊醒。冰冷的幽怨,浩然的幽怨,剪不断的幽怨,如同绽开在夜色中的那一抹深白。

我忽然觉得宁静,宁静的是琴声,亦是人。又觉得感伤,感伤却无来由。最终,一切却又化做了无声的欢喜,而这一刻,我仿佛已等待了许久。

我如同酒徒掉进了大酒缸,彻底地沉溺,深深地迷失,只为这一场子期伯牙之约。

是他,我知道,一定是他!

第五十二章 挣扎

琴音里的昂扬低首皆起止有度,似抚琴之人在极力克制着的欢喜,但我仍可知他此时定是喜上眉梢,飞于花丛。万物正茂,轻风和煦。

"铮"地一声,突如其来的高音潇洒得使人立时心生爱慕,心境中的亮色与颤音如此顿挫,有欲说还休的豁达蕴藉。

恪……真的是他……

恍惚中,我缓缓起身,轻轻踏前一步,却倏地止住。

我的眼前有些模糊,淡去的记忆如倒影浮现。在感业寺中,冬夜滴水成冰,将所有情仇,凝成了冰雪;夏日酷暑难耐,将所有恩怨皆烧成灰烬,吞噬了心中所有的光热。时常,有尼姑半夜投井、上吊;而我,即使夜再长,天再冷,心再伤,也依然坐等天穿。一个女孩,以呢喃,以哽咽,以青涩,以不悔,以纯真,去换回那一片腐朽的锦绣繁华。残雪飞扬,余烬未灭,覆于心头,仍残存一丝温暖。

在我最柔弱无助之时,他在何处?哪怕只是只字片语,也足以令我释怀。李治与阿真对我的无情,我尚可以忍受,唯有他……他原是我的高山,却弃流水于不顾,怎能不叫人心寒?

琴音婉转低回,我竟在其中听出了悔意,真是诧异。但哀莫大于心死,一切都大势去矣。我的怨、我的怒、我的悲、我的不甘、凋零的华年……我已不想追问他缘由,怎样的缘由都无可原谅。

谁说人的一生,不是一场战争?一个人的战争,时时记得打败自己的心魔。

琴音依然美得令人心颤,但一切于我,不过是烟花三月,或怒放,或凋零。花事将了，而我愿做过客，或曾驻足欣赏，但不曾心系流连。

虽如此想，只是我的幽怨依然被这清越剔透、强健隐忍的琴音一弦一弦拔除。

夏风轻卷，绚烂夺目花色中，隐隐露出雪白长衣的一角，仿佛永远不染纤尘。日头正盛，细小的尘埃漫然飞舞，渺如雾霭，他的身姿皎如冰雪。

我与他，相隔不过十步，但我深知，我不会跨过去，他亦然。

我与他，原就该是咫尺天涯。

夏阳亮烈如雪，我却觉得浑身冰冷，如披霜雪，温暖寂灭，只余下触目的空茫。

雕花窗前，我倚窗而坐，手拿奏本，轻声读阅。

窗外暮色苍茫，清风飘飘悠悠地入窗来，犹夹着草木清香，吹得我长袖轻摆，微露瘦弱的手腕。低垂的竹帘，窗外偶尔传来一两声鸟啼，听不真切，遥远得似在天边。

清风偶尔翻动案上的奏书，李治斜靠在软榻上，双目微合，似睡似醒。偶尔我询问他奏书上的问题，他半睁着睡意朦胧的眼睛，答非所问。这般景象，再加上他那张清秀的年轻脸庞，无论如何也看不出有半点帝王的庄肃。

我无奈摇头，兀自念道："……陇右大旱，开春以来，滴雨未降，秧禾枯死，颗粒无收，灾民十万余户，民生艰苦；当地奸商污吏互相勾结，囤积粮食，高价售卖，又私分赈灾粮饷，百姓苦不堪言，隐有叛乱出现……"我愈看愈觉触目惊心，顿首等待李治回复，却见他毫无回应，我便提高音量高叫两声，"陛下，陛下！"

李治正昏昏欲睡，被我的叫声惊醒，他两眼迷离，有些不知所措："何，何事？"

"陛下，陇右大旱，奸商污吏横行，百姓苦不堪言，恳请陛下早做决断，救万民于水火之中。"我在心中暗叹，便把方才奏本中的内容大略地说了一遍。

"陇右大旱？此乃天意，天不降雨，朕也无可奈何，只能拨银两救济。"李治难掩惊讶，含糊说道，"至于叛乱，派兵镇压就可。"

"陛下，奴婢是个女子，不懂什么政务要事。只是在奴婢家乡，若遇大旱，奴婢的父亲便会率众凿井济旱，使旱情稍减。"我沉默片刻，斟酌了下，谨慎地开口，"父亲曾与我说过，大旱之年，稳定民心最为重要。"

"哦，你倒说说，如何办才妥帖？"李治双眸一亮。

"奴婢，奴婢不敢。"我故做惶恐，抬眼望了李治一眼。

李治摆了摆手:"哎,朕让你说便说,不必顾忌。"

"是。奴婢斗胆进言,陛下可立即派遣御史前去赈灾,将奸商污吏擒住正法,以做警示。"静了一会儿,李治似乎才终于听懂了,我又缓缓开口,"而后开府库济民,凿井济旱,以解旱情。也可命官吏率老耄、士绅跪天乞雨,七日七夜,以诚心感动天地,赐予大雨。如此做,即使天不赐雨,百姓也必定会感激陛下,民心大快,谢陛下仁德。"

李治凝视着我的眼睛,稍愣片刻后忽然微微笑了,他颔首:"媚娘,你说的有理,便如此办吧。"

"奴婢嘴快,口不择言,妄论朝政,请陛下降罪。"我难掩惶恐,抱着腹部,便要下跪请罪。

"媚娘,这是做什么?你非但无罪,还有功呢!"李治见我要跪,立即上前搀住我,他摇摇头,抿嘴笑道,"若真要罚,朕就罚你将案上这堆奏书全数批阅了,为朕解忧,岂不更好?"

"陛下!"我精神一振,心中惊喜非常,口中却是不依地唤道,"陛下就知打趣奴婢,下次奴婢再不多嘴了,免得受人取笑而不自知!"

"媚娘莫气,朕此言全发自肺腑,句句真心,绝无取笑之意。"李治见我在他怀中挣扎,忙收紧双臂,既能钳制住我,又不伤我分毫,"朕每日对着这堆积如山的奏书,真是烦透了,原来当皇帝竟是如此的苦差。朕多想有个人能为朕分忧,媚娘,你也不忍见朕如此疲惫吧?"

我心下浮过一丝笑容,故做为难地说道:"陛下,奴婢愿为陛下做任何事,只是,如今奴婢临盆在即,恐不能……"

"怪朕粗心大意,怎将此事忘记了?"李治抚着额头,大呼无奈,"不如这样吧,你先静养,待产子调养后,再来帮朕。"

"奴婢谢陛下恩典。"我挣脱开去,微微躬身,便要再次跪拜。

"媚娘……"李治一把将我搂进怀中,他抚着我的脸颊,柔声说道,"媚娘,为何你到了宫中对朕却是如此生疏?朕多想再听你唤朕一声'阿治'……"

"陛下,宫中有宫中的规矩,奴婢何尝不想如往日那般,只是……"我听他如此说,心中忽然有丝异样的茫然,但面上却现出胆怯,眼中已有些湿润,"奴婢怕啊,奴婢真的怕……"

"告诉朕,你怕什么?"李治神色更柔,他俯下头,抬袖拭去我眼角的泪水,"如今朕是皇帝,有朕在,你什么都不用怕。"

"阿治,你还在的,是不是……"我抬头望去,李治眸中一片潋滟。亦真亦假,难得的软弱突然袭上心头,我觉得疲惫不堪,不想再言语,只想在他怀中找个空隙,静静地安栖一会儿,"我怕你变了,怕如今只是好梦一场,梦醒了,一切便都烟消云散了……"

我知道,男人无论是出色、平庸,都不会太过溺爱强势的女子。我在他面前可以意志坚定,却不能咄咄逼人;我可以出谋献策,却永远要让他觉得最终决定权在他手中;我可以展现自己的才华,令他觉得我并不肤浅,却永远不要忘记做软弱之态,让他觉得自己仍是我唯一的依靠;其实,女子如同瓷,都是脆弱易碎的,只是我已经烈火灼烧,最终成了摔不碎的泥胎。

"媚娘,我一直都在的……媚娘,我也怕啊,怕你变了。"李治轻轻持起我的手,放到唇边轻吻着,"我仍记得,那年牡丹怒放,你便在那欲现还掩的闪跃间妩媚,丰姿绰约。那时你望着我,眸中忽闪过一丝翠绿,那一瞬的激荡与暗藏的妖娆,火炙的情意,我立时在心中起誓,必要得到你……时至今日,我仍是不由自主地想起那日你眸中翡翠色的灰烬。"

"陛下……"听他如此说,我不由有些动容,才想着说些什么,殿外忽有内侍来报:"陛下,洛阳的牡丹运来了。"

"抬进来。"李治依然搂着我,没有放手。

内侍们都很识趣,皆不出声响,将几坛牡丹轻轻搬入,而后全数施礼退下。

殿中摆放的牡丹,一簇簇,一枝枝,开得满目金灿,缠绵不绝的姿色、浓烈到任性的张狂香味,使我目眩神迷。我转身疑惑地望着李治:"这是……"

"近来我见你总是愁眉不展,有心想讨你一笑,却不得其门而入。我知你喜爱牡丹,无奈长安的牡丹总是无法开得完满,我便遣人从洛阳运来这几株牡丹。"李治郑重地颔首,露出讳莫如深的神情,"洛阳牡丹艳丽繁华,百媚千娇。即使经一世世火烧火燎,仍娇艳鲜活,即使到了长安也不减它半分姿色,确是人间极品。"

"陛下为奴婢如此大费周张,可真折煞奴婢了!"我惊讶地睁大了眼睛,脱口而出。

"我知道,你为前些日子我与皇后的事而闷闷不乐,但她毕竟是皇后,有些事,不得不迁就她……"李治顿了顿,眼中忽闪过一抹精光,迅而消失不见。他搂着我,近前观看牡丹,"你看,这几株便是'冠世墨玉',片片花瓣犹如浓墨染过一般,

颇有气派，人们将其誉为黑花之魁。那边的'青龙卧墨池'亦很别致，花为乌紫色，或含苞欲放，或怒放妖丽，妩媚、芳香却又高洁。"

"老人们常说，情爱之花，初开时也就是那令人心动神摇的'目注勾萌'，那之后便异于常人的痴痴呆呆，只缘感君一回顾，至今思君暮与朝。"眼前花团锦簇，我怔怔地望着，偎在李治怀里，嗅着他衣袂间微溢的龙涎香，时光的流逝似乎突然变得格外悠缓。炉中幽香飘然而上，每一缕轻烟划过的轨迹我都看得清清楚楚。在他的怀中，似有一生一世的安稳静好，我幽幽说道，"所谓的三生缘分，或许只是那激荡人心的一回顾吧。呵，那时你就像个呆子似的望着我，口中唤我'花妖'……"

"你确是花中之妖，那妖气，由来已久。衣裳朴素，骨子里却是妖媚。那微扬的眉目，冷艳地、凄绝地、不肯妥协地，有股与生俱来的贵气，我从未见过哪个女子有你这般的傲气。"李治笑意暖暖，轻轻在我耳旁道出重如千钧的话语，"你令我越看越爱看，越看越觉得自己愿为仆役，哪怕为你驱使，甚至豁出这条命也是心甘情愿的。媚娘，媚娘，你只是我一人的媚娘……"

我眼前忽起雾气，只觉一团蓝紫色冷艳的火在熊熊燃烧，它与我胸中那团火相煎、相斗、纠缠、厮咬、拼杀，绝不可融，直烧得我五内俱焚。现实与理想，爱与恨，悲与喜，如同阴阳两极不能相融，终于忍受不住煎熬，狂啸而起。

我不禁悲从中来，只因我已没有选择的权利。

风急，轻卷群花，那一丛牡丹占尽夏色，艳若胭脂，明若晓露，灼灼花光似能映痛人眼。那光灿之色，直照人内心欲言还止的私密处，那脆弱、胆怯、悲伤、不足为外人道的颜色啊……

李治是天生的情种，成为他的所爱，甚至是最爱，是幸，亦或是不幸？与他的纠结，究竟到何时才是尽头？

只是世事倥偬，生死峥嵘，一切都由不得我沉溺于此，止步不前。

那株黑色的牡丹，枝叶繁茂，孤高寂寞地竖立着，如同炎夏里一抹黑暗的影子。

面对一床春泥，我微俯首，它是如此肥沃，正是锄地种花的好时节。我的园中，绿叶浓郁，牡丹盛放，那是没有被尘世的风霜冻坏的奇姝。

我手拿花剪，静修花木，心中一片新婚燕尔才有的怡然与春色，神情是少有的专注温和。李治赠与我的牡丹，我一直悉心照料，从不假手他人。

"武姑娘。"宫女的声音打断了我的思绪，我回头，弯眉一笑："何事？"

"淑妃娘娘来了！已到前庭了！"宫女气喘吁吁，却仍掩不住惊慌。

"哦？"我放下花剪，轻挑双眉。这萧淑妃终于也按捺不住，想来探一探我的虚实么？我原以为她能多忍耐些日子呢，看来仍是高估她了。

"走吧，随我去迎接淑妃娘娘。"我轻旋身，宽大的袖袍在风中扬起一个弧度，恰似一柄出鞘的利剑。

第五十三章　昭仪

"奴婢武媚娘，参见淑妃娘娘。"我缓步上前，微弯身，敛衽施礼。

"武姑娘确是美丽绝伦，从面容上看，丝毫也瞧不出你比我长了几岁。我以为陛下如此宠爱武姑娘，必定不会怠慢你呢。谁知你竟如此狼狈……"萧淑妃微瞥了我一眼，眸中闪过一丝轻蔑。她的声音清如银铃，人又生得明眸皓齿、眉黛浅轻、发如流泉，身着嫣红纱衣、蔷薇绫裙，髻上簪着一朵红芍药，确是明媚至极，灼人眼眸。

我看着眼前这个美艳动人的女子，微笑淡淡。我一早便在此摆弄花草，穿梭其间，衣裙上沾染的斑斑泥土让人想不侧目都难。我却不在意，只轻描淡写道："奴婢今日闲来无事，便来此照看花草。迎驾来迟，还请淑妃娘娘见谅。"

萧淑妃的目光转向院中的那数株开得娇艳的牡丹，先是一怔，而后便收回目光。她似只淡淡地一扫而过，恍若未见："想不到，武姑娘还精通园艺之道。"

我眯眼，轻轻摇头，讳莫如深地说道："这可不是园艺之道，而是堪舆呢。"

"堪舆？"萧淑妃也眯眼，两道好看的柳眉细细地弯着，"你指的是风水？"

"正是。娘娘可知，在宫廷之内或豪门望族之中，草木皆欣欣向荣；而门庭冷落、产业颓败之家，则万物凋敝，由此可见人之气运可鉴于草木。"我见萧淑妃如此专注，忽起了戏谑之心，便煞有介事地说道，"所以奴婢以为，艺草植木若是得道，能为宅院助祥光而生瑞气，否极泰来，庇护一世。"

"哦？果有此事？"萧淑妃美眸微眨，神情似信非信。

"确有此事，譬如，红色的花入室可令家宅兴旺，而白花不能宜家宜室。"我颔首,抬手指向一旁的牡丹,那鲜红的花色,似立即便要灼烧起来,明艳之姿映得满园潋滟生光,我轻描淡写地道,"所以在这皇宫之内,也少见白色之花,只种植大富大贵之花。譬如牡丹,它特有的富丽、华贵与丰茂,被世人视为繁荣昌盛、幸福和平的象征。"

萧淑妃似是被我说动,她目不转睛地盯着那牡丹,眼中现出惊艳之色,朱唇吐玉地道:"武姑娘果是个中好手,将这牡丹照料得如此美艳,我十分喜爱,不知你可否割爱,赠我几株?"

"娘娘既下令,奴婢自当从命。"我瞧出她的用意,心底自是透亮,面上仍是笑吟吟地道,"只是牡丹的护养较为烦琐,恐怕娘娘会不胜其扰。"

"哦,此话怎讲?"萧淑妃一怔,随即问道。

"牡丹最喜夏季凉爽,而寒冬却耐不住严寒。所以它要有适度的雨水,充足的光照,但在夏日,正午之阳太过强烈,又有西晒,那便需要略有遮荫以避之。"此时正是正午,阳光热辣地泼溅于地,我伸手取过放在石桌上的一碗清水,用手蘸了水,遍洒四周,那水很快化作一滩水迹,唯有余凉仍飘散不去。想来是这清凉之水,稍缓了酷热,那树丛中一直鸣叫不停的蝉突然没了声息,我边洒水,边解释道,"每日正午,必要拿些清水为它解暑,少则一次,多则三次,不可懈怠。"

"我原先还疑惑为何陛下会流连你处,今日一见,方才恍然大悟。"萧淑妃缓缓说道,眼中似有两簇火焰媚然闪动,"武姑娘你貌美如花,又知书达理、见识广博,无怪陛下会钟情于你。"

"淑妃娘娘过誉了,奴婢惶恐。"我心底一沉,面上却若无其事地说道,"皇后娘娘贤良淑德,深得陛下敬爱。淑妃娘娘美丽温柔,才受陛下宠爱。奴婢乃粗鄙之人,不及二位娘娘半分。淑妃娘娘如此说,真是折煞奴婢了。"

"武姑娘不必过谦,我先告辞了,改日你可移步我处,我们可促膝详谈养花之道。"萧淑妃眼睛勾勾地盯着我片刻,而后微一颔首,亦不多语,径直向园门走去。

"奴婢恭送娘娘。"我亦不敢大意怠慢,紧跟在萧淑妃之后,送她出园。不料才行两步,我便觉腹中一阵绞痛,巨痛难忍。我从今早便忙于照料花木,正午日头毒辣,暴晒之下,莫不是动了胎气,临盆在即了?

"呃……"我方才想开口唤人,却见前方有一摊油渍,想来是漆树的花匠留下的。而萧淑妃正细步前行,丝毫没有留意到。额上已有细微的汗珠,我强忍剧痛,再偏头看去,右边是一片新翻好的沃泥,温软潮湿……灵光乍现,腹中仍是疼痛如刀绞,我脑中却是一片清明。

"啊!"下一刻,萧淑妃便毫无防备地踏到前方的油渍,她骇得花容失色,惊叫起来,顿时失了重心,侧身向我倒了过来。

我早有防备,忍着疼痛,微错身与萧淑妃轻擦而过,右手将她轻轻一托;而后我脚下再一个踉跄,萧淑妃便稳住了身形,我却摔在了软腻的泥土上。

"嗯啊……疼,疼死我了……"我倒在泥地里,腹中疼痛更剧,双腿间似有一股热液缓缓流下,衣裙上血色斑斑。我的神志昏然欲睡,唯有心中一丝清明警示我必须振奋清醒。

"啊,啊,啊!!武姑娘!"几名服侍我的宫女惊慌失措地跑上前来,她们围在我身边,乱成一团,有些颤抖地扶着我,有些快步跑去寻找御医,而萧淑妃呆立一旁,骇得瑟瑟发抖,面青唇白。

很好……我冷冷地看着,恍惚笑了。

"嗞——哗!"枝上那原本没了声响的蝉突然齐声鸣奏,似用尽全身气力那般凄厉地叫着,直要将那青天穿透。

微醺的风,淡衫薄罗,迷离花色,石彻栏阶,一切美方初绽。坛中的牡丹,是故事发生的见证,它冷眼旁观着,是貌若无情的陪衬,是暗自芬芳的背景。它似不肯入戏,宁受酷热而不愿落入凡尘,只余那一枝锦绣绚丽的传奇。

混沌中不知朝夕,时梦时醒。整个偏殿都是我撕心裂肺的叫声,依稀望见几个人影在我眼前来回穿梭。

锥心之痛,切肤之苦,产子一瞬,满天红光,使人为之炫目。耳边忽然传来那声清亮畅快的婴啼,兴奋、喜悦、幸福立时涌上心头,先前的恐惧与痛苦随即全都烟消云散。

一旁的宫女兴奋地叫道:"恭喜姑娘!是个男孩!"

怀抱着仍在哇哇啼哭的婴孩,我虚弱地长吁一口气,心中有一种难以言喻的幸福感。

"媚娘,媚娘!"李治掀开帷帐,急迫地快步奔了进来。他头戴皇冠,身着冕服,显然是方才匆匆从朝上下来。他一脸焦虑,待望见我怀中的婴孩时,竟像孩子般绽露出天真的笑容,"这,这是我们的孩子?!"

"是啊……陛下……"我恍惚出神,过了良久才想起要应他。

李治缓步上前,他先看了看孩子,而后俯下身,抬袖拭去我额上的细汗,柔声道:"媚娘,苦了你了……"

"能为陛下诞下子嗣,奴婢再苦也是值得的。"我已回过神来,微笑道,"陛下国事缠身,怎会赶来?"

"朕听说你受惊跌倒,忽然要生产,心中焦急,哪里顾得了许多……"李治边絮絮叨叨说着,边坐到了榻边,他小心翼翼地将我与孩子都抱在怀中,伸手来摸孩子的小脸,满面欢愉之色。

我见李治欢喜之情溢于言表,想来他必定也是十分期待这个孩子的降生,心中的大石便此落了地。李治抚慰我的手,温柔异常,我却不得不从这温存迷恋中挣扎醒来,脆弱的心神不容许有任何错乱,我浅浅一笑,深深地凝视着李治:"陛下,不知陛下给孩子想好名字了么?"

"嗯?尚未想好。"李治一怔,随即拍腿叹息,"朕先前是想过几个名字,而后一想,这孩子还未出世呢,是男是女还不知,起了名字怕也是用不上。不如等到孩子降生,再起也不迟。"他顿了下,眸中灵光一闪,"媚娘你学识在朕之上,不如就由你来为我们的孩子取名好么?"

"奴婢不……"我眼眸一转,才要说出拒绝的话语,李治便截了我的话头,"媚娘不必过谦,朕说了,这孩子的名字便由你做主了。"

"是,奴婢谢陛下恩典。"我垂目略一思索,沉默片刻,便微笑道,"这孩子就叫李弘。"

李治将这名字轻念一遍,饶有兴趣地说道:"李弘?大气恢弘,弘者,大光明也,是个好名字。"

我淡笑不语,其实这个名字在我心中别有深意,"李弘"是道教的谶语,"老君当治,李弘当出",这是王者之气。

"对了,宫女来报,说那时是因萧淑妃推撞了你,以致你动了胎气,可有此事?"李治面色一凝,缓缓问道。

我的心突突地跳,任内心巨浪滔天,只垂首轻声地答道:"不,没有此事,是淑妃娘娘不慎跌倒,奴婢前去扶她。是奴婢自己不留心,都怪奴婢大意,与他人无关。"

"哦?果是如此?"李治神色有疑,一望便知他内心绝是不信。

我颔首,眸中适时点缀出两滴清冷的泪光,我声音低而虚弱:"正是如此,所以奴婢恳请陛下,不要再追查此事了。"

"朕知该如何做。"李治双眉紧皱,而后忽地欣然一笑。他命宫女将孩子抱去,而后将我轻搂在怀中,拥着我一同躺下,"你累了吧,朕也觉疲乏,睡一会儿吧。"

"嗯。"我乖顺地依在他怀中,全身融于这龙涎香中。似乎就不由自主地醉了忘了,眠于这难得的眷恋滋味,难以抽离。然,真正要不知愁不知苦不知恨,唯有遗忘前尘。

酷暑六月,西斜的落日映红半天云霞,红到深处便成灰。天际暗云低垂,却不知,何时何处将风雨满楼。

萧淑妃从此就失了宠,李治已很少去她宫里,没有人知道是为什么,我心中却是亮如明镜。

李弘的降生,为我带来的是昭仪的头衔,我再也不是李治身边一个微不足道、身份卑贱的侍女了。若说先前李治对我的宠爱是隐秘、不足为人道,如今便是众人皆知了。

在尔虞我诈、人心叵测的后宫粉黛中,我势如破竹的翩然姿态令所有人措手不及,令毫不设防的她们还未来得及迎战便已功亏一篑。

但我却不敢有丝毫的懈怠。这个年轻的帝王,他眼前的无限江山才正要铺开。而我是他眼中盛开的一朵黑牡丹,姿容不凡、风情万种,但情之初始,有谁能预计未来?后宫佳丽,比我年轻貌美的大有人在,我时常望着自己的面容,而后心中渗出寒意。我长李治四岁,红颜易老,青春转瞬逝去,贪多一分爱恋便是需要多费心窃取一分幸运。隐蔽的仇恨抑或愁憾,午夜梦回之时依然袭向我。

五彩织锦铺满榻,碧纱帷幔拂地轻垂,绰约重叠,廊外皆以上好的沉香木铺就,天然幽芳扑鼻而来。梨花案上,青瓷瓶插了几枝桂花。我靠在软榻上,望着眼前的一切,遥遥想着,而后自嘲地一笑。

"武昭仪,这是陛下命人送来的岭南荔枝,肉白如雪,鲜润多汁,您尝一尝。"林锦女官端了一盘荔枝,立在我身边,轻声唤我。她貌不出众,却自有端雅之态。

"哦……"我微怔,这才回过神来,伸手取过一颗剥好的荔枝放进口中,"林锦,怎会是你?你身子不好,还是做些轻闲之活。我记得我是让夏莲拿过来的……"

"这只是小事,奴婢做得来。"林锦见我吃得欢喜,便倚在窗边,怯怯地问道,"武昭仪,告诉我,你为何愿意讨我来做你的女官?你应是知道我的过去……"

李治封我为昭仪后,便遣了许多个内侍宫女来侍候我。我精心挑选了几名留

下,其余的皆命他们回去原处。而林锦,她已年近五十,略显老迈,却被我留了下来。

"因为,你曾服侍过我的母亲,她对我说过:'锦儿,是宫中值得信赖的人。'"我温婉浅笑,轻描淡写地解释道,"我身边如今什么都不缺,只缺可信得力之人。我不用你,还能用谁呢?"

林锦端着盘子的手微微颤抖,她的眼角似带着泪水般晶莹悲凉:"风姑娘,她,她竟不怪我那日出卖了她……"

"此事休要再提了。"听到她如此说母亲,我心中一酸,面上却似漫不经心地道,"你若不在意,日后无人的时候,我便唤你一声锦姨,你可不能拒绝。"

"奴婢,奴婢谢昭仪。"林锦惶恐拜倒,欲言又止。

"锦姨,你年纪大了,又有腿疾,不宜久站,过来和我坐一会儿吧。来。"我起身扶住她瘦骨嶙峋的肩,我很是心疼这么一个蹒跚婆娑的中年女人,只因她令我想起母亲。

"不,奴婢不敢。"林锦却轻轻地摇头,"昭仪对奴婢的好,奴婢感念在心,但绝不会逾矩。"

我见她态度坚决,也不勉强了,抬头看看天色,已不早,便说道:"我有些倦了,想休息了,你退下吧。"

"是。"林锦躬身施礼,随即退了下去。

夜到三更,我突地惊醒过来,烦躁地坐起身来,瞥向窗外沉闷的天,开口唤宫女夏莲:"夏莲,我口渴,拿一杯清水过来。"

"林锦,你去拿!昭仪要一杯清水!"帐外传来夏莲不耐的声音,她恹恹地说着,人却仍躺着一动不动。

而在屋外的林锦想来是被夏莲的声音惊醒,连忙起身为我倒了一杯清水。

看着林锦蹒跚的身影来到榻前,我微皱眉,心中有丝不悦。如此情况已不是初次了,早前我曾叫夏莲去将荔枝拿来,却是林锦去做的。

"夏莲,拿本书来,我想看。"我接过杯子,望着夏莲又说道。

"让林锦去做吧!"夏莲翻了个身,只摆了摆手,便又继续睡去。

"我去……"林锦转过身,颠簸地向书架走去,我猛地起身,一把拉住她,而后高叫一声:"都给我起来!"

我院中所有的内侍与宫女都惊醒了,一个个惶恐地跑进屋来,在我眼前跪成一排。

我轻踏步，目光冷冷地扫过跪伏于地的十数名内侍与宫女，许久之后，我侧头问林锦："如此情况，多久了？"

　　林锦先是惊讶地瞪大了眼睛，片刻后才明白过来，我这是在问内侍宫女们欺负她有多久了。她哀求地望着我，而后垂下头，沉默不语，只伸手扯了扯我的衣袖。

　　我心中已是明了，便将脸一沉，断然甩开林锦的手，厉声再问："你们如此对待林锦有多长时间了？！是谁先开始的？！"

　　那些内侍与宫女皆吓得面色发青，浑身发抖，却无一人敢回答。

　　"我只问这一次！"我回身解下挂在墙上前些日子李治赠与我的马鞭，手腕一抖，马鞭便裂帛摧玉地甩了出去，重重地打在地上，震得内侍宫女们又是一阵发颤。

　　"从……从十几日前便是这样了，是，是夏莲先这样对她的……不，不关我们的事……"一个圆脸的宫女终于忍不住颤抖地开口。

　　我横眉冷笑，而后偏过头，看着夏莲，沉声问道："夏莲，她说的可是实情？"

　　夏莲紧咬着唇，全身发抖，却仍是不发一语，而一旁的内侍宫女却个个点头如捣蒜。

　　"好，我知道了。夏莲留下，其余人可以退下，回去睡吧。"我眸光一动。

　　我虽这样说了，但他们皆跪在原地，无一人敢真的退下休息。

　　我心中满意，垂眼再去看夏莲。她使劲地攥住衣襟，睁着大眼睛惊恐地望着我，畏缩发抖，骇得似要哭出来。

　　我轻蔑地笑着，忽地一挥手，手中长鞭如一道细长的闪电般甩了出去。

　　"啊！啊……昭，昭仪是金贵之人，伴在陛下身边，名正言顺。而我们这些人是什么？！我们只是奴婢！昭仪轻轻巧巧地为陛下诞下皇子，立即便身居高位，根本不知苦为何物！"夏莲凄厉地惨叫，她躺在地上，全身颤抖，甚至痉挛，谁都看得出她疼痛非常。她终忍受不住，号啕大哭，放肆地宣泄起来，"我们却是真的苦，我们来侍候昭仪之前，要学习如何伺候陛下，学习如何讨好陛下……而今，别说要像昭仪一般得到陛下的宠爱，就算能够侍候陛下一夜，怕也是毫无机会。我们并没如何欺辱锦姨，我们只是想在彻底绝望之前，知道指派人、被人侍候的感觉。我们没错！内侍监也说了此事无关痛痒……"

　　我不知苦为何物？我冷笑，手下毫不留情，长鞭子再次狠狠甩出。

　　夏莲躺伏于地，低低哭泣，却终于再不敢吭一声。

　　我猛地抓住林锦的手，高高举起。内侍宫女们一脸疑惑，都望了过来。

"你们看,这是一双怎样的手?!皮包骨头、尽是老茧!她独自一人在这宫中三十年,长宫冷院,更深露重,谁来怜她?!半生过去,如今只剩下这把瘦骨嶙峋!要说苦,你们谁苦得过她?!"

林锦听我如此说,又是一怔,她大约是没料到如此小的细节,我竟也注意到了。

我心中怒火难平,咬牙愤愤继续说道:"我怜惜她,所以向陛下讨了她来陪我。我只是不想看着一个老人最后含恨死在宫中,我并没有偏袒她半分!你们都是怀着出人头地的心愿入宫来,想必早已做好挨艰难困苦的准备,却挨不过心魔诱惑,要拿一个半百老人欺侮泄愤?你们想要知道被人伺候的感觉?!当她拼着一把老骨头供你们随意差使的时候,你们心中究竟做何感想,你们就不怕遭天打雷劈么?!"

第五十四章 错乱

跪着的内侍与宫女们先是被我的声音吼得哆嗦了下,而后他们都用同情的目光望着林锦。

"你们入宫来想必也是忍气吞声,受了无数委屈,我不知如今你们究竟怀着何种心思来到我的身边。"我缓缓抬头,双眸锐利似刀,如同一条无形之鞭,徐徐划扫过跪在地上的众人,"我只想告诉你们,你们已与我一同走在这条凶险的路上,今后很可能还会历经身与心交迫刺骨的痛苦。但我可以向你们保证,只要我武媚娘活着的一天,便绝不会亏待你们,绝不会亏待你们任何一个人!话已至此,你们当中若有谁想离开这里,此刻便可离去,我绝不阻拦,亦不追究!你们有谁想走?"

众人沉默无声,齐齐摇头。

我仰首,发出一声轻笑,手腕一翻,长鞭再次朝夏莲甩去,刷刷几鞭抽完了,我随手将长鞭丢在一边:"你们都去睡吧。今夜到明日清晨,想走的只管走,我绝不阻拦,我会与内侍监说,他会另派你们到别处去。不想走的,便与我一道,从此生死由天!"

众人仍是低垂着头,一片寂静,无人回答。

我亦不再多看他们一眼,径直地入内,掀帐上榻,和衣睡下。侧头看去,他们依然跪在地上,仍是久久没有半点动静。

不知过了多久,帐外才传来一阵轻微的脚步声,才陆陆续续有人离去,只留几个内侍与宫女在外轮流守候。

"昭仪,昭仪,你睡去了么?"帐外忽传来林锦苍老的声音。

我闭着眼,仍躺着一动不动,不去睬她。

昏暗中隐约听见林锦长声叹息,而后她轻柔地为我掖好被角,这才转身离去。

我唇角微勾,扯紧了身上的裘被,翻身蜷在一处,缩在方寸天地中。

夜色蔼蔼,晚云尽收,窗外冷月无声,月华潋滟,香炉中默默吐着麟香,渺如烟波。

这一晚,我睡得很浅,天未大亮,便醒了。四周悄然无声,我亦躺着一动不动看着纱帐外渐渐亮起的天光。

"唉……"我深叹。

"昭仪,您醒了么?"夏莲跪在帐外怯怯地问道。

"嗯。"我虚应了一声,坐起身来。

立即有宫女上前将纱帐撩开,扶着我下榻。

我随意瞥了一眼,我身边所有的内侍与宫女都已整齐地跪在榻前,有的手持铜盆,有的拿着我的衣裙……他们恭敬地跪着,不漏一人。

我看着,面上不显半分,心中却在无声浅笑。

林锦奉上一杯白兰花茶,水面撑开了饱满的花叶,悠然的清香在房内飘拂。

我端起,轻抿一口,那幽香瞬时泅进心里,浓得化不开。

初秋,天微凉,阳光斜照,风柔缓地吹着,园中桂花盛放,恍如琼英缀树,开得一树金灿,映得人满目金粟,郁馥香气钻窍入鼻,其香亦清亦浓,清可荡涤,浓可致远。

一连数日,我在园中凉亭摆了清桂酒独坐,若有所思。

萧淑妃失宠、我的升迁,王皇后却不动声色。太过平静的日子,反倒使人不安。

轻缓脚步声传来,我只道是林锦,仍是半卧着一动不动,直至那人走近,爽朗地笑出了声:"春困秋乏,媚娘早早地便乏了?"

是李治。我心中一惊,面上却不动声色,只扯紧了身上的毛毯,并未起身,甚

至连头都不抬,仍是紧蹙着眉头。

李治见我如此神情,便坐到我身边,伸手抚着我的发,柔声道:"怎么了?为何闷闷不乐?"

"我……"我迟疑了片刻,却只摇了摇头,吐出一个字。

李治摸着我的眉头,轻轻抹平:"朕知你近来总是愁眉不展,所以今日特意为你带来一样礼物。"

"不,不必了。陛下赐予我的金银珠宝已数之不尽。"我料想李治必定又是从何处得来稀罕的珍宝,拿来逗我开心,立即便摇头拒绝。

"媚娘不要急着推拒,朕担保此次的礼物你看了定会喜欢。"李治见我仍是一脸疑惑的神情,便轻唤一旁的内侍,吩咐道:"带她们进来。"

我意兴阑珊地抬头,却立即怔住了,来的人居然是我的奶娘福嫂!她身后还立着一个少妇,正是我的大姊!

"福嫂!"我心中茫然,脑中空白,只是凭着本能起身,撩起裙摆,飞快地奔上前去,扑入她的怀中。

"小主人,小主人……"福嫂将我拥进怀中,抚着我的发髻。她颤抖着双唇,似要说什么,却终一句也说不出来。

"媚娘,看你平日冷静异常,还道你薄情寡性,如今却是如此失态,可惜却不是对朕,朕还真是有些吃味……"李治在旁望着我,似笑非笑,语气中尽是宠溺。

"陛下!"我侧过头去,羞恼地瞪了李治一眼。其实我心中明白,方才我会失控地扑过去,只是因为我想起了母亲,想起了与母亲一起的那段岁月。福嫂虽不是我记忆中的主角,但在那些最美好的岁月里,处处有她不经意的留影。

李治没有再取笑我,他亦不顾还有外人在场,牵起我的手放在他的掌中:"朕只是希望能看见你露出真心的笑颜,只要能使你欢愉,这世上又有什么事是朕不愿去做的呢?"

我深深地看着李治,这个男人,他尽一切可能纵容我,只是想看我的笑容。我的心在不停地拉扯,愁肠百结,诸多的忧虑仍是无法对他明言,我竭力将这矛盾撕裂的痛苦压下,藏在心中深处:"陛下,陛下待臣妾体贴入微,臣妾万死不足以报……"

"呵……什么万死不足以报,媚娘说得如此严重,倒使朕不安了。既然她们能使你欢喜,朕便准她们留在宫内陪你。"李治面带笑意,他再看我一眼,轻声说道,

"你们今日重逢,想来有许多体己话要说,朕尚有政事还未处理,这就去了。"说罢,他便转身离去了。

"小主人,陛下当真十分宠爱你呢!"福嫂见李治走远,这才说道,"如此我便也放心了。"

"大姊。"我轻笑回应,而后走到大姊身前,"许久不见了,过得可好?"我虽与这个大姊无血缘关系,但她自小便十分疼爱我,所以我亦心念旧情。

"我,我……"大姊见我如此问,支吾片刻,竟说不出一句完整的话来,美眸中尽是泪水。

我顿时怔住,福嫂赶忙在我耳边轻声说道:"她嫁与越王府功曹贺兰越石为妻,不幸新寡,三日前才到长安。"

原来如此……我心中难过,却也不知该如何劝慰她,正尴尬着,抬眼却见她身后跟着一个女孩,正偷偷地拿眼看我。

大姊看我诧异,便强笑着解释道:"这是我的女儿——兰儿。来,来,兰儿,见过你的姨娘。"

兰儿慢慢地从大姊身后走出,怯怯地跪下,用稚嫩的童声道:"兰儿见过姨娘。"这孩子生得唇红齿白,粉雕玉琢似的,煞是可爱,我一看便很喜欢,将她轻轻扶起,抚着她的发辫赞道:"我从未见过如此漂亮的孩子,我的弘儿长大若能有她半分模样,我也就知足了。"

大姊听我如此说,神情却愈发暗淡:"兰儿模样生得倒是好,只是却命薄……"

我微怔,这才想起兰儿的父亲贺兰越石已死去,只余下眼前这孤儿寡母。我心中一酸,悠悠缓缓说道:"如今我在陛下面前还是能说得上几句话,大姊若不嫌弃,便可与兰儿常住宫中,我们姊妹俩还能有个照应。媚娘力薄,只能做到如此,还请大姊不要推却。"

"这……怕是不……"大姊先是满面犹豫之色,而后她偏头看了眼兰儿,又与福嫂对望了一眼,终是没有说出拒绝的话来。

"那此事便如此说定了,大姊一路舟车劳顿,想来定是乏了,先去休息吧。"我唤来宫女,嘱咐了几句,便让她们领着大姊与兰儿先行离去。

大姊知我必定还有些话要单独与福嫂说,便也不推辞,施礼后便带着兰儿去了。

"小主人,阿真他……"福嫂飞快地望了我一眼,见我并无不悦之色,才又说道,"其实,他会如此对你,是有难言之隐的……"

我踏前几步,看着一树桂花,笑意疏离:"难言之隐?是因为我是他杀父仇人的女儿么?"

"小主人,阿真这孩子我从小看着他长大,他一直恋慕你,若不是因为夫人的事,他定不会如此……"福嫂见我如此平静,反倒怔住了。

我唇角勾起一抹淡笑,截下她的话,避过这个话题:"福嫂,你看那桂花好看么?但不知为何,我总觉得比起我与母亲在并州种下的那一株,仍是缺了点什么。"

"小主人,那是因为有夫人陪在你身边,所以任何事物在你眼中,都是绝色。"福嫂长叹一声,不无惋惜地说道,"不知夫人如今在何处……"

母亲已不在了,一个人的繁华奢侈,原来只是镜花水月一场空。百般滋味上心头,我只觉眼角湿润。我仿佛看见那层层花影间,飘然而过的一角雪色衣影。那样莹透的白色,空灵绰约,仿佛幽潭淤泥中开出的皎洁白莲,那样的色泽,只有母亲,才配得上。初秋之风,犹带暖意,我的心却触手成冰,只因为那一抹我永远再也无法触及的白,而轻易牵动心中疼痛。

天若有情,天亦老,日月有恨,却不得相见……不得相见,我与母亲,恐怕此生都不得相见……

"小主人,别哭,别哭……夫人最疼你,若看见你如此,想必她也不会欢欣的……想当年,夫人为了你的出世,不知吃了多少苦头。"福嫂将我拥进怀中,拍着我的背轻抚道,"别人有孕,三百日便可降生孩子,你却在夫人腹中待了四百多日,才险险出世。你出生时,绿瞳黑发,双唇紧闭,不见啼哭。我倒提着你,用力掌掴三下,你才大声哭了出来。哭声嘹亮,震耳欲聋,竟唤出满天红光,一时间电闪雷鸣,全府为之震动……"

我出生之时绿瞳黑发?我心中一颤,掩饰不住的紧张和慌乱,似有一抹幽霜落在心间,冷到极处。

但下一刻,我便神色寂淡,平静地推开福嫂,望着远处。

秋风拂面,我只觉轻寒如霜。

耳畔,依稀响起母亲曾经的话语,犹如预言:"媚娘,从来没有什么宿命。只有不认命,相信没有人力之不至。你将来的路途注定孤独,永无歧路,永无回程。这世间再无另一条路,可与之相交。我最后能给你的,只剩祝福了。"

空中流淌着舒卷的树影,还有漫过天际的云影,阳光薄绸般映着湖面,奇异的蓝紫色，微微炫目。

湖边植着一排杨柳，光秃的枝叶随风飘荡，反倒映得世间水远山长。风过，薄命的花便从枝头纷扬而下。恰有一瓣落于我的衣襟，我伸手轻轻拈起，抬眼望去，暮色铺开，高远旷达，那是丝绸一样凉滑闪烁的黑。

我正从正殿回自己的住处，身后跟着林锦，忽听得不远处传来悠悠的琴声。

琴声空远，乐清如水，明是遥遥传来，却节韵清晰，声声如在耳畔，有着身怀绝技的优雅，早早令人沉醉。

我却听得浑浑噩噩，听过数遍的起始仍觉茫然。直到听到那如同分袂永别的悲声，才突然被那凄楚惊醒。

是他！

青石小路细致蜿蜒地伸进幽深的花丛中去，几级石阶上，斑驳一地，秋风半卷。他跪坐在石桌前，垂首抚琴。仍是雪白长衣，仿佛永远一尘不染，宽大的袖袍轻覆着手背，修长的手指轻捻慢弄着冰冷的弦，月光微明，映着他完美的侧脸。如莲如雪，似很近，又似很远。

果然是李恪。我皱了皱眉，转身便离去。

"昭仪，你仍恨吴王殿下么？"身后的林锦忽然开口，"其实，他亦是有苦衷的……"

"你说什么？！你知道些什么？！"我心中大骇，猛地停住步履，转身漠然地望着林锦，在等她的解释。

"奴婢在宫中，看得比谁都清楚。殿下，他，其实这些年一直都过得很苦。殿下的母亲，是前朝隋帝之女，她是前朝公主的高贵身份，是她们母子获罪的第一条件。"林锦见我如此，忍不住哆嗦了一下，她似察觉到我的怒气，生怕惹出我的不快，所以小心谨慎地说着，"长孙无忌大人不知为何一直对殿下十分敌视，处处寻他不是。殿下如今是如履薄冰，一个不慎，不只是王位不保，恐还有杀身之祸。先皇驾崩后，昭仪去感业寺出家，殿下当即就去寺中找寻，却被陛下拦住了。陛下说，如今能救得了昭仪的，只有他；吴王若去了，恐怕只会带给昭仪更多的灾难，如此殿下才作罢了……个中曲折奴婢也不是十分清楚，只是隐约知道个大概……"

我的手微微颤抖，内心剧烈震荡，无法言语。耳边忽响起李恪曾对我说的话："母亲本不该嫁入宫门，而我的出生，更是错上加错。恪是谨慎之意，而愔则是安

静的意思,母亲只是想让自己的儿子们能在纷乱的皇族纠纷中明哲保身罢了……"

近处琴声宛若流水,高到极处,拽出最后一个瑟音,便戛然而止。

"媚娘……"他缓缓起身,轻笑望着我,那一笑如天边的流云,双眸似池中被风吹破的月影,泛出迷离的光芒。

月光静静洒落,四周寂静,夜色如一幅半染的轻质软布,披于树梢,在风中静静拂卷。

林锦早识趣地转身先行,只余我一人呆立原地。一瓣落花飞掠过我的鬓角,坠于他的掌中。

我却倏地醒悟过来,记起如今自己的身份,猛地一跺脚,狠心抽身而去。

手腕一紧,温凉的触觉袭上我身,我愕然,难以置信地回头望去,竟是被李恪擒住了手腕!

第五十五章 情迷

夜色暗浮,月光苍凉,自树影中落下,疏如残雪。风意陡寒,瑟瑟风起。

这一刻,恍如隔世。我们相视,静默无言。近在咫尺,却如隔着一条光阴之河,遥遥相望。我以为一切早已结束,却偏偏又让我遇见了他。

李恪逆光而站,一行一动皆笼罩在如烟月辉中。他白衣翩然,亦真亦幻,眸中却是不曾有过的幽深悲凉。

灯火点点,明灭风中。倘若不是此刻相见,我绝不会知道原来他的身影竟在自己心中浑然不觉地铭刻了多年。他的样子随着蒙着的尘埃倏而散去,是如此的清晰鲜活。那一年,那一个春日迟迟的黄昏。他本不应抚琴,我本不应停留。然,我与他,一眼之中,已是惊鸿般的动容留恋。如今一切都已面目全非,不合时令的花,注定了凋零的命运。

我想扑入他的怀中,问他,为何会在此;想问他,这十多年来,过得如何;想问他,还记不记得,我们当初的伯牙子期之约;想问他……

千言万语,我几乎要扑了过去。

李恪却忽地单膝跪下，右手仍是狠狠地抓着我的手腕。那双黑眸如幽深之水，美得令人不敢相信，足以将人溺毙，漫过了我的身子，凝固在我冰凉的指尖。

他垂下头，在我手背上深深印下一吻。他薄唇微启，四个字轻轻地从他一翕一合的唇瓣里飘出："执子之手……"

李恪的声调很轻，几不可闻，却已足够让一个魂灵在瞬间被重重击中。

这一刻，我是欣喜的，欣喜得险些难以抑制。但我依然记得，就算我还是我，他仍是他，我们却永远不可能还是我们。

恪，就算是我负了你吧。我轻轻地于心底说了这一句。先放手，心或许就不会如此痛了，也胜过来年冷宫独对，残红孤影。

我微闭目，指尖相离，梦境遁去。

早在开始前，就已结束。早在相遇前，就已分离。在如此的命运之前，我们都不能心存眷恋。

"当啷"一声，一支银簪自李恪的袖中落下，正是当年我与他大殿之上对舞时遗留的那一支。

我弯腰欲拾，李恪却已先一步拾起，递来给我。

我略一迟疑，手指轻触银簪，冰凉的银簪似乎隐隐传来他的体温。恰有一束月光落在银簪上，剔透的光华在这一刹那迸发出来！

我的心兀自一颤，倏地收回了手。

李恪呆立原地，他顿了顿，便将簪子轻轻放在我的掌中，而后转身又坐回琴边。

他背对着我，再没有侧身望我一眼。他的背脊挺得笔直，有着不可一世的气势，却也是那般孤独寂寥。

我轻轻收紧手指，银簪已凉了，冰冷入骨。

琴音寂寥地响，在天地间飘忽流转，挑破的曲音蓦地发出"叮"的一声，极不和谐地散落在夜色里。

我已向前行了很远，却依然回首，清清楚楚地说道："此曲，有误。"

隔着遥远如一世的距离，李恪回头定定地望着我，一寸寸地将我看尽。

只需一眼，永不褪色。老了的、伤了的、怨了的何止是韶华？

我很快便转过身去，在萧瑟的夜色中远去。

夜风婆娑地漫过，心中涌起缕缕的苦涩。我闭上眼睛，掩住了眸中的雾气和痛楚。我没有回头，我不敢回头。因为我知道，他的一误，只是为了博我最后的一

顾。

最后一顾后,恐怕便是沧海桑田,咫尺天涯了。

我茫然地前行,穿过花丛,越过前庭,推开门扉,不料有风卷来,吹得我衣裙翻飞。我轻抬衣袖遮住头脸,脚下虚浮,猛地跌入一个怀抱中。

瞬间,淡淡的龙涎香沁了我满鼻,熟悉的男音在我耳边响起:"媚娘,你怎么才回来?"

他的声音温柔似水,他的怀抱宽广如海……

我却没来由地感到恐慌,随即推开他跪在地上请罪:"臣妾不知陛下驾到,罪该万死……"

屋中寂静无声,宫女内侍们尽被遣了出去。青铜鎏金香炉默默地吐着水麟香,香气缥缈。一旁梨花案上放着我最珍爱的琴——当年李恪赠与我的琴,而今,一根断弦无力地垂着。

我跪在地上,只觉得四肢冰凉,心在不停颤抖。茫然中也不知过了多久,感到身子一轻,已被李治扶了起来。

"你去了哪里?为何回来得这样迟?"恍惚中,我已被李治拉着到了榻边,他依着我坐下,伸手相抚。他的十指修长细致,比李恪又多了几分柔软。

他的抚触温柔异常,我却觉得似被烈火所灼,不由得抖颤了一下。我知道绝不能据实回答,赶忙垂下头,低声说道:"臣妾方才路过花园,见园中花儿开得十分绚烂,所以……"

李治的眸光略暗,短暂的沉默后,他微笑道:"既然你觉得园中的花儿好看,那朕,"他顿了下才又说道,"我明日便叫人将那花都摘下放到你房中。"

"陛下……"我才想开口拒绝,李治握着我双肩的手猛地收紧,掐得我有些疼痛,他正色说道:"媚娘,我说过多少次了,只有我们两人的时候,唤我'阿治'!"

"啊?"我微愣,李治虽曾如此对我说过,但却是首次如此执著地要求我。心慌意乱之下,我吞吞吐吐地叫了声,"阿,阿治。"

李治神色一缓,而后他的手松开了。

我只觉得眼前一暗,已被他放在了榻上,还未明白过来,他便已倾身压了下来,细细的吻密密地落在我的脸上、脖颈上。

他的吻虽然有些急迫,却仍是温柔的,而我浑身僵硬,心乱如麻。

昏暗中,听见李治在我耳边呢喃着说道:"媚娘,媚娘,我只想要你是我的妻子,而不是妃嫔……"

枕榻间染满了龙涎的香气,辗转间,他吻得愈来愈急,几乎是在啃咬了。他的双手更是急不可耐地拉扯着我的衣裙,像是在渴望着什么,更像是在确定着什么。

他的野蛮令我心惊,他的粗暴更是弄疼了我。我开始挣扎,推拒甚至是捶打着他:"阿,阿治,阿治!不,不要!"

"媚娘……"李治猛地停住了动作,他的脸就在我的上方,帐外的烛火落了他一脸的斑驳。他的眼眸里闪过千般颜色,迷茫、失落、恐惧,更多的却是哀伤。他急促的呼吸拂过我额际的乱发,他杂乱的心跳声撞击着我,一下又一下,是如此的清晰。

我心中慌乱不堪,他,他觉察到了什么?

眉目清秀,英伟倜傥,李治年轻无忧的脸上却带着愁。但是,这张朝气蓬勃的容颜,却与我记忆中另一张相似的面容重叠。心痛得难以抑制,逼得我泪水几乎要涌了出来。

天意弄人,只能说天意弄人。我盼的人是他,可他又不是他……我咬紧唇,仰起头,眸中氤氲着潮气:"阿治,你听我说……"

"我不想听!你是我的女人,你的人是我的,你的心也是我的!"李治再次伏下头,堵住了我所有的话语,他吻得狂乱,吻得急促,像是命令,又像是恳求。

他是我堂而皇之的丈夫,我此生唯一的男人。而记忆中的那个他,却是我此生无法触碰的人……我心中一酸,终于迟疑地抬手圈住他的背,紧紧拥抱着他,抚慰与被抚慰。

他的恐惧似乎是被安抚了,他爱怜地轻吻过我的唇、脸、眉、眼、眼睫、鼻……

我只觉自己如飘浮在云端,却又像是坠入了无边无际的深渊,李治在我耳边喃喃地诉说着令人脸红心跳的情话,俊美的脸庞上净是满足的笑意。

爱恋夹杂着情欲,如同狂潮洪水般再也压抑不住,缱绻、难舍、狂乱而放肆地宣泄奔放着。

帐外烛火未熄,明暗难辨地跳动着,掩住了帐内所有的旖旎春光。

我的生活,依然如一潭死水,没有丝毫改变。夏末,瑟瑟风起,一股脑灌进房中,先前的暑热之气顿时没了踪影,偶尔凉风袭上肌肤还是会泛起阵阵寒意。

"撤下去,我不想吃了。"这几日的膳食不知为何我吃着都有些油腻,只觉腹中

不适,便叫夏莲沏了茉莉花茶,喝了几口,这才稍稍缓解了。

"媚娘。"这时李治见过群臣,将政事处理完毕,便过来寻我。

"陛下,今日来得好早。"我差夏莲换了盅茶上来,自己亲自捧给李治。

李治接过轻抿一口,笑道:"近来开科取士,忙得朕连过来看你的空闲都没有。"

"政事要紧,臣妾只是担心陛下的身体。"我微微一笑,"放手招贤,允许自举为官、试官,并设立员外官,这确实是为天下的读书人办了一件好事,他们寒窗苦读,也有了盼头。"

"朕也是听了你当日之言,才有今日之举。"李治摸着我的脸颊,仍笑着说道。

"陛下说笑了,这是陛下英明,与臣妾无关。想先帝便曾说过,任人以贤、任人以能、任人以需、为我所用,方为明君。"我扶着李治坐下,"鲁国的大夫柳下惠,世人皆知他见色不动心,称之大贤。但,其实他最大之私德是侠义,他是一个济困扶危的人。子曰:'臧文仲,其窃位者与?知柳下惠之贤,而不与立也。'孔子在此是在骂臧文仲,这个养玳瑁的鲁国大夫,说他是个不称职的人,在高官大位上,不知提拔青年,也不知提拔贤人,明知道柳下惠是个贤人,而没有起用他。"

"如此说来,媚娘是怕朕被天下人唾骂,而劝诫朕广开科举,广收贤明了?"李治双眸略微一眯,便将我拉进怀中。

"陛下!你明知臣妾并无此意!"我故作嗔怒地白了李治一眼,又补充说道,"但是文人,难免都有傲气。尤其是那些饱学之士,大都有几分迂腐之气。正所谓良禽择木,越是将相之资,越难以轻易出仕。刘备三顾茅庐,才求得孔明。陛下若真想为国选拔良才,需多费些工夫才是。"

"古来只有帝王选相,到你嘴里却是将相选王了。"李治闻言嗤笑,从我发上拔下支簪子,"如此一来,朕这皇帝岂不是做得太无趣了?"

我抚额轻笑:"自古帝王必要有容人之大度,先帝曾说,'以人为镜,可以明得失'。先帝与魏征君臣之间,也就成为了一段佳话。"

"朕放在你这儿批去的奏本,都是语言得体,处置得宜,外间臣工,毫无异言,反倒是比朕亲自批得还好。"李治口中说着,手上却也不停。他又取下一支玉簪,瞬时,我方才梳好的发髻便全散开了,他捻起我的缕缕长发逗弄似的说道,"你呀,若是男人,怕也是个帝王之才了。"

我心中一动,连忙摇头:"我才不想做帝王呢!"

李治双手缓缓滑下,顺势拉下了我的衣袍,嘴上仍在问道:"这又是为何?"

"若为帝王,子孙反目,兄弟成仇,理智远在情感之上。他们太高了,高处不胜寒,独霸高处,心中却只有失落,所以注定为孤家寡人。"我抬眼,淡淡地扫过他的脸,见他一脸愕然,随即挤出一丝笑意,转口说道,"一笑定江山,看似轻松,运筹帷幄,其实很难,帝王之位有着说不出的悲凉艰辛。而我只是个小女人,我只希望自己的夫君爱我、怜我、护我,如此便够了,再无所求。"

李治抚着我的发,静静地聆听着,我却不再说下去,只低垂着头说道:"陛下莫怪,臣妾失言了。"

李治摇了摇头,他将我的手握在手中,贴在心口上,唯有在我面前,他才有世人见不到的温柔:"我比你更明白这帝王之位的苦,不过还好,有你做我的妻……"他微倾身,嘴唇贴在我的耳根上,熟悉发烫的气息喷洒过来。

我只觉酥痒难耐,仰头咯咯直笑:"陛下日理万机,床笫之事,不宜太过操劳!"

李治双目炽热,哪里还愿意与我闲扯,抱了我便上床榻,欲行鱼水之欢。

片刻间,我已是衣衫零乱,却仍明知故问道:"一会陛下不是还要见长孙无忌与褚遂良?"

李治哪里还顾得上我的戏谑,他利索地解开我的衣带,嘴上敷衍道:"明日再见,也不迟……"

我轻轻扭动着身子,也不松口:"陛下,方才说要做有德明君,如今却……"

我们正闹着,忽听门外内侍禀道:"长孙无忌求见陛下!"

李治不得不停下动作,微恼地说道:"今日已晚,有何事等明日上朝再议!"

话音未落,只听门外长孙无忌沉声道:"陛下,谋反之事,可等不得明日再议!"

第五十六章　谋反

谋反之事?!

我着实吃了一惊,立时全身僵住,与李治对望一眼,他亦是满面惊诧。

我迅疾地为李治与自己整好衣冠,二人仓促地下榻来。

"陛下。"有侍女将大门开启,长孙无忌立即上前行礼,"微臣参见陛下。"

"不必多礼。"李治抬手随意一摆，轻描淡写地道，"舅父深夜来此，有何要事？"

"陛下……此事关系重大，"长孙无忌似是有许多话说，却哽在喉中，"不如移驾偏殿……"

李治稍忖眉，而后神情了然，他侧头望了我一眼："媚娘，朕与舅父有要事相商，你先休息吧。"

长孙无忌深夜来访，说的又是谋反此等大事，那是谁谋反？其中究竟有何蹊跷？

"是。臣妾恭送陛下。"心中虽有疑惑，面上我自然不能透露半分。我垂首微躬身送李治出去，似察觉到什么，我略一抬头，却正迎上长孙无忌的目光。他的眼神内敛锐利，仿佛要看尽我心中所思所想。

我暗自心惊，但长孙无忌眸中那锐利的锋芒也只是一瞬，一瞬之后，便已恢复如常。而后他微微一笑，转身随李治向屋外走去。

李治走后，屋中一片寂静，似乎所有的繁华笙歌都停了下来。我心中莫名地烦躁，遣退宫女后，我披了外袍，独自一人走到院中。

草木苍凉，唯见月华似水，一切寂然如洗。

我静静地立在院中，只觉夜风清冷，入目萧瑟。恍惚中也不知过了多久，似有清露沾衣，风中有着清甜的微香，枝叶上的露水折射着破晓的晨光。

茫然不觉中，我竟已在院中坐了一夜。

一个声音打破了我的冥想："唉，媚娘……"

我立即转身看去，李治仍是昨夜那身衣袍，他面容憔悴，目光散乱，仿佛用尽了全身的气力。

"陛下！"我一惊，顾不得自己一夜未眠的疲乏，赶忙将他扶进屋中休息，又唤宫女端来温水，为他洗漱。

"媚娘……他们竟都要谋反……"李治唤着我的名，口中却是喃喃自语。

"谁，谁要谋反？"我心中一颤，不禁紧紧握住李治的手。

"丹阳公主驸马薛万彻，巴陵公主、驸马柴令武，荆王元景，还有高阳以及驸马房遗爱……"李治的声音干涩，他逐字念着这些人名，每一个字都似从齿缝中挤出，吐得如此艰难，因为这足以处死的罪名下的每一人都是他的亲人，"以及、以及……"他露出一丝迟疑的神色，似欲言语，忽然目光一闪，复又说道，"以及吴王恪……"

吴王恪？！他谋反？！怎么可能？！

我握着李治的手，不可抑制地颤抖，几乎疑心是自己听错了。我踉跄着后退一步，怔忡地看着他。

"媚娘……"李治探身过来，将我的手牢牢地抓在掌中。他眸中闪过极为复杂的神色，许多都不可辨认，但其中一种我看得明白，那是痛楚。

我这才意识到自己的失态，压下心头的慌乱，强自镇定："臣妾虽跟随先帝多年，如今服侍陛下左右，但听到这谋反之事，仍是害怕……这，这可是百姓人家连嘴上说一说都怕杀头的谋反大罪啊……"

李治望着我半晌，才将我搂进怀里，缓缓说道："媚娘，朕如今心中亦是一团乱麻，不知该如何是好……"

我定了定神，试了几次，终是挤出笑意了，只是不知这笑是否比哭还难看上几分："若说谋反，旁人臣妾不敢妄言，但说高阳公主谋反，我是绝不信的。"

"哦？这又是为何？"李治诧异地问道。

"高阳公主先前才诬告房遗直占了她便宜，她又时常怂恿夫君争家产。从先帝时起，众人便知她骄横跋扈，淫恶纵欲，欺凌家人，干预朝政，"我说着，略微觉得有什么不妥，一时又想不起，只得硬着头皮继续往下说，"如此养尊处优、又刚愎自用的一个公主，她能有造反的雄心壮志与深谋远虑么？"

"你分析得也有道理，只是，"李治抚着我的脊背，顿了下才又说道，"只是，还有一件事，恐怕你听了便不会如此说了。因为，此次告他们谋反的不是别人，正是房遗直。"

"房遗直？！他密告他们谋反？"我惊魂未定地看向李治，房遗直前来密报，他这是"大义灭亲"之举。如此一来，恐怕高阳、李恪等人的谋反罪是要坐实了。

李治苦笑："是。据密报，高阳不仅时常口出怨言，更曾派人占星卜筮窥视宫省，又与驸马房遗爱联合魏王余党，伺机谋反。既是谋反大案，犯案的又是皇亲国戚，此事便立刻呈报给了舅父。舅父见此事关系重大，才会匆匆来此见朕。"

"魏王李泰已幽死于均州，这房遗爱本是他的心腹，当年为助他夺嫡上下奔走颇为卖力，如今胜负已分，他竟然还不知趣地意欲重演夺嫡之事……"我正缓缓地分析道，心念一转，来不及掩饰纷乱的情绪，愕然从混沌中醒来。是了，这便是长孙无忌苦心定下的计策！他等的就是高阳公主与房遗爱的妄动，新仇加旧恨，除

坐实这对夫妻的谋反之罪以外，更将此事渲染得更加严重，将他所有的敌人都陆续罗织进来，一网打尽。首当其冲的自然是魏王余党与那些不满李治得到帝位的人，丹阳公主驸马薛万彻、巴陵公主及驸马柴令武夫妇，他们曾是李泰的心腹，而荆王元景一直觊觎李治皇位，而昔日争位失败的太宗庶子吴王恪自然也被牵涉进来。如此一来，长孙无忌便可将不满当权者及自己的政敌一网打尽，从而扫清了独揽朝政的一切障碍……

好个长孙无忌！借刀杀人、赶尽杀绝，真是狠毒至极！

我自知此时为李恪求情有些不妥，但一旦谋反之罪定下，他只有死路一条。权衡之下，我亦不能放过任何机会："陛，陛下，虽说高阳公主与驸马房遗爱确有谋反之迹，但其他人等，例如吴王，他久居安州，极少入长安，又怎会参与谋反呢？再者……"

"朕心中有数，你不必再说了！"李治忽然不耐地打断我的话语，他猛地起身，冷淡地说道，"朕换身衣裳，便要去上朝了。"而后轻甩衣袖，头也不回地去了。

"陛下……"我愕然，见李治如此懊恼的神情，不知怎地，我心中一痛，纵使有千言万语，却也说不出一个字来，只能呆怔地望着他远去的背影，良久都无法动弹。

回想去年佳节，李治特意将他们请来宫中，设宴款待，一家人貌似和谐，其乐融融的盛世图画，转眼间便化作一股血雨腥风、你死我活，确是不知昨日与今日哪个更像在梦中。

日光暖暖，冰消雪融，窗外清风悠悠淡淡，触目的青葱早已隔绝了寒意，我倚窗边坐下，夏莲奉上茶水，色清而香浓郁。

我接过，心不在焉地抿了一口，李治近几日都未到此，我心中仍是挂念先前的谋反案，不知进展如何。派出去的内侍宫女一众眼线，却都忌惮谋反大事，不敢妄加打听。可叹我人在深宫，谋反之事又隐瞒得密不透风，我痛恨自己的无能为力，却仍是束手无策，只能静等。

心中正乱，却听夏莲匆忙入内禀报，陛下来了。

我一怔，侧头看去，李治步履缓慢，神色静如止水，不再有往日的蔼然笑意。我随即觉察到异样，正准备迎驾，却不想起身时将案上的茶盅打翻了，茶水泼在我银色衣裙上，污了一片。

我莫名心悸，愣愣地站着，一时竟忘了礼法。待李治走近我身前，才醒悟过夜半,明月斜照,皎洁月华透过枝叶洒下,浮在满地桃花瓣上。

夜风幽渺,夹杂着若隐的花香,和缓柔转地扑面而来。落花成冢,竟有一寸深,犹带夜露,轻软无声,妖娆舒展,似要将香魂在这一夜散尽。

深夜落花,寂寞何人怜?

我一身缟素,望着手中的那张琴,它曾是李恪赠与我的那方高山流水。

美到不可方物,曲到心弦急拨。苍凉琴音在我的指间绽放,随意得之,自然而然,不必强求,又厚又沉,似哑哑的呐喊、低语、独白,一遍又一遍,不曾忘却。

一个女子,青春被掳掠,油尽灯枯的空,谁说得出那悲愤?

我的琴声只有他明了,而我的余生,只有这琴声了,即使形不似槁木,心亦可寂如死灰。我与他,用彼此的琴音、清寒与孤寂,攫取慰藉,相依相偎。枯而不竭,淡而不飘,苦而不绝。

一曲终了,弦却仍在苦苦支撑着,没有断。这小小而执拗的坚持,是多么可笑啊。

"我曾对你说过,'子期一去,伯牙曲音难传,琴无心,高山不再,流水难续,伯牙毁琴以祭知音。'如今,是该兑现当日之言了。"我缓缓起身,将琴投入火盆中。

琴身接触到火,立即噼啪地燃烧起来,我却仿佛蓦然见李恪在漫天火光里怅然回首,他寂寞凄凉的笑颜、他眷恋而涩然的声音以及他曾许下的诺言。

他说"执子之手",因为他早已知晓,我与他,这一世,是绝不能许下"与子偕老"的誓约。余下的话,我们永世不得出口,沉坠着哽在心头。

你去了,而我依旧要为你留在这世间,看透倾世繁华。我会替你记住,我们之间那么多消逝了的说不出口的誓言。

"恪……"我紧握着手中的银簪,终是泪流满面。

等回过神时,曙光微绽,我惊觉自己竟是在院中坐了一夜。

满身皆是无法阻挡的疲乏,却因心中的决心,我强忍着站起了身。眼前忽地一阵发黑,我扶着亭柱,忍了片刻,以为无碍了,才往前走了一步。

却不想这一动,竟是双腿一软,身子向前倒去,便陷入了无边的黑暗中。

全身酸痛地醒来,我发觉自己已躺在了榻上,李治一脸焦虑地望着我:"媚娘!"

榻前跪着宫中的御医,他向我叩首,用欣喜的口吻说道:"恭喜陛下,恭喜昭

仪,大喜!"

大喜?我垂目黯然,我依然是我,仍是摆脱不了这虚弱的命运。

然,余生风月已寂,长夜无边。

第五十七章 设计

小院内,无数桂花随风纷纷落下,白色的花瓣夹着如水如雾的秋色,轻轻撒落湖面之上,倍添幽静。屋中,纱帘半卷,秋日之阳舒缓如水,将窗外婆娑树影投在案上的一页页奏书上。

宫女夏莲侍立一旁,为我研墨。

我挥毫疾书,偶尔抬头,略微授意,夏莲便领会,将一旁堆积的奏书依序放好。她虽因林锦之事,曾被我责罚,但她是个心思玲珑剔透的女子,已然醒悟过来,如今已成为我的心腹,对我忠心耿耿,不离我左右。

兰儿坐在不远处,捧着一卷诗书,琅琅诵读,稚嫩童声,清脆悦耳,她不时摇晃着小脑袋,煞是可爱。自从她跟随大姊入宫后,便时常到我院中来。她乖巧聪明,又不怕生,宫女与内侍都十分疼爱她,将她捧在手中小心呵护。她读了一下午的书,大约是觉得乏了,便放下书,期待地望着我,大声问道:"姨娘,兰儿读得好不好?"

我正为一份奏书头疼,一时也顾不上她,头也不抬,只敷衍道:"嗯,很好,很好……"

兰儿十分不满,跳下小凳,落地就朝我摇摇晃晃地跑来,牵着我的裙角,仰头叫道:"姨娘分明没在听我读,姨娘,姨娘!"

我为奏本所扰,本就烦闷,被兰儿如此一闹,心情愈发暴躁,沉了脸说道:"兰儿,姨娘正忙着,不要再闹了!"

兰儿小嘴一嘟,浓密的长睫扑闪,竟似要大哭起来,她委屈蹙眉的模样亦十分惹人怜爱:"姨娘凶我……"

"不哭,不哭,是姨娘不好,兰儿不哭了啊。"我无奈只得搁下笔,摸着她的发辫安抚道,"那你方才读到哪首诗了？"

"我……"兰儿才要回答,大姊抱着弘儿便从屋外走了进来,她目光盈盈地扫过,责怪道:"兰儿,没看你姨娘正忙着么？你又撒什么泼？如此不懂事,往后不让你来了。"

"我……"兰儿被大姊说得羞愧难当,讷讷地垂首,不发一语。

"罢了,大姊,孩子么,都是贪玩好动,不必苛责。"我招手命夏莲奉茶给大姊,而后伸手接过弘儿,抱在怀中左右轻摇,"是我不好,终日忙碌,既顾不上照料弘儿,亦无法教兰儿念书,烦扰大姊,心中不安。"

"妹妹说哪里话,若不是你收留我们母女,我们恐怕就要露宿街头了。"大姊在我身边坐下,微微一笑,"你如今又有身孕,不可太过操劳。"

"唉……"我轻声叹息,苦笑道,"我是想安适地修养,只是陛下……"我忽觉不妥,便立即顿住,转口说道,"倒是大姊,一段时日不见,愈发美艳动人。"

"我已老了,媚娘莫要再打趣我了。"说也奇怪,初入宫时,大姊整日郁郁寡欢,近来却是面露喜色。她今日身着鹅黄纱衣,系着碧绿腰带,袖中幽幽茉莉香袭人。她发上梳着半翻髻,上插金花簪,耳鬓几朵牡丹花。此刻她被我说得有些娇羞,水样的肌肤中微微泛了几丝潮红,如同方才出水的芙蓉,皎洁花瓣上点染缕缕红晕,飘着悠然出尘的清香。

我见她面薄,也不再为难她,正要起身,忽听宫女来报,王皇后与萧淑妃来了。

王皇后与萧淑妃？自从萧淑妃失宠后,她便与王皇后沆瀣一气,面上虽不动声色,仍是一团和气,背地里却是千方百计地要置我于死地。如今二人携手一同前来,真正是来者不善,需分外小心才是。

"大姊,你先将弘儿、兰儿带下去,我一会儿再来寻你。"我略一思索,稍加嘱咐,起身整了衣裙,便向前厅走去。

王皇后与萧淑妃正坐在前厅中,见我来了,双方寒暄一番,坐定后,我便叫夏莲奉上了几碟精致的糕点、珍藏的上好茶叶,盛情款待。

我们谈笑着,彼此似亲密无间,说的都是平日里膳食、服饰、妆容等女人的悄悄话,表面上平和、波澜不动。

而后萧淑妃似无意中提到了我擅种牡丹,王皇后像是被挑起兴致,她问道:"如此说来,那数十株牡丹皆是由媚娘亲手照料的？"

我轻笑,谨慎地回道:"说来我并不精此道,平日只是略做修整,主要仍是由宫中的花匠来照管。"

"媚娘已有身孕,看你面色苍白,想来身子仍是虚着,可有好好进补?"王皇后不置可否,微微一笑,神色平静,像是忽然想起了什么,"我这里倒是有几个精通药理的宫女,如今正赋闲,不如便遣去给你差使,也算是我的一番心意。"

礼下于人,必有所图。我心中自有盘算,面上却四两拨千斤,仍是吟吟笑道:"多谢皇后娘娘,只是这御药房每日都有送滋补调理的汤药过来,我这人手也够了。娘娘的美意,我只能心领了。"

王皇后一声轻笑,柳眉微弯:"媚娘此言差矣,如今你怀有身孕,正得圣宠,身子自是万分金贵。而我为后宫之主,理当要尽一份心思,媚娘莫要再推辞了。"

"我皮粗肉厚,受不得大补。"我笑意谦和,不疾不缓地回道,"而皇后娘娘乃后宫之主,每日操劳,定然比我更需精细地调理。再者,若是我贸然将这几个宫女收了,若陛下问起,恐怕反倒要问我犯上之罪呢。"

我这番说词,是话中有话,一语双关,王皇后是聪明人,自是明白个中之意,也便不再提起此事。她垂首微一思索,玉臂一抬,立时有宫女捧了个锦盒出来:"媚娘既然坚持不收,那我自然不能强求。这是两枝灵芝,可安神益气,你莫要再推辞了。"

"是啊。媚娘,这算是皇后娘娘的一番心意,你就收下吧。"一旁的萧淑妃也劝道。

"既如此,媚娘便斗胆收下了。"我方才谢绝了王皇后拨派的宫女,如今确是无法再做推脱,我起身谢恩后,便命夏莲收了。

"方才皇后娘娘问我是否精通养花之道,想来也是爱花之人。"我犹带笑意,声音悠悠缓缓,"媚娘收了娘娘的恩赐,无以为报。这里有两包上好的花泥,献与皇后与淑妃娘娘,望娘娘莫要嫌弃。"

"好。我便收下了。"王皇后颔首,萧淑妃自然也没拒绝。

我冲夏莲一使眼色,她立时会意,捧着锦盒退下,片刻之后便拿着两包花泥出来。

"那媚娘好生调养身子,我们也不便再打扰你休息了。"王皇后说着便起身,萧淑妃也紧随其后。

我将她们送出院外,秋风吹开了平静的湖面,泛起涟漪,我也轻轻地笑了。

对于残酷的未来,在后宫的每一个女人都隐有预感,但她们许多人远远没有这王皇后与萧淑妃果然是一早便做好了准备，设好了圈套，只等着我落网。她们争宠暗斗，心怀杀机，必要将我置于死地才肯罢休。

望着林内侍监骇人的神情，我却不禁掩口轻笑出声："恕我愚钝，依林内侍监看来，我该如何解释呢？"

"昭仪，事已至此，即使你故做不知，凭这盒中之物依然可以将你治罪……"林内侍监笑得愈发得意，他将盒子递了过来，想让我看个仔细，他似无意地一瞥盒内，却蓦地呆愣在原地，"这，这是什么？！"他失措地大吼，因为锦盒之内，确实只有两枝灵芝。

"你身为宫中内侍监，保管贡品乃是你分内之事。如今贡品失窃，便是你的失职。"我搁下手中的碗盅，悠然笑道，"你不想着如何向陛下请罪，却大张旗鼓地到我宅院中来搜，还口出狂言，指认皇后娘娘的赏赐是贡品。我是无碍，但内侍监若是如此诋毁皇后娘娘偷了贡品，那可就是大不敬了。"

我淡淡说着，斜靠在软垫上，姿态慵懒，目光却犀利异常，瞧着他额上已沁出了点点冷汗，便也不多难为他，只说道："贡品失窃之事，真追查起来，可大可小。我亦不浪费你的时间了，你还是速速寻去吧。"

林内侍监捧着锦盒，面上仍是不解的惊恐，他无意识地喃喃说道："为何会是如此，为何会是如此……"

我见他如此狼狈，一皱眉，还未来得及开口，一旁的夏莲倒是挺身站出，不卑不亢地说道："为何不是如此？莫非内侍监还想再入内搜索一遍么？"

"不，不敢。卑职先行告退。"林内侍监顿了顿，才回过了神，抹了把冷汗，连连施礼告罪，方才讷讷地领着侍卫退下了。

"昭仪……"林锦见那些人走远了，这才心有余悸地望着我，"那锦盒之中……"

我接过夏莲奉上的茶，拨了拨茶盅的盖子，漫不经心地反问道："那锦盒之中不就是灵芝么？"

"呵……这个林内侍监平日里狗仗人势，有许多内侍与宫女早对他不满了，如今他却在昭仪面前栽了个大跟头，真是痛快！"见我一本正经的神情，倒是夏莲忍不住扑哧笑出声来，"还好昭仪见识广博，一眼便认出那锦盒中装的是突厥之物，并非什么中原灵芝，立刻便命我将东西换了拿出去，这才逃过一劫，否则真是要人赃并获了。"她转了转眼珠，仍是有些疑惑，问道，"但昭仪怎知那是贡品？"

"皇后与萧淑妃向来视我为眼中钉,忽然示好,定有所图。"我顿了顿,命夏莲将宫门关了,声音略低道,"后宫之事,大都如此。谨慎处事,方为上策。"

夏莲听后直摇头,似是不解,却也不再追问,直感叹道:"这池中的水还真是深,奴婢看不懂,也看不明白。也就是昭仪心思玲珑,看得清楚。"

林锦低头收拾着碗碟,似犹豫了很久,才小心地问我:"昭仪,此次之事,要让陛下知道么?"

我低头思索了会儿:"我们都先不要开口。"

"这又是为何?"林锦颔首,夏莲却是疑惑,"昭仪,如今你正得宠啊。皇后如此对你,陛下若知道了,必会为你做主。"

"正因此时得宠,才不可说。陛下乃天子,有什么事是他所不知的呢?我们何必多费唇舌呢?且我已回赠了她们两包花泥,够她们头疼一阵了。"我神秘一笑,而后告诫道,"在这宫中,许多事都不可说,祸从口出。你等只需在宅院中理好自身之事即可,有些事,实是太险恶,你们应付不来的,反会招来杀身之祸。"

夏莲好看的柳眉皱在一起,她似是有些懂了,点头笑道:"昭仪怎么说,我便怎么做,那便绝不会错了。"

夜色沉郁,灯火阑珊。

古铜香炉内尚有檀香焚烧,开合吞吐,烟气缱绻地飘浮,缕缕幽渺弥散开来,冷然若水。

因这几日突厥使节来访,李治如今仍在大殿设宴款待。

沐浴后我披了件白纱衣,素面朝天地靠在软榻上,也不挽发,任一头长发铺了满枕。我遣退众人,捧了份奏书细细地看着。

叶初吐,风回舞,寒风吃紧,窗外黄叶一片片落尽了,光秃的枝杈间却挂着十几个莹绿的小花苞,分外惹人怜爱。

我看奏书看了许久,倦懒难耐,檀香未尽,却已迷糊地睡去。再醒来时,李治已躺在我身侧。我犹在睡梦中,而他却似一夜未眠,满脸倦容。

"你醒了?怎么不多睡会儿?"李治抚了抚我的脸颊,轻轻为我掖好被角。

我侧头望去,天际还未发白,不到早朝的时辰,便笑问:"陛下是方才醒来,还是一夜未睡?"

"是一夜未睡。"李治俯身轻吻了我的额,而后长叹一声。

我思忖片刻，才问道："陛下有何烦心事？说出来，臣妾或许可以为你分忧。"

李治又叹了一声，并未多说什么，只静静地将我搂在了怀中。他的面容在烛火下晦暗不清，似一张掉入水中的宣纸，上头的墨迹被水抹洗去了，将五官一点点泅去。

"突厥前几日曾上贡，但贡品却于昨日失窃。"李治沉默半晌，忽然开口。

我不着痕迹地望着他，想从他的神色中看出点端倪，片刻后才谨慎地问道："贡品可曾找回？"

"媚娘，不用再隐瞒了，今日林内侍监在你这里无礼，朕都知晓了。"李治停了一停，复又说道，"他竟然敢如此对你，朕必不饶他！"

我含笑转言："陛下，臣妾受点委屈，无关痛痒，只是那是突厥的贡品，定要尽快寻回，迟则生变。"

李治直视我，目光清醒如斯，了无倦意："贡品已找到了，便在萧淑妃宫中。"

"哦？"我故做一惊，"怎会如此？"

"这个贱人，先是诬陷你偷盗供品，而后又拒不让人搜查她的宫殿。后来王内侍监接了密报，强自前去搜索，果然在一包花泥中寻到了那贡品。"李治额上隐隐可见青筋跳动，"她却拼死抵赖，竟说那花泥是你今早所赠，可她先前分明赌咒发誓，说今日根本未去你院中，更未曾见你一面。如此前后反复，自相矛盾，真是可恶！"

"陛下，萧淑妃想来也是一时糊涂，不知此物关系重大，才会做了这等错事。"我心中对此事的来龙去脉自是了然，面上却不露半分，只缓缓说着，温和地抚慰李治，"而今该担心的是突厥那边的动静。突厥多是蛮夷之众，教化未开，又只顾眼前小利，对大唐从未放弃；如今若知贡品失窃，恐怕不会善罢甘休。"

李治讶然凝目，眉眼间全是忧虑："那依你之见，此事该如何是好？"

"当今天下，自是大唐最强。突厥虽已降服，且它靠的是从大唐带走的大批药材与丝品维持发展，但它在草原上的实力仍是不容小觑，"我稍稍思索，将身子偎进他怀中深处。

"如此说来，朕是不是该整顿军务了？"李治微眯着眼，凝重地问我。

"陛下，自先帝起，便已注重屯田养兵，根基已深，所以大唐的军务从不曾懈怠。"我微笑着抚着，展目凝望远方顿了顿，才道，"突厥人彪悍善战，本是强盛，只可惜祸起萧墙，当年叔侄相争，动了根本，只顾内耗而忘了外患，犯了国之大忌。

即使他们此刻想挥军而下,也不过是强弩之末罢了,不足为惧。"我说完,抬头想看李治的神色,却被他用力搂住,动弹不得。

李治的气息暖暖地吹在我的发上,他郁郁地说着:"哎,你呀,真是可惜了……"

我心中疑惑,才想着去问,他却松开了手,坐起身,将我温柔地按回床榻,为我盖好被褥,才说道:"天色还早,你已有身孕,应多加休息,再歇会儿吧。"

"陛下,萧淑妃私盗贡品,想来只是以为那贡品珍贵,绝不是为了挑起大唐与突厥的纷乱。"我语调哀凉,凄凄说着,似是为萧淑妃求情,"陛下仁慈,不可加罪于她。"

"朕心中有数。"李治沉下脸,阴翳无比,转身大步去了。

"昭仪,你可真是料事如神。"夏莲随即从屋外进来,她满脸钦羡,"原来你让我将皇后的赏赐包在花泥中,而后再转送出去,其中竟有此深意。"

当时,我正是命夏莲将皇后的赏赐包在花泥中,而后转送出去。那萧淑妃只是运气不好,正挑中了那包藏有供品的花泥。

"呵……"我淡笑不答,扯紧了裘被,翻了个身,香甜地入梦去。

后宫争斗可谓是血雨腥风,只要和权力沾上点关系,极少有人能全身而退。王皇后与萧淑妃想排除异己是对的,只是她们挑错了对手。我早已隐遁在侧,旁观了她们所有的戏目,亦真亦假,或悲或喜。其中一切有迹可循的脉络,我皆看得分明。

第二日,便听说林内侍监因贡品遗失一事而被赶出宫门,而私盗贡品的萧淑妃拒不认罪,终于惹恼了陛下,龙颜大怒,便将她打入冷宫。王皇后倒是抽身事外,并未受到牵连。

我闭目静坐妆台前,夏莲在后为我梳发。

"陛下仍是太心软了,若是贡品真的不见了,可是杀头的重罪。"夏莲对贡品一事的处置似有些不满意,她哼声道,"分明此事是由王皇后策动,而今却只有萧淑妃一人获罪,真是便宜她们了。"

我却只淡然一笑,不言不语,任由她在我耳边聒噪地发着牢骚。

夏莲虽跟了我一段日子,对宫中的刁诡已有些认识,但看事物仍不够透彻,不会深究其中的意思,所以她至今不懂,昨日之事情远不如面上的那般简单。

近来突厥在关外活动频繁,已有脱离大唐附属的意思。突厥使节仍在长安,倘若此时贡品在他们眼皮下丢失,就不光只是国体的问题,更让那些使节寻到借口,以不尊之名再不朝贡。

而对于王皇后,她身后有强大的家族以及那些元老大臣做后盾,李治也无法真正地去办他们,若贸然行事,到时候恐怕他反倒会落得个尴尬的境地。所以此次他只办了萧淑妃一人,既给突厥使节一个交代,也算是给两方人一个台阶下,将此事完满地圆了过去。

"媚娘,你起身了?"大姊捧着碗莲子羹,缓步走来。

"大姊。"我徐徐起身,迎上前去。

大姊今日满头珠翠,冠上衔珠,斜插着一支吐蕊牡丹,亮红大袖衣配了纱罗长裙,如烟云缭绕般地披在她身上,雅淡梳妆,婷婷出世,真是美艳不可方物,令人眼前大亮。

我细细地打量着她,啧啧称奇:"大姊,你是得了什么灵丹妙药,竟愈发年轻美丽,真是羡煞我了。"

"媚娘又说笑了,拿我寻开心。"大姊杏靥凝羞,被我说得臊了,皓腕一伸,将莲子羹递来给我,故做嗔怒道,"油嘴滑舌,亏我起早为你熬莲子羹,却是被你取笑!"

我轻笑着微仰起脸,伸手接过碗盅,不经意瞥到大姊手上戴的一只玉镯。

那镯子通体莹白,端然有致,光泽温润,是少见的珍品。李治前几日曾赠我一只,他说这是贡品,原是一对。只是,这另一只,为何却会在大姊手上?

第五十九章　破灭

大姊一怔,身子微颤,如雪皓腕迅疾地收了回去。

"这玉镯……"我心生疑惑,还想再问,抬头却见奶娘抱着弘儿正从屋外进来。

"母,母,母亲……"弘儿望见我,便在奶娘怀中挣扎着。他还不满两岁,话仍说不清楚,只会发几个单音。他下地后摇摇晃晃地向我走来,十分趣致可爱。

"弘儿。"我将他抱在怀里,爱怜地抚着他的面颊,他安静地伏在我的怀中磨蹭着。我心中暖暖,早把方才要问大姊的话丢到九霄云外去了。

"说也奇怪,弘儿性子孤僻,从不喜给人抱。若有人硬生生地将他抱在怀里

了,他耍起性子来,又抓又挠又咬,令人头疼。"大姊眼中闪过诧异,随即微微蹙眉,"我虽照顾他起居饮食,他有时都不愿让我亲近。但每次抱他来见你,他都十分乖顺听话,总喜欢黏着你,不吵不闹。"

我心中一动,振眉笑道:"血缘之情是割不断的,哪怕间隔千里。这靠的不是记忆,而是血脉的联系,毕竟,我是他的亲生母亲。"

"是啊,你是他的母亲,这是无论如何也改变不了的……"大姊微叹,似有些失落,很快她便展颜笑道,"弘儿生得极俊,肌肤又白,恐怕同年的女孩中都挑不出几个能与他媲美的,宫中宫女们对他可是爱得紧。只是他极不爱吃饭,每次吃饭都得一边逗一边哄,一边见缝插针地往他嘴里塞上一口,夜里又喜欢蹬被……唉,真是令人又爱又恨。"

"弘儿啊弘儿,你将这宫中所有女人身上攒下来的疼爱,全加在你一人身上了。"我听大姊如此夸赞弘儿,心中自然欢喜,转而说道,"我每日忙于政事,无心照料弘儿,幸而大姊不辞辛劳,悉心为我照看弘儿,我心中自是感激不尽……"

"妹妹莫要再说,我们是姊妹,无需如此客套。"大姊微笑着,探身过来,轻轻握住我的手腕,"妹妹方才是要问我这玉镯的来处吧?这是陛下赐予我的。"

"哦?"我并不感意外,只虚应了一声。

大姊凝眸望着我,声音淡淡:"前几日陛下也曾去探望弘儿,他说我照料弘儿有功,所以便将这玉镯赏赐予我。"

"大姊如此一说,倒也提醒我了。你照料弘儿,确是辛苦,我也该有所表示。"我的声音也悠悠缓缓。其实我心中已隐隐窥得些端倪,却硬是压下,只因我不愿去想。

我侧头细看,大姊举手投足间妩媚尽显,柳眉婉转,云鬓低垂,眼角的那一丝细纹,早已变得微不足道。甚至这风霜之色,只能使她愈发显得我见犹怜,连我都望得有些迷醉,更不用说他人了。

尔虞我诈、钩心斗角、肮脏、龌龊、无耻……这就是后宫的全部,繁华背后满是淤泥污血,但在心中深处的某个角落,我依然天真地期望,能有真心的微笑与明亮的眼眸。

所以,我不愿再去想,也不愿将这内心的疑惑彻底解开,只因我不愿去破坏心中这最后的美好。

怒战抬起我的下颚，他眼神一扬："你的意思是？"

"且你如今虽是王子，但并不得你父汗重用吧？贸然行事，只会令你失去更多机会。"我不惊不怒，依然浅笑温和。

怒战仰首哈哈大笑，阴鸷的笑声不乏苦涩："你说得对，我这个王子早已有名无实……"

"敛戟不利不可断割，毛羽不丰不可高飞。人生百年，当纵观全局，方可纵横天下。胸怀大志者，当隐其志。"我并无取笑之意，肃然道，"中原人喜读《易经》，其中乾卦说'潜龙在渊'，说的便是，若想随心所欲，便要待时而动，不可轻举妄动，更不可四处张扬。"

"你是在劝诫我，亦是在劝诫你自己吧？丫头，你真是变了许多……"怒战深吸了口气，语气平缓下来，自嘲地笑道，"我记得当年你曾说过，宫中的女子可怜，你不愿身涉其中，你喜欢的是挈马驰骋的逍遥与自在，而不是这封号加身的束缚。而自由与痛快，这些我都能给你！"

"天下熙熙，皆为利来。天下攘攘，皆为利往……"我摇头轻叹，年幼时那温和圣洁的阳光再也照不进我心最深处，我忘不了在感业寺的每一个冬夜。那时我坐在屋檐下，蜷成一团，寒冷与饥饿仿佛食人的兽，缓缓吞噬着我。我抱膝静坐，仰首望天，厚重的夜云飘过，残月如钩，冷霜无声，上天只是冷漠地俯视这混乱而残酷的人世，"你不会明白的……"

怒战的眉毛狠狠地拧在一起，显然他听不懂我言中之意。他探下头，疯狂吻着我的唇："这些我都不管！媚娘你是我的，早就是我的！"

我惊诧万分，一时竟无语。恍惚间又想起了在并州与他初遇的那段时光，我所有痛彻心扉的情感都在母亲离去后终结。其实人生的初见，从来都是一切忧虑痛苦的开始。眼前一树白梅开得正好，恍若琼华月露，皎皎雪光，一如母亲的微笑。她冰凉如玉石的绝世容颜，还有她身上那低徊游走的暗香，皆是令人沉溺的诱惑。但我发觉自己从未如此清醒过。有些前尘往事，我定要抛下；若无法丢弃，我必无法再前行。

我伸出手，紧紧握住怒战的手腕。握手的一瞬，我感到怒战微微一颤。但我知道，我们这一握，无关风月，只为彼此抚慰。我的手已染血，心已成冰，我们不似爱侣，更像是同类。

"啊！"身后忽然传来一声惊叫，我转头看去，竟是夏莲，她面色苍白，手中捧着我的暖炉，身子在寒风中瑟瑟发抖。

我心中一沉，是我太大意了，我遣走所有的人，却独忘了她。

怒战轻轻放下我，一言不发，只将刀往夏莲脖子上一横。

夏莲仍不停颤抖，急得大叫："昭仪——"怒战的刀往下轻轻一压，她只能乖乖收声。

"放了她。"我冷眼看着，淡淡开口。

"放了她？"怒战诧异地反问。

我并不急于解释，只微一挑眉："是的。她什么都不会说的，我信她。"

"既然你信她，而我信你，那便就此算了。"怒战收回刀，了然地看着我，悠悠道，"我知今日是绝不可能带你离去，但，终有一日，我会得偿所愿。"说罢，他的身子轻如白羽，扶摇一跃，落在屋顶上，悄无声息，几个兔起鹘落后，便已失了踪影。

"昭仪……"夏莲死里逃生，惊恐而又疑惑地看着我，"为何你……"

我不由笑了，却又不禁黯然："我救你，只因你与从前的我太像了……"

夏莲略一沉默，道："夏莲明白，夏莲绝不会辜负昭仪的苦心。"

我轻笑，望着微暝的夜空，漠然一笑。残雪未尽，冷月如霜。

而今的我，已是集万千宠爱于一身，九五之尊的帝王已是服服帖帖羁绊于我的裙下，对我俯首称臣。我绝不会为了怒战以及那不切实际的自由而放弃如今所拥有的一切。

"昭仪，你要去哪里？"夏莲见我迈开步子向院外走去，便立即扶住我。

"我想去见陛下。"我忽觉身心疲累，想去见李治。

到了大殿，李治却不在，找来内侍一问，才知他去后殿了。

石阶湿滑，夏莲扶着我，小心翼翼地拾阶而上。

后殿长廊下，静谧无声，竟没有一个宫人守夜，松木的清香淡淡弥漫，月光映照着皑皑白雪，呵气成霜。

远远地便可听见李治的声音，我便吩咐夏莲站住在廊下候着。

我轻推门，一脚跨进房去，只见绣幕沉沉，珠帘半卷，炉香袅袅，映着窗外残雪，低低的女子笑声，从帘中传了出来。

我心中一沉，因为我已听出那是大姊的笑声。她正娇媚地说着："陛下，你怎又来我这儿了？万一被媚娘知道了，那可就不得了了。"

李治的声音温和得如一个一触即碎的梦幻："她不会知道的，她临盆在即，只会在院中安心休养,绝不会来此。"

"陛下,我心中一直有疑惑,媚娘模样生得比我标致,也比我聪明,为何你仍会对我……咯咯……媚娘有什么不好?"也不知李治做了什么,大姊咯咯地娇笑起来。

"媚娘确是生得倾国容颜,她横眸浅笑时,叫人看了煞是可爱;而她那副轻颦薄嗔的神韵,叫人看了又煞是可怜。但每当她敛容劝谏的时候,眉头眼角,隐隐露着一股严正之气,有时我见了都不觉畏惧起来……"李治叹了一声,悠悠说道,"我对她那是又爱又怕,有时我真不懂她,一点都不懂……还是你好,温柔可人,又善解人意……媚娘,媚娘就是太好了……"

"陛下……"大姊柔柔地叫着。

一泊晶莹微光中,我望见了李治与大姊在榻上交缠的身影。

我没有发出一丝声响,静静地转身离去。

我心念旧情,见大姊无依无靠,便费心将她接到宫中,因为我们毕竟名为姊妹。为了母亲,我不能抛下她不管。但我却忘了,人的欲望总是难填,人都是贪得无厌的。一个愿望满足了,又会滋生新的欲望,永无止境……我的眼前有些模糊,远去的记忆如溯影回漩,吞噬了所有的光热。模糊的血光中,我所有珍视的一切皆从眼前流逝,原来回忆也会令人流血。

殿外残雪飞扬,覆于心头,落了一层薄霜,冰凉彻骨,心底残存的一星温暖寂灭。寒风吹得愈加猛烈,庭中的白梅被劲风吹得东倒西歪,它却仍苦苦支撑着颓败的身躯。

冬寒,已深入骨髓。

"我们走吧。"我轻声对夏莲说道。

夏莲见我神色有异,却也不多问,只默默地跟在我身后。

我感到了小腹中刀铰般的绞痛,下身的滚热让我心惊,我咬牙撑着,缓步前行。一直走回自己的小院,我才颤抖着伸手去摸,却染了一手的猩红。

"昭仪!"夏莲惊叫着扶着我缓缓倒下的身躯。

我勉强微睁着眼望去,冰雪未融,冷意彻骨,只余下触目的空茫,窅暗如渊。